法医秦明

VOICE OF THE DEAD

万象卷 05

THE
SURVIVOR

幸存者

法医秦明 著

死亡不是结束
而是另一种开始

北京联合出版公司
Beijing United Publishing Co.,Ltd.

她是如何幸存的？
发送「幸存者1」至公众号「怪盒M」
读完她的惊险之夜。

幸存者·詹妮弗·律师

我一直以为，
租住的单身公寓很安全。
却在深夜里，
被潜入的凶手用尖刀抵住了喉咙。

忍耐到凶手离去，
我捂着血流不止的伤口，
拨出了求救电话，
外面也响起了"咚咚咚"的敲门声。

刚刚松下一口气，
电话那边的人却提醒我：
"不要开门！"

幸存者·莉莎·学生

17岁，
在写下遗书的同一天，
我被连环杀手绑架了。

在黑暗中，
我被禁锢了26小时，
那是我人生最绝望的时刻。

我强迫自己冷静下来，
透过眼罩的缝隙，
观察和记录所看到的一切。
最终等到逃跑的一线生机！

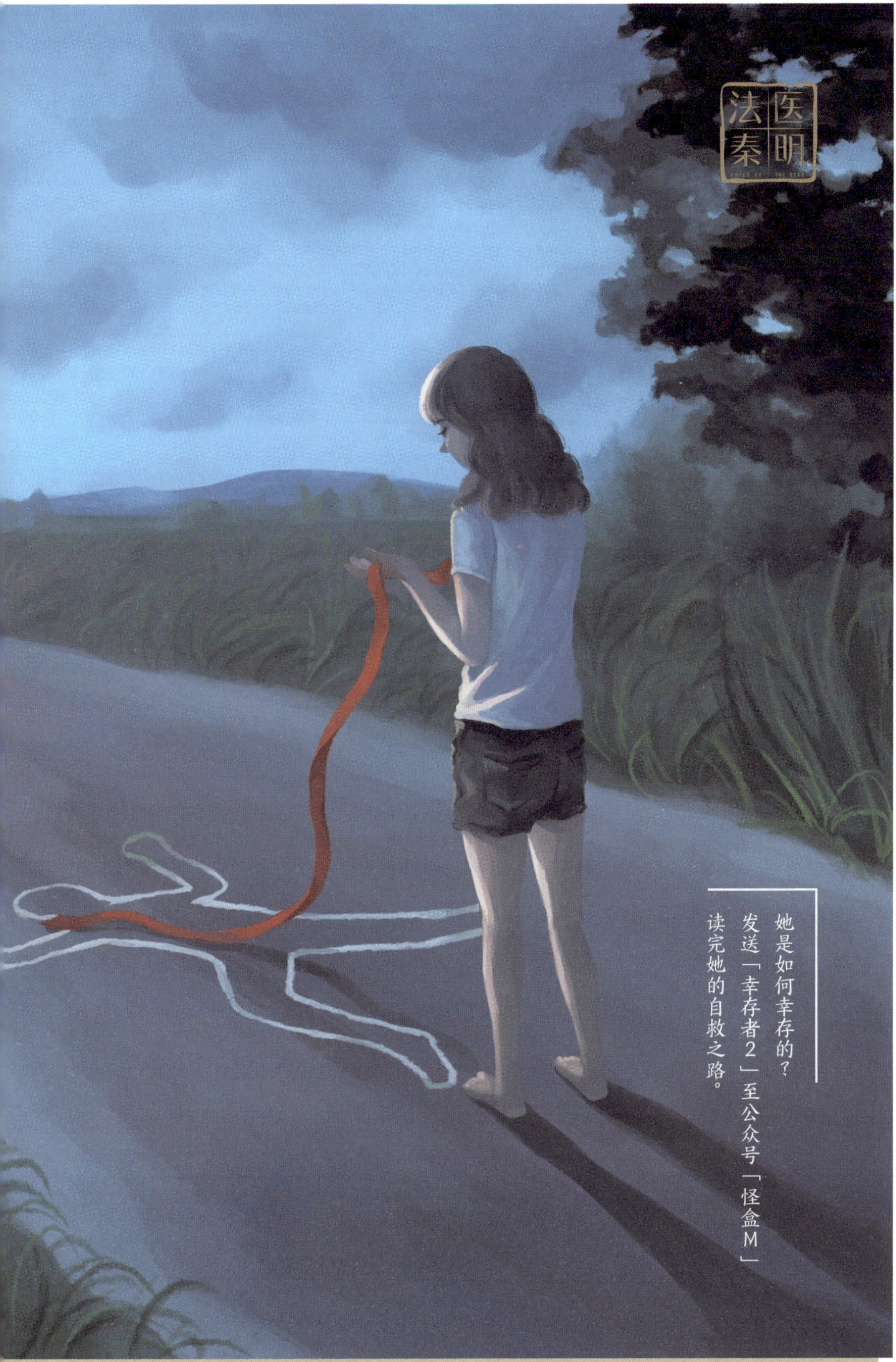
法医秦明
她是如何幸存的？
发送「幸存者2」至公众号「怪盒M」
读完她的自救之路。

她是如何幸存的？
发送「幸存者3」至公众号「怪盒M」
读完她的反击之战。

幸存者·苏珊·护士

结束了一整天的急诊室工作后，
我疲惫地回到家里。
迎接我的，
却是劈头盖脸袭来的锤子。

血液喷溅而出，
但我根本不认识面前的人是谁。
我大声喊叫，
却没有人听到我的求救声。

明白有人想要让我死的那一刻，
我脑海中只有一个声音：
我要活着！

万象

死亡不是结束，而是另一种开始……

献给支持和热爱着法医工作的人

———————

法医秦明

VOICE OF THE DEAD

（本书中的案件示意图，皆由法医秦明手绘）

序言

（2016年初版）

"万劫不复有鬼手，太平人间存佛心。抽丝剥笋解尸语，明察秋毫洗冤情。"

这是我第五次写下开篇词。弹指一挥间，从落笔《尸语者》时算起，到现在已经三年多了。这三年，是我人生中最充实、最满足的三年。

作为一个在职的公安法医，这三年里，我被问到最多的问题，就是如何协调写作和工作。

领导们问："你这样一年写几十万字，不会影响工作吗？"

读者们问："你平时工作那么忙，还能保证更新、不让我们书荒吗？"

对于此类问题，我一直保持缄默。

今天，我觉得可以在这里一起作答：和大家的担心恰好相反，写作大大促进了我的工作，而充实的工作又成为我写作的灵感之源。

这三年，是我参加工作后出勘现场最多的三年。

因为平时没有一点儿时间，所以我的写作都被挤压到了周末。一个周末写两三万字成为我给自己设定的目标。可是，就算是周末，也总是遇到加班。我的创作时间不断延长，从《尸语者》三个月完稿，到《无声的证词》五个月完稿，再到《第十一根手指》《清道夫》八个月完稿，这几年来的工作强度可见一斑。

作为严谨的摩羯座，作为在职的法医，我绝对不容许我的小说里有专业方面的bug（漏洞）。因此，每涉及一个知识点，我都会认真翻看教材、文献，保证专业问题准确无误。温故而知新，毫不谦虚地说，通过写书，我的专业水准也得到了不断的提高。

我最近参与的几起疑难命案的侦破工作，也正好印证了上述观点。

虽然加班让人疲惫，但马不停蹄地出差办案，让我接触到了更多的疑难命案，也为法医秦明系列提供了更多的素材，让整个系列得以顺利续航。

这似乎呈现出一番良性循环的态势，令我很是欣慰。

说到这里，我必须衷心地对我的家人说一声"谢谢"。

如果没有他们的无私奉献，我不可能抽出这么多的时间和精力，更不可能有法医秦明系列的经久不衰。

当然，更需要感谢的还是我的读者。当我写下这篇序言的时候，法医秦明系列的第四季《清道夫》刚刚开始在网上连载，再过一个多月，就该上市了。每当新书上市的时候，身为作者，难免会有一些小忐忑。但这些年来，和"芹菜"（我的读者的爱称）们在一起，我越来越相信，我的努力，一定可以换来你们的支持和认可。

正因为有你们源源不断的支持和认可，才会有法医秦明系列的昨天、今天和明天。

感谢完家人和读者后，我还要在这里特别感谢一下我的编辑包包。几天前，我和她一起设计完成了这本书的主线。为了这个难以设定的主线，我停笔了整整半年的时间。正是包包的一个灵感激发，让我今天重新打开电脑，继续奋战。包包是一个无微不至的萌妹子，也是法医秦明系列创作的强大后盾（包包，我真的不是在说你的体重……），如果没有这么好的一个编辑，我觉得这套系列小说绝对不会有今天这么辉煌的成绩。

这本书是接着第四季《清道夫》的结尾写的，故事从大宝结婚时发生的一场意外开始。如果你是这个系列的新读者，看到这里也不用担心，法医秦明系列的任何一本书，都可以成为你探索法医世界的开始。没有读过系列前作，也不会影响你阅读这本书的故事。

和以前一样，我照例声明：

法医秦明系列，依旧会保持本色：一、以个案为基础，加入穿插全书的主线；二、以真实案例为蓝本，以普及知识为目的，不矫情、不造作、不玄乎；三、绝不违背科学的精神。

本书中每起案件的具体情节均系虚构，人名、地名都是化名，如有雷同，实属巧合，切勿对号入座，否则后果自负。本系列的真实之处，是书中法医一个个巧妙推理的细节，是法医的专业知识和认真态度，是法医和其他警察同行在破案中展现的睿智和正气。

如果用"随心所欲""信手拈来""文思泉涌"和"苦心经营"分别来形容该系列的第一季至第四季的话，那么我想用"呕心沥血"来形容这本书的写作过程。为了弥补文笔的不足，我也算是煞费苦心了。在这本书里，我参考了更加丰富的死因案例，收集了更加离奇曲折的真实故事，在写作手法上，也寻求突破。希望我的进步，能得到大家的认可。

人生是流动的旅程。无论是写书的我，还是看书的你们。

变化和成长，每一天都在发生。比如微信小站（微信公众号：法医秦明）里原本只有我的小说的更新连载，现在已经扩展成更为丰富有趣的悬疑频道，在这里也特别感谢编辑团所有的小伙伴。

在微信和微博上，我也总会收到你们发来的近况：初中生要上高中了；高中生要上大学了；大学生要工作了；连最初看这套书的准妈妈，孩子也都会跑了。但不管怎样，你们都会一如既往地支持老秦，对吧？

2013年11月16日

- C O N T **目 录** E N T S -

法医秦明
VOICE OF THE DEAD

暴风雨过后，年轻人蜷缩在海滩的岩石边，紧紧抱着救生圈。这全身僵硬的姿势，简直和海滩上的上百具尸体没有两样。

陈诗羽一把拉开了房间的衣柜门，只见新娘"砰"的一声从柜子里跌落在地毯上，雪白的婚纱上染满了鲜血。

死者是一个武疯子，就是那种会打人的疯子。这人简直就是一个大大的累赘，甚至连他的家人都不关心凶手是谁。

她曾是镇上最美貌的早点摊主，此时却横尸在阴暗的工具间里，身上竟然还沾着恶臭的粪便。

法医秦明
VOICE OF THE DEAD

- C O N T **目 录** ENTS -

史二的老婆突然在村子里发疯，到处乱跑乱叫，却说不清怎么回事。直到大家推开史家大门，才发现三兄弟全都死了，死前的姿势透着一丝诡异。

他们把13岁的男孩从水中捞起，以为这只是一起意外。甚至连凶手都不知道，男孩被"抛尸"时还活着。

灶台上还有一口大锅，里面全是水。让人心头一凛的是，这个孩子真的被煮熟了。

溺死的四个孩子，最大的10岁，最小的才3岁。出事的那个池塘，在那么短的时间内，他们是不可能靠自己走过来的。

五个身强体壮的男子，却都在同一个地方失足。层层雾霭之间，仿佛有个鬼影拉着他们往下坠，难道这就是传说中的食人山谷？

卧室的正中，有一个被完全烧毁的床垫，而在床垫中央的灰烬里，残留着疑似女主人的颅骨，白森森的。

"指端破裂，踏雪无痕，雪地热死，这……这……这也太恐怖了。"林涛缩了一下脖子。

正当我们以为犯下这7起命案的凶手已经被按住时，林涛皱着眉头说："等等，他的指纹不对劲。"

现在说这些，好像没有什么用了，我看到你在燃烧，却只能眼睁睁地看着你燃成灰烬。

引子

隐约雷鸣，阴霾天气，但盼风雨来，能留你在此。

——《万叶集》

法医秦明
VOICE OF THE DEAD

1

法医科同事兼好兄弟大宝的婚礼，定在我儿子满月的三天前。

婚礼前一天，我们和大宝聊了很久。或许是喝了些酒，或许是认识太久，彼此感慨人生，说了些没头没脑的傻话。我不记得自己是什么时候睡着的。当我被大宝叫醒的时候，天际才刚刚发白，大宝似乎一晚上没睡好，顶着黑眼圈。

我抓了抓生疼的头皮，摇摇晃晃去洗手间洗漱。余光瞥见大宝正衣冠整齐地坐在沙发上发呆，眼神有些闪烁。

一时间，我仿佛回到了自己的婚礼前夕，那种兴奋激动，那种意气风发，和现在的大宝截然不同。大宝的脸上，仿佛写着"忐忑不安"四个大字。

"看来，每个人在结婚前的心情都是不一样的。"我自言自语道。

车队很长，来的大部分是警队里的老朋友。痕迹检验员林涛、驾驶员韩亮都穿得特别精神。韩亮还算淡定，而林涛简直跟自己要结婚了一样兴奋。当然，林涛的兴奋也可能是因为小羽毛——陈诗羽，这个刚刚加入我们勘查小组不久的小姑娘，现在已经是我们当中不可或缺的一员了。她一改平时精悍利落的打扮，罕见地穿上一条长纱裙，我都差点儿没认出她来。

"大宝，恭喜你！"小羽毛笑嘻嘻地迎上前，"这是我爸和我的份子钱！"

"哪有这时候就给红包的！快，咱们先迎亲去！"韩亮拍拍小羽毛的脑袋，"师父应该亲自来包红包，这样大宝还得敬茶。"

林涛赶紧护着小羽毛，用肩膀顶开韩亮，张罗起来："走！咱们给大宝娶媳妇去！"

一路意外地畅通。这天真是好日子，云淡风轻，街上也遇到了好几队婚车。

我们一伙人兴高采烈，每个人都把能想到的祝福，在路上就先唠叨了几百遍。

大宝受到我们的感染，一扫之前的忐忑心情，话也多了起来。

很快，我们抵达了宝嫂用作闺房的酒店，喜气洋洋地挤在电梯里上了楼。

我们正忙着把红包掏出口袋，却看到新娘的房间门口堵着一群人。

"怎么了，妈？"大宝第一个反应过来，迎上前去，喜气洋洋的神色还僵在脸上。

"不知道我家梦涵出什么事儿了。"宝嫂的母亲哭喊着说，"早上起来就敲不开她的门，找服务员来开房门，没想到门里面用防盗链锁着，从门缝里也看不到人啊。"

"会不会宝嫂还在和你赌气啊？"林涛转头问大宝，"你都没有告诉我，上次是怎么哄好宝嫂的，还是她一直在生气，这会儿真不开门了？"

"哪儿那么多废话！"陈诗羽撩起裙摆，上前一脚踹开了宝嫂的房门。门外的一干人等全部冲进了房间。

房间里空无一人。

"宝嫂走了？"林涛问。

"走了怎么会从里面挂上防盗链？"我说。

"那怎么回事？"陈诗羽问。

突然，被人群挤在门口的大宝一屁股坐在了地上。

摔跌的巨大响声让我们都吃了一惊，全部扭头看去。

大宝靠在玄关处的墙壁上，痴痴地望着对面的柜子。

柜子的门缝里，露出一角婚纱，殷红的血迹在白色的婚纱上格外醒目……

2

一场突如其来的暴风雨过后，天色放晴，天气凉爽了不少。

某国的海滨浴场又聚集起不少游客，晒太阳的、游泳的、玩沙的，熙熙攘攘。

一名欧洲面孔的小伙子似乎是第一次看到如此美丽的海洋，一头扎进海水里，钻过海浪，向远处游去。淡蓝色的海水中，似乎有个什么东西正在浮浮沉沉，随着海浪向他翻滚过来。这是传说中的漂流瓶，还是海洋垃圾？

　　好奇的小伙子加速向它游了过去。

　　越游越近，眼前的物体却越来越大，小伙子用力一蹬水，游到物体跟前，映入眼帘的，是一张完全松弛了的、泡得发白的人脸。

　　这一惊，让小伙子连续呛下了几口海水，他连忙闭住气，掉头向海岸游去。

　　"Help! Help!"小伙子一上岸，就尖叫了起来。

　　游客们纷纷用疑惑的眼光顺着他指的方向看去。远处的海面上，有一些浮浮沉沉的黑点，顺着海浪推送的方向，慢慢向海岸漂浮过来。

　　"那是什么啊？看不清。"一名中国游客眯了眯眼睛，拿起挂在脖子上的望远镜，向远处看去，声音顿时变得尖厉而颤抖，"我的天！是死人！有几百个死人！"

　　有听得懂中文的人，将这个发现翻译成英文。英文又被翻译成各国语言，在海滩上迅速传播开来。海滩上立即炸了锅，就像是刚刚烧开的沸水一样，到处都是嗡嗡的热议声。有人还在眺望海面指指点点，有人则收拾东西赶紧逃离了现场。

　　消息很快就传到了警方的耳朵里，四艘海警的快艇从码头出发，呼啸着向黑点密集区疾驰而去。远远的，听不到声音，但是看着海警快艇上的人夸张的肢体动作，看来事情不小。

　　不一会儿，随着巨大的轰鸣声，两架直升机飞越海滩，向事发地飞了过去。

　　五分钟后，海滩上驶入十几辆警车，几十名警察开始疏散海滩上的游客。

　　"怎么了这是？"刚才用望远镜的中国游客拉住一名华裔警察，问道。

　　"海难。"华裔警察简洁地回答。

　　"海难？船翻了吗？"游客问道，"是刚才那场暴风雨导致的吗？"

　　警察没有再回答他，一边拉警戒带，一边疏散着其他游客。

　　海滩上的车越来越多，警车、消防车、救护车、政府官员的轿车，陆陆续续来了近百辆。海面上的快艇也越来越多，甚至有很多旅游摩托艇也被临时征用了，在海面上划出纵横交错的白色水花。海滩上的人也越来越多，除了刚刚赶到的医生、警察和官员，还有刚刚由快艇从海面上拖回来的人，有的活着，但大部分已经死了。

　　询问幸存者的警察、抢救遭难者的医生，还有各种科学技术工作者，都在海滩上忙碌着，一时间，海滩上乱成了一锅粥。

　　被打捞上来、仰卧在海滩之上的人，已经近百名，有男有女、有老有少，是不同人种的脸庞，但有个共同特点，就是这些人的身上，并没有本该穿着的救生设备。只有十几名幸存者，是带着救生圈上岸的。

医生们逐个检查着失去意识的人的生命体征，确定已经死亡后，会将白色的尸袋盖在尸体上。很快，海滩上密密麻麻、整齐排列着的黑点，逐渐变成了白点。

一个年轻人，全身湿漉漉的，抱着一个红白相间的救生圈，蜷缩在海滩一角的岩石边，双眼无神、瑟瑟发抖。

两个中国面孔的人走到年轻人的身边，关切地询问道："你好，你是中国人吧？我们是中国大使馆的。"他们是各国使馆中最早抵达现场的，但转了一圈，从现场的情况看，海滩上的伤亡者和生还者里，好像没几个中国人。

年轻人微微点了点头，依旧麻木地蜷缩在岩石边。

两人互相看了看，一边登记信息，一边继续追问道："你一个人来的，还是有家人朋友？"

年轻人又摇了摇头。

"走吧，我们先送你去医院检查一下。"其中一人弯腰把年轻人搀扶了起来，似乎感受到了年轻人的身体依旧在发抖，于是安慰道，"没事了，都过去了，活下来了就没事了。"

另一人则准备拿走年轻人手中的救生圈。可是，他拽了几下，都没能把救生圈从年轻人手中拽出来。

"没事了，别怕，我们会把你安全地送回去的。"他们安慰着年轻人。可是，无论怎么说，年轻人依旧死死地拽着救生圈不肯撒手。

即便坐上了使馆开往医院的轿车，年轻人依旧紧紧抱着那个救生圈。

那种全身僵硬的姿势，和海滩上的上百具尸体一样。

仿佛时间已经停滞在某一刻。暴风仍在呼啸，巨浪从未远离。

第一案　血色婚礼

婚姻，若非天堂，即是地狱。

——德国谚语

法医秦明

VOICE OF THE DEAD

1

"简直瞎扯！"林涛把一卷《龙番早报》狠狠地摔在办公桌上，吼道，"这些记者越来越不像话了！听风就是雨！"

"怎么了这是？"我顺手拿起早报，翻了起来。

"在瞎议论宝嫂的事情。"林涛愤愤地喝了口茶。

《新婚前夕新娘惨死，目前已诊断为脑死亡》

——龙番记者××9月10日报道

很吸引人眼球的标题。我皱了皱眉，读了下去。

"看来是你冤枉人了。"我苦笑了一下，把报纸扔还给林涛，说，"这则新闻不是在说宝嫂的事情，是邻省发生了一起新娘被害的案件。"

"什么？"林涛拿过报纸，瞪大了眼睛，"三天前，9月7日，新婚前夕，有这么巧？"

"世界之大，无奇不有。"我说，"就是巧合。同一天夜里，在几百公里外的乐源县，也发生了同样性质的案件。宝嫂的事情，一直封锁着消息，应该传不出去的。"

"记者那是无孔不入啊！"林涛说，"我还以为记者听风就是雨，凭着自己的臆测瞎写一通呢。"

"你们别说了，大宝现在整天以泪洗面的，太让人心疼了。"陈诗羽插话道。

"不知道该怎么安慰他……毕竟还有希望，他不能就此消沉啊。"我摇了摇头，说，"唉！多阳光的一个人，要遭此横祸。"

血色婚礼

两天前，9月8日。

那让人触目惊心的早晨，那让人心有余悸的早晨，那让人肝肠寸断的早晨。

因为大宝婚礼的变故，我儿子的满月酒都取消了，全队上下沉浸在悲愤当中。

当时，陈诗羽的动作最快，一把拉开了房间的衣柜门，只见穿着一身雪白婚纱的宝嫂"砰"的一声从柜子里跌落在地毯上。

"你怎么了？怎么了？"大宝疯了似的扑上去抱起宝嫂。

宝嫂面色煞白，双目紧闭。

大宝的双手因为捧着宝嫂的头部而沾染了鲜血。

"怎么了？怎么了？"大宝颤抖地摇晃着宝嫂的身体。

"还有生命体征，快，打120！"我摸了摸宝嫂的颈动脉，叫道。

在嘈杂的叫喊声中，一群人手忙脚乱地抱着宝嫂冲下楼梯的时候，我隐约听见林涛在背后冷静地说了句："你们两个留下，保护现场。"

清晨，医院的急救大厅里，聚集着大宝和宝嫂的亲戚朋友，一片哭喊声在大厅里回响。宝嫂已经被紧急推入了急救室。带有血迹的婚纱在急救车上已被脱下，此时丢在急救室的门口，显得分外扎眼。几名派出所民警正在对众人进行调查访问。

"你让医生取证了吗？"小羽毛急得双眼发红，问我。

"说了，急诊科的主任经常和我们合作，本身就很有经验。"我故作镇定。

"刚才我在车上看了，出血不是很多啊，会很严重吗？"林涛问。

"出血多不多，只能反映她的头皮裂口大不大、破裂的血管多不多。"我说，"颅脑损伤的危险不在于头皮，而是颅内。你们要有心理准备。我刚才在车上，看宝嫂的双侧瞳孔已经不一样大了，说明颅内的损伤情况比头皮上的破口要严重得多。"

"瞳孔？"陈诗羽急了，水汪汪的大眼睛眼看就要滴下眼泪来，"医生看瞳孔不是诊断有没有死亡吗？你不是说宝嫂还有生命体征吗？"

"别急。"我说，"看瞳孔是看对光反射。没人说医生看瞳孔仅仅是诊断是否死亡，颅脑损伤也要看的。"

陈诗羽抬眼看了看远处正靠在急救室门口发呆的大宝，说："我们要不要去安慰安慰大宝？"

"现在说什么都没有用。"我说，"等到CT结果出来，咱们再根据情况来安慰他。"

话音未落，远处走廊里一道白影向我们跑来。

"是急诊科的赵主任。"我说完，向他迎了过去，"赵主任，家属情绪还比较激动，我们到边上说。"

赵主任点点头，和我一起走进了旁边的电梯间。

"怎么样？"我急着问，"有没有生命危险？"

"颅内出血虽然不多，但脑挫伤是明确存在的。而且，因为脑损伤时间太长，没有得到及时救治，情况不容乐观。"赵主任指着CT片说，"入院的时候，GCS评分①只有4分，各种生理、病理反射均提示伤者的大脑皮层功能损害严重。"

"下一步怎么办？"我问。

"伤者已经走急诊通道进手术室了。"赵主任说，"脑外科的谭主任亲自操刀。"

"生命能挽救吗？"我问，"最坏的结果是什么？"

"我觉得以谭主任的能力和水平，保命应该问题不大，不过……"赵主任压低声音说，"那种可能性还是很大的。"

"看来，我们只有静待、祈福了。"我叹了口气说，"损伤情况呢？按我说的拍照了吗？"

"刚才在急救室，我们剃去了伤者的头发。"赵主任说，"头皮上有四处小的挫裂伤②。"

"确实是挫裂伤吗？"我说。

"和你们法医打交道这么多年了，这还能不知道？"赵主任说，"创腔内有组织间桥③，肯定是个钝器伤。而且创腔内非常干净，也没有截断的毛发，可以确定工具挺干净的，而且没有明显凸起的锐利棱边。"

"嗯，没有能够把毛发截断的棱边。"我皱起眉头，说，"创口也不大？"

赵主任从口袋里掏出手机，说："刚才让护士拍了照片。"

---

① GCS评分，全称为格拉斯哥昏迷评分法，是医学上评估病人昏迷程度的一种方法，分数越高，意识状态越好。

② 挫裂伤，指的是钝器作用于人体时，造成的人体皮肤、黏膜或被膜破裂软组织损伤。

③ 组织间桥，皮肤受钝器作用形成创口时，结缔组织纤维、神经纤维和血管由于有韧性而未完全断裂，横贯于创壁之间。这种未断裂或未完全断裂的组织，就是组织间桥。

我拿过手机看了看，说："创口不大啊，就几厘米，甚至还有锥孔状的创口，而且也不是明显有弧面的。这究竟是什么工具？"

"金属工具。"赵主任一边说，一边扬起手中的CT片，迎着电梯间外面的灯光说道，"你看，创口位置下面，颅骨粉碎性骨折，硬脑膜破裂，脑组织已经和外界相通了，是个比较严重的开放性颅脑损伤。"

"这么小的接触面，却有这么大的力度，"我盯着CT片说，"说明挺重的。而且周围的棱边都比较圆滑，应该是一种制式的金属工具。"

"不像常见的羊角锤、斧子、奶头锤。"赵主任说，"总之，我不知道是什么东西造成的。"

"你们居然还在这里说什么致伤工具！"小羽毛不知何时站在了我们身后，满面泪痕，一脸愤怒，"宝嫂还不知道怎么样，你们还有闲心思说这个？"

我尴尬地对赵主任说："回头把照片传我电子邮箱。"

说完，我拍了拍小羽毛的肩膀，说："大量的案例说明，案件受害人如果当场存活，很多痕迹、物证就会因为抢救活动而丢失。这也是重伤案件的破案率远不如杀人案件的破案率高的原因。宝嫂遇上这事儿我也很悲愤，希望可以抓住凶手，所以要求医生在不影响治疗的情况下，获取更多的物证。你想想，如果不是在手术前拍了照，等手术完、愈合好，再想根据疤痕来推断致伤工具就是不可能的了。"

可能是"愈合"二字，让小羽毛的情绪稳定了一些，她连做了几个深呼吸，盯着我说："那你的意思是，宝嫂没事儿？"

"嗯，会没事的，放心。"我给了小羽毛一个安慰的眼神。

"对了，老秦。"赵主任插话道，"按你交代的，我找了妇科的主任来检查了，伤者处女膜完整，确定没有遭受性侵害的迹象。"

"你！"小羽毛突然目露凶光，用食指指着我。

"你什么你？"我说，"一样的道理，我总得知道凶手为什么要伤害宝嫂吧。"

从未感觉时间流逝得如此缓慢。

一天一夜的焦急等待之后，谭主任终于走出手术室，他的神色看起来又疲惫又沮丧。我们围上前去，听他宣布手术结果：宝嫂已被诊断为颅骨开放性骨折伴脑挫裂伤，术后有很大几率会发生PVS。

"什么意思？什么叫PVS？"看到大宝慢慢地瘫软在地上，小羽毛已经意识到了问题的严重性，她晃着我的肩膀问。

"持续性植物状态。"我喃喃自语，"就是植物人。"

"植物人？"小羽毛叫道，"你不是说宝嫂没事儿吗？你不是说她没事儿了吗？"

"我已经尽力了。"谭主任合起病历，说，"脑挫伤的程度很严重，我们都竭尽所能了。"

"有苏醒的可能吗？"我把小羽毛搀扶着坐下，对谭主任说，"以您的经验。"

"有的。"谭主任说，"现在手术刚刚结束，只能说颅脑损伤很严重，目前没有恢复意识的迹象，是否会发展成持续性植物状态尚不确定。即便以后是PVS，也有恢复的可能，不过，你知道的，这概率不大。"

一天前，9月9日。

在得到"宝嫂没有恢复意识，有可能成为植物人"的坏消息后，勘查组的组员们默默安慰了大宝，纷纷回到办公室拿出勘查箱，赶赴宝嫂新房所在地——龙林省龙番城市国际大酒店708号房间，也就是"9·7"伤害案的发生地点。

龙番市公安局成立了专案组，已从酒店及其周边调取了所有监控录像。毕竟对于在酒店这一监控设备密集的地方发生的案件，首选还是这种"短、平、快"的破案模式。

为了救人，现场大门几乎已无所谓的"痕迹"可言，林涛用指纹刷刷出来无数枚新鲜指纹，这使得这个可能的出入口毫无证据效力。

酒店的房间是铺着地毯的。对刑事技术民警来说，地毯是一种最不好的载体，很难把犯罪的痕迹保留下来。纵使林涛趴在地上半个多小时，也未能发现一枚有价值的鞋印。眼看着，这一轮的现场勘查就要无功而返了。

"有一个细节你们还记得吧？"我盯着挂在门框边沿的一串金属锁链。

小羽毛走过来，端起相机拍了一张照片，说："是的，我们进门的时候，这个东西是挂上的。本来门链应该挂在门上，锁闭的时候才扣在门框的锁扣里。我这一端，门链和门上的连接点被我踹坏了，所以门链干脆就挂在了门框这一边。"

"现在有两个问题要考虑。"我说，"第一，是谁挂上了这条门链？门链上是否可以处理出指纹？"

"是凶手挂上了门链。"一个声音响了起来。

门口站着一个人，全副"武装"，从口罩上沿露出一双燃烧着怒火的眼睛，我们知道，大宝来了。

"你来这里干什么？"小羽毛叫道，"你让宝嫂一个人在医院？"

大宝摇摇头，说："我的父母和梦涵的父母都来了，他们会轮班值守。四位老人交给我的任务就是把凶手绳之以法！"

"受害人是你的妻子。"我说，"我觉得你应该申请回避。毕竟，你的情绪会影响办案。"

"我刚才已经和师父汇报了。"大宝压抑着自己的怒火，发出的声音似乎有些变调，"师父说，我可以辅助你们办案，因为我掌握的信息更多。"

"让他加入吧！"林涛从地毯上爬了起来，拍了拍大宝的肩膀，"为什么是凶手挂上了门链？"

大宝没有吱声，双眼仿佛噙满了泪水："你们都不了解梦涵，她没有挂门链的习惯。"

林涛盯着大宝，坚定地点点头，说："行，既然这样，不管是不是凶手干的，我现在会把门链整体提取，带回去进一步处理，希望能找出可以印证凶手的指纹！"

"你刚才说，有两个问题可以考虑，还有一个问题是什么？"大宝转头问我。

我说："既然门链被挂上了，那么凶手的出口肯定不会是大门。"

"你的意思是，凶手的入口会是大门？"林涛说，"敲门入室？宝嫂的熟人？"

我摇摇头，说："这个我也不确定，需要视频组来判断，反正酒店房门都在视频的监控范围内。我们现在要考虑的是，他的出口在哪里，会不会留下什么线索。"

林涛会意，拿起多波段光源开始检查酒店的窗户。

这个狭小的房间，只有大门和窗户是与外界相通的。

"虽然房间所在楼层很高，七楼，但是窗户的旁边就是一根下水管，而且每一层的窗户都是飘窗，窗户的上沿都可以搭脚。"我戴着手套，伏在窗沿，朝外看着，说，"这样的房屋设计很不合理。犯罪分子只要胆儿肥，有一定的攀爬能力，就可以轻易地通过这个自然的'云梯'上下。"

"我出去看看。"林涛此时已经把保险绳的一端系在了自己的腰间，把另一端递给我。

我也麻利地把保险绳另一端系在腰间，双手抓紧了绳子。

林涛随即翻窗出屋，沿着飘窗的上沿往下攀爬，还时不时用双腿顶住墙壁，腾出双手拿起相机对下水管和飘窗上沿进行拍照。

直到保险绳全部放完，林涛大约已经下到第三层，才开始往上攀爬。虽然很费劲，但也只用了半个多小时就重新回到了房间。

"如果是经常攀爬的人，我估计十分钟就能上来。"林涛喘着粗气。

"有痕迹吗？"我问。

"很多。"林涛说，"发现了不少血迹。这应该是凶手行凶后，手上沾血，离开的时候留下的。"

"那存在有意义的痕迹物证吗？"我问。

林涛噘了噘嘴，摇头说："不好说，毕竟外面的墙体很粗糙，我拍了照，回去慢慢看。"

"现在已经中午了。"我抬腕看了看表，说，"林涛下午就留在实验室，尽量处理出和犯罪有关的痕迹物证。大宝回去照顾宝嫂。韩亮开车带我和小羽毛去上海。"

"去上海？"大宝问。

"嗯。"我点点头，说，"师父的一个同窗现在是国内顶尖的神经外科专家，师父帮我们联系好了。我下午带着宝嫂的病案去上海给他看，寻求最好的治疗方案。毕竟现在宝嫂的身体情况，不适合转院。"

大宝感激地点点头。

我说："晚上8点是开专案会的时间，我们务必赶在这个时间回来。"

2

半天前。

9月9日晚上8点，"9·7"专案组会议室。

"谁先说？侦查组？"龙番市副市长、公安局局长周浩亲自挂帅"9·7"专案。

"我们对受害人赵梦涵的所有社会关系进行了调查。"主办侦查员说，"发现她的社会交际面非常狭窄，除了她在省公安厅工作的未婚夫李大宝，其他所有社会矛盾点均已排除，不存在因仇、因情谋杀的可能。"

"你这话什么意思？"小羽毛叫道，"李大宝怎么就不能排除嫌疑了？"

"没什么意思。"侦查员说，"我们找了李大宝一天也没找到他。"

"他可以排除嫌疑。"我说，"案发当天，李大宝和我在一起。你今天没找到他，是因为他参与了我们的现场勘查。"

"这不合规矩啊。"侦查员说,"他是受害人直系亲属。"

"还没有结婚,不能算直系亲属。"林涛说,"陈总安排的,他辅助我们办案。"

周局长看着我们,点点头说:"排除了谋人,那有没有其他可能的作案动机?"

我摇摇头,说:"现场勘查找到了宝嫂,哦,也就是赵梦涵的随身手提包,里面几千块钱和信用卡都在,基本可以排除侵财。我们也找了医生对赵梦涵进行体检,可以排除谋性。"

"都排除了,难不成是激情杀人?"主办侦查员问。

视频侦查组组长李萌说:"也不是。我们今天组织了五十名民警对酒店及其周边的所有监控进行了调阅,大家请看大屏幕。"

屏幕中出现了一条幽深的楼道,右上角写着:龙番城市国际大酒店七层。

"根据我们的观察,赵梦涵及其亲属是在9月7日下午2点37分开房入住的。"李萌说,"当时他们一共开了四间房,赵梦涵住708,这也算是闺房。710是赵梦涵的父母住的,另外两间在八层,是赵梦涵的两个伴娘和亲戚住的。"

大屏幕呈现一个快进的模式,给人一种楼道里的人来来往往、川流不息的感觉。

李萌接着说:"整个下午都是基本正常的状态,但在下午5点30分的时候,赵梦涵去隔壁喊父母吃饭,哦,喊吃饭这个细节是赵梦涵父母提供给我们的。可能是赵梦涵父母正在准备,赵梦涵没有关闭自己的房门,在隔壁房间待了一会儿。"

大屏幕切换成正常播放的模式。屏幕上的时间显示为下午5点41分时,一个灰衣男子从电梯间走了出来,径直走进了正对电梯间的708号房,即赵梦涵所住的房间。

"这,应该就是凶手。"李萌说。

我皱起眉头:"这个画面太模糊了,能不能进行图像处理?"

李萌说:"我们安排了图像处理,只能看清嫌疑人穿着一件灰色的风衣,其他一无所知。"

"身高体态呢?"林涛问。

"我们安排了几个同事到酒店的摄像头下面进行了模拟比对。"李萌打开一组照片,是视频的截图。截图中有几名不同身高的警察站在电梯间门口,这些图片的右边都有一张嫌疑人走出电梯间的照片。李萌接着说:"经过对比,只有一名身高175厘米的较瘦同事和嫌疑人的体态最为相似,所以,我们分析嫌疑人应该是一个身高175厘米左右、体态较瘦的人,应该是男人吧。"

"嫌疑人居然不是攀窗进入。"我说。

林涛点点头，说："我也认为凶手是走大门进入的。因为我们到达现场的时候，发现房间的冷气是开着的，按照正常情况，应该是关着窗户的。这种窗户是防坠楼的窗户，只要关闭就自动锁死。凶手是无法从锁死的窗户进来的。"

"那凶手为什么会在这个时间，恰巧入室？"我问。

李萌说："据我们对酒店监控视频的观察，凶手上午就进入了酒店内部，在各楼层游荡。宝嫂在这里开房后不到半小时，凶手就乘坐电梯到了七层，并且一直在电梯间没有出来。"

"电梯间有两把椅子，是给客人等电梯的时候坐的。"林涛说。

李萌说："对，我们分析凶手就是在这里坐着等了近三个小时，寻找机会进入房间。"

"可是我们调查访问时并没有任何人注意到七楼电梯间的椅子上坐着这么一个可疑的人。"主办侦查员说，"更何况坐了那么久。"

"这也正常。"我说，"酒店这种公共场合，一般是不会有人注意到角落里有人的。"

"那么，这个人就是专门针对宝嫂来的？"林涛低声道。

"不排除这种可能。"我说，"毕竟我们都是打击犯罪的人，会不会是有人针对大宝，所以在他结婚的日子下手加害宝嫂？因为他找不到袭击大宝的机会。"

"关于这方面的调查已经在开展了。"主办侦查员说。

"我倒是觉得不太像。"李萌说，"根据凶手在酒店的游荡过程，我总觉得他是在注意结婚的人。9月8日是个好日子，有很多人结婚。我们统计了一下，在这个酒店开房作为闺房的，有十二个新娘，赵梦涵只是其中之一。你们想，如果凶手知道赵梦涵在龙番城市国际大酒店开房的话，也应该掌握开房的具体时间，那么他就没有必要那么早就来游荡。我的感觉是，凶手是在寻找新娘，具体哪一个新娘倒是没那么重要。"

"这只是你的感觉。"林涛说，"发生了这样的事情，我觉得我们的主要侦查目标还是我们作为警务人员以前打击过的犯罪分子。十二个新娘，偏偏选中了宝嫂，这个太巧了吧。"

"嗯。"我赞同林涛的看法，"现阶段的捷径就是先找大宝的仇家，如果这条路走不通，再考虑别的路。"

"还有，我们针对凶手进入酒店的时间点，倒推，寻找凶手来时的路径。"李萌说，"非常可惜，我们只追踪到了三公里外的一个公交车站。凶手从那个公交车站下车后，就走到酒店来了。可惜监控视频过于模糊，我们无法判断凶手乘坐的是哪一路公交车。那个站又是个中转站，有二十七路公交车经过那个站，这二十七路公交车几乎辐射到全市各地。"

"也就是说，无法从凶手来的路径倒推凶手所在的区域？"我问。

李萌点点头，说："这是我们做的最重点的工作，不过截至半小时前，已经宣布失败。"

"对了，我们通过痕迹判断，凶手是从房间里的飘窗攀爬逃离现场的。"林涛说，"那个区域有监控吗？"

"我们找了。"李萌说，"酒店的后面是一片住宅区和菜市场，凶手想通过无监控区域进入公交车站或地铁站有很多种选择。最近的公交车站和地铁口的监控我们都看了，从下午6点半一直到第二天凌晨4点，没有发现任何穿着灰色风衣的人。当然，凶手可能通过一条无监控的小路离开，也可能脱下了风衣，让我们无法分辨。"

"作案时间呢？"我问，"作案时间可能是几点？"

"从9月7日下午6点半，赵梦涵吃完饭回到房间开始，一直到9月8日早晨5点，赵母敲门喊她起床化妆，这十个多小时内，都有可能。"李萌说，"从监控上看，赵梦涵回到房间以后，708号房就没有任何动静了。赵梦涵父母反映，他们吃完饭就要求赵梦涵回去早点儿休息，毕竟结婚是一件很累的事情。"

"换句话说，作案时间没法确定。"我摸着下巴沉吟道。

林涛说："我们现场勘查组有一个发现。"

大伙儿一起抬眼看着林涛。

林涛一边把自己的U盘插进连接会场大屏幕的电脑，一边说："我们在现场门链上，和屋外的攀爬痕迹上，都发现了一枚指纹。"

"有指纹？"周浩局长眉毛挑了挑。

林涛点点头，说："可以肯定，这两枚指纹来自一个人的右手拇指。而且，两枚指纹有几个特征点是吻合的。也就是说，这枚指纹应该就是凶手的指纹。可惜……"

"怎么了？"我急着问。

林涛说："因为载体不好，指纹也很不清楚。对照这两枚残缺的指纹，我可以很有把握地排除嫌疑人，但是没有把握去认定嫌疑人。"

"也就是说，我们抓了嫌疑人，你可以确定他不是凶手，但是不能肯定他就是凶手，对吧？"主办侦查员说。

林涛点了点头。

我皱起眉头说："虽说不是大好消息，但是提取到了东西，总比什么都没有的强。"

会场陷入沉默。

我说："还有个问题。凶手那么早就进入了现场，他躲在哪里呢？"

林涛说："李萌的发现，今天下午就告诉我了，所以我去对现场进行了二次勘查。大家看大屏幕。"

屏幕上出现的是酒店一个房间的概貌。

林涛说："这是酒店的房间，里面不过就是一个卧室和一个卫生间。我看了一下，唯一可以藏人让别人发现不了的，只有床底下，还有衣柜里。"

"如果是赵梦涵吃完饭刚进房间就被害呢？"我说，"凶手没有藏匿，直接在房间里等着不可以吗？"

"哦，这个是我汇报时遗漏了。"李萌说，"吃完饭后，赵梦涵父母和赵梦涵一起进了708号房间，说了大约十分钟话，大概的意思就是让赵梦涵早点儿休息。这期间，赵父还用了卫生间。"

"看来，凶手只有这两个地方可以藏身了。"我说。

林涛播放出一张大衣柜的照片，说："床底下我认真看了，灰尘均匀，肯定没有藏人的痕迹。只有大衣柜，这个大衣柜。"

接着，林涛指了指大屏幕，说："我们发现宝嫂的时候，宝嫂就是在这个大衣柜里的，根据血迹形态，她应该是蜷缩在大衣柜的西侧。然而，在二次现场勘查中，我发现大衣柜东侧有变化。首先，东侧放了一个小的保险箱，保险箱上面的灰尘有一部分被蹭掉了。我分析凶手就是坐在这个保险箱上等待机会。其次，保险箱的上方应该悬挂着两件酒店的睡袍，而我去看的时候，发现有一件从衣架上脱落了，落在保险箱和大衣柜内壁之间的夹缝里。我问了酒店服务员，他们每次退房查房的时候，都会检查睡袍。也就是说，这件睡袍要么是宝嫂弄掉的，要么就是凶手弄掉的。综合考虑，凶手的藏身地点很有可能就是这个大衣柜的东侧。"

"那这个地方有什么痕迹物证吗？"我问。

"没有任何痕迹物证。"林涛说，"除了大衣柜内壁上，有钝器剐划的痕迹。"

说完，林涛把一张照片放大。这是大衣柜靠墙壁一侧的内壁，暗红的油漆面上有一些钝器剐划的凌乱痕迹。

"如果人坐在保险箱上，这个痕迹对应的人体位置是什么？"我问。

林涛说："是后腰部。"

"那就是裤带上别着的钥匙划的喽？"周局长插话道。

"不可能。"我说，"这个剐划痕迹有一个手掌大小，哪有钥匙可以形成这么大的剐划面积的？"

"那就是凶手闲着无聊，用作案工具划的？"周局长说。

我皱眉摇摇头，说："第一，如果这是刻意划的，不应该这么浅。第二，下意识的剐划动作，应该在人的侧面或侧前方，那就应该是柜门或者柜子的侧壁，怎么会在内壁？那样也不顺手啊。林涛，你怎么看？"

林涛摇摇头，说："想不出来。"

"当然，这不是重要的线索。"周局长重新整理了一下思路，说，"第一，要对李大宝同志的社会矛盾关系，尤其是工作矛盾关系进行深入调查，排查每一个可疑的人。第二，视频组继续寻找周边视频，对模糊图像竭尽全力处理，实在不行，请部里帮忙。"

专案会议结束，我们一起来到了省立医院重症加强护理病房（ICU）的门口。透过隔离玻璃，我们看到了守在宝嫂身边的大宝。

宝嫂的头上缠着纱布，浑身插满了管子。虽说各项生命体征基本正常，但是没有任何有意识的反应。大宝背对着我们，坐在宝嫂的身边，握着宝嫂的手。我们似乎可以看见那一滴一滴落在宝嫂手上的眼泪。

"怎么会这样？"小羽毛的双眼噙满了泪水。

"虽然不该这样说，但是我现在真的没信心能破获这个案子。"林涛沮丧地说。

"警力有限，很难把大量警力压在这个重伤案件上。"我说，"但是毕竟涉及可能存在报复的情况，市局一定会很重视的。"

"我知道。"林涛说，"但是，没有物证，太难了。"

"你怎么这么没有用？"小羽毛推了推林涛的肩膀，带着哭腔说。

"我尽力了。"林涛低下了头。

这几天来，我们所有人都和大宝一样没睡好觉。

所以，今天早上，林涛一看到报纸就炸了毛，我也能理解他的心情。

"我以为记者连脑死亡和植物人都分不清楚呢。"林涛有些不好意思地说。

"我也分不清楚。"小羽毛说。

我说："脑死亡是指大脑、小脑、脑干等全部脑功能不可逆丧失和停止，是人个体死亡的概念。植物人是指脑中枢的高级部位，如大脑皮质，功能丧失，病人呈意识障碍或永久性昏迷状态，但可能长期生存，甚至恢复。"

"宝嫂能恢复吗？"小羽毛的眼中闪着点点泪光。

我叹了口气说："吉人自有天相吧！"

"又是一夜，调查组也该反馈一些情况了吧。"我说。

"刚才有反馈，仍然毫无进展。"林涛说。

"那模糊图像，能处理清楚吗？"我说。

林涛沮丧地摇摇头，说："酒店的监控视频实在是差得很，数据传到公安部了，部里的专家不眠不休一晚上，也没能处理出清晰的嫌疑人图像。"

我们几个人重新陷入了沉默，只能听见林涛手中鼠标滚轮的声音。

"我们的新闻媒体确实没有报道此事。"林涛上网浏览着网页说。

我点点头，说："涉及报复警察，为了案件需要，肯定要封锁消息的。"

"那你说，这个报道了的新娘被害案，会是个什么情况？"小羽毛拿起报纸说。

"小羽毛倒是提醒了我。"我说，"怎么会在同一时间，发生两起同一性质的案件？而且根据报道来看，当地警方也没能够判断案件的作案动机。"

"会不会是同一个人干的？"小羽毛说。

"不排除这样的可能啊！"我从座位上跳了起来，说，"我现在就去向师父汇报，我看我们有必要去南和省一趟，发案地就在和我们省毗邻的城市啊。"

"我也去！"大宝出现在了门口。

他两只眼睛肿得很，大大的黑眼圈印在眼眶下面。

"你这两天都没睡好吧？"我说，"你现在需要休息。"

"不！我要去。"大宝很坚决。

我看了看林涛和小羽毛，他们的眼神都和大宝一样，充满了期待。

"好吧，振奋精神，我们出发！"我说。

3

"这两天，你好好思考过没有？"我坐在车的后排，转脸看了看大宝。

大宝低头抠着自己的指甲，没说话。

"你有得罪过什么人吗？"我接着问，"或者说，你有怀疑什么人吗？"

大宝默默地摇摇头。

坐在副驾驶座的林涛从倒车镜看到大宝的表情，说："其实我觉得可能性也不太大，我们刑事技术人员都是幕后人员，只负责案件的前期工作，后期的抓人什么的，都是侦查部门的事情。而且，鉴定人出庭制度也还没有完善，我们也没怎么出过庭，嫌疑人一般也不会认识我们啊。"

"是啊，只听说过刑警被报复，还真没听过法医被报复的。"小羽毛说，"而且还报复得这么极端。"

"可是，这起案件实在是找不到作案动机啊。"我摸着下巴说。

"你们说，会不会是盗窃转化为抢劫？"林涛说，"嫌疑人准备盗窃，结果被刚回去的宝嫂发现了，于是就……"

"不会。"我说，"如果是被刚回去的宝嫂发现了，应该是立即发生的事情。你们注意到没有，宝嫂是穿着婚纱的。显然，她当天下午以及去吃晚饭的时候，不可能穿婚纱。"

大宝颤抖了一下，闭上眼睛深深吸了一口气。

"你的意思是说，凶手在房间有个潜伏的过程。"林涛说，"有道理。我刚才的推论不成立，毕竟宝嫂的财物没有丢失，凶手有充足的时间在伤人后找钱。"

"也可能是因为伤人后害怕了，来不及找钱就跑了？"小羽毛说。

"不，老秦说得对。"大宝沙哑着嗓子说，"他伤害梦涵的时间应该是晚上9点以后，他在房间潜伏了很久。"

"你怎么知道？"我惊讶地问道。

死亡时间推断对法医来说不是难事，但损伤时间受个体差异、环境因素、损伤轻重的影响，很难推断。法医不可能通过伤者头部的损伤轻易推算出受伤的具体时间，何况还精确到几点。

大宝叹了口气，又低下头抠起了指甲。

"你说话啊。"我说。

"他不愿意说就别逼他了。"小羽毛对我说，"让他安静一下吧！"

三个小时后，我们驶下了高速公路。

南和省的同行热情地接待了我们，直接引着我们来到了同样被称为"'9·7'专案"的发案地乐源县。

"案发时间是9月7日晚间。"负责给我们介绍案情的警察一边播放幻灯片，一边说，"案发地点位于我县风兴大道边的一栋民居内，被害人叫石安娜，女，22岁，原定于9月8日早晨接亲结婚。这栋民居是六层、每层八户的结构，现场位于503室。根据现场勘查，可以判断凶手是从原本开着的厨房窗户进出的。"

"攀墙入室？"我问。

民警点点头，说："攀爬的痕迹非常明显。而且因为这栋楼四楼的窗户进行了修补，白水泥还没有完全凝固，凶手在爬墙的时候踩了上去，留下了完整的、可以作为证据使用的鞋印。带着白水泥的鞋印也在中心现场出现。"

"那凶手有在现场潜伏停留的过程吗？"我紧接着问。

民警说："根据调查情况，死者石安娜当天整天都在家中未出门，家里也有很多亲戚。亲戚们是从下午6点左右开始陆续离开现场的，但是死者的父母和死者一直都在，潜伏估计是很难做到的。而且根据现场遗留的白水泥痕迹，凶手入室后，到大房间，也就是死者父母睡觉的房间门口看了看，然后径直走到小房间实施杀人，没有任何侵财、性侵的迹象存在。"

"那她父母一点儿声音都没有听见？"我问，"他们几点钟睡觉的？"

"新郎原定于9月8日早晨7点08分来接亲，毕竟县城小嘛，"民警说，"所以死者父母和死者睡得都很早，大约晚上8点就睡了。而我们判断死者的死亡时间应该是晚上11点左右。"

"凶手是寻仇吗？"小羽毛问。

民警说："目前是从爱恨情仇这些方面开展工作的，毕竟是婚礼前夜这个特殊的时间段，所以主要调查工作是针对死者之前的感情纠葛。"

"有进展吗？"林涛问。

民警遗憾地摇了摇头。

我皱着眉头喝了口茶，说："你们觉得，凶手在杀人前，知不知道死者第二天要结婚？这很重要。"

"肯定知道。"民警说，"如果是前男友什么的，既然会杀人，肯定就是知道她第二天要结婚。如果是其他因素，凶手也应该知道。因为我们这边有风俗，就是结婚前一天，娘家要摆酒请客，然后在窗户上贴上迎亲花，哦，就是一种特别的窗花，只有在婚礼前夜，娘家窗户上才贴。"

"会不会是凶手直接针对新娘下手？"我说。

"不知道。反正性侵是排除了，现场也没有财物丢失，而且，这边的惯犯一般是不偷新娘娘家的。"民警说，"这也是我们明确因仇杀人的主要原因。"

"我知道秦科长的意思。"南和省公安厅法医科的李磊法医说，"你是想串并，对吗？把尸检情况介绍一下吧。"

乐源县公安局的杨法医接过电脑，说："死者是被绳索勒颈导致死亡的，现场没有发现作案工具，应该是睡梦中直接被勒死，没有任何抵抗搏斗的痕迹。可想而知，也没能够发出声音。"

"身上有钝器伤吗？"我问。

"头顶部有个钝器伤，但不能判断是磕碰还是打击。"杨法医放出了一张照片。

因为头部的损伤轻微，只是一个片状的皮下出血，脑内没有任何损伤，所以确实不能明确它的成伤机制。

"攀爬入室，针对新娘，虽然头部损伤没有法医学意义，不能确定是不是钝器形成，"我说，"但还是有串案的依据。"

"作案时间呢？"林涛说，"石安娜是11点被杀死的。"

"如果凶手在赵梦涵6点半回到房间后不久就行凶伤人，7点半就可以离开酒店。"我说，"如果他自己可以驾车的话，三个小时就能到这里，加上攀爬的时间，11点可以杀人。"

"不，梦涵是9点钟以后才被伤害的。"一直没说话的大宝说。

"为什么？"我又问了一遍。

大宝依旧不答。

"秦科长提的思路很好。"李法医说，"我们可以这样试一试，查一下特定时间从龙番赶到乐源县的所有车辆，高速公路上都有监控。如果不是自己驾车，这个时间是没法赶过来的。"

我点了点头。

"不！梦涵是9点钟以后被伤害的。"大宝强调了一遍，"你们这样查是徒劳的。"

"也就是说，你可以肯定，这两起案件不是一人所为，只是简单的巧合？"我说。

大宝点点头。

"那你总要告诉我们为什么。"我追问道。

"梦涵手术后，从颅内取出来的凝血块，被我带回去做了组织病理学检验。"大宝想了良久，终于开口了，"我最近一直在利用组织病理学理论，研究颅内凝血块形成的过程中，每个时间段会发生什么样的病理学变化。根据我之前的经验看，可以肯定是9点以后。"

"你这个研究，也只是个研究，并不是个成果啊。"我说，"不能因为你的研究，耽误了正常调查啊。"

"不会。"大宝坚定地说道，"而且我和梦涵本来在9点就有约，只是我后来没有去找她……总之，她肯定是9点之后受伤的。"

一路无话。

坐在车上，我对大宝的武断还是感到担忧，但想到他拿着最爱的人的颅内凝血块去做病理检查，又该承受多大的心理创伤，我只有默默地闭上眼睛回想案件的细节。不知道什么时候，我睡着了。

我被一阵电话铃声吵醒的时候，夜幕已经降临了。

"师父？"我接起电话说。

"你们到哪儿了？"师父问道。

"从乐源赶回来，现在，哦……"

"还有半个小时下高速。"韩亮插话说。

"还有半个小时到龙番。"我说。

"下高速后直接往西。"师父说，"陇西县出了起案件，好像还有百姓围攻派出所。"

"啊？什么情况？"我吓了一跳。

"夫妻吵架引发命案了。"师父说，"你们抓紧赶过去，搞清楚案件性质！"

"好的。"我挂断电话，"大伙儿，又有活儿了。"

"大宝哥，你，可以吗？"小羽毛最细心，想到还沉浸在痛苦之中的大宝。

大宝默默地点点头，说："我参加。"

"宝嫂需要你照顾吧？不行我们到地方后，让韩亮送你回去。"我说。

大宝摇摇头，说："家里人在轮流照顾她，而且医院规定，除非病人有特殊情况，晚上是不准陪护的，有监护设备，所以家里人只值白天的班，轮得过来。他们让我安心工作。"

突然，我有了一丝感动，想到我去世的爷爷。他在弥留之际在我的手心里写了一个"国"字，告诉我以国事为重。也就是因为那一起突发的案件，我没能为从小宠我爱我的爷爷送终。

鼻子有点儿酸，眼圈有点儿红，但很快，我重新整理了心情，对韩亮说："下高速直接去陇西！"

陇西县安然镇。

这是一片被征作新型开发区的地方。除了大片正在进行大规模施工的工地，还有连成一片的简易房。这些房子是临时搭建给被征地的农民居住的，他们正在等待还没有建好的回迁房。这片地方被称为过渡房区。

住在这片简易房区域中的人口超过了两万，他们虽然失去了耕地，但政府给予的补偿款已经足够维持生活。为了不闲着，人们一般都是在附近工地上找一些体力活儿干。因为是政府重点扶持的区域，在相关政策下，这些百姓的生活也还算是有滋有味，所以，虽然这里人口密集，但一直是治安稳定的标兵区域。

我们心怀忐忑地驶到安然派出所门口的时候，才发现事态并没有师父说的那么严重。门口聚集了几十号人，吵吵闹闹，派出所所长正在门口解释着什么。

"交出杀人犯！"

"派出所不能保护杀人犯！"

"谋杀亲夫，罪不可赦！"

"这样的女人要浸猪笼！"

离得老远，我们大概听到了这些。

凶手已经被控制了？当地警方是怕事态恶化，才夸张了目前的状况，以便得到我们最快速的支持。

几乎和我们同时，市局胡科长和县局法医都抵达了派出所门前。

"你们看你们看，省厅、市局的专家、领导都到了。我们对这事儿是非常重视的，这回你们相信了吧？"派出所所长看到我们，像是盼到了救兵，急忙和身边的群众说。

"我不管那么多，我就问你们，明明是那女的杀了人，为什么你们连手铐都不给她戴，还把她安置在小房间里保护起来？"群众代表说。

"现在没有证据，知道吗？"派出所所长一脸无奈，"没有证据证明犯罪，我们就不能乱用警械，这是有规定的。"

"大家都别急，已经很晚了，还没吃晚饭吧？都先回去吧，给我们一些时间，我们一定把事情搞清楚，相信我们！"胡科长说。

胡科长相貌堂堂，一副帅大叔的模样，给人自然的亲和力。没说上几句，围观群众果然陆续散去。我们不得不佩服胡科长做群众工作的功底，也怪不得市局总是派他去处理信访事项。

群众散去后，我们一同来到派出所的二楼会议室，一人抱着一桶方便面，一边吃一边了解情况。

"过渡房区C区17号的住户，是小两口带着一个孩子。"派出所所长介绍道，"男的叫王峰，24岁，女的叫丁一兰，27岁。已经结婚五年了，育有一个4岁的女孩儿王巧巧。王峰是个中专毕业生，平时在工地上做一些会计的工作，丁一兰则在家里做全职太太。据周围群众反映，今天下午5点左右，夫妻俩突然在家中爆发了争吵打斗，打斗断断续续持续了一个多小时。6点多，丁一兰突然出门呼救。邻居赶到他们家的时候，发现王峰躺在地上，胸口染血，等120来的时候，王峰已经没有生命体征了。"

派出所所长停下叙说。

"没了？"我问。

"就这么简单。"派出所所长说，"男方家人赶到后，纠集了几十个人围住派出所，要求严惩丁一兰。"

"那现在问题在哪里？"

"我们把王巧巧交给男方父母照顾，把丁一兰带回来了。"所长说，"丁一兰诉说的经过是这样的——今天下午王峰回来后，无意间在她的包里翻出了一个避孕套，之前王峰曾怀疑丁一兰和一个网友有暧昧关系，而丁一兰认为自己被丈夫冤枉了，因此爆发了一场争吵和打斗。开始只是拉拉扯扯，后来王峰拿出了刀要自杀，丁一兰认为他只是吓唬吓唬自己，于是准备转身离开。转身的时候，突然听见王峰"砰"的一声倒地，她转头看见王峰的胸口在冒血，于是赶紧蹲下抱着他的头哭喊。王峰很快就没有了意识，丁一兰就跑出门呼救了。"

"哦，也就是说，自杀还是他杀，没法确认，对吧？"我问。

"是啊，现在就嫌疑人和死者两人，旁无佐证。"

"不是还有个4岁的女孩儿吗？"林涛问。

"毕竟只有4岁，说不清楚情况。"

"不不不，4岁的孩子已经有认知能力了。"我说，"抓紧时间，找人问问她，当然要按照法律规定，在有监护人在场的情况下问。"

派出所所长点头记录。

"丁一兰现在的状况如何？"我问。

所长说："带回来的时候情绪很不稳定，大吵大闹，哭喊不停。"

"作秀吗？"林涛说，"还是被吓的？"

"现在应该是没力气了，在我们一间办公室里。"所长接着说，"我们安排了个女警在看着。"

"走，去看看。"我说。

办公室里，一个身材娇小的女人颓废地坐在椅子上，几乎是纹丝不动。若不仔细看，就像停止了呼吸一样。

"这是——"所长看来是想做一下介绍。

我挥手打断了所长，说："我不问任何问题，你把灯光弄亮一点儿。"

所长把办公室的灯全部打开。

我指着丁一兰的背影，对小羽毛说："在前后左右几个方向照个相，然后我们就去看现场。"

走过一排一排的过渡房，我们来到了中间一所被警戒带隔离的小房子。

小房子的门口散落着几件衣服，这是小夫妻打架常用的伎俩，用扔衣服来表示赶对方出门。

我蹲在地上看了看，衣服上有一些滴落的血迹和血足迹，说明在死者受伤前，衣服就被扔出去了。

沿着散落的衣服，我们走进了现场，这个卧室、客厅、厨房和卫生间加起来也就三十几平方米的小简易房。

中心现场位于简易房正中部的客厅，这个只有几平方米的地方，放着一张沙发和一台冰箱。所以这个所谓的客厅，也就只剩下一条能够走人的过道了。

过道的中央有一摊血，面积不小。

"根据丁一兰的叙述，死者倒下后，她呼喊了几声，就跑出去呼救了。"所长说，"邻居因为住得很近，很快，哦，一分钟之内吧，就赶过来了，然后把死者抬到了屋外。"

"抬到屋外做什么？"

"屋内光线不好，这个客厅就没窗户。"所长说，"邻居们说，要抬到屋外看伤势。"

林涛蹲在地上说："看来是这样的，地面上各种各样的带血足迹，几乎把现场完全破坏了。"

"现在有个问题。"所长说，"死者躺伏在这里的时间也就两分钟，能留下这么多血吗？我怀疑是不是凶手有个伪装的过程，死者在这里躺了较长时间，所以才会留下这么多血迹。"

"所长以前做过刑侦工作吧。"我笑了笑，说，"合理怀疑！这个问题我回头再回答你。"

"现场几乎没有任何线索。"林涛说，"已经被破坏了。"

"不不不。"我蹲在血泊旁，说，"咱们注意到两个情况就行了。第一，四周高处没有任何喷溅血迹，冰箱、门框等地方都没有。第二，地面上的血泊周围有明显的喷溅痕迹。有这些就足够了。"

"凶器提取了吧？"林涛问。

所长点点头，从物证箱里拿出一个透明物证袋，里面装着一把家用的水果刀。

4

尸体的衣服已经被全部脱下。我把那一件胸前染血的T恤和牛仔裤铺平放在操作台上静静地看着。

身后，胡科长和大宝正在按照常规术式①对尸体进行解剖检验。

---

① 常规术式，指的是常规手术的程序、规范和步骤。

"看出什么问题了没有？"我说。

"嗯。"小羽毛说，"上衣相对应的位置没有破裂口。"

"厉害！"林涛对她竖起了大拇指。

"这是一个很能说明问题的迹象。"我微笑着说。

"你心里有谱儿了？"林涛问。

"嗯！"我肯定地答道。

这一觉睡得很踏实。从宝嫂受伤后，勘查组成员几乎都是整夜整夜地熬。过度的疲倦加上对这一起案件的充分确定，让我们结束解剖后，纷纷回到宾馆呼呼大睡。

一觉醒来，窗外阳光明媚。我们洗漱完毕后，赶到位于安然派出所二楼的专案指挥部。派出所一楼大厅还坐着几个人，应该是王峰的亲属，正在等着派出所给结论。

"各位辛苦了。"陇西县公安局张局长礼节性地对我们笑笑，说，"你们昨天的工作，有什么可以提供给专案指挥部的吗？"

"还是先听听调查情况吧。"我说。

此案已经由派出所移交县局刑警大队办理，主办侦查员是大队重案中队的指导员。

指导员说："案件的基本情况，大家已经清楚了吧？"

我点点头，说："我们主要关注双方的社会矛盾关系。"

指导员说："我们查了，双方都没有明显的社会矛盾关系。夫妻俩的感情一直不错，就是两个人都比较激进和冲动，一吵架，动静就比较大，邻居反映，吵完架很快又是一对恩爱的小夫妻了。"

"那以前都是因为什么事情吵架呢？"我问。

"据说都是一些鸡毛蒜皮。"指导员说，"怀疑有小三什么的，也就是从最近开始的。"

我回想了一下现场的环境，那样的简易房，确实连打个呼噜隔壁都能听得一清二楚。

"那丁一兰包里的避孕套又是怎么回事呢？"小羽毛问得很直接。

"查了，是现场附近新安装了一台避孕套自动售卖机。"指导员说，"丁一兰好奇，所以就去买了一个。"

"那她为何不给她老公解释？"

"肯定解释了，但是王峰不信。"指导员说，"因为最近王峰发现丁一兰和一个网友总是聊得很开心，都以'亲爱的'互称，也因此有过几番争吵。"

"那这个网友查了吗？"我问，"毕竟死者家属认为丁一兰是因为有外遇，才想除掉王峰。"

"查了，所有的聊天记录我们都查了，那个网友是西藏的一个大学生，离这里十万八千里。"指导员说，"怎么说呢，除了单纯的'网恋'，啥也没有。"

"那就行了，我就更有把握了。"我胸有成竹地说。

"你的意思是，"张局长说，"自杀？"

我微微点头，说："当然，是否是案件，是否存在犯罪行为的问题，是要由专案指挥部综合判断的。仅仅从法医和现场勘查方面，现在我说几个点。第一，犯罪动机不明确。调查情况大家已经很明了。其实，这是一对挺幸福的小夫妻，家里有个孩子，生活稳定，吃喝不愁，而且女人的主要生活依赖男人。加之已经排除了明显的社会矛盾关系，我认为丁一兰没有任何理由去杀死这个男人。"

大家都在埋头记录，却没有人敢贸然点头认可。

我接着说："第二，现场勘查的情况。在这里，我要先回答所长之前的问题，为什么那么短暂的时间内，现场能留下那么一大片血迹呢？"

几个侦查员抬起头看着我。我喝了口茶，微笑着说："经过尸体检验，我们发现死者的胸口中了一刀，这一刀直接从第四、五肋骨间隙进入胸腔，扎破了左心室。死者是心脏破裂导致急性大失血死亡，这点很重要。心脏破裂主要有两种死因，第一种是心脏损伤后，造成心搏骤停，随即死亡。第二种是心脏破裂了，心跳却没有立即停止，既然心跳还在继续，那么全身的血液归心后，会因为心脏的挤压而从破口迅速涌出，这样，出血就非常的快了。这也造成了致命伤后行为能力的不同，有些人心脏中刀后马上倒下丧失意志，而有些人在心脏破裂后则可以奔跑几百米。现在我回答所长的问题，为什么在短时间内现场留下了那么多血，就是因为死者心脏破裂后，并没有立即死亡，而是在持续失血。"

"可你怎么判断他是失血死亡，而不是心搏骤停？"小羽毛问。

我说："所以，我到达现场后，寻找的就是喷溅血迹。因为如果心搏骤停，就不会有喷溅状血迹了，或者说喷溅状血迹会相对较少。而我们到达的现场，虽然高处没有发现明显的喷溅状血迹，但是在血泊周围的地面上，我发现了很多喷溅状的血迹。这就提示，死者在中刀后立即倒下，此时心脏还在跳动，还在从破口处往外喷血。死者处于一种倒伏的姿势往外喷血，所以产生了大量的低位喷溅血。"

"为什么只有低位喷溅血，而没有高位喷溅血？"小羽毛问，"他不可能躺在那么狭小的空间里自杀吧？只要是站着捅的，应该会立即喷血啊，那么附近的家电、家具、门框什么的肯定会有喷溅血迹黏附啊。"

"问得好！"我说，"现场空间那么狭小，如果中刀，周围的物体肯定会沾染一部分喷溅血，即便倒地迅速，也不可能一点儿都没有。"

"对呀！"陈诗羽扑闪着大眼睛。

我笑了笑，说："现场除了家电、家具、墙壁、门框，还有什么？"

"还有丁一兰！"指导员说。

"是的。"我说，"既然现场高位没有发现喷溅血，那么我分析这些本该存在的高位喷溅血应该是被丁一兰遮挡住了。如果丁一兰身上有喷溅血，那么从她身上喷溅血迹的位置，就可以推断出案发当时她和死者的相对位置。"

"我怎么没想到！"陈诗羽说，"你让我拍照就是这个目的！"

我点点头，说："丁一兰的衣服是重要的物证，毕竟她是女同志，我昨天也不方便让她脱下来。但专案组还是要找几个女同志让丁一兰换掉衣服，把现在的这身，当作证据留存。"

"那么，她身上的血迹说明了什么问题呢？"张局长问。

我打开幻灯机，播放了几张丁一兰的照片，说："虽然她穿着深色衣服，但我们小羽毛的拍照水平还是一流的。我们可以清晰地看到，丁一兰两侧袖子有擦蹭血迹，这证实了她在事后抱了死者这一说。而更有推断价值的喷溅血迹，则全部位于丁一兰的背后。这说明，死者中刀的时候，丁一兰是背对着他的。"

"这个证据很重要。"张局长说。

我说："这只是第二点。现在我要说第三点，就是衣着检验。邻居赶到现场后，就看到死者是穿着一件绿色T恤的，经过我们检验，这件绿色T恤胸前与创口相对应的位置，没有裂口。"

"这难道不是说明死者是被人杀死后，又伪装穿衣的吗？"所长问。

我摇摇头，说："首先，根据现场的血迹形态，死者倒地后就没有被拖拽的痕迹，没有移动。其次，如果是在死者死后伪装穿衣，别忘了现场有那么大片血迹，血迹会留下痕迹，而且衣服所到之处都会沾有血迹。然而，我们看到的衣服只有前胸衣角处有血迹。"

"说明刀子捅进胸口的时候，衣服是被掀起来，暴露出胸口的。"大宝说，"这一点我倒是没有想到。"

我点点头，说："人在冲动自杀的时候，有可能会掀起衣服再捅自己。我们办理了很多自杀案件，都有明显的掀衣暴露自伤部位的动作。试想，如果要杀人的话，有必要掀起人家的衣服再捅吗？"

"没必要。"指导员清晰地回答了我的反问。

我接着说："现在我要说第四点，也是法医判断是否自伤的关键点，就是刀伤的形成方向。我先来描述一下死者胸部的刀伤。这是一处单刃刺器形成的损伤，和我们在现场提取的水果刀完全吻合。刀伤位于第四、五肋骨间隙，胸骨和乳头之间，方向是外侧钝、内侧锐。创道的方向是基本水平略向下一点儿，刺入了胸腔。"

我把桌上的一张纸拿过来，折成一把匕首的样子，比画着说："如果是自杀，右手握刀，刀刃朝小鱼际方向，朝自己捅，很自然的动作就可以形成这样的创口。"

说完，我又站了起来，拉起坐在旁边的林涛，说："如果是别人捅，两种方式，第一种是虎口握刀，刀刃朝前，那么捅的位置一般是在腹部，如果是在胸部，创道的方向应该是'上挑'而不是'下压'。如果握刀时刀刃朝小鱼际方向，扎在人身上的创道方向是'下压'，但是下压的角度会比较大，不可能基本水平。死者的身高是175厘米，丁一兰的身高是160厘米，而死者中刀的部位在大约131厘米高的位置。如果是丁一兰捅的，很难在这么高的高度使刀刃保持与地面平行方向插入

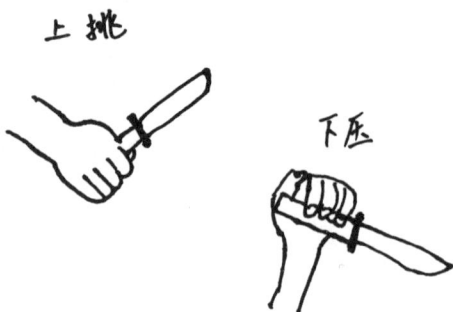

图1　小鱼际位置手绘图　　　　图2　不同的握刀方式形成不同的创道方向

死者胸腔，这是一种很别扭的动作。"

"当然，"我和林涛同时坐下，我接着说，"如果死者躺在地上，凶手是可以形成这个方向的创口的。但结合我刚才说的第二点，凶手不可能在刺伤死者的同时把后背暴露给死者，让喷溅血迹喷在后背上，而前胸一点儿没有，这是不可能完成的动作。更何况，一个娇小的女人怎么可能把一个彪形大汉按倒在地上一刀捅死呢？"

"还有，现场没有明显的搏斗、倒地的痕迹，周围物品和环境也不允许有这个过程。另外，我补充一个第五点吧。"林涛说，"我们听取了丁一兰在第一时间到案后的叙述，可以说和我们现场重建的情况完全吻合，没有一点儿谎话。如果是杀人后伪装，自然会漏洞百出。综上所述，死者是自杀无疑。"

"那他为什么要自杀呢？"一名小侦查员插嘴说。

"这个问题不专业。"我扑哧一笑，说，"这是网络上很多人质疑我们判断案件性质的时候问的问题。我只想说，别人的心思，你不要去捉摸，因为根本捉摸不透。一个个体就有一个想法，有的时候你根本想不到别人自杀的动机。"

"这里我要补充一下。"大宝显然已经振奋了精神，他说，"我们在尸检的时候，发现死者王峰的左侧前臂有很多平行排列的疤痕，这些疤痕外粗内细，可以判断是他以前自残形成的。也就是说，这个死者有着明显的自残史，根据调查，他属于那种易激动的人。一点儿鸡毛蒜皮都能闹个鸡犬不宁，这种疑似戴绿帽子的事情，吵得那么激烈，自杀也不是什么奇怪的事情。所以，我觉得激情自杀的可能性是比较大的。"

会场陷入了安静，大家都在消化我刚才的观点。

张局长自嘲地笑笑，说："其实啊，我倒是希望你们告诉我这是一起命案。凶手是现成的，押在我们的办公室，手铐一给她铐上，什么事情都解决了。如果这是一起自杀案件，我们的不予立案通知书一出，实在不知道死者家属会闹成什么样。"

我说："不管闹成什么样，法医，就是一个永远尊重事实的职业。"

突然，一名女侦查员推门进来，说："刚才，我们把王巧巧带到办公室，在她的幼儿园老师的监督下问了几个问题。"

"她可能是唯一的目击者。"张局长说，"她怎么说？"

"她只重复一句话。"女侦查员说，"妈妈把爸爸杀死了。"

全场一片哗然。

张局长盯着我，说："这，可不太好办了。"

我也是吃了一惊，皱着眉头把整个案件经过在脑子里迅速捋了一遍。

三分钟后，我恍然大悟，说："如果我没有记错的话，所长说，事发后，王巧巧是交由她的爷爷奶奶照顾的，对吧？"

所长点了点头。

我说："自己的儿子死了，无处泄愤，我觉得王巧巧的爷爷奶奶很有可能会教她这么说。"

"可是，这没有依据啊。"

我皱着眉头想了想，说："如果真的是教孩子这么说的话，他们只会说，在警察面前就说妈妈把爸爸杀死了。我认为，可以采取一个办法，让孩子的老师单独和她对话，所有的民警回避，但是要对对话现场进行录像。"

"你就这么坚信你的推断？"张局长问。

我坚定地点点头。

张局长说："好！那我们就试一次。"

等待。

焦急地等待。

二十分钟后，那名女侦查员重新进入了指挥部，微笑着把DV和投影仪连在了一起。

画面上是一个女老师和孩子的背影。

"真的是你妈妈把爸爸杀死了？"

孩子沉默。

"咱们在幼儿园是怎么说的呢？撒谎的孩子好不好啊？"

孩子摇了摇头。

"那究竟是怎么一回事呢？"

"是爸爸把自己杀死了。"孩子犹豫了三分钟，回答道。

"那巧巧刚才在警察阿姨面前为什么要撒谎呢？"

"是爷爷奶奶让巧巧这么说的。"王巧巧说，"爷爷奶奶说妈妈是个大坏蛋，是妈妈骗爸爸把自己杀死了，所以就是妈妈杀死爸爸的。"

会场又是一片哗然。

"这是一件好事啊。"我摆弄着钢笔。

"好事？"张局长问，"何来好事？"

"你们想，王峰的父母其实此刻内心已经很清楚王峰是自杀的。"我说，"他们只是为了出一口恶气，才会把脏水泼到丁一兰身上，对吧？"

大家点了点头。

"但是那些帮助王峰的父母来派出所'讨公道'的群众呢？"我说，"王峰的父母肯定是瞒着他们，骗他们说，丁一兰杀死了王峰，才能够煽动大伙儿来帮他们。"

"所以，我们可以把王峰父母制造伪证的证据告诉大家。"张局长说，"他们自然不会再来闹事。"

"是的。"我说，"我相信，绝大多数人的心里，还是有着公平和正义的。"

我们离开专案指挥部的时候，经过了关押丁一兰的办公室。此时，专案会的大概经过和内容可能已经传到了丁一兰的耳朵里。她突然冲出了办公室，拦在我们面前，跪在地上砰砰地磕头。她的哭声里，夹杂的不知是悲怆还是感激。

"年轻人这一冲动，毁掉多少人的生活？"林涛坐在副驾驶座，感慨地说，"我真想去告诉所有的小夫妻，有什么大不了的关过不去？凡事冷静，才是解决事情的关键。"

"我倒是心疼那个孩子。"陈诗羽叹了一口气，难过地说道，"在这么小的年纪，看到了这样的一幕，这辈子恐怕都无法彻底抹去阴影了。"

"总之，这个案子很成功，很漂亮。"大宝说，"要是梦涵的案子也能这么顺利多好。"

我看了看大宝，说："他们说，法医的工作是'为死者洗冤，让生者释然'，其实，我们也会为生者洗冤，因为我们追逐的目标，其实只有两个字——真相！"

"别感慨了。"韩亮一边开车一边说，"看你情绪低落，我一直没说。你们没发现我们的路线不是回龙番吗？"

"没发现。"我朝窗外看了看，为了缓解大宝的悲伤，开玩笑地说，"你要带我们去哪儿？师傅你贵姓啊？"

韩亮说："刚才你们的会场屏蔽手机信号，师父的电话打到我这儿来了。"

"又出事了？"我叫道。

"青乡市。"韩亮说，"一个精神病患者被杀，步兵[①]再现喽！"

[①] 步兵，见法医秦明系列万象卷第四季《清道夫》。

第二案　小镇病人

我们都有伤疤，内在的或外在的，无论出于什么原因，伤在哪个部位，都不会让你和任何人有什么不同。除非你不敢面对，藏起伤口，让那伤在暗地里发脓溃烂，那会让你成为一个病人，而且无论如何假装，都永远正常不了。

——《唐顿庄园》

法医秦明

VOICE OF THE DEAD

1

一个多月前破案的快感，直到现在还依稀存在。

那真的是一个惊心动魄的案子，跨越了整整半年，数名精神病人被害，媒体跟踪报道，社会影响恶劣。我们的对手居然是一个没有真正意义上入行的同行，高度伪装、下手狠辣，给我们留下了极其深刻的印象。然而凶手百密一疏，在一个简单的笔画上露出了马脚。而这个细微的线索，居然被我们轻易发现了，并且成为最后定案的铁证。

破案后，我们不得不感叹，法网恢恢，疏而不漏。

一个月后，当我们再次听到这个名字的时候，还是不由自主地一愣。

"步兵？"陈诗羽叫道，"现场又出现'清道夫'三个血字了？"

"那倒没有。"韩亮做了个鬼脸。

"信不信我在你背上画个血字？"陈诗羽捶了韩亮一下。

"女侠饶命，正开车呢！"韩亮说。

林涛看了看前排打闹的两人，不满地揉了揉自己的鼻梁，说："那你扯什么步兵？"

"一般哪儿会有人去杀精神病患者啊？"韩亮说，"我看多半也就是个人格不健全的人。当然，我也不敢保证不是步兵再次作案。"

"别扯了。"林涛说，"步兵现在在看守所里锁着呢。"

大宝一直若有所思地皱着眉头，此时终于插上了话："步兵？会不会是步兵没有被抓进去？会不会就是步兵干的？我说梦涵那案子！"

我沉吟了一下，说："不可能吧。你这个逻辑不通啊。如果我们抓错了人，那么步兵就没有必要报复我们；如果没有抓错人，那步兵怎么从看守所出来作案？更何况，步兵已经交代了，还有他的DNA、身份、笔迹都已经进行了鉴定，不会搞错的。而且你别忘了，我们都见过步兵啊，明明就没有抓错人。"

"是啊，别大惊小怪。"林涛说，"韩亮他就没一句正经的。"

说完，他看了一眼陈诗羽。

大宝说："我怕有意外啊。毕竟别的案件，我们都在幕后，不会有人报复我们。但步兵是我们的同行，会不会是身份有问题？或者说，越狱？"

"你当是看电视剧呢？还越狱！越狱这种大事儿，一发生，早就媒体报道满天飞了好吗！"我一边说，一边拨通了看守所同事的电话。

"我给你问了。"我挂断电话后说，"第一，我们绝对不会抓错人，在看守所的那个就是步兵，身份确凿，不会有任何问题。第二，步兵现在老老实实地被锁在看守所里候审呢。这回放心了吧？"

刚刚因为查清案件事实而略有放松的大宝，此时又沮丧地低下了头。

陈诗羽从倒车镜里看到了满脸沮丧的大宝，又捶了韩亮一下，说："都怪你！"

"从来就没个正经的，不知道你为啥还有那么多女朋友。"林涛把最后三个字加重了一下语气，说，"师父究竟是怎么说的？"

"师父说，青乡市一个精神病人，在自己家中死亡了。"韩亮说，"本来他的亲属没有什么意见，按照病故的程序，准备去殡仪馆火化了。后来这个病人在外地打工的儿子回来，说是看到尸体的嘴里有血，感觉有疑问，就报案了。"

"这样的非正常死亡，全省一年有一万起，这有什么好去的？"我说。

"师父看到了上报材料，说是当地法医确实排除了病死的可能。"韩亮说，"因为死者真的有外伤，疑点不能解释。我们刚好把这个事情搞清楚了，就别闲着，赶紧去帮忙看看究竟是怎么回事。"

大宝本身就是青乡人，韩亮这个人工GPS记路的功能也超级强大，我们和青乡的同行更是交流甚广。所以，每次到青乡出差，我们都会省去繁文缛节，自己驾车赶往现场。

按照师父传过来的材料，案件发生地是青乡市郊区的青笛镇。韩亮驾着车几乎没有打弯，就直接到了目的地。

看起来，现场附近地区的经济条件要高于整个青乡市的平均水平，这一片的民宅似乎有一些江南水乡的味道，每家每户都盖着两层的小楼，外墙装潢得十分精致，折射出这一片百姓殷实的生活。

穿过了这一片繁华的小镇，我们来到了位于镇子最西头的现场。这是一条县道，因为经常有大车经过，扬起的灰尘持久不散，所以感觉周围的空气都灰蒙蒙的。和小镇的中心相比，这个位置要冷清许多，除了偶尔驶过的汽车，几乎看不到人烟。

现场就位于县道的一旁，一座同样十分精致的二层小楼，大约和县道离了有二十米。

从小楼的两旁，一直到县道旁的梧桐树，都拉着警戒带。几辆警车依次停在县道旁边，占去了本就狭窄的县道的三分之一。

本以为下车后，我们就要径直跨越警戒带，走进现场。然而，当我们下车后，才发现几个警察正在拆警戒带。

"不是有案件吗？"我走上前，出示了自己的现场勘查证，说，"怎么不保护现场了？是案件破了，还是案件撤了？"

一个负责拆除警戒带的年轻民警给我敬了个礼，说："之前就没人说是案件啊，就法医总在那里说有疑点有疑点什么的。"

显然他没仔细看我的勘查证，不然不会在我面前表现出对法医的"鄙视"。

"也就是说，现在证实这不是个案件了？"我问。

"不是案件。"民警点了点头，说，"指挥部要求不保留现场了，还有死者的亲属要住进来呢，不能影响老百姓的正常生活。"

"死者儿子吗？不是他报的警吗？"我问。

"是啊。"民警说，"不过他现在说他不报了。"

一番对话让我丈二和尚摸不着头脑，我说："我能提个要求吗？代表省厅刑警总队。"

小民警一脸茫然，说："虽然这案子本就不是刑警管，但领导，您还是说吧。"

"现场再保留一天。"我说，"我现在就去市局问问情况。"

"移交交警队了？"我坐在刑警支队长的办公室里，惊讶地问道。

刘三厦支队长说："是啊，现在看，这就是一起交通事故逃逸案件。"

"交通事故逃逸，哦，这样的事情，依照我的经验，家属应该闹得更凶才对啊。"我说，"毕竟破案了，可以带来一笔赔偿款。"

"这不是特殊情况吗？"刘支队说，"你师父没和你说？死者是个精神病人。"

"说了。"我点点头，"有什么问题吗？"

刘支队笑了笑，说："是这么个情况。死者是一个武疯子，武疯子你懂不懂什么意思？就是那种会打人的疯子。"

"哦，躁狂症。"我用三个字解释了死者的病情。

"对对对，躁狂症。"刘支队说，"我们这边都叫武疯子。这个武疯子叫牛建国，可以说是青笛镇的噩梦啊。很繁华和谐的一个镇子，但人人都怕他，甚至没人敢靠近他的住处。"

"就因为他打人？"我问。

刘支队点点头，说："镇子上的居民都是能躲多远就躲多远的，武疯子的家人也深受其扰。什么赔礼道歉啊，赔偿啊，那都是常事儿！这人简直就是一个大大的累赘。"

"他还有什么家人啊？"我问。

"一个妻子，长期和他生活在一起，"刘支队说，"身上还长期带伤，挺可怜的。有个女儿，嫁到隔壁镇子。还有个儿子，在上海打工，哦，就是他赶回来报案的。"

"所以，这样的人死了，对他的家人来说，反而是一种解脱，是吧？"我问。

刘支队点了点头。

"可我听说他是死在自己家里的啊。"我问，"交通事故，怎么能够让死者死在自己家里？"

"是这么个情况。"刘支队舔了舔上唇，说，"前天晚上，牛建国的妻子孙凤从市区回家。哦，她是到市里卖菜的，一般都是这个节奏，早上出门，傍晚时分回家。回到家里以后，就发现死者躺在床上。因为躁狂症，你懂的，基本每天都是暴走状态，睡眠很少的那种。所以她觉得有点儿奇怪，今天咋这么早就睡了？于是她过去推了他一下，发现他纹丝不动，又拉了一下他的胳膊，发现他的手掌冰凉，手指僵硬。她觉得不对劲，于是就打了120。医生到了后，就直接诊断他已经死亡了，让殡仪馆来直接拉走了尸体。本来死者的妻子也没准备报案，毕竟这事儿让她彻底解脱了啊，就给儿子打了电话，让他回来办丧事。她儿子是昨天傍晚时分赶回来的，回来后先去看遗体，发现嘴角有伤，所以报案了。"

"你们就去现场了？"我问。

刘支队点点头，说："我们派人去殡仪馆看了尸体，发现死者头上、嘴上、鼻子上都有伤，确实不像是自然死亡，所以就封存了尸体。然后刑警队的人就去勘查了现场。"

"怎么样？"

"当时是晚上，屋里看过了，没有任何搏斗的迹象。"刘支队说，"床上也是正常的，所以觉得挺奇怪的。第二天早晨复勘现场的时候，发现死者家门口的县道上，有一摊血迹。血迹后面的路面上，有两条长长的刹车痕。"

"哦，原来是这样。"林涛像是松了一口气。

"可是死者为什么在家里呢？"我不依不饶。

刘支队说："那谁知道啊！我猜啊，可能是当时被车撞了，但是还没有到死亡的地步，所以他就自己走回家躺到床上，然后就死在床上了。毕竟这是一个精神病人，不可能像正常人一样思考，去追究肇事者的责任。"

"然后肇事者就逃逸了，对吗？"我问。

"是啊。"刘支队说，"但考虑到死者是自己走回家的，司机可能会认为他并没有多大事儿，所以这个逃逸行为也不算恶劣。"

"然后这个事情就顺理成章移交给交警队，你们就撤现场了？"我问，"因为家属不再追究了是吗？"

"县道上也没有监控，本来就很难查。"刘支队说，"交警究竟会怎么查，我也不知道。但是据说死者家属向交警队明确表示，查不查得到无所谓。"

"尸体也没解剖，对吧？"我问。

"既然没有什么特别的疑点，而且家属坚决反对解剖，我们也就不得罪人了。"刘支队嬉笑着说。

"我看啊，交警队也破不了案。"林涛说，"这样的交通肇事逃逸，确实太难搞了，而且家属又不给他们压力。"

"那你打电话给老陈吧，请示收队？"陈诗羽说。

我点点头，拨通了师父的电话，并且介绍了刘支队向我们叙述的情况。

"所以呢？"师父问。

"所以，我请示收队啊。"我说。

"你们最近手头上有别的案子吗？"

"没。"

"那你们急着回来做什么？"

"我……不是，可是我们没工作了啊。"

"交通肇事案件就不是案件了？不是刑事案件吗？"

小镇病人

"可是交通肇事案件是由交警部门管辖的刑事案件啊。"

"我和你们说了多少遍,虽然我们是刑事技术岗,但也是要为全警服务的。"

"您是让我们留下来办这个交通肇事逃逸案件?"

"不好吗?多看看交通事故,也是积累自己的工作经验。"

"好是好,但是,这里好像不是很重视。"我低声说。

"为什么不重视?"

"因为家属不要求破案。"

"家属不要求破案,就不破案了?公安机关是牛?不抽不干活?"

"可是……"

"别可是,你好好想想,我们的工作是做什么的?逝者是不是该分尊卑?生命该不该估价?"

师父的一番话把我问住了。

我愣了好半天,才发现师父已经挂断了电话。

"老陈又骂你啦?"陈诗羽说,"难道他让我们在这里办交通肇事案件?"

我点了点头。

"哎哟,真是的。"陈诗羽噘着嘴说,"连续办案,不怕累坏人啊?"

话还没有说完,陈诗羽的手机响了,是师父发来的一条短信——

"别啰唆,累不死你。"

"你们谁身上带监控了吗?"陈诗羽叫道,"我说话,老陈怎么听得见?"

"你爸太了解你了而已。"韩亮靠在门框上,头也不抬地玩着手机,"接下来,我们该做些什么呢?"

我们在交警队里坐了半天,和几名交警一起研究下一步工作思路。显然,对于我们的介入,他们是不欢迎的。

"下一步就走访一下,如果真的没有目击证人,这案子肯定没戏。"交警支队事故处理大队大队长王一凡说。

"我觉得可以调取县道上距离现场最近的监控,两头的都要。"陈诗羽说,"可以分析一下车流量的情况。"

"不用分析。"王一凡说,"我们很了解,这条县道上每天要经过几千车次,你怎么知道这几千辆车中间,谁是肇事者?"

"可能不知道谁是肇事者，但是范围绝对没有几千辆那么大。"我说，"如果只是几十辆，是不是就很好查了？"

"怎么可能？"王一凡露出一丝冷笑，"我负责这条县道在我市范围内的所有事故，我还能不知道这路上车流量怎么样吗？"

"如果我们可以告诉你肇事的具体时间范围，以及肇事车的大概车型，是不是范围就小很多了？"我说。

王一凡一时语塞。

"不怪你们。"我说，"毕竟交警和我们刑事技术岗接触得少。这样吧，今天晚了，明天给我一天时间，然后咱们再议。"

"我们真的很忙。"王一凡说，"每天都有几十起事故要出警。"

"你忙你的。"我说，"我们忙我们的，不过终究一句话，谋事在人，成事在天。我也没有多大把握，但是我们既然来了，自当竭尽全力。"

"我以为你只是应付师父呢。"林涛说，"没想到你还真是投入其中了。"

"师父的几个问题把我震着了。"我笑了笑，说，"不过现在我不告诉你们是什么问题，因为这些问题，只有等破案了以后才能回答。"

"如果交警不竭力配合我们，我们的工作难度也是很大的。"林涛说。

我点点头，说："没关系，至少要让交警同行们看看我们刑事技术有多牛，哈哈。"

"你有思路了？"大宝问了句。

大宝开口说话，让我感到十分欣慰。原本多么阳光、话痨的大宝，突然变成了一个沉默寡言的人。虽然大家不说，但我知道每个人心里都是说不出的滋味。

宝嫂的案子陷入了僵局，勘查组所有人都很沮丧和无奈。同时，勘查组所有人都因为大宝放下包袱，继续参与办案，而对他肃然起敬。其实这个一直以来让人觉得呆呆的男人，真的有他另外的一面。

2

第二天，我早早地叫醒了勘查组的各位同事，开始了一天的工作。

虽然应我们的要求，现在延期进行保护，但是当我们进入现场的时候，发现这个现场确实没有保护的必要了。

现场已经被打扫得干干净净，死者原来躺卧的床上，床单被褥都已经被焚烧，并且换成了新的。这只是一间普通的屋子，没有丝毫命案现场的感觉。

"报案的是死者的儿子，是在事发后一天才报案的。"我说，"所以现场被严重破坏了。不，应该说现场已经不复存在了。"

"不。"林涛的眼神里闪出了一点儿火花，"家里显然不是交通事故的第一现场，只是死亡现场。对一起交通事故来说，死亡现场并不重要，重要的是第一现场。"

"英雄所见略同。"我微微一笑，"那我们就去看看那个刹车痕吧。"

从现场屋子里走出去二十几米，便是那条县道。虽然经过了两三天的尘土覆盖，但那摊渗入水泥地面的血泊依然存在。

血泊的周围还有许多滴落状血迹，血泊的后侧有深深的刹车痕迹。

我看了看血泊的位置以及刹车痕迹的位置，走到一边，靠在路边的白杨树上，沉思。

林涛和陈诗羽打开勘查箱，拿出卷尺和标示牌。

"你们看，这刹车痕是由四条平行的黑色刹车印组成的。"林涛说，"说明该车辆的后轮是四个轮胎的。"

"嗯，卡车。"陈诗羽说。

林涛一边说，一边拉开卷尺测量了一下，说："最外侧轮胎的间距达到了两米五，这可是一般的卡车不能达到的尺寸。"

"嗯，重型卡车。"陈诗羽说。

"老秦答应交警队，能够解决两个问题，轻轻松松就解决了其中的一个。"林涛拍了拍手套上的灰，高兴地说，"老秦，死亡时间的问题就靠你了啊。老秦，你在听吗？"

林涛的呼叫把我从沉思中拽了出来，我说："啊？什么？"

"通过后轮间距，我们可以判断肇事车辆是一辆重型卡车。"林涛说，"这毕竟是条狭窄的县道，选择从这里通行的重型卡车不会太多，这就大大缩小了侦查范围。你那边如果能判断出一个大概的肇事时间，这案子我估计不难破。"

"是啊，卡死县道两头的监控，算好时间，就能框定嫌疑车辆了。"陈诗羽说，"把我们刑侦的办法拿到交警部门来用，很容易奏效啊。"

我点点头，说："死亡时间不难推算。"

"不难？"大宝说，"现在死者已经死亡两三天了，超二十四小时就不可能推算出以小时为单位的死亡时间，只能以天为单位了。而且报案人是死者死亡后一天多才报案的，当时市局孙法医去殡仪馆看尸体的时候，就没有推算死亡时间的指标了。"

"胃内容物呢？"陈诗羽说。

大宝摇摇头，说："第一，家属不让解剖。第二，没人知道他末次进餐是什么时候，怎么推算死亡时间？"

我笑了笑，说："大家别忘了，我们听取案件汇报的时候，侦查员说了几句话。"

"什么话？"大宝、陈诗羽和林涛异口同声道。

"侦查员描述了死者老婆孙凤发现尸体时的叙述。"我说，"孙凤说，她大约傍晚6点钟回到家里，发现牛建国躺在床上，她拉了他一下，拉动了他的胳膊，但是感觉手指是硬硬地蜷缩着的。"

"明白了。"大宝说。

几个人都转脸看他，但是大宝并没有说下去。几天来，大宝一直都是省着字儿说话。

我只好接着往下说："尸僵是在人体死亡后两到三小时开始形成，最先在小关节形成，逐渐向大关节蔓延。根据孙凤的叙述，傍晚6点的时候，牛建国的小关节已经完全形成尸僵，但是大关节还没有形成。根据经验，这样的情况，应该是死者死亡后四个小时左右的状态。"

"肇事时间是下午2点？"陈诗羽向我确认。

我摇摇头，说："还要算上牛建国自己走回家，躺到床上，伤重不治这一段时间。这个时间不好估算，因为我们不知道牛建国的伤情如何，从受伤到死亡会经历多久。所以，我们要放宽两个小时。"

"肇事时间是中午12点？"陈诗羽说。

"尸僵产生的情况受到很多因素的影响。"我说，"我们只能说是12点左右，至于左多少还是右多少，都不好说。所以我觉得定在上午10点到下午2点之间比较保险。"

"四个小时的范围。"林涛沉吟了一下，说，"比起孙凤早晨6点出门到晚上6点回来，也算是缩小范围了。"

"先试试查监控吧，说不准直接就破案了。"陈诗羽说。

"我刚才说的一切，都建立在这是一起交通肇事案件的基础上。"我说，"但如果这不是交通肇事案件，我们把死亡时间算得那么精确也起不到丝毫作用。最终的结果，就是永远找不到肇事车辆，而凶手则永远逍遥法外。"

"不是交通肇事？"陈诗羽说，"这个问题我倒是没有想过。"

"不是交通肇事，那这个刹车痕怎么解释？"林涛指着地面说。

"刹车痕？"我笑了笑，说，"如果沿着这条县道走到头，我保证你能发现几十条这样的刹车痕。刹车痕很顽固，下雨都冲不掉，会保留很长时间。咱们没有依据说这条刹车痕和牛建国的死亡有着必然的关联，我们不能犯先入为主的错误。"

"你是说，巧合？"林涛说，"可是刹车痕旁边就是血泊，这样的现场条件，你让我们不往交通肇事上考虑，而去考虑命案，去考虑巧合，是不是有些牵强？"

"是啊，不能因为我们是刑警，就总是有疑罪妄想吧。"陈诗羽说。

"作为一名刑警，就应该多疑一点儿。"我哈哈一笑，说，"相反，我认为这起案件有可能是命案的主要依据，恰恰是这条刹车痕。"

大家都一脸茫然，我笑着拿过了林涛手里的卷尺。

"来，你拉着那头。"我说。

我们把卷尺的一端固定在血泊的边缘，另一端固定在刹车痕的尽头，测量结果是六米。

"我们知道，重型卡车吃重主要在后轮，所以它的后轮刹车痕迹比前轮要深得多。被尘土覆盖后，我们依旧能看见的，是后轮的刹车痕迹。也就是说，死者倒地的位置，与重型卡车后轮胎的距离是六米。而一般的重型卡车，整车长六米半，后轮到车头平面的距离其实也就六米。"

"那不是正好吗？"林涛说。

我说："根据法医的简单尸表检验，首先能够排除的是碾轧致死，因为被重型卡车碾轧，那会惨不忍睹，一看便知。死者如果是因交通事故死亡的话，那么他只有可能是被碰撞致死。重型卡车一般都是大车头，不管是平头车还是凸头车，在人体高度的位置都是一个平面。如果一个平面撞击到人体，而且是能够把人撞死的那种速度，撞到人的时候，人会怎么样？"

"我明白了，人会飞出去。"陈诗羽拍了一下脑袋。

"当然没那么夸张，"我说，"但应该会有一个抛甩作用。换句话说，被重型卡车用一定速度撞击，人体不应该在原地倒下，血泊应该在距离车头还有一段距离的位置。"

大家开始沉默思考。

"所以说，这个刹车痕只是一个巧合，是一个迷惑住所有人眼睛的巧合。"林涛蹲在刹车痕旁边说。

"我觉得是这样。"我说，"当然，这还是要配合尸检来确认的。"

"家属不同意解剖尸体。"陈诗羽摊了摊手。

"那是在初步认定为交通事故的情况下。"我说，"法律规定了，如果公安机关需要搞清楚死因，经县级以上公安机关负责人批准，就可以决定解剖。通知家属到场就可以了，即便家属不来，该进行的解剖还是要进行。"

"听你的意思，是在怀疑死者的家属。"大宝说。

我摇摇头，说："除了家属过于激进，要求尽快结案这一疑点，我还没有任何可以怀疑家属作案的依据。虽然没有依据，但咱们还是提取一些这里的血迹吧。"

"血泊？肯定是死者的吧，有必要提取吗？"

"当然。"我边说边蹲下来整理提取棉签，"不仅要提取血泊，更要提取血泊周围的滴落状血迹，每一滴都要提取。"

"家属的工作做通了。"主办侦查员擦了擦头上的汗珠，说，"可费了老劲儿，最后还是拉上了镇书记、镇长来一起做的工作。"

王一凡在接到我们的结论后，依法办理了交接手续。刑警部门在接到这个案子后也不甚满意，他们对我们的推断并不相信。这使得我的压力剧增，毕竟没有解剖尸体，心里也不踏实。

好在侦查员已经做通了家属工作，这给公安机关也减压不少。如果在家属不同意的情况下解剖尸体，而结论还是交通肇事，那么带来的负面效应就会比较大，后期的工作也不好开展，还会带来很多隐患。

虽然已经是下午6点，但是为了防止家属隔夜反悔，我们决定连夜解剖尸体。

青乡市的殡仪馆被大山环抱，晚上幽静得很。在解剖室昏暗的灯光照射下，加之屋外山里奇奇怪怪的声音，给现场烘托出一股阴森的气氛。以前的我们，在解剖的时候会有很多交流，也会说一些活跃气氛的话。可是在宝嫂出事后，解剖工作变得沉默、寂静，更增加了解剖室阴沉恐怖的氛围。

林涛一直贴在陈诗羽身边站着，僵硬地端着相机。

尸体已经换上了寿衣，据称，原来穿着的衣服已经被当作垃圾销毁。少去了衣着检验，我们的线索看似又少了一些。

我和大宝费劲地脱去了尸体上的寿衣，开始从头到脚进行尸表检验。

死者身高大约175厘米，很壮实，头发乱蓬蓬的。他已经永远离开了，即便是告别人世的姿态，也是这样脏兮兮的。

死者的鼻根部有明显的肿胀，口唇也有挫裂创，甚至还有血迹黏附在口角，没有被擦洗干净，毕竟为死者美容的收费还是很高的。

死者的左侧颞部①有一处创口，留在现场的血泊应该就是从这里流出的。虽然是在头部，但可能伤及了大血管，即便冷冻了几天，一动尸体，还是有血液渗出。

创口周围有片状的擦伤，创口不整齐，创腔内还有许多灰尘、沙子和血液混合在一起。可想而知，这处创口是和地面撞击而形成的。

除此之外，尸体上再也没有开放性创口，只有肩峰和上臂外侧部位可以看到一片乌黑的瘀血区域。

从尸表的情况看，死者最严重的损伤应该是在头部，所以我们从头部开始解剖。

我们切开死者的头皮后，就看出了异常。死者左侧的颞肌有明显的出血，这个不奇怪，因为左侧头皮创口提示了有和地面撞击的过程。然而，他右侧的颞肌居然也有明显的出血。我来回翻动着已经被切开的头皮，确定右侧颞肌对应的头皮上并没有任何肉眼可以观察到的损伤存在。这一处出血显得很突兀，仿佛和周围的损伤并没有明显的关联。

出现了疑点，我们迫不及待地锯开了死者的颅骨。没有想到的是，死者的脑组织完全正常，甚至没有任何外伤的痕迹。整个颅底也都完整，没有骨折存在。也就是说，虽然死者的头部遭受了外力，但是并没有损伤到脑组织，头部损伤不是他的死亡原因。

我站在解剖台旁思考了一下，又将死者的头皮恢复原状，看了看他面部的损伤，心中有了些底。

既然在头部没有找到死亡原因，我们迅速开始了颈、胸、腹的解剖检验。我是主刀，站在尸体的右侧，大宝则站在尸体的左侧。在我们逐层分离胸腹部皮肤的时候，我发现了异常，从尸体右侧乳头处，就看到了皮下出血，很浓重的皮下出血。这个出血一直在往尸体的侧面、背部延伸。

---

① 颞部，位于头两侧、双眼后方，俗称的"太阳穴"附近的位置。

手术刀不停地分离，我们想找到出血区的尽头，这使得尸体的整个胸腹部皮肤都仿佛要被剥离下来一样。

最终，我在尸体右侧肩胛部找到了出血区的尽头。

这么大一片出血区域，是我们平时很少看到的。从乳头部位开始，一直延伸到肩胛部，下面则是从腋窝开始一直延伸到腰部。尸体的整个右侧面几乎全是皮下出血。

"出血是哪里来的？"大宝问。

我的手有些抖，因为我知道，如果是非常严重的损伤，一般都见于交通事故，而人为是比较难形成的。

为了防止被肋骨断端刺破手，我在乳胶手套的外面加戴了一层纱布手套。

"四、五、六、七、八、九。"我机械地数着，"至少有六根肋骨骨折，而且每根肋骨还不止断了一处。"

"这么严重的暴力，人为可以形成吗？"大宝也注意到了这一点，开始质疑我之前的判断。

没有想到躯干解剖的情况和头部解剖以及现场勘查的情况相悖，我顿时有些晕。我想到了解剖带来的隐患和后果，以及这一天所付出的警力劳动。

定了定神，我又解剖了死者的脊柱部位和肩胛骨，这些部位并没有出现骨折。这使得我有了一些信心，我认真地剥离死者右侧每一根断了的肋骨，让骨折断端全部从软组织的包裹里暴露出来。

肋间肌对肋骨的包裹是很致密的，所以这项工作很困难。不知不觉，剥离工作就进行了一个多小时，此时已是深夜。虽然我一直弓着的腰十分酸痛，但是随着刀尖的运行，我仿佛逐渐看到了事情的真相。随着肋骨断端的逐渐暴露，真相仿佛也慢慢浮出了水面。

"鼻根部皮下出血，口唇挫裂创，左右颞肌出血，左侧头皮创口及头皮擦伤。"我一边用手点着尸体上的损伤，一边说，"右侧肩膀及上臂挫伤，右侧腋下六根肋骨骨折，伴周围大面积皮下、肌肉内出血。损伤总共就这些了吧？"

"嗯。"大宝说，"这么大面积的损伤，应该可以定挤压综合征①导致急性肾

_____

① 挤压综合征，指的是因肌肉长时间受到挤压，或大面积软组织挫伤，出现以肢体肿胀、肢体坏死、高钾血症、肌红蛋白尿以及急性肾损伤为特点的一组临床综合征。

功能衰竭死亡吧？还是定创伤性休克①死亡？"

"具体的死因，我们取下死者的肾脏回去进行病理检验后就能知道。"我说，"但不管是哪种死因，侧面胸腰部的损伤就是致死的原因，这个毫无疑问。现在更重要的是分析这个损伤的损伤机制是什么。"

"我看啊，老秦你错了，我觉得是交通事故。"大宝说。

林涛点头附和，他和陈诗羽在我剥离死者皮肤的时候就大吃了一惊。我估计，一是剥皮的即视感让他们感到惊恐，二是面对这么大面积的体内闭合性损伤，他们感到惊讶。

"不急着下结论。"我说，"明早咱们专案会上再去辩论。"

又困又累的我回到宾馆，很快就进入了梦乡。即便是在做梦，仿佛也是现场还原的情况，浑浑噩噩的。

清早起来，隔壁床上的大宝还在酣睡。昨晚我仿佛听见了他在说什么梦话，而此时，还可以看到他眼角晶莹的眼泪，枕侧的床单湿了一块。

3

案件性质陷入了谜团，所以青乡市公安局的局领导召集了刑警、交警部门的负责人共同参加了本起案件的专案会。

为了能让大宝缓解一下悲伤的心情，转移注意力，我安排他来做本次尸检的汇报人。

大宝认认真真、分毫不差地汇报完尸检的情况后，开始进行自己的分析："我们内部也有分歧，所以自己分析自己的意见，看谁能把对方说服。我认为这是一起交通肇事逃逸的案件。主要依据是死者侧面的损伤，多根肋骨骨折，人为较难形成。对于案件的整体分析，我认为是这样的：一辆重型卡车从死者牛建国的右侧撞击了他，受力点是身体右侧面，导致了右侧面大面积损伤。可能是出于某种原因，

---

① 创伤性休克，由于患者遭受暴力打击，导致重要器官损伤、大出血，血液循环中的有效血容量锐减，毛细血管等微循环灌注不足，在遭受创伤后产生的剧烈疼痛感、恐惧等因素共同作用下，出现的机体代偿失调综合征。严重者可导致死亡。

死者并没有被抛甩出去，而是左颞部着地，形成了左侧的头部损伤。因为人体着地后不会马上静止，死者可能发生了翻滚，形成了面部损伤。因为只是摔倒后着力，所以他头部、面部的损伤并不严重。以上就是我的观点。"

我说："我依旧认为这是一起命案，但可能不是谋杀，而是激情杀人。如果案件定性，可以定性为故意伤害致死。"

"怎么分析出来的？"刘支队一脸惊奇。

我说："凶手没有携带任何工具，徒手杀人。而且，凶手的情绪一直处于高度愤怒当中，他没有对致命的部位进行袭击，只是没控制好力度，导致人死亡了。"

"愿闻其详。"大宝说。

我说："我先提几个问题。第一，你刚才说的某种原因会是什么原因？什么原因能导致在巨大暴力撞击下，人体不被抛甩？"

"这我确实没想明白，但交通事故是一瞬间的事情，其间可能有一些小的原因不被我们掌握，所以看起来不合情理。"大宝说。

我说："那第二个问题，死者右侧颞肌的损伤是怎么来的？"

大宝说："我说了，车辆撞击了死者的右侧，右侧也包括头部右侧。"

"车头是钢铁制成的，还凹凸不平。"我说，"这么硬的物体撞击头皮，头皮上会没有损伤吗？"

大宝沉默了。

我接着说："第三个问题，死者面部的损伤你说是和地面形成的，人体的面部结构是凹凸不平的，那么它和平整的地面作用，最先受力的应该是突出位置，而不是凹陷位置吧？人体面部的突出位置是鼻尖、颧部，而不是鼻根和口唇。"

"有道理。"大宝开始赞同我的观点。

我说："除了这三个问题，还有其他更有力的依据。"

"那么你就系统地和我们说说吧。"刘支队受不了我卖关子，单刀直入地道。

我哈哈一笑，说："好，我们就从上面的三个问题开始说。"

交警部门的同志表情轻松了许多，而刑警队的侦查员们纷纷翻开了笔记本。

我说："第一，现场情况我就不再复述了。我认为，如果是车辆撞击，而非碾轧，则必须有个抛甩的过程。所以现场的刹车痕迹只是一个巧合罢了。第二，右侧颞肌孤立的出血，显然不可能和其他损伤有关，而是一次独立的打击。致伤工具显然不会是坚硬的钢铁，而是表面光滑、柔韧的钝性物体，我们可以理解为拳头或者是鞋底。而左侧颞部头皮损伤严重，却没有累及内部的脑组织，说明不可能是剧烈摔跌形成的碰撞伤，而应该是右侧头部受力后，与地面形成的相对的衬垫伤①。"

"我赞同。"市局孙法医给我点了个赞。

我笑了笑，接着说："第三，死者面部的损伤都位于面部的凹陷部位，而现场地面是平整的水泥地面，不可能存在凸起物体正好作用在面部低下部位的情况。所以，死者面部的损伤不是和地面碰撞形成，而是被钝性物体直接打击形成的。尤其是鼻根部的损伤，和上面说的颞肌出血成伤机制是一样的，都是柔韧钝物打击形成的。至于口唇部的损伤，那是因为有牙齿的衬垫，才会出现破损。"

"都很有道理。"刘支队说，"但说服力似乎还不够。"

"所以我接下来要说死者的其他损伤。"我打开幻灯片，说，"挺有意思的，死者的每处损伤其实都能说明问题。第四，大家注意看死者的致命伤，是从右侧的腋下开始，直至腰部。而死者的肩部和上臂外侧也有钝器性损伤。大宝曾经说过，交通事故就是一瞬间的事情，也就是说，交通事故的撞击，一般只有一次。那么，什么样的体位才能一次撞击形成我刚才说的两种损伤呢？如果死者受伤时是举起右胳膊的，那么可以形成腋下的伤，但是不能形成上臂外侧的伤。如果死者受伤时上臂是自然下垂的，上臂外侧可以有伤，但是腋下就被上臂保护起来不可能受伤了。"

"嗯。"大宝说，"所以你说的这两处损伤，不可能是一次形成的。"

我点点头，说："第五点，也是让我最终坚定信心的一点，就是死者的致命伤。我们可以看到图片上的情况，死者的致命伤是在身体右侧，从乳头到肩胛，从腋下到腰部，这么大面积的皮下、肌肉全是浓厚的出血面。大宝说过，一般人为不能造成这样严重的损伤。可是，这个损伤严重吗？不严重！损伤以大面积皮下出血为主，肋骨骨折虽然很严重，但是脊柱、肩胛和胸骨都没有受累。我们知道，肋骨是很脆弱的，如果是大力量反复击打，是可以人为造成多根肋骨骨折的。"

"可是这皮下出血面积太大了啊。"刘支队说。

我接着说："对。正是因为皮下出血面积远远大于肋骨骨折面积，我才认为这些皮下出血不是单纯的肋骨骨折造成的，而是由频繁、多次的钝物打击导致许多出血灶，这些出血灶融合成片，才形成了图中所示的损伤情况。这么频繁、多次的打

---

① 衬垫伤，指的是机体一侧遭受暴力打击时，对侧因有硬物衬垫而在对侧皮肤上形成的损伤痕迹。

击，肯定不会来自交通事故，而是来自人为击打。这些击打，有的只导致了皮下出血，有的导致了肌肉出血，有的导致了肋骨骨折。并不巨大的暴力多次打击后，损伤都逐渐融合了，所以我们才看到了貌似一次巨大暴力形成的损伤。"

"很有道理。"大宝说，"但是你仅仅依据皮下出血面积大于骨折面积，就下这个结论，是不是有些草率了？会不会是因为肋骨骨折后没有进行任何救治，而恰恰伤及大血管，血液大量渗出到周围软组织，才会形成这样的情况呢？"

我摇摇头，说："这一点也排除了，因为我有一个撒手锏似的依据。大家看，这是死者的肋骨，我费了九牛二虎之力才把断端一一分离暴露，以便于观察。我们知道，人体的肋骨在躯体侧面是弯曲的，如果一条弯曲的肋骨被一个平面撞击，最多可能形成几条骨折线？"

"一条。"林涛抢答。

"不对。"我说，"是两条。一个平面撞击一根弯曲的条形骨，可能会形成一条骨折线，也可能会在骨的受力面的两侧各形成一条骨折线。"

"对。"大宝附和。

我说："但是我们可以看到，死者的肋骨，有一根断成了四截，也就是说有三条骨折线，还有一根甚至有四条骨折线。这就说明，作用力绝对不可能只有一次，而是多次。第一次作用力导致了肋骨骨折，第二次作用力在肋骨的断端再折断一段，第三次又在断端折断一段。这就是一根肋骨多处骨折的形成机制。"

图1　肋骨被平面撞击导致撞击点骨折　　　图2　肋骨被平面撞击后变形导致两侧骨折

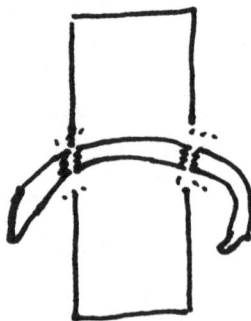

"你好像说服我了。"大宝笑了一下。虽然是自嘲般的微笑，但绝对是这几天以来，大宝脸上的第一个笑容。

"我还没说完呢，刚才我们分析了一些细节，现在我们要从大体规律上分析。"我心情大好，说，"交通事故导致的损伤，凭我的经验，就是以生前擦伤为主。因为交通事故中，力量的大小来源于速度，速度带动人体着地，必然会形成擦伤。在交通事故中，尸体上多多少少都会有擦伤，尤其是四肢关节这些容易着地的地方，擦伤会更明显。可是，牛建国的尸体上，除左侧颞部这一衬垫伤周围存在擦伤外，没有任何擦伤存在了。所以，在我第一眼看到尸表的时候，就坚信这不是一起交通事故。原因很简单，尸体的征象违背了某种死亡的大体规律。"

"所以，牛建国就是被反复打击致死的？"陈诗羽说。

我说："我还原的现场是这样的：凶手先是拳击了牛建国的面部，导致他倒地，然后用脚踹了死者的头部和肩部，形成了头部、肩部和上臂的损伤。因为头部受伤，牛建国会下意识上举双手保护自己的头。这时候，凶手的踹击就着力在死者的身体右侧面、腋下到腰部了。在凶手反复踹击导致死者重伤后，死者有可能自己回到家里爬到床上，也有可能是凶手把死者架回了家里。"

"很精彩。"刘支队说，"根据你上面说的六点，我现在也坚信这是一起命案。"

"命案也有很多种。"我说，"这起案件中，我们可以肯定的是，凶手不是谋杀。凶手没有准备工具，没有攻击死者的致命部位，只是因为没有控制好力度，导致了死者的死亡。在一般人眼里，这样的损伤其实也就是为了造成伤害结果，而并非死亡结果。可惜，死者的个体耐受力比一般人要差，损伤也较一般的伤害更严重，这一系列因素，导致了'死亡'这个本来不应该出现的结果。"

"你是说激情杀人。"刘支队说。

"从犯罪行为来看，动机很有可能是激情杀人。"我说，"从罪名上看，我觉得用'故意伤害致死'更为恰当。"

"可是这个案子，我们该从哪里下手？"刘支队问。

"显而易见。"我说，"犯罪动机明确的情况下，结合死者的具体情况，肯定是要找镇子里的人。之前，我了解过情况，这个镇子的人口流动非常少，结合我开始判断的死亡时间以及现场相对于镇子的地理位置。我觉得，大家现在要找的是本镇子的人，在那特定的四个小时内，从外地回到镇子，或者从镇子准备去外地的人。还有个关键的因素，这个人肯定是个男人，而且比死者还要强壮，至少他要打得过死者啊。注意，从尸检照片看，死者已经很强壮了，所以，这个人应该不难找吧。"

"镇子上人口不多，还有许多出去打工的。"刘支队说，"找这么个人应该不难，但是如何甄别嫌疑人呢？找到十个相似的，哪一个才是凶手呢？即便是找到一个相似的，我们又如何判断他就是凶手呢？会不会是死者家属呢？"

"说老实话，我开始怀疑过死者家属。但在认定这是一起激情杀人后，我觉得死者家属的可能性就不大了。而且，留在本镇的死者家属，都是妇孺，不具备我刚才刻画的嫌疑人特征。至于如何甄别嫌疑人，这确实是本案的难题。"我说，"我也没把握，不如等一等祁江，看看有没有什么好消息。"

祁江是青乡市公安局DNA室的主任。

"不出意外的话，一个小时内会有结果。"我说。

这几十分钟相当难熬。对于我，不知道自己的分析是否会奏效；对于大伙儿，都不知道我的葫芦里卖的是什么药。

四十分钟后，祁江走进了会议室，朝我点了点头。

我心里的大石块瞬间放了下来。

"现场提取了27份检材，其中5份来自血泊，22份来自血泊周围的滴落血迹。经检验，血泊为死者牛建国所留，22份滴落血迹中，有7份是牛建国所留，剩余15份都来自一个不明男子。"

"他就是嫌疑人。"我笑着说。

"这么多？"刘支队说，"什么情况？"

"这一切要从我判断的'激情杀人'开始说。"我说，"既然是激情杀人，那么总要有个激情的来头。我们见过比较多的激情杀人都是言语不合等情况导致的，但这个牛建国是个精神病患者，镇上尽人皆知，没有人会去和死者发生什么言语冲突。同时，我们都知道这个牛建国是个武疯子，经常会无缘无故打人，有时遇见更强的对手，他也会因为无缘无故打人而被打。这就是我猜测的激情杀人的根源。牛建国又打人了，这次碰见个狠角色，所以他反而被打死了。"

"嗯，这我们都能想到。"刘支队说，"我问的是现场怎么会有那么多嫌疑人的血。"

"哈哈，搞惯了疑难案件，碰见证据多的案件反而不知所措了。"我笑着说，"一个知道牛建国是精神病患者的人，为什么会这么控制不住自己的情绪？肯定是因为他被牛建国弄伤了。既然是弄伤了，现场那么多血迹，总该有一处两处是他的血吧。而且你们看，从我重建现场的情况来看，牛建国被击打后，就直接倒地了。因为倒地后头部再受力，才会形成头部的衬垫样创口，从而出血。虽然后期死者有可能站立起来，但是血泊周围那么多滴落状血迹还是很可疑的。不过，现在科学鉴定证实了我的猜想。那些滴落状血迹，大部分是凶手的。"

"现在情况很明确了吧？"刘支队对侦查员正色道，"交警队的同志可以收队了，刑警队的同志按照会议的分析，迅速摸排符合条件的嫌疑人，然后进行DNA甄别。"

"现在嫌疑人的特征又多了一条。"我说，"受伤、出血，你们懂的。"

大伙儿都点头表示会意。

"开完了？"在大伙儿开始收拾笔记本准备干活的时候，韩亮从门口探进脑袋。

"咋啦？"我有一种不祥的预感，韩亮这个家伙最近成了乌鸦，一张口就没好事儿。

"完事儿了我们就准备回去吧。"韩亮说。

"想你的女朋友们了？"林涛戏谑地加重了"们"字。

"不是。"韩亮一脸严肃，"你们会场怎么总是屏蔽信号？师父说，龙番又发案了。"

"真是多事之秋。"我说。

此时离中秋节还有十来天的时间。

"你们辛苦了。"刘支队一脸同情，"赶紧回去吧，我这边没问题的，说不准等你们到龙番的时候就破案了。"

4

"其实，这个武疯子死了，对他的家人和镇子上的群众来说都是好事儿，是一种解脱。"林涛坐在车上说，"我们仍要这样执着地揪出凶手，到底是不是正义？"

"开始我也有惰性，我的惰性来源于和你一样的想法。"我说，"现在我可以把师父问我的几个问题告诉你们了。我们的工作是做什么的？逝者是不是该分尊卑？生命该不该估价？"

"我们的工作是寻找真相，是为了公平正义。逝者没有尊卑，生命没有贵贱。"大宝逐一回答道，"不能因为死者是一个累赘，就去剥夺他的生命。他确实是一个扰民的因素，但是他也有生的权利。"

"很好。"我说，"现在，你觉得我们的所作所为到底是不是正义？"

"如果你们不去执着地追寻真相，"韩亮插话道，"那你们和步兵这个'清道夫'又有什么区别呢？"

"当然，我相信你们也注意到我当时的分析。"我说，"我强调了激情杀人，强调了牛建国可能伤人在先，强调了凶手没有故意杀人之意。我相信，这一切的一切，都能够作为为他减刑的依据吧。"

"我给你点个赞。"大宝说，"说不定，破案后，也就是个防卫过当。"

"现在咱们要去的，是什么案子？"我问韩亮。

韩亮摇摇头，说："师父没有说，但是估计案子不小，因为师父很着急。"

我没再说话，靠在汽车的后座上，随着车辆的摇摆，慢慢地睡着了。梦中，我穿梭在十字路口的人群里，突然听到擦肩而过的一个人在阴笑，我想转过身去抓住他，却怎么也迈不动脚步。

被一阵电话铃声惊醒的时候，我发现韩亮正驾驶车辆驶离高速公路。

"刘支队来的电话。"我拿出手机，说，"看来被他说中了，我们一到龙番，就破案了。"

说完，我按下了接听键，同时按亮了免提。

"你们到龙番了没？"

"刚下高速公路。"

"哈哈，看来我没有食言啊。"刘支队语气轻松。

"破案了是吧？"

"DNA还没做，就交代啦。"

"都交代了？"

"他赖不掉啊，一脸伤。"

"听这意思，我判断得没错咯？"

"何止是没错？简直分毫不差啊。"刘支队说，"凶手是同镇子的牛大壮。这家伙，你看到人就知道了，人高马大啊，一米九的个子，一身肌肉块。好在抓他的时候，他没反抗，不然我看我们局的那几个特警都未必按得住他。"

"果真就是激情杀人吧？"

"防卫过当吧。"刘支队说，"牛大壮中午骑着电动车出镇子办事，到现场附近的时候，牛建国不知道从哪里蹿了出来，拿着一根大棍子，一下子就把牛大壮打倒了，他摔了一脸伤啊。牛大壮顿时就怒了，爬起来就把牛建国撂倒了，用脚踹了，也用棍子打了。打了多少下他自己不记得了，但肯定是很多下。后来他发现牛建国挣扎不厉害了，而且头下面有一摊血，就害怕了，逃离了现场。"

"这样看，牛建国是自己爬起来走回家里去的。"我说，"我们解剖的时候提取的内脏，送去进行组织病理学检验了吗？"

"明天就安排孙法医送到你们省厅方法医那里检验。"刘支队说，"不过，这还有意义吗？不管结果是什么，肯定是那么多肋骨骨折、皮下出血导致的死亡啊。"

"虽然具体的死因细节对案件的办理影响不大，"我说，"但法医就是一门严谨的科学。究竟是挤压综合征导致急性肾功能衰竭死亡，还是创伤性休克死亡，依然需要组织病理学的支持。"

"好的，我知道了。"刘支队说。

"又破一案。"我挂断了电话，深深叹了口气。

"丝毫没有成就感。"大宝看着窗外说，"现在唯一能让我有成就感的，就是把伤害梦涵的那个浑蛋揪出来。"

人工GPS又把我们直接拉到了现场。

这里位于城市北面的一个水库附近，虽然城市建设已经延伸到了水库边，但是这片区域仍有不少荒无人烟的地方。

报案人是一个负责水库周边环境卫生的环卫工人。早晨8点半，当我们在青乡市公安局的专案会开始的时候，环卫工人按规定巡视水库周围，走到了这个案发地点。

这是水库的一角，水库管理处的旧址。因为城市的延伸，这一片区域被卖给一个开发商，准备用来开发一批观景小楼，所以管理处就搬离了这里。此时，旧建筑已经被拆除，开发商的施工队还没有进入，所以这里成了一片杂草、瓦砾堆积的地方。

这里是不属于环卫工人管的，但是环卫工人经过这片区域的时候，发现杂草堆里伸出了一只小脚。

"这里怎么会有被人抛弃的洋娃娃？"环卫工人很是好奇，于是走上前去，拽了一下。

这一拽，吓得他魂飞魄散。

哪里是什么洋娃娃！这是一个小孩子。孩子的身上还有温度，身体尚且柔软，但是从满头满脸的血迹来看，早已没有了呼吸。

我们赶到的时候，现场已经开始分拣装备，准备收队了。

"尸体运走了吗？"我走上前去和胡科长说道。

胡科长点点头，说："我们9点就赶到这里了，120之前已经来过，确认孩子没有生命体征。我们来的时候，孩子的尸僵还没有形成，根据死者的尸温下降了1.5摄氏度的情况，推断死亡时间是早晨7点半左右。"

"孩子的身份清楚了吗？"我问。

"孩子的书包就丢弃在尸体旁边。"胡科长说，"现在正在核实身份。"

"侦查工作也开始了吧？"我说。

"嗯。周边地区已经开始布控盘查，重点寻找身上可能沾有血迹的人。"胡科长说，"监控也在调取，估计过一会儿就会有消息了。"

"现场没什么吗？"林涛蹲在草丛里说。

"现场草上有喷溅血迹，可以判断就是杀人的第一现场。"胡科长说，"不过这附近地面载体很差，没有找到什么有价值的证据和线索。"

"那现在就寄希望在尸检上喽？"

胡科长点点头，脱下手套，示意我们现在就赶往殡仪馆干活。

我们着重对小女孩尸体的尸表进行了检验。

死者的损伤主要集中在头部，应该是处于俯卧位状态下，被人反复打击后脑致死。其枕部的创口连接成片，几乎无法判断创口形态。

"首先可以肯定是钝器。"胡科长慢慢地把尸体枕部头发剃干净，说，"好像是有棱边的钝器。"

"头皮上还有一些印痕，一些直径1毫米左右的小凹陷。"大宝说，"这是个什么工具？"

"我认为工具上带有一些硬质颗粒状的小凸起，就能形成这样的小凹陷，"我说，"但是好像没有什么意义。"

死者的颅骨粉碎性骨折，脑组织外溢，是死于急性颅脑损伤。

小镇病人

　　除了头部的致命伤，尸体的前胸有一条状皮下出血，仅仅累及皮下，而且表皮并没有破损，这是一个软质物体作用所致。现场没有什么软质物体，而且这个动作也毫无意义，所以我们分析这是凶手挟持小女孩的时候形成的损伤。可以印证这一点的是，小女孩的口腔黏膜有明显破损，这是捂压所致。

　　可以肯定，不管这个小女孩为什么跟凶手走，但在现场附近肯定有过反抗和呼救。

　　在检查过会阴部，确定小女孩没有遭受过性侵害后，我们结束了长达两个小时的尸检工作。

　　专案组已经在等候我们了，所以饥肠辘辘的我们也只有扒拉一碗牛肉面的时间。

　　在我们介绍完现场和尸检的情况后，大家沉默着，等待我们对案件性质的分析。

　　"说老实话，我很惭愧。"我说，"从现场勘查和尸体检验情况看，没有发现任何有价值的线索和证据。我们能判断的，第一，死亡时间是早晨7点半左右。第二，凶手用的凶器是带棱边的钝器，至于究竟是什么物体，因为创口融合，我们不能判断。第三，死者是死于颅脑损伤，没有遭受性侵，但是有被约束、束缚的过程，主要行为是挟持和捂压口鼻。"

　　"还是很关键的。"赵其国局长说，"至少我们排除了谋性这一杀人动机，侦查范围也可以相应地缩小。"

　　"凶手把死者挟持到现场后，直接用钝器砸头。"我说，"钝器应该是被凶手带离了现场，因为现场没有发现类型相似且黏附血迹的钝器。整个过程动作非常简单，所以留下的可以推断的内容也很少。"

　　赵局长说："前期的调查情况是这样的，死者叫张萌萌，7岁，水库小学二年级的学生。本来张萌萌每天都是由她的奶奶送到学校里的，因为她的父母在外地打工。今天早晨，因为张萌萌的奶奶要赶去超市排队，买限时优惠的菜，所以早晨6点50分就把张萌萌送到了学校。没想到8点多，就发现张萌萌在现场死亡了。"

　　"可是进了学校，学生怎么出得来呢？这在安全保障上有漏洞啊。"我说。

　　赵局长说："学校门口有监控，基本可以看到一些情况。张萌萌进入学校两分钟后，就又回到了大门口。这时候大门口值守的老师上前询问她要去哪里，张萌萌说奶奶让她自己买一把直尺，她忘记了，去学校旁边的小店里买完就回来。老师就让她出了校门。张萌萌很快走出了监控视野，应该是去小店了。后来我们调查了小店店主，因为每天早上人很多，她不记得张萌萌来买什么东西。我们分析，张萌萌之所以等自己奶奶离开后再出学校，很可能是去买零食。"

"书包小口袋里确实有几袋辣条。"胡科长说，"还有一些零钱。"

"那我们的分析就没错了。"赵局长说，"在张萌萌离开监控视野五分钟后，我们可以看到张萌萌和一个男子再次走进了监控视野。但这次没有进学校，而是往反方向走开。"

"这个男子就是凶手了。"我说，"从地图上看，往反方向走开的路线正好是去水库边。"

"应该是。"赵局长说，"可惜他们走的路线正好在视野的边缘，所以只能看到大半个身体，看不到头面，无法辨认。"

"我们去学校和水库边做了侦查实验。"赵局长说，"用正常步速，十分钟就可以走到现场附近。而且这一条小路在拆迁区，几乎没人。"

"这是蓄谋拐骗。"我说，"但动机貌似是杀人，因为拐卖孩子没必要在杳无人迹的地方，更不用杀人，完全可以恐吓、控制住孩子。而凶手下手极狠，就是朝夺命去的。"

"很可惜，从现场出来的路太多了，有监控的却不多，所以我们没法视频跟踪。"赵局长说，"最近的摄像头也在五公里开外，我们试着找一样衣着的人，也没找到。"

"作案紧凑，手法娴熟。"我说，"从我们的办案经验看，杀害小孩的，无外乎六种情况。一是和孩子的父母有仇，二是近亲杀人，三是精神病杀人，四是性侵，五是未成年人杀人，六是拐卖、绑架杀人。首先，结合孩子父母亲属的情况，可以排除近亲杀人；其次可以排除性侵杀人；凶手下手狠毒、时间紧凑，而且没有任何勒索的信息，可以排除拐卖和绑架杀人；从监控仅有的那一点儿影像，推断凶手的身高和体态，也可以排除未成年人杀人。那么，就只剩下父母仇人和精神病杀人。我觉得下一步，我们的排查重点就是矛盾关系和现场附近的精神病患者。"

"我们开始也是这样认为的。"赵局长说，"有了省厅的支持，我们对这个意见更是坚信不疑，下一步，我们就按照这样的既定方针进行。"

"还有个问题，我一直想不明白。"我说，"既然杀人的目的那么明确，凶手为什么不为保护自己着想呢？"

"什么意思？"林涛问。

"现场旁边几十米，就是水库。"我说，"杀完人，把尸体撂水里，岂不是可以延长发案时间？这样凶手暴露的概率就更小了。"

"这样的情况，只有两种可能。第一种是凶手心智不全或者经验不足，没有想到。第二种是不想隐藏，目的就是挑衅警方。"大宝说。

不知道是不是我的错觉，但我感觉大宝发出的声音和平常很不一样，听起来好像是咬着牙说出来的话。

"挑衅警方这种事儿，发生的概率还是很小的。"我关切地看了一眼大宝，说，"如果是心智不全，刚好可以用精神病人这一说来解释，所以专案组是不是要研究一下，把精神病人作为重中之重来进行排查呢？"

"他不是精神病人。"大宝咬着牙，说出了这七个字。

这时候，我发现大宝正抱着专案组的笔记本电脑，他说话的时候，目光一直没有离开屏幕。可以感觉到，他的眼神里充满了愤怒和仇恨，像是要冒出火一样。

"怎么了？"我绕到大宝的背后，朝电脑上看去。

电脑正在用播放器播放一个视频，看起来是个小学的门口，因为有学生陆陆续续进入学校。而被反复播放着的，是一个步伐稳健的男子，牵着一个小女孩离开视频视野的这个片段。因为在视野边缘，影像有些变形，加之像素限制，根本无法辨别男子的具体衣着。但是男子在离开视野的一刹那，衣角有一个明显的翻动，应该是被风吹起来了。

"灰色，风衣！"我惊讶地叫道，"你们发现没有？！他穿着一件灰色的风衣！"

第三案　蒙辱的西施

令她反感的，远不是世界的丑陋，而是世界所戴的漂亮面具。

——米兰·昆德拉

法医秦明

VOICE OF THE DEAD

1

"灰色？风衣？"林涛一头雾水。

"对！灰色风衣！"大宝咬着牙。

"灰色风衣，怎么了？"林涛问。

"这才没几天，你就忘记了吗？"我说，"伤害宝嫂的凶手，监控记录下来的样子，就是穿着灰色风衣啊。"

"可是宝嫂那案子，监控视频的清晰度除了看清楚灰色风衣，就啥也看不清了，公安部都没能处理出清晰的面部图像。"林涛说，"这个案子更是没戏，只有下半身有图像，上半身都没能被摄像头照到。凭一件灰色风衣，怎么进行同一认定？"

"但大宝的这个发现，咱们还是要重视的。"我说，"毕竟，伤害宝嫂的凶手，不为财、不为色。这个也是。"

"说不定，两起案件都是为了仇。"林涛说，"两个不同的凶手，穿着相似的衣服罢了。现在是秋天了，风大，穿风衣也很正常。"

"可是，专案组调查了这么久。"我说，"几乎把大宝和宝嫂身边的人调查殆尽，也没有发现有可能作案的人。"

"我们破了那么多起案件，凶手说不定是哪一起案件中被打击处理的人呢？"林涛说。

"我们破的都是命案。"我说，"嫌疑人被抓获了，还有出来的希望吗？"

"说得也是。"林涛挠挠头，说，"不过，穿风衣的人很多，总不能用这个小细节来串并案件吧。"

"还有，步伐！"大宝的牙齿咬得咯咯响，勉强从牙缝里挤出了几个字。

"步伐，我还真不记得有什么特征了。"林涛闭上眼睛，仿佛在回忆龙番城市国际大酒店的那一段监控。

"步伐这个东西，即便到目前也没有系统的学科理论。"我说，"但，一段监控视频被反反复复看，视频里的人的行走特征自然也就会被我们的观察力总结出来。我相信，那一段视频被大宝看了无数遍，虽然他不能说出通过两段视频认定为同一凶手的依据，但是我相信他通过潜意识和观察力做出的判断。"

"你的意思是可以并案侦查？"林涛有些担心地说。

"如果能够并案的话，就要考虑大宝家和刚刚遇害的张萌萌家的关系了。"我说，"不为财、不为色，看看有没有可以交叉的矛盾。"

大宝说："我家、梦涵家和这个张萌萌家，肯定没有任何交集。"

"如果真的是这样，就要考虑精神病人作案了。"我说，"没有任何社会功利性的犯罪，只能用精神病人作案来解释。"

说完，我心头突然一阵刺痛。如果真的是精神病人作案，那么因为和当事人无任何瓜葛，侦破难度会增大，即便侦破了，可能也无法追究其刑事责任。那么，对大宝会是很大的打击。

我抬眼看了看大宝。

大宝仿佛并没有注意到这一点，仍是瞪着电脑中的监控录像。

林涛说："也不一定是精神病人作案。比如池子①，就是因为被自己的男人伤了心，又因为警方抓了她深爱的男人，纯粹是为了报复警方、报复社会；再比如步兵，就是为了心中所谓的理想，报复让他失去理想的人群。归纳起来，这两个凶手可能是因为某种刺激，而去报复所有同类型的人。看起来这些死者和凶手没有任何关系，但其实有着千丝万缕的联系。"

"总结得很好。"我说，"看来你是仔细研究了过去两年的两起系列案件。但这两起命案要是真的并案了，两名受害人又能总结出什么相同点呢？"

林涛摇了摇头，说："仅有的相同点，就是性别，但是年龄差距也太大了。而且，今天是9月15日，如果真的是系列案件，也太可怕了，才一个多星期的时间，就作案两起。"

"两起？"我沉吟了一下。

"哎呀！"我突然大叫了一声，吓了大家一大跳，"会不会南和省乐源县，同时也会发生一起儿童被害案？"

---

① 池子，见法医秦明系列万象卷第三季《第十一根手指》。

"可是大宝确定的宝嫂被伤害的时间点，和乐源县石安娜被害案的时间点有冲突，我们不是已经排除了两起案件系同一人作案的可能吗？"林涛说。

我没有回答林涛，慌忙从口袋里掏出手机，拨通了南和省公安厅李磊法医的电话："老李，你好。"

"老秦好。"李法医笑着说。

"你们上次那一起新娘被害案进展如何了？"

"调查了一个星期，查不出任何矛盾关系，似乎可以排除因仇作案。"李法医说，"我们又重新对尸体进行了检验，害怕是性侵案件而我们没有发现。"

"结果呢？"

"没有找到任何依据可以证实死者遭受了性侵。"

"那你们的案件性质如何判断？"

"没法判断。"李法医说，"领导们坚信是情感纠葛之类的矛盾关系引发的杀人，只是侦查员们没有摸排出来罢了。所以，现在主要的工作思路还是再次摸排矛盾关系。"

"唉，我们也是。"我说，"工作思路和你们差不多，哦，其实这两个案子本身就差不多。"

"要不是你们李大宝法医坚持，我看，咱们这两个案子还真能并案呢。"

"我们省今早发生了一起儿童被杀案，没有任何线索，怕是和之前的案件有关联。目前除了今天的一起，我们省命案全破，但'9·7'那起伤害案件涉及我们的民警，所以大家压力都很大。"我说。

"我们还有三四起命案没破，所以我这两天到处跑啊。"李法医说。

"你们没破的案子里，有没有儿童被杀案？"我问。

李法医沉默了一会儿，说："没有，最近发案的已破命案也没有。杀孩子，太残忍了吧！"

"没有就好。"我长吁了一口气。

挂断了电话，我又拨通了公安厅指挥中心的电话。

虽然所有的命案都会通知当地的法医，但不一定会通知省厅的法医，例如抓了现行的案件、很快侦破的命案、嫌疑人明确的命案等。但是，一旦发生了命案，各地按规定必须在第一时间上报信息给指挥中心。所以，指挥中心才是掌握了全省准确、详细发案状况的部门。

"邹哥好！"我听出是我的一个老熟人接的电话。

"怎么了老秦？"

"我想麻烦你查查最近我们省有没有发生儿童被杀案。"

"最近有多近？"

"就查一个月以来的吧，重点是最近一周的。"

"9月15日，欸？今天上午我们不是有同志通知你们陈总了吗？龙番有一起啊，通知你们支援了。"

"除了这个。"

"那就没有了，嗯，确定没有了。"

"没有就好。"我再次长吁了一口气，慢慢地挂断了电话。

"看来，我们的担心是多余的。"林涛笑着说，"不是系列作案就好。"

"那宝嫂和张萌萌这两起案件，到底该不该并？"我问。

"不该并！"大宝说。

"依据太少，专案组不会支持我们的。"林涛说。

"虽然串并案在我们侦破命案的工作中非常重要，"我说，"但是鉴于两起案件留下的线索都非常少，串并案的作用就不是那么大了。我们把意见反馈给专案组，具体侦查措施，还是需要专案组来定夺。"

"专案组现在还是坚持调查宝嫂、张萌萌家长的社会矛盾关系。"林涛说，"如果两者有交集的话，案件自然水落石出了；但如果查不出什么交集，案件势必会陷入僵局。"

"我也觉得社会矛盾引起杀人的可能性很小，"我说，"但是又找不出合理的解释，整理不出新的思路，只能任由专案组继续调查两名受害人的人际交往圈了。"

"那我们现在……"陈诗羽看了看窗外，夜幕已经降临。

"回去睡觉。"我说，"这一个星期，可真是把我累坏了。希望明天这个周末，可以休息一下。一来，大宝可以好好陪陪宝嫂；二来，我们几个也需要充分休息。"

"可别这样说！"林涛叫道，"你又不是不知道你是著名的'秦乌鸦'！"

乌鸦嘴的厉害之处，就是无一不中。

星期日的上午8点，我准时接到了师父的电话。

"睡好了吗？"师父说，"森原市有一起命案，陷入僵局，你们今天赶过去支援一下。”

"早就起床了。"我揉了揉惺忪的睡眼，嘴硬道，"陷入僵局是啥意思？"

"是15日凌晨发案的。"师父说，"经过昨天一天的侦查，碰了壁。"

"昨天的案子？我们怎么不知道？"

"你们最近案子比较多，你应该知道的，这6月到10月，天干物燥，容易发命案，"师父说，"所以昨天没通知你们。"

"我还和南和省厅的李法医说我们除了昨天那一起，命案全破呢，"我一阵脸红，"没想到还有一起。要是这个破不掉，就丢大人了。"

"破案不是为了自己的面子。"师父说，"为了什么，你自己清楚。"

"为了逝者瞑目，为了大义，为了胜残去杀。"我随口说道。

"听说你自己还刻了一个手环，"师父笑着说，"说什么'鬼手佛心，胜残去杀'？希望你能做到！"

"不多说了，那我收拾东西出发了。"

森原市是位于我省西北部的一个县级市，和南和省交界，距离省城300公里。

这个县级市人口不算多，一般不发案，但是发了案通常都是大案、难案。几年前，我们办理的一起站台碎尸案①，就是在森原市发生的。

肖大队长在高速路口接我们，他四十几岁，是法医出身的刑警队队长。

"又给你们添麻烦了。"肖大队一边说一边伸出他宽厚的手掌。

"杀死多人，还是案件疑难？"我连忙和他握手。

"都不是，是一起涉枪案件。"肖大队说。

"涉枪？"我皱了皱眉头，"那现在进展如何？"

"本来一切都顺利，但嫌疑人拒不交代。"

"都有嫌疑人了？"林涛说，"而且已经抓到了？"

肖大队点了点头。

"看起来，我们这趟，也就是扎实证据，防止嫌疑人零口供喽？"我轻松了一些。

"这样，我坐你们的车，一边走，一边和你们说说案情吧。"肖大队说。

韩亮被换到了肖大队的车上，我驾车，肖大队坐在副驾驶座上，大宝、林涛和

---

① 见法医秦明系列万象卷第二季《无声的证词》中"站台碎尸"一案。

陈诗羽挤在后座。

"死者叫欧阳翠屏，28岁，是我们市森口镇比较有名的'早点西施'。"肖大队说。

"什么叫'早点西施'？"

"就是相貌出众的卖早点的女摊主。欧阳翠屏的丈夫赵大壮不让她出去工作，只想让她专心在家里带孩子。但欧阳翠屏是个闲不住的人，很多邻居都反映她很勤快。所以，她有时会在自己家门口摆个早点摊，炸油条、糍粑之类的早点卖。"肖大队说，"重点是，欧阳翠屏颇有姿色，在周围还是有一些名气的。"

"那她有孩子了吗？"

"有一个5岁的女儿。"肖大队说，"丈夫赵大壮是开沙土车跑运输的，收入还可以，家境也不错。家里盖了两层的小楼，装潢也挺考究。"

"夫妻关系如何？"

"据调查，赵大壮的工作是这个家庭的主要收入来源，欧阳翠屏卖早点赚不了多少钱，赵大壮从来都不问她要这个钱。经济基础决定上层建筑嘛，所以在家里是赵大壮说了算，家里的钱也都是赵大壮保管。赵大壮负责养家，欧阳翠屏平时身上也就带一些自己赚的钱，打打麻将什么的。"肖大队说，"据说赵大壮脾气暴躁，欧阳翠屏平时很听赵大壮的话，若有不顺心的，赵大壮会对欧阳翠屏进行殴打、谩骂。但邻居们都认为两人的关系总体还算是不错的，对家暴这种事儿，邻居们都没有怎么管，说他们是一人愿打、一人愿挨。"

我皱了皱眉，继续问道："那两个人的情感问题呢？有没有婚外恋什么的？"从我们省厅法医科统计的全省命案成因看，现在的谋杀案，很大一部分都是情感纠葛、争风吃醋引发的。

"从目前的调查情况来看，只有欧阳翠屏的几个同学反映，欧阳翠屏和同镇的一个叫赵平的男人有些暧昧。"肖大队说，"但没有任何证据证明两个人存在不正当男女关系，他们俩只是中学同学，上学的时候关系就很好。欧阳翠屏结婚后，除了同学聚会，也没有和他进行其他接触。"

"好，你接着说。"我说。

肖大队说："9月15日凌晨4点，是赵大壮打电话报警的，说他老婆欧阳翠屏在自己家中死亡。据赵大壮反映，14日晚上11点左右，在女儿睡着了以后，他决定开车出去拉几趟沙土。因为最近隔壁镇子上有个政府承接的大工程在夜以继日地进行，赵大壮最近白天也都是在给工地上拉沙土。他认为，晚上出去拉沙土，一来车少竞争小，二来工资高，三来路上车辆少，往返效率高。所以，他准备晚上熬夜去多赚一点儿钱。在干活干到15日凌晨3点左右的时候，他家的邻居，也是他的堂兄赵林林给他打了电话，说赵大壮的女儿赵雅半夜敲他家的门，他开门一问，赵雅说找不到妈妈了，只有她一个人在床上睡觉，妈妈不在房间，也不在小房间，她很害怕。

"赵林林起床带着赵雅回到她家，看了一圈，欧阳翠屏确实不在家里。赵雅说，她醒了以后，看妈妈不在家，就吓哭了，然后从大门出来，到隔壁找堂伯，出来的时候，大门应该是正常关闭的。

"赵大壮接到电话以后，第一反应就是欧阳翠屏趁他不在家、趁女儿睡觉，溜出去打麻将了。以前她就因为总是打麻将输钱，被赵大壮打过一顿。

"赵大壮说他当时正好拉完了一车沙土，准备拉下一车，是空车状态，所以没打招呼就直接把车开回了家。本来他是准备在一楼找根棍子，然后去找老婆，找到她的时候打她一顿。

"棍子平时是存放在一楼工具间里的，因为家里有大车，修理什么的，都是赵大壮自己来，所以一楼卫生间旁边有一个工具间。打开工具间后，赵大壮发现欧阳翠屏裸着躺在工具间里，工具间里臭气熏天。"

"尸体都腐败了？"我惊讶道。

"没有，后来证实是大便。"肖大队皱了皱眉，说，"凶手可能是在工具间里拉了大便。总之，欧阳翠屏在赵大壮进入工具间时，就已经死了。因为120到达现场的时候，发现她的小关节已经形成尸僵。随后赵大壮就报了警。"

"工具间？裸体？"林涛一脸疑惑，"即便是趁丈夫不在的时候偷情，也不会去工具间吧？"

"看起来，是个强奸杀人案？"我说。

肖大队微微一笑，说："我们到达现场的时候，发现房屋后面的一扇小防盗窗，也就是卫生间的窗户，被人去掉了两颗螺丝后，给掰开了。"

"那还真是破窗入室的强奸案啊？"陈诗羽说。

肖大队长摇了摇头，说："我们开始也以为这就是一起强奸杀人案件，但是随着案件侦查的进展，越来越多的问题出现了。"

"比如什么问题？"我问。

"这个，我一时半会儿说不清楚。"肖大队说，"我们很快就会到达现场，到了现场以后，我结合现场情况，再——向你们介绍。"

"这嫌疑人到底是谁啊？"林涛问。

肖大队叹了一口气，说："嫌疑人不是别人，就是死者的丈夫，赵大壮！"

2

现场位于森原市东边的一个小镇子里。

镇子的居住人口不是很多，但是可以看出居民的生活挺富裕，每一家都建有二层小楼，整齐地排列在道路的两侧。

其中的一栋，就是赵大壮的家，也就是本案的中心现场。

"你们怀疑赵大壮，查一查他晚上究竟是不是开车去拉沙土了，不就得了？"陈诗羽在我们的车子经过一片空地的时候说。

"你看到的这片空地，就是一个自然的停车场。"肖大队说，"赵大壮的车子平时也就停在这里。因为空地和现场有一定距离，所以没有人能证实赵大壮前天晚上到底有没有出车干活儿。"

"工地上也不知道吗？"陈诗羽瞥了一眼车窗，窗侧，森原市的警车从我们的警车旁超了过去，引路去现场。韩亮正在和驾驶员谈笑风生。

"工地才不管。"肖大队说，"这些沙土车都是经常和工地合作的，去拉土的时候领一张牌子，到了卸土的地方，凭牌子拿钱。现拉现结账，绝不拖欠。所以，也没人登记、没人注意，赵大壮究竟有没有去拉。"

"那通话记录呢？"我问，"不是说赵林林凌晨3点给赵大壮打了电话吗？"

"这个没问题。"肖大队说，"从手机漫游的情况看，那个时候赵大壮确实不在家里。不过，如果是他作案，伪造一个不在场证据，也很正常。"

说话间，警车经过了连续的几间沿街修车铺，开到了位于镇子一角的现场。

现场是一栋二层小楼，外墙都贴上了瓷砖，建筑风格也很考究。

现场周围被围了一圈警戒带，两个主人一个被杀、一个被抓，孩子也被送到了欧阳翠屏的娘家。

肖大队带着我们穿好了勘查装备，率先钻进了警戒圈。

派出所民警在接到通知后，打开了现场的大门。大门是一扇红色的钢制防盗门，质量不错。门锁和周围都没有任何撬压、损害的痕迹，凶手要么是熟人，要么就不是从这里进入的。

走进大门后，是一个小客厅，摆放了沙发、茶几、电视柜、餐桌等家具。

"留心脚下。"肖大队说，"画了粉笔圈的，都是鞋印。"

森原市公安局的技术员袁锋蹲在地上，用足迹灯照射大理石的地面。

"鞋尖都是指向大门的。"肖大队说，"也就是说，凶手没有往里走的痕迹，只有往外走的痕迹。这些痕迹，是泥污加层痕迹，凶手的鞋底沾染了泥污，再踏在地面上，泥污黏附在地面上形成的。这些泥污，应该就是中心现场的大便。"

"中心现场怎么会有大便？"我皱起眉头。

肖大队摇了摇头，继续引着我们往里走。

小客厅的尽头，是一个卫生间、一个厨房和一个工具间。卫生间的防盗窗被掰开了一部分，其余没有任何异常。厨房里放着一些用来制作早点的工具，都洗刷干净了。

工具间则是一片狼藉。

工具间的角落里堆放着各种工具，还有一张写字台和几件旧家具。地面上很多污渍，有一些仿佛是燃烧之后的灰烬，有一些仿佛是污水蒸发过后留下的痕迹，还有不少凝固了的血迹。

地面上被法医用粉笔画了一个人形，应该就是死者躺伏的原始位置。看起来，应该是一个仰面倒地的姿势。

"死因是什么？"我问。

"等会儿再说。"肖大队说，"我们来的时候，尸体就躺伏在这个位置，全身赤裸。身上有很多灰色、黄色夹杂的污渍，不是黏附上去的，而是擦蹭上去的，有些擦蹭的痕迹还可以看到整齐的纹理。"

"那说明什么问题？"陈诗羽捏着鼻子说。

即便过去了两天，密闭的工具间内还是一股臭味。

"我们分析，这些污渍是大便。"肖大队说，"像是凶手用鞋子踩着大便，往死者身上擦蹭，像是一种不能理解的变态行为。"

"你的意思是说，凶手在现场解大便，然后往死者身上蹭？"林涛惊讶道。

肖大队点点头，说："目前看是这样的，尸体上黏附的大便，都是被鞋底一样的东西整齐地擦蹭上去的。可惜，我们在现场和尸体几个部位上提取了污渍，都没能够做出男性的DNA基因型。"

"工具间清理了吗？"我说，"有没有什么线索？"

"我们找赵大壮来看了，他说原本就是这么乱。"肖大队说，"这里面气味太难闻了，而且，本身也没啥重要的东西，所以没有进一步清理。"

"那地面上这些黑色的灰烬是什么东西燃烧留下的？"我蹲在地上，用戴着手套的手指蹭了一点儿，捏了捏。

"不清楚。"肖大队说，"但我们这边有风俗，死人的地方要烧纸，估计是赵大壮看老婆死了，就在这里烧了纸吧？"

"问他了吗？"

"他否认了。"肖大队说，"他情绪很激动，啥也不说。"

我站起身点点头，示意肖大队继续介绍现场情况。

我们从工具间旁边的楼梯走上二楼，面前又是一个小客厅，暗红色的木地板和粉色的窗幔交相辉映，显得这个家很温馨。

"楼梯上有足迹吗？"我问。

肖大队说："楼梯上和二楼地板上，都没有看到明显的、可以辨别的足迹。欧阳翠屏看起来还是蛮勤快的，家里打扫得比较干净，所以连灰尘减层足迹都辨别不清。凶手在二楼和楼梯上的活动轨迹无法判别。"

"也就是说，唯一可以辨别的足迹，就是从工具间开始，到大门口结束的，对吗？"我问。

"是的。门外就是水泥地面，看不清足迹了。"肖大队说。

二楼只有两个房间，分别是主卧室和次卧室。

肖大队走到一间卧室的门口，说："这一间是主卧室，是平时欧阳翠屏带着赵雅睡觉的地方。"

主卧室里有一张靠墙的大床，上面的被子堆在一起。大床的正对面是电视柜和电视机。

"这么说，赵大壮不睡这里？"我问。

肖大队说："据赵大壮自己说，因为他打呼，所以平时都睡次卧室。当然，从我们对床铺的勘查来看，只有两个枕头，一个大人的枕头，一个孩子的枕头。和这个大枕头匹配的另一个枕头，确实在次卧室里。"

"这个房间就这样吗？"我问。

肖大队点点头，说："重点是，死者的睡衣、内裤都脱在主卧室的被子里，是脱下来的，不是撕下来的，因为没有任何受损的痕迹。后来我们找赵雅辨认了，当天晚上，她妈妈就是穿着这一身带着她睡觉的。"

"欧阳翠屏裸着从主卧室走到楼下工具间？"林涛问，"是被胁迫的吗？"

"尸体上没有任何威逼伤[①]、抵抗伤[②]。"肖大队说，"疑点就在这里，没有人会到一个破破烂烂、躺都躺不下去的地方实施强奸吧。"

我低头沉思了一会儿，说："现场就这样了吗？"

"嗯，次卧室里没什么异常，没有翻动什么东西。"肖大队带着我们走到次卧室门口，指着床说，"我们到现场的时候，小床的被子是叠好的。"

"被子是叠好的？"眼尖的林涛瞬间注意到床沿的异常，走进房间看了看床沿，说，"那也就是说，这里的床单形态就是原始形态？"

肖大队说："嗯，这个房间我们提取了一个纸篓，其他都没有动。"

"可是，你们看不出来这是一个完整的臀印吗？"林涛指着床沿皱缩的垫被说。

"啊？"肖大队有点儿慌，"是吗？臀印？这没意义吧！别人坐在床沿就可以留下这样的痕迹吧？强奸不可能在这里发生，不然垫被的褶皱就没这么轻了，而且床头叠好的被子也不会这么完整吧。"

"只是坐在床上，不会导致垫被往床内侧皱缩。"林涛说，"这应该是一个人坐在床沿，有力量把她往床内侧方向推，才会形成。"

"也就是说，确实有可能存在性行为的动作？"我问。

"不可能。"肖大队说，"你看看，这个床沿这么低，如果是女性坐在床沿，身体就过于低下了！这……这……这没办法实施啊。而且，现场的纸篓我们提取了，DNA都做了，只有欧阳翠屏的DNA。"

"纸篓里有卫生纸？"我问。

肖大队摇摇头，说："不是。纸篓里啥也没有，但有一些，哦，不知道是什么

---

① 威逼伤，指的是犯罪分子为了逼供、胁迫，在被害人身体上留下的轻微损伤，比如用刀尖轻戳被害人的颈部留下的损伤。

② 抵抗伤，指的是被害人在遭受侵害时，下意识抵抗而形成的损伤，常见的有双手、前臂的锐器伤。

东西，可能是呕吐物？反正我们进行DNA检验了，只有她自己的。"

"呕吐物？"林涛说，"这样就可以解释了！你们不是说坐在这么矮的床边，没有办法完成性侵的动作吗？其实非正常体位性行为不就可以吗？你们看，这样，女的坐在床上，高度是不是正好？"

"你们这么肆无忌惮，有考虑过小羽毛的感受吗？"韩亮站在门口嬉笑道。

我回头一看，想起现在我们勘查组里多了一个女同志，刚才我们不断地"模拟"某些动作，确实不太雅观。

此时的陈诗羽早已脸红到了耳根，被韩亮一说，更是无地自容，她瞪了韩亮一下："我谢谢您的提醒嘞！我又不知道他们在说啥！！"

林涛此时的脸也红到了耳根，抓耳挠腮，不知道该如何解释。

"这一切都是我们的猜测。"为了避免尴尬，我故意背过身不看林涛和陈诗羽，岔开话题，说，"一切都还需要证据来支持，现在问题来了，死者的口腔擦拭物，做出男性DNA了吗？"

"现在你知道他们在说啥了吧？"

我听见背后韩亮坏坏的声音，继而传来了一声闷响和韩亮的呻吟。

肖大队看了看陈诗羽挥舞拳头的样子，笑着摇摇头，说："死者的阴道擦拭物、肛门擦拭物和口腔擦拭物均没有发现男性DNA基因型。"

"那确实没有强奸杀人的依据了。"我说，"可是，你们是怎么怀疑起赵大壮的？"

"最初的想法，就是案件现场是强奸杀人，但没有发现别的男性的DNA。"肖大队说，"其次，你们也看到了，卫生间的防盗窗就被掰开了一点点，正常男人，恐怕是没法从那么小的空隙里钻进来吧？第三，死者死在工具间里实在无法用正常思维来解释，但她又确实是在工具间里死亡的，因为她身上有创口。屋子里除了工具间，其他地方都没有血迹，说明杀人现场就在工具间。而且，死者的尸体上还被蹭上了大便。我们分析，最大的可能就是赵大壮为了隐匿相关证据，用大便来混淆视听，但总不能把大便拉在房间里啊，所以选择了工具间作为杀人现场。第四，死者在大房间被窝里老老实实地把自己的衣服脱光了，这除了熟人，还会有其他可能吗？当然，死者身上没有任何威逼伤、抵抗伤，也印证了这一点。"

"有些牵强。"我皱着眉头说，"先不说这些依据抓人是否符合逻辑，就算是熟人，那有没有可能是那个有过暧昧关系的赵平做的？"

"是，上面的这些依据，都不是我们抓人的依据，"肖大队说，"只能作为参考。我们已经对赵平进行了调查。经调查，他当天根本就不在森原，所以完全没有作案的时间。其实，让我们下定决心抓人的，还是死者的死因。"

"那么，死因是什么呢？"我问。

"在我们进行现场勘查的时候，侦查组访问得来了消息，说是周围有邻居，还不止一户，哦，准确地说，是有三个人，三个人都是居住在附近、远近不一的镇民，都这样说。说是听见15日凌晨1点左右，有枪声。"肖大队说，"尸体检验的时候，虽然死者颈部有被扼压的情况，尸体也存在少量窒息征象，但是我们认为死者胸口的一处损伤很有可能是枪弹创，她的死因不应该是机械性窒息死亡，而应该是枪弹创导致肺脏破裂、大出血死亡。毕竟现场有不少血，死者胸腔内也有很多血。侦查组依据涉枪这一线索进行了摸排，我们这个县城，治安管理还是很不错的，以前很少有涉枪的案件出现。所以，查来查去，就那么几个人曾经或者有可能涉枪，但这些人全部被排除了，除了赵大壮。"

"赵大壮有枪？"我问。

"在以前收缴自制枪支的时候，赵大壮就因为藏匿自制枪支而被行政拘留过。"肖大队说，"虽然没有依据证明他现在还藏有枪支，但赵大壮有自己制作枪支的技能。"

"这样的话，他确实嫌疑很大了。"林涛说，"毕竟我们国家对枪支的管理还是很严格的，我们工作这么多年，都很少看到涉枪案件的发生。同样，涉枪案件也很好破，毕竟能够涉枪、有能力涉枪的，也就那么几种人。"

"等等，我刚才听你说的是，损伤很有可能是枪弹创。"我说，"难道你们不能确定那是不是枪弹创？"

"这个，"肖大队说，"我也不知道怎么说。我也做法医好多年了，枪弹创倒是没见过几个。但是欧阳翠屏身上的这处损伤，是一个标准的圆形，而且创口周围有明显的隆起，这应该就是枪弹创的痕迹吧。"

说完，肖大队拿出相机，把那处损伤的照片翻找出来给我看。

创口在死者右侧乳头内侧，看起来确实很圆，而且创缘往外隆起。

"更重要的是，虽然皮肤上只有这么一处创口，但是肺脏上有扇形分布的十几个创道。"肖大队说。

"嗯，符合霰弹枪极近距离射击的创口和创道形态。"林涛说。

"所以，我们认为，很有可能是枪弹创。"肖大队说。

"我的意思是说，你们为什么没有确定就是枪弹创，而是用了'很有可能'这个词？"我追问道。

"问题就在这里，也是我们请你们来帮忙的主要原因。"肖大队说，"经过尸检，我们发现损伤只有射入口，没有射出口，也就是说，损伤并没有贯通后胸壁。死者肺脏上的十几处创道都是盲管创①，没有穿透整个人体。"

"很正常，自制霰弹枪一般都没有那么大的力量去贯穿人体。"林涛说。

"可是，我们在死者体内，只找到一些黑色的颗粒，没有找到弹丸！"肖大队说，"这挺恐怖的，本应该打在死者体内的子弹，消失了！"

3

我被这个情况吓了一跳，低头沉思。

肖大队则仍是喋喋不休，声音隔着口罩，传到正在沉思的我的耳朵里，仿佛有些模糊："虽然子弹消失了，但是我觉得这不能影响我们的总体判断。综合所有的现场信息，我们分析认为，赵大壮当天可能提出要和欧阳翠屏发生关系，所以欧阳翠屏在被窝里脱了衣服，但在这个过程中，嗯，至少他们的夫妻生活还没有完，就发生了某种矛盾。

"矛盾迅速升级，两个人可能有厮打，最后厮打到了楼下的工具间。赵大壮一气之下，一边掐着欧阳翠屏的脖子，一边用自制手枪击中了欧阳翠屏。杀死欧阳翠屏后，赵大壮为了干扰警方视线，掰开了卫生间的防盗窗，并把大便抹在死者的尸体上，然后伪造了不在场的证据。"

"杀人现场在工具间这一点肯定没问题，毕竟只有那里有血迹。"林涛说，"肖大队说得也对，强奸杀人，没有必要去工具间实施，只有可能是枪支藏匿在工具间，凶手便于取用，而正好受害人又跟到了那里。"

"现在焦点就在枪上。"我说，"不过，没有子弹的盲管创，不能轻易下枪弹伤的结论啊。"

---

① 盲管创，相对于"贯穿创"而言的名词，钝器、锐器或火器刺入（射入）人体，未穿透肢体而形成的创口。

"我记得我最近看了一部电影。"肖大队说,"民国时期的事情,说是用骨头来制作弹头,子弹打进体内,变成了骨屑,所以检验不出来。我猜想,会不会赵大壮制作的,也是这种软质的霰弹弹头,一旦打进体内,就变成了黑色的碎末。咱们不能说没有弹头,因为创道内有很多黑色的碎末。"

"这个太玄乎了。"我说,"电影毕竟是电影,咱们不能拿到现实案件中来运用。不管怎样,还是等我们检验完尸体再说吧。"

"时间不早了,先吃饭。"肖大队说。

我点点头,说:"就在附近随便吃点儿,然后林涛留下来继续勘查现场,我和大宝还有陈诗羽去检验尸体。"

"现场好像还有不少需要进一步勘验的。"林涛说。

我点点头,说:"工具间要慢慢整理,把所有的东西都清理出来,看有没有线索。当然,我觉得最重要的,还是那扇被掰开的防盗窗,看能不能找到一些痕迹。"

"让袁锋留下来帮我吧,我一个人忙不过来。"林涛指了指森原市公安局的技术员。

"我也留下来,最近我参加了痕检班的学习,虽然还没有勘查现场的资格,但打打下手还是没问题的。"韩亮说。

"你们吃吧,我吃不下了。"陈诗羽皱着眉头说。

尸体躺在解剖台上,可以看出生前确实是一个美女。

尸体上的污渍大部分已经清洗干净,尸体胸腔和腹部正中的切口已经在初次尸检后被法医缝合了。由于森原市公安局的尸体解剖室条件有限,水压较小,所以尸体清洗得也不是特别干净,比如腋窝等地方,还能看到有一些污渍。

尸体表面黏附的气味还是很重,那种排泄物的臭味和血腥气夹杂在一起,令人作呕。陈诗羽退了两步,一手拿着相机,一手捏住了鼻子。

"巨人观①都撑得住,这点儿味道就撑不住了?"我笑着问。

"感觉比巨人观还臭。"陈诗羽瓮声瓮气地说。

尸体胸口的圆形创口此时已经变形了,可能是因为皮肤水分流失。这时候的创口已经没有那么圆了,而是呈现出扁平的椭圆形,创缘也没有明显的隆起。我用两

---

① 巨人观,尸体高度腐败后,受到腐败菌群的作用,体内会产生大量的气体,并逐渐扩散到全身,使之看上去膨胀如巨人。

根手指把创缘两侧的皮肤往中间对了对，看起来并没有明显的皮肤缺损。

除此之外，尸体上就没有开放性创口了。闭合性损伤，也只有颈部还可以看到一些皮肤瘀青。死者被人掐扼颈部，这一行为是可以确证的。尸体上确实没有任何威逼伤、抵抗伤和约束伤[1]。

"皮下肌肉有一些出血，但并不是很严重。"肖大队说，"舌骨和甲状、环状软骨都没有骨折，说明掐扼颈部的力量倒不是很大。"

"死者这么羸弱，不需要多大的力量就会窒息。"我拿起死者的双手，看到十指的指甲都是乌青的。

"我们也不否认死者有机械性窒息的征象。"肖大队说，"但是死者尸体上的破裂口出血较多，说明是生前损伤，那样的失血更容易引起死亡。"

"可以下失血和窒息合并致死的结论。"我说，"这样更科学一些。"

肖大队点点头。

当然，具体死因鉴定该如何出具，在本案中并不影响案件侦查和审判。

我和大宝合力掰开死者的双腿，检查尸体的会阴部。她的会阴部确实没有任何损伤，而且很干燥，不像是遭受过性侵害的样子。但是，她的肛门口黏附了很多黄黑色的污渍。

"死者可能有大便失禁啊。"我说，"你看，现在还能看到痕迹。"

"你是说，现场的大便，是死者的？"肖大队说。

"很有可能！"我说，"在工具间里解大便，这个确实不好用正常人的思维来解释。而目前看，现场的排泄物，应该是死者所留。毕竟人在机械性窒息的时候，很有可能导致大小便失禁。啊，对了，现场还有很多干了的污渍，那应该就是小便失禁留下的。"

"那么，就无法证明赵大壮是用大便来干扰警方视线了？"陈诗羽说。

"这个推理本来就不能成立，太不合常理了。"我说。

我用剪刀挑开原本已经缝好的缝线，切口处立即翻出深红色的肌肉和黄色的皮下脂肪。

尸体的胸腔是已经被解剖过的样子，胸骨已经被取下，现在被重新放在胸口。

---

[1] 约束伤，指的是犯罪分子为了控制、约束被害人，用工具或徒手在被害人四肢关节部位形成的损伤，常见的有捆绑伤和腕、肘关节环状皮下出血。

我取下血淋淋的胸骨，暴露出了死者的胸腔。胸腔里，带着一些黑色纹理的粉红色肺脏呈现在视野中，右侧的肺脏明显比左侧的要小。

右侧肺脏沿着中间的支气管被切开，可见在首次解剖的时候，右肺已经被法医取了下来，进行观察、固定证据。

"你们是直接取下肺脏进行观察的？"我问，"为何没有'掏舌头'，把整个心肺以及气管、喉头取下来？"

"没有这个必要啊。"肖大队说，"我们在原位观察了，颈部的外力只导致了浅层肌肉的出血，深层肌肉都是好好的，也没有喉部的骨折，所以没必要取下来。"

"'掏舌头'并不只是用作观察喉部损伤或其他特征，还可以提取一些痕迹物证。"我说，"我记得你们是15日下午进行尸检的，那时候死者刚好死亡十几个小时，是尸僵最坚硬的时候，尤其是下颌关节，几乎是人力所不能掰开的。我看尸体的牙齿、口唇都是完好的，死后损伤都没有，说明你们也没有撬开死者的口腔。那么，你们的口腔擦拭物是怎么提取的？"

我想到现场次卧室的情况，那皱缩的垫被，还有纸篓里的少量疑似呕吐物。

"哦……"肖大队回忆了一下，说，"他们好像是用棉签，沿着死者紧咬的牙齿，提取了颊黏膜的擦拭物。"

"提取口腔擦拭物重点是舌根、上颌和会厌部。"我说，"擦颊黏膜，很有可能提取不到应该存在的东西。"

"可是以前对于女性尸体，我们都是这样取材的。"肖大队说，"毕竟是常规取材，所以也不会太严苛。"

"别的尸体这样提取是做一个常规排除，"我说，"但是这具尸体，很有可能被强迫实施非正常体位的性行为。所以，口腔擦拭物就显得尤为重要了。"

我沿着死者的下颌缘，切开了肌肉，然后割断了舌后的软组织，把舌头从尸体的下颌下掏了出来。

"你看，会厌部褶皱里有明显的黏液！"我说。

"可是正常人，这里也会有黏液啊。"肖大队面色有些尴尬。

"正常黏液应该是清亮透明的，"我一边说，一边用几根棉签把会厌部的黏液提取下来，"而这个是乳白色的。高度怀疑是精液，赶紧送检！"

随后，我又从死者尸体胸腔内取出上次解剖就取下的右肺，仔细观察。

右肺有明显的压缩改变，是大量出血，以及胸腔内负压环境被破坏导致的。

右肺上有很多破裂口，也都呈现出一种较扁平的椭圆形。右肺靠近胸壁这一面，有十几处破裂口，较为密集；而右肺靠近背侧的那一面，也有近十处破裂口，较为分散。从立体上看，这十余处创道应该呈扇形圆弧状，距离创口近的密集，而越远越发散。看起来，还真的有点儿像霰弹枪的创面。

我用一把止血钳逐一探查肺脏的创道，它们大部分贯穿了全肺，也有几处没有穿破肺脏。每一处创道里，都能用止血钳带出来一些细小的黑色碎末。我把这些碎末都擦拭在一张滤纸上，小心叠好，放进了物证袋。

我把整个心肺拉离了胸腔，暴露出后胸廓。在后胸廓上仿佛可以看到一些分散的小裂口，但都仅仅存在于胸廓，并没有穿透胸腔。

我又用止血钳一一探查这些小裂口，这些小裂口基本都是到肌肉层为止，有的小裂口也存在于脊柱上，甚至可以看到脊柱上露出的白色筋膜。

我一只手拿刀、一只手拿止血钳，把位于脊柱上的小裂口逐一切开来，分离了裂口周围的脊柱前筋膜，暴露出脊椎的椎体骨质。

在其中一个小裂口下方的椎体上，我发现了一个明显的凹迹，是椎体表面骨皮质骨折的痕迹。这处骨折周围的骨质、筋膜和肌肉里都没有发现黑色碎末。

"解剖检验差不多到此为止了。"我说，"死者身上的损伤很少，信息量也很少。"

"你看，有什么意见吗？"肖大队说。

"意见是有，不过，还需要进一步的工作才能印证。"我说，"一会儿，我要去市局技术室，用一下你们的实物比对显微镜。"

"看黑色碎末吗？"陈诗羽真是冰雪聪明。

我欣赏地竖起大拇指，转身对肖大队说："这两天大家都辛苦了吧？你们都好好休息吧。给我一晚上的时间，我也思考一下。还有，林涛那边也需要时间工作。至于赵大壮，既然羁押期限已经到了，我建议你们放了他，不放心的话，可以派人跟着。"

"看起来，你觉得不是赵大壮干的？"肖大队说。

我耸耸肩，说："到目前为止，我确实是这样觉得的。"

"那，我们就等明天早晨的专案会了？"肖大队有些不安。

我点点头，卸下解剖装备，带着陈诗羽和大宝赶往了市局技术室。

9月17日早晨8点，专案会准时召开。

"目前，嫌疑人赵大壮已经被释放。"钱立业局长说，"我们没有掌握任何证据，可以证明他杀死了自己的妻子。但是，这不代表案件陷入了僵局，我认为反而意味着新的希望。就在专案会开始前半小时，我接到了通宵加班的市局DNA室同志的电话，在昨天补送的检材里，检出了一名男性的DNA。"

"真有？"肖大队说，"是会厌部提取的乳白色黏液吗？"

钱局长点点头，说："但是这个案件中，还是有很多疑点要去查，也需要更多的侦查指向，让我们能够找到DNA的主人。秦科长，你先说说吧。我们现在寻找涉枪可能的嫌疑人，对还是不对？"

"不对。"我说，"死者身上的损伤，不是枪弹伤。"

"啊？"会场一片哗然。

"怎么可能不是枪弹伤？"肖大队说，"不是枪弹伤，为何创道是发散状的？为何只有一个创口，却有多个创道？"

"一个皮肤创口，多个发散状的体内创道，不只是枪弹伤才会具有。"我说，"无刃刺器也可以形成。"

"什么叫无刃刺器？"陈诗羽低声问道。

"无刃刺器就是只有尖、没有刃的刺器，比如螺丝刀、铁钎。"我说，"当这些无刃刺器刺入死者体内后，会在皮肤上形成一个创口，在体内形成一个创道。无刃刺器再被凶手往回拔，但不拔出体外，继续往下刺，就会在原有的创道之外形成另一个创道。就这样，反复地刺，却不把凶器拔出来，那么就会形成一个皮肤创口，多个体内创道的损伤了。"

"可是，创口的周围是隆起的啊。"肖大队说，"这不是枪弹创的特征吗？"

"我先说说枪弹创射入口的特征吧。"我说，"枪弹创射入口，必备的特征就是皮肤缺损，巨大的冲击力和热量，会让一部分创口皮肤缺失。如果是接触射击，因为热作用，会在皮肤上留下枪口印痕。如果是近距离射击，也应该在创口周围留下一定范围的火药颗粒黏附区域。有的枪弹伤创口周围皮肤隆起，就是热作用烧灼所致。"

"而欧阳翠屏尸体上的创口，没有烧灼痕迹和火药颗粒黏附。"陈诗羽说。

我点点头，说："不仅如此，我仔细看了创口的皮肤，是可以对合起来的。也就是说，创口的皮肤没有任何缺损。这不符合枪弹创射入口的特征。

"其次，就是子弹的问题。电影上说的消失的子弹，其实根本就不符合常理。

蒙辱的西施

按照电影的说法，子弹在进入人体后就可以自行碎裂，从而达到'消失'的效果。但在火药的高温下，这种易碎的子弹还没出枪膛，就会被灼化、弄碎了，不可能对人体造成致命穿透或打击。到目前为止，也没听说哪里可以制造出那种打到人体内会碎裂、消失殆尽的弹头。"

"可是，我们确实在创道里找到了许多黑色的碎末啊。"肖大队说。

"如果这些黑色的碎末，在碎裂之前是个弹丸的话，而且假设它没有被高温灼化，顺利地打进了人体，"我说，"那么，它打击在人体较硬的组织上，比如骨骼上，会碎。但是打在软组织上，比如组织疏松的肺脏里，怎么会碎呢？肺脏中有几处创道是没有穿透肺的，那么这几处创道里肯定能找到较为完整的弹丸。可是没有，依旧是一些细小的碎末。"

"碎末是什么？"林涛插话道。

"这是关键。"我笑着看了眼林涛，说，"昨天我提取了部分碎末，到市局的显微镜下进行了比对，这些碎末和现场地面上的黑色灰烬，是同一种东西。"

"是灰烬？"肖大队说。

我点点头，说："我认为，是凶手在现场点燃了什么，留下了灰烬。死者因为窒息，导致了大小便失禁，小便浸湿了灰烬，就成了我们看到的黑色碎末。凶器因为放在地上，所以黏附了灰烬，那么凶器在刺入胸腔后，就会在创道里留下灰烬。其实，事实就是这么简单。"

"可是明明有好几个邻居，听见了枪响！"一名侦查员说，"时间也差不多，是我亲自调查的，他们言之凿凿。"

"问题其实就出在这里。"我说，"我们侦查破案要依靠群众，但是对于群众的证言一定要慎用。很多群众在围观的时候，会听到一些猜测，然后就会联想。联想出来的东西，很多都是不可靠的。比如，这个案子发生后，有很多围观群众，他们可能会猜测凶手就是赵大壮，而赵大壮因为涉枪被拘留过，尽人皆知。那么，就会有人联想，是不是赵大壮用枪打死了妻子？再一联想，昨晚是不是有听见枪声？一旦一个人认为自己听见了枪声，并且说了出去，就会误导别人认为自己也听见了枪声。

"其实凌晨1点，正是人们熟睡的时候。住得那么近的邻居都没有反映有枪声，而是较远的邻居反映出来，这样的证言本来就很可疑。这个调查结果出来后，直接传到了法医耳朵里，恰巧损伤又和枪弹伤很相似，才会产生先入为主的观点。"

4

"你就那么确定自己的结论？"钱局长说，"没有问题？"

"没有任何问题。"我斩钉截铁地说，"我在尸体的后胸廓分离了几处小创口。其中有一处甚至导致了椎体骨折，说明致伤的物体很坚硬，毕竟椎体是人体最为坚硬的骨骼之一。如果是可以碎裂的弹丸，则很难导致椎体骨折，即便导致了，也会因为和骨质碰撞而碎裂、堆积在骨折凹陷里。而这一骨折处，没有任何黑色颗粒。"

"对，有道理。"大宝说，"如果是弹丸碎裂，那么碎裂应该在创道底部完成。创道周围有碎末，而底部没有，这不合常理。"

钱局长点头认可。

"刚才也说了，死者的喉部发现了其他男性的精液。"我说，"这就更加证明有别人作案。"

"可是，她为何在主卧室被窝里脱衣服，而死在工具间呢？"侦查员问。

"你们调查过吗？死者的性格如何？"我问。

侦查员说："很……温柔吧，用温柔来形容好像还不是很到位。"

"你的意思是说，懦弱，对吧？"我说，"从她经常被丈夫殴打，还不反抗、不离婚这一点来看，她就是一个很胆小懦弱的女子。那么，如果凶手半夜三更突然潜入她家，对她进行威胁的话，即便不用形成威逼伤，她也会乖乖就范。"

"这一点我同意。"肖大队说。

"凶手在大房间逼死者脱了衣服，可能有猥亵，也可能准备性侵，但是大家别忘了，受害人身边躺着她的女儿。"我说，"为了不惊醒女儿，保护女儿不被凶手伤害，受害人很有可能提出到别的地方进行。"

"所以次卧室才是性侵的真正现场。"林涛说，"这一点，垫被的痕迹可以印证。"

"少量疑似呕吐物和喉部的精液也可以证明，在次卧室发生了非正常体位的性行为。"我说，"呕吐物里没有检出男性DNA，是因为在射精前，受害人咽部神经反射导致了呕吐，但是呕吐之后，依然被逼着完成了性侵。"

"可是，性侵就性侵呗，为何要杀人，而且还跑到楼下工具间杀人？"肖大队问道。

一名侦查员也附和道："这个确实不合理，受害人为何要赤身裸体跟着凶手跑到楼下受死呢？"

"我想，受害人也不想去楼下，只是被逼无奈。"林涛说，"我们在工具间里也发现了线索。"

"什么线索？"肖大队说。

"我们在工具间里发现了一个日记本。"林涛说，"也没什么特殊的内容，但是就这个很旧的本子而言，有问题。"

韩亮应声从桌下拿出一个物证袋，里面放着一个很旧的硬皮日记本。韩亮戴上手套，从物证袋里取出了本子。韩亮不愧接受过痕检培训，现在也算是林涛半个助手了。

"这个本子正常合上的话，大家可以看到，内页之间有个挺宽的缝隙。"林涛说，"如果是弃用的本子，时间一长，受到硬皮封面的压力，内页会很平整。那么，说明这里其实长期夹了一些东西，导致内页有缝隙。"

"夹了什么？"肖大队问。

韩亮从口袋里摸出一沓人民币，放在本子中间，说："你们看，正好！"

"我明白了。"钱局长说，"欧阳翠屏平时把私房钱藏在这里。凶犯在实施性侵犯之后，又威逼她给钱。胆小的她就带凶手来到了楼下的工具间，把私房钱拿出来给了凶手以自保。"

"没有任何约束和抵抗。"一名侦查员说，"欧阳翠屏这么乖乖就范，凶手劫了色又劫了财，为何还要杀她？"

"因为是熟人。杀人，是为了灭口。"肖大队慢慢说道。

我点点头，说："案件经过就是这样，一起熟人劫财劫色杀人的案件。"

"下一步侦查方向就是熟人？"钱局长说，"这也够我们查的。"

"没那么复杂。"我笑着说，"有很多线索供我们参考。"

"哦？"

我点点头，说："之前怀疑赵大壮的时候，有一个疑点就是，卫生间那个疑似凶手入口的地方，防盗窗掰开的缺口不大，成年男人难以钻入。所以，昨天林涛也进行了测量和侦查实验。"

"侦查实验表明，身高160厘米、体重90斤以下的瘦弱男子，可以钻入。"林涛说，"这也是我们排查的依据。"

"至于年龄，我觉得毕竟有性侵事实存在，成年男人和已经性发育的未成年人，都要作为我们的排查目标。"我说，"另外，用大便擦蹭尸体，这个行为我想了很久，我觉得，这个动作毫无意义，唯一可能存在的意义，就是凶手不小心踩到了死者的大便。在杀了人后，不赶紧逃窜，还能从容地把大便擦掉，可能是因为他不愿意丢弃他的鞋子。"

"从足迹上看，鞋底磨损轻微。"林涛说，"凶手穿着一双新鞋。"

"太可怕了。"陈诗羽低呼道。

"第三，我们说过，是熟人。"我说，"不仅是熟人，还是居住在周围的人。因为他要准确掌握赵大壮离开的时间，而且可以预估赵大壮回来的时间。这样才能肆无忌惮地作案。"

"范围很小了。"钱局长看着摩拳擦掌的侦查员们说道。

"还能更小。"林涛说，"我昨天仔细看了防盗窗。那上面的螺丝被去掉了两颗，这两颗螺丝都丢弃在窗外。虽然防盗窗上没有指纹，但螺丝上的痕迹还是很有价值的。这两颗螺丝不是被常用的扳手去掉的，而是被套筒状的扳手去掉的。"

"螺丝的几个边缘擦蹭痕迹非常均匀。"韩亮抢着说，"说明是六个边棱同时受到同样的力量。"

"一般，我们家里都有扳手，却不会有套筒状的扳手。"林涛说，"因为螺丝的大小不一，套筒状的扳手只能去一种螺丝，而普通人家里不可能有许多种大小不一的套筒状扳手，一般都会使用活动扳手。这种套筒状扳手，在修车铺里，最为常见。"

"修车铺。"我沉吟道，"没有记错的话，现场附近就有一排修车铺。"

"不错。"钱局长兴奋地说道，"我看，你们可以去睡个午觉，再回龙番。如果快的话，你们出发前我给你们看讯问笔录；如果慢的话，在你们到达龙番的时候，我就可以把讯问笔录传给你们。"

我们没有睡成午觉。

在午餐的时候，我接到了南和省公安厅李磊法医的电话。

"我不知道你们是怎么预知案件的。"李磊说，"总之，被你说中了。"

"说中什么了？"我瞪起了眼睛。

"刚才，我们接报，在和你们森原市交界的我省森茂县，幼儿园的一个孩童被害了。"

"什么？具体什么时间？死因是什么？有没有头绪？"我连珠炮似的问道。

"一言难尽，不然等我去过之后，把现场情况发给你？"

"不用了。"我说，"我现在恰好在森原办案，我们下午就赶过去，当面说！"

因为森原市和森茂县之间不通高速，又是山区，仅仅100公里的路程，我们开了将近三个小时。

在路途中，心情复杂的我接到了钱局长打来的电话。钱局长把讯问的情况很详细地转述给了我。

被讯问人：赵启银，男，16岁，辍学，森原永康汽车修理厂修理工。

问：我们是森原市公安局刑警大队民警，这是我们的工作证，这是犯罪嫌疑人权利义务告知书。现在你明确你的权利义务了吗？

答：明白了。

问：你的简要情况。

答：我就是本镇的人，16岁。初一的时候就辍学了，现在在修理厂打工。

问：你的家庭情况。

答：我小时候父亲去世了，母亲改嫁了，我跟着奶奶长大。现在奶奶也去世了，我就一个人。

问：知道为什么要找你来刑警大队吗？

答：知道，我杀人了。

问：你把事情经过说一下。

答：前几天，我的堂叔叔赵平请我们修理厂的几个师傅喝酒。因为他的车子出问题了，是我们厂里的师傅给修好的。当时也喊我过去了。赵平叔喝大了些，在那里胡言乱语，然后就说到翠屏阿姨的事情了。

问：你把你所谓的"翠屏阿姨"的情况说一下。

答：她姓什么我忘了，我叔叔和厂里的师傅都叫她翠屏，她是我们镇子最漂亮的女人，所有的男人都想和她好。她是我叔叔的同学，所以我就喊她阿姨了。

问：继续说。

答：当时我叔叔说，他和翠屏阿姨经常那个。

问：那个是指什么？

答：就是偷情。叔叔还说翠屏阿姨的口活儿特别好。然后我就记住了。大前天，也就是14日晚上，我和以前的同学喝了点儿酒，回厂子以后，看见大壮叔开车出去了。大壮叔每次出去干活儿，都要到第二天早晨才能回来，所以我就想夜里去找翠屏阿姨说说话。然后我就带着扳手到了翠屏阿姨家的屋后面。他们家防盗窗的螺丝型号我早就看好了，所以我就直接用扳手把螺丝去掉了。去掉螺丝后，我就从窗户翻了进去，直接上了二楼。

当时翠屏阿姨和雅雅已经睡着了，我就用打火机照明，用我带去的铁钎捅了捅翠屏阿姨。翠屏阿姨醒来后，吓了一大跳。我就故意变着声音说："给我脱衣服！"翠屏阿姨可能不知道是我，吓得不停地抖，但还是乖乖地把衣服脱了。然后我就在她身上摸了摸。这时候雅雅翻了个身，好像是说了句梦话。翠屏阿姨就说："哥哥，能不能去隔壁，你想怎么搞都可以。"然后我就用铁钎逼着翠屏阿姨走到了隔壁，让她坐在床边给我那个。中间她好像还把旁边的纸篓拖过来吐了两口。我还挺内疚的，我好几天没洗澡了。不过她最后还是乖乖地帮我弄了。

完事以后，我想起最近轮到我请几个小哥们儿上网了，但我前不久买了一双名牌球鞋，身上没钱了，就逼问翠屏阿姨有没有钱。翠屏阿姨就说钱在楼下，然后带着我走到楼下一间小破屋子里。当时翠屏阿姨说看不见，要开灯。如果开了灯，她肯定认得出我，所以我就没准她开灯。但是因为打火机的光不够亮，她说看不见藏钱的抽屉，问我怎么办。我就只有随手乱摸，后来从旁边的一个柜子上摸到了一把卫生纸，我就用打火机点燃了，给她照亮。后来她找到了抽屉，把钱拿给我的时候……

问：拿了多少钱？

答：一千七百块钱。

问：钱呢？

答：在修车厂我的宿舍里有一千二，这两天我请几个小哥们儿喝酒、上网花了五百。

问：继续说。

答：她把钱拿给我的时候，从火光中认出我了。

问：你怎么知道她认出你了？

答：因为她说，呀，你不是小启吗？我小名叫小启。我当时非常害怕，而且卫生纸都烧完了，烧到了我的手，我也非常生气，所以我就一把掐住她，把她摁在地上。她当时腿不停地乱蹬，过一会儿就不动了。然后我就在地上摸我的铁钎，地面上好像还有水，不知道哪里来的水。在摸到我的铁钎的时候，我发现翠屏阿姨好像叹了一口气，我估计她还没死，就很害怕，拿着铁钎就捅她。

问：你害怕什么？

答：因为她已经认出我了，我害怕她没有死的话，会报警来抓我。

问：你是怎么捅的？捅了多少下？

答：（用手模拟捅刺状）就这样，大概捅了十几下，然后她就彻底不动了。这时候我好像闻见了一股臭味，用打火机照亮，发现我新买的耐克鞋踩上了屎。我也不知道翠屏阿姨是什么时候拉的屎，我什么时候踩上的。我觉得特别恶心，所以就在她身上蹭了半天，把屎都蹭掉，就从大门跑了。

问：继续说。

答：我回到宿舍以后，发现我的衣服上有好多血，鞋子上也有血，还有没蹭干净的屎。所以我就把衣服脱了下来烧掉了，鞋子不舍得烧，就清洗了。

问：你还有什么要说的？

答：我杀她不是故意的，我不会被判死刑吧？

问：具体的量刑会由法院判决，你还有什么要补充的？

答：没有了。

"已满十四周岁，未满十六周岁的未成年人，犯几大类重罪，是要负刑事责任的。"林涛说，"虽然未满十八周岁，不会判处死刑，但即便是从轻处罚，赵启银也要吃很多年的牢饭，这一辈子，也就毁了。"

"一口一个翠屏阿姨，却还能做出这么恶心的事情，"陈诗羽皱着眉头说，

"简直是天理不容啊！"

"那种环境下长大的未成年人，又辍学谋生，从小教育缺失，确实是社会隐患。"我说，"真心希望社会能够关注这类人，给他们充分的重视。如果教育到位，我相信他也不会干出这等胆大妄为的事情。"

"社会问题，不是我等改变得了的。"林涛感叹道，"但从这个案子里可以看出，我们判断出的侦查方向是多么重要！之前判断是枪案，整个侦查范围错了，才会导致案件陷入僵局。一旦侦查范围圈对了，破案就是分分钟的事情。"

"是啊。"我说，"这也是我们的职业荣誉感所在，还有，这也再次提醒我们，不能先入为主。即便是看似扎实的访问证据，也不能左右我们的科学判断。科学证据还是比言辞证据更为可靠。"

"在我看来，梦涵的案件不破，我的职业就没有荣誉感可言。"大宝靠在车窗上，凝视着窗外说，"还有多久才能到？"

第四案　夺命密室

总是那些本该与我们相处、相爱、相知的
人在蒙蔽我们。

——诺曼·麦考连

法医秦明
VOICE OF THE DEAD

1

森茂县双语艺术幼儿园。

听起来是一个挺"高大上"的名字，其实是一所破破烂烂的农村幼儿园。

"确定这是双语幼儿园？"林涛说，"是教普通话和南和话吗？"

"闭嘴。"陈诗羽用胳膊戳了林涛一下。

"都是幼儿园的孩子，为什么不在屋内建卫生间？"我说，"把卫生间建在院子里，孩子们上厕所多不方便，要横穿整个院子。"

"这……这是因为屋子里没有下水道，我们也是不得已啊。"幼儿园的园长是个打扮粗俗的大妈，一脸紧张，用浓重的南和口音说道，"我们也不想这样啊，可实在是租不到好的屋子啊。谁知道会出现这个事情呢？"

"孩子上厕所，老师不知道；孩子那么久没回，老师居然都没发现？如果老师们能尽职一些，即使有问题也能尽早发现吧？"陈诗羽最受不了别人推卸责任的言辞。

"我们在这里开了五年，以前从来没发生过这样的事情……"园长讪讪地说。

"发生一次还不够吗？"李法医说，"一个5岁的孩子，系着全家人的心哪！"

幼儿园坐落在村庄的一个角落，四周都是村村通公路。说是幼儿园，其实就是一间被弃用的民居。

幼儿园由三间平房及一个院子组成，正对院门的是最长的一间平房，是孩子们的教室和寝室；两旁的侧房，分别是厨房和卫生间；中间围成的院落稀稀拉拉地放着一个滑梯和几个橡皮马。

"三天前，你打电话给我，问我有没有孩子被杀案，我心里就觉得不好。"李法医悄悄对我说，"你是著名的'秦乌鸦'嘛。"

"其实这次真和'乌鸦'没多大关系，这次是有依据的。"我说，"上次都是新娘被伤害案，发生得过于巧合，这次我们省发生了一起儿童被杀案，而且有线索指向上次的凶手。当然，我们也不确定，判断的依据仅仅是灰色的风衣。所以，我就给你打电话了，如果你这儿正好也发生这么个案子，那就肯定不是巧合了。"

"不过看起来，还真有可能是巧合。"林涛说，"咱们的案子是15日发生的，这里的案子是17日发生。毕竟有两天的差距，所以无依据证明这一起儿童被杀案和咱们省的儿童被杀案有关联。"

"唉，世界那么大，说不准就是巧合。"陈诗羽叹了口气。

"如果我告诉你，这起儿童被杀案的凶手就是我们南和省新娘被杀案的凶手呢？"李法医撇着嘴说道。

"什么？"我们几个人异口同声地叫道，把原本就在旁边哆嗦的园长吓得差点儿坐到地上。

"而且，这个被害的儿童，是14日下午失踪的。"李法医说，"我们今天看到尸体的时候，发现尸体腐败静脉网都出来了。"

我浑身的鸡皮疙瘩都冒了出来，会有那么多巧合吗？在现在的温度下，腐败静脉网的出现，大约在死后三天，正好和死者失踪的时间相符。

"为什么14日的案件，到现在才报？"我问。

李法医说："凶手把死者扔到了化粪池里。"

"失踪那天，家里人和幼儿园没有找吗？"陈诗羽问。

李法医说："这个问题，现在双方在扯皮。14日下午5点30分，孩子的祖父母务农完毕，来幼儿园接孩子，发现孩子不见了。当时孩子的祖父母把幼儿园找遍了，也在厕所找了，但是没有找到。毕竟不会有人想到孩子会死在厕所后面的化粪池里。但是，警方调查的时候，幼儿园老师坚持说孩子的祖父母接走了孩子，是家长不小心把孩子弄丢了，赖幼儿园。所以派出所一时也不知道是幼儿园老师在说谎，还是孩子的祖父母在说谎，只有集中精力寻找孩子。现在孩子在幼儿园里找到了，说明当时老师根本就没在意孩子去了哪里，或者是谁接的，是老师说谎了。"

"现在幼儿园老师又怎么说？"陈诗羽脸上开始乌云密布，雷鸣作响。

李法医说："现在老师说是记不清了，可能是有人来接走了死者，也有可能是死者自己跑去上厕所不小心掉厕所里，顺着坑道滑到化粪池里了。"

如果眼神可以杀人，估计园长此刻已经被小羽毛那怨恨的眼神射穿个百来遍了。

"那你们看呢？"我接着问。

"死者死于勒颈所致的机械性窒息，所以肯定是谋杀，"李法医说，"不是意外跌落。"

"为什么可以肯定是杀害新娘的凶手干的？"大宝瞪着眼睛问。

"好在幼儿园的墙壁没什么人打扫，这两天也没下雨。"李法医说，"据现场勘查，凶手是从厕所的墙壁翻入院子，潜伏在厕所里的。可能死者当时正好去上厕所，被凶手杀害后扔进了化粪池。在墙壁上，我们发现的攀爬痕迹里，有一处鞋印有鉴定价值，和石安娜案的现场鞋印认定同一。"

"死亡时间呢？"

"从胃内容物看，应该是午饭后不久就遇害了。"

"一个下午，都没发现少了个小孩儿？"林涛说。

"这些老师到底有没有责任心啊！"陈诗羽挥着拳头，对园长说。

"根据现在的情况看，死者刁一一，男，5岁，在9月14日的中午饭后，独自一人走到位于院落一角的厕所里上厕所的时候遇害。"李法医说，"当时正好是午睡时间，调查走访可以确认，老师和同学们没有一个人注意到刁一一的行为轨迹。"

"会不会是老师在搞什么鬼？"大宝说，"老师或者老师的什么关系人有什么问题吗？"

"不会是老师的问题。"李法医说，"我们最开始就怀疑是不是老师有什么问题，从失踪开始就对老师进行了调查，甚至测谎，一切征象都显示这个老师是无辜的。"

"她不是无辜的，她至少是渎职！"陈诗羽义愤填膺。

"凶手是攀墙入园的，然后可能潜伏在厕所里。"李法医说，"至于什么时候攀墙入园的，就不好说了。可能是很早就进来了，一直在等待机会。要么就是正好刁一一落单，成为作案目标，要么就是一直等待着刁一一，有针对性地作案。"

"如果你们这儿的两起案件和我们那儿的两起案件有关联的话，凶手选择目标就是随机性的。"我说，"我们那儿的两起案件都有明显的随机性特征。宝嫂被伤害案，凶手在酒店等待了很久，游荡了很久，就是随机选择新娘作为目标。张萌萌被害案，更是有随机性，她的家长送她进学校，她自己又跑出来了，这一点，凶手无法预知。"

"这个确实值得思考。"李法医说，"我们对死者刁一一的尸体进行了检验，死者没有被猥亵的痕迹，没有过多的损伤，就是简单的绳索勒颈致机械性窒息死亡，濒死期的时候就被抛进了化粪池。"

"这个你们怎么知道？"陈诗羽问。

"因为气管和食道里有少量粪便。"李法医说，"说明他被粪便淹没的时候，还有微弱呼吸和吞咽动作。"

"那尸体岂不是很臭？"陈诗羽脑补了一下场面，皱着眉头说道。

"你说呢？"李法医摊了摊手，说，"单是做尸表清洗就做了一个多小时。"

"尸臭加上粪便味，想想就有点反胃。"林涛说，"你们真是不容易。"

"是不是调查毫无进展？"我问。

李法医点点头，说："确实，两起案件被关联后，侦查部门就一直在调查两者社会矛盾关系的交集点，可是一无所获。另一组侦查员也在深入调查刁一一及其亲属的社会矛盾关系，一样一无所获。"

"这样的侦查思路，一无所获是必然的。"我说，"这几起案件要引起我们两个省厅的高度重视。我认为我们的对手不容小觑，疯子一样的对手，可能还会危及群众的安全。所以我建议，我们立即分头呈请领导，马上举行一次两省刑侦协调会，商量这几起案件的关联和下一步侦查措施。越快越好！"

"首发案是龙番市赵梦涵被伤害案和乐源县石安娜被害案，发案时间是9月7日晚。次发案件是9月14日的森茂县刁一一被杀害案和9月15日的龙番市张萌萌被杀害案。现在我把四起案件的现场勘查情况、伤者检验情况、尸体检验情况详细汇报一下。"我把"伤者检验情况"几个字加重了语气，算是给大宝一个鼓励。说完，我看了眼大宝。他正皱紧眉头盯着PPT。

9月19日，刑侦协调会在龙番举行，南和省公安厅刑警总队的赵国总队长、师父以及省厅刑事技术部门、各发案地办案人员参加了会议。

我用了两个小时的时间，把四起案件的全部情况进行了通报。在此之前，我的准备时间是一天。

"现在案件最大的问题就是能不能串并案。"赵总队说，"我相信世间没有如此巧合，在相同的时间发生被害人特征吻合的案件，而且两地各发两起。"

"我们省的两起案件可以串并。"李法医说，"鞋印形状、磨耗程度、大小都完全一致，我们有充分的依据证明石安娜被害案和刁一一被害案系同一人所为。"

"这是纵向比较。"师父说，"我们省的两起案件，纵向比较起来，相似点就不太多了。只有钝器打头、灰色风衣可以印证两起案件有可能是同一个人所为。现在，我们来看看横向比较，也就是说，你们省的案件，和我们省的案件有没有可能是同一个人所为。"

"横向比较的话，最大的疑点就是我们两个省发案是平行的。"我说，"同时发生新娘被害，哦，还有被伤害案，同时发生幼童被害案。这个应该是最好的串并案依据。"

"我不同意串并案。"大宝说，"梦涵是9月7日晚上9点以后被伤害的，而石安娜是9月7日晚上11点被害的，两地之间有三个小时的车程，凶手来不及两地流窜作案。"

"我们通过死者胃内容物可以判断石安娜是11点左右被害的，这个不会错。"李法医说，"可是赵梦涵还活着，没法观察胃内容物或者利用温度判断时间，你是怎么知道具体作案时间的？之前秦科长的汇报PPT上也没说明。"

李法医的话有些刺耳，我悄悄在桌子下面拍了拍大宝的腿以示安慰。大宝装作很淡定地说："我自己的研究成果，还有我和梦涵的约定。"

"伤者就是大宝的未婚妻。"我盯着李法医，怕他再说出刺激大宝的话。

李法医拍了拍脑袋，说："抱歉，我忘了这茬儿。"

"可是，通过痕迹检验，赵梦涵被伤害案和石安娜被害案的凶手都是用攀墙的方式入室或者逃脱的。"林涛说，"毕竟攀墙是需要技能的，具备这个技能的人不多，我也倾向于可以并案。"

"可是他真的没有办法流窜作案！"大宝有些着急。

师父对大宝摆摆手，说："疑难的案件总有它疑难的道理。刚才大家都摆出了各自的依据，说出了自己对串并案的看法。从目前看，平行发生的案件中，相同身份的受害者以及凶手均有攀墙的动作，这些都是可以串并的依据，看起来比大宝的自行研究更有证明力。"

"对啊。"我点头说。

师父接着说："但我相信大宝，虽然他的研究成果还不成熟，但是他这么肯定，一定有他的道理。另外，我们省的案件集中在龙番，南和省的却在流窜；我们省的杀人手段是钝器打头，南和省的是勒颈；还有个比较关键的问题，我们省的案件，都有敞开性，也就是说杀完人后不避讳，甚至不去隐藏尸体，延迟发案时间，而南和省的刁——被害案，可以看出凶手是有藏匿性的，他把尸体扔进了化粪池。从行为心理分析，我也认同大宝的看法，我们省的两起案件有可能是一个人做的，而南和省的两起案件肯定是另一个人做的。"

"您的意思，咱们两省的案件不能并案，应分头侦查吗？"赵总队是刑侦出身，对师父在杀人案件凶犯侧写方面的能力极为佩服。

师父摇摇头，说："现在有两个问题亟待解决。第一，赵梦涵被伤害案和张萌萌被害案，这两起我省的案件究竟能不能并案，需要进一步研究现场、研究案情。第二，如果我省两起案件系一人所为，那么南和省为什么会有平行的案件发生？这两个凶犯之间，又有什么关联？"

"太有启发性了！"一名南和省的侦查员说，"也就是说，下一步我们在排查的时候，还要重点研究特定时间、特定地点，两地之间进行过联系的人群。虽然数据很多，但是数据互相碰撞，还是有可能让凶犯浮出水面的。"

师父赞许地点点头，说："我觉得，下一步你们要重点排查这两个作案时间以及之前一两天，这两地之间电话、网络的联系记录。我相信会碰撞出很多数据，但相比于茫茫人海，这已经是很小一部分了。然后对这些特定数据进行逐一排查，希望可以查出端倪。"

"这样吧。"赵总队说，"我们省的两起案件，命名为B系列专案，你们省的命名为A系列专案，当然，这首先需要确定你们省的两起是一个人作案。A、B系列专案的凶犯分别命名为A犯和B犯，按照发案时间把四起案件分别命名为A1、A2、B1、B2，有助于我们下一步对通信记录进行研究。"

"对，这样也好。"师父说，"不过我们得先确定A1、A2是一人所为。"

"我觉得完全可以确定。"我说，"除了灰色风衣、钝器打头这些特征，选择目标的随机性，以及结合B系列两起案件来看，A系列这两起就是和B系列完全平行的，这不可能是巧合。"

"现在选择目标的随机性可以确定了吗？"李法医说，"一旦确定，就否定了之前沿矛盾侦查的思路。"

"之前说了，"我说，"A系列的两起案件都是有随机性的。凶手选择了有很多人结婚的一天，去被多位新娘当作闺房的龙番城市国际大酒店游荡，然后在电梯口守候，直至赵梦涵出现人走门开的情况而溜门入室。凶手在学校门口守候，直至有孩子脱离家长视线。这一切的一切都说明了目标的不确定性。"

"其实B系列的两起案件，现在看起来也是有随机性的。"赵总队说，"石安娜家窗子贴了窗花，别人一看就知道是新娘的闺房。刁——单独去上厕所也是个随机事件，这个目标也是随机的。我们之前的侦查思路是错的。"

"不用自责，我们也错了。"师父说，"如果不发两个平行系列的案件，我们也不可能想到这么多。"

"可是现在留下来的线索还是很少。"我说，"真希望我能找到更多的A系列串并依据，或者A、B系列的凶犯范围。当然，我保留我的意见，我还坚持认为A、B可能是一人作案。"

"刚才我突发奇想，测算了B系列案中鞋印主人的身高和体态。"林涛说，"根据鞋印压迹和磨耗特征，凶犯应该在175厘米左右，体态偏瘦。"

"我们从赵梦涵被伤害案的视频中可以看到，凶犯也是175厘米左右的瘦高个儿！"我大声说道，"这又是惊人的相似！"

"刚才我说了行为心理特征不符，但是你们算出身高体态相似。"师父沉吟道，"当然，你们可能认为行为心理没有身高体态那么可靠，但我认为身高体态相似的人很多，行为心理相似的人却不多。在目前没有办法的情况下，我们还是只能通过上述办法进行排查。我们都保留意见，暂时按照既定方针进行侦查吧。"

"如果是一个人作案，也可以用行为心理学来解释。"我说，"强迫自己平行作案的人格分裂。"

"强迫症。"师父低头思考了一下，说，"很可能是强迫症，但案件侦办，还是一步一步来吧。"

2

信息数据量比想象中大得多。排查工作进行了半个多月，依旧毫无进展。因为没有别的案件，9月底和"十一"长假过得极慢。

大宝天天在期待中度过，期待着宝嫂能奇迹般地苏醒，期待着案件侦办工作能有突破性进展。

我们也积极联系到了国内的一些脑外科专家。他们和本地医院的医生进行了几次会诊，希望对宝嫂的恢复会有所帮助。

在"十一"长假接近尾声的时候，宝嫂的伤情恢复倒有了突破性进展。然而，也只是个进展——宝嫂在大宝的呼唤下，指尖有了点儿收缩反应。

医生说，这是很好的征兆，如果照这样的情况恢复下去，可能会逐渐出现意识，然后慢慢恢复四肢肌力。这个消息，让大宝完全沉浸在欢乐当中。他憧憬着宝嫂恢复意识，然后告诉我们这一切的真相。

10月6日下午，宝嫂并没有完全醒来，来的是师父的电话。

师父告诉我们，前几天在绵山市发生了一起案件，案件性质十分复杂，经过几天的努力，当地无法解决，需要我们的支援和指导。

在停歇了半个多月后，勘查小组再次出动。

因为这不是一起现发案件，所以我们被韩亮拉到了绵山市公安局会议室，需要在这里先听取案件前期的工作情况。

市局技术科科长彭大伟以及仇法医早已等候在会议室。

"我工作这么些年，还真是没碰见过如此奇案。"彭科长说。

"和我们现在侦办的系列案件是一个道理。"我说，"我觉得所谓的奇案就是一层窗户纸还没有被我们捅破而已。这次我们来，能不能捅破，就要看造化了。"

"具体案情是怎样的呢？"林涛问道。

彭科长说："事情发生在绵山市郊区的一个小村落里，当事人家里非常穷，每个人家里也就一间破烂的小平房。当事人是三兄弟，祖上就没有文化，一直靠务农为生，日子过得紧巴巴的。兄弟三人分别叫史大、史二和史三。"

"这名字起得倒是不错，好记。"陈诗羽说。

"家庭情况呢？"我追问道。

彭科长说："三个人只有史二娶了老婆，还是个智力障碍者，一直也没有孩子。史大和史三都过了40岁，还是打着光棍儿。"

"真是蛮惨的。"林涛说。

"10月2日那一天早晨，史二的老婆突然在村子里发疯，到处跑着叫着，也说不清是怎么回事。"彭科长说，"村里人不明就里，就准备跑去史二家里问问是怎么回事。可是史二家里大门敞开，并无人影。

"村里人只好去史大家找史大，问问究竟怎么回事。其实这三兄弟家住得都比较近，每家之间的距离也就公交车一站路的样子。史大家家门紧锁，从窗户里看，也是没人。这就很奇怪了，平时这两个人要么在地里，要么就在家里，不会到处乱跑的。这兄弟两个同时消失了，大家仿佛有一种不祥的预感。"

"所以，他们都在史三家里？"我问。

彭科长叹了一口气，说："村里人又赶到史三家里，发现史三家大门虚掩，一开门就是一股血腥味，兄弟三人都躺在现场，全都死了。"

"三个人都死了？"我吃了一惊，"这个史家被灭门了？"

彭科长摇摇头，说："这个还不好说，毕竟我们目前还没有什么头绪。"

"调查情况如何？"我问。

"调查显示，这三兄弟平时来往也不是非常密切。"彭科长说，"也就逢年过节四人会到某一家去吃个饭。三兄弟都生性憨厚，并没有得罪过谁，或者和谁有过什么小矛盾，所以村里人认为这三兄弟遭遇灭门，实在是有些不可思议。当然，最不可思议的事情还不止这些。"

"那就接着说。"我说。

彭科长打开幻灯片，屏幕上出现了一张照片，照片里是一座破烂的小平房，立在一片杂草丛生的空地中央。平房是红砖结构，黑色瓦片，没有院落，没有套间。

这应该就是案发现场，可想而知，这兄弟几人，住的环境都是这样，也真是够穷苦的。

彭科长说："这就是案发现场，史三的家，也是三家中房子最好的一家。"

"这就是最好了？哪方面好了？"我说。

"史大家是草屋，史二家面积不如这个大。"彭科长叹了口气。

"现在居然还有生活如此窘迫的人。"我说，"这房子估计也就二三十平方米吧。"

彭科长点点头，说："我们看下一张照片。"

这是一张全景照片，反映了屋内的全部摆设和结构。这一间平房就一个大门，从大门进去后，正中间是一张方桌，方桌上摆着两张先人的照片和一个香炉。平房右侧是一个简易厨房，有灶台和锅碗瓢盆，还有一个碗橱。灶台边有张小桌子，估计是史三平时吃饭的地方，上面还放着一碗咸菜和一盘青菜。平房进门的左侧是一张钢丝床，这张床的床头和一侧紧紧靠着墙壁，床尾和另一面墙壁之间，摆着一个大木箱，用来存放衣物。这张床有一米五宽，上面铺着蓝白格子的床单，还有一床凌乱摆放的粉红色被子。

"这就是现场状况。"彭科长说，"据了解，村民发现屋内的情况后，就没有进入现场，现场得到了完好的保护。我们派出所民警到达后，也是穿着鞋套进入现场，确定三人都已死亡，才通知我们出勘现场的。"

"也就是说，这三具尸体是在原始位置了？"我问。

彭科长用激光笔指着大屏幕，说："史大的尸体倒伏在离床两米的地方，史二的尸体压在史三的尸体上，都倒伏在床上。三人衣着都是完整的。"

"看起来，像是史二在保护史三。"大宝说。

"我们开始也是这样认为的。"彭科长说，"既然案发现场在史三家，凶手很有可能是冲着史三来的。史大、史二可能是偶然发现了这个情况，在搏斗中，史二压在史三身体上保护他。但是这并没有起什么作用，最终三人都死亡了。"

"也就是说，排查重点应该是史三的矛盾关系了？"我说，"死者是男人，衣着完整，不存在劫色；死者家穷成这样了，也不存在劫财；那么，只有因矛盾关系引发的谋人喽？"

"可是事情比我们想象中要复杂多了。"彭科长说，"因为三人身上都有血，开始我们想得简单，但是一尸检，就发现不对了。"

"怎么了？"我问。

"这个还是让仇法医来介绍吧。"彭科长说。

仇法医喝了口水，清了清嗓子，接着话茬儿说道："我们出勘现场的时候，是下午1点钟。在打开现场通道以后，我们法医就接触到了尸体。尸体的尸僵非常坚硬，应该是死亡后十几个小时的状态。史大的面部有喷溅状血迹，还不少。史二的衣服前襟、裤子前面全部都是血迹。史三是光着膀子的，可以看到颈部、胸部有不少刀砍伤，皮肤也沾染了大量的血迹。"

"都是刀伤吗？"我急着问。

仇法医一脸神秘，说："别急，精彩的在后面。经过尸体解剖，史三因为颈部、胸前多处刀砍伤，失血性休克而死亡，这一点没问题。但是，史大和史二，我们都没有找到死因。"

"没有找到死因？"我吃了一惊，"什么叫没找到死因？不是有刀砍伤吗？"

"我可一直没说史大、史二身上有刀砍伤。"仇法医说，"史大、史二身上确实都沾染了血迹，但是把他们的衣物去除以后，全身皮肤都是完好的，没有创口，没有失血。后来经过DNA检验，两人身上的血迹，也都是史三的。"

"那中毒呢？"我说，"排查中毒了没有？"

"我们经过非常仔细的尸检，排除了史大、史二是机械性损伤、颅脑损伤、机械性窒息死亡后，都认为两名死者是中毒死亡。我们猜测是不是凶手在饭或者水里下毒了，导致三人中毒，"仇法医说，"在史三中毒前，又砍伤了他。虽然史大、史二来保护史三，但是终因毒效发作而死在了现场。"

"所以呢？"我瞪着眼睛说。

"可是经过反复检验，我们并没有在死者的胃壁组织、胃内容物和肝脏里发现有毒物或毒品。"仇法医说，"毒物检验部门给我们的确切结论是，排除死者有中毒的迹象，排除死者系毒物、毒品中毒而死亡。"

我感觉自己背上出了一层冷汗。

彭科长补充道："更邪门的是，我们在现场找到了一把菜刀，这把菜刀经过村民的辨认，就是死者史三家里的菜刀。"

"这个不邪门啊，就地取材嘛。"林涛说。

彭科长摇摇头，说："菜刀上，除了史三的血，我们没有检出别人的DNA和指纹。"

"这个也可以解释。"林涛说，"一旦血迹浸染了刀柄，就会覆盖、污染凶手的DNA和指纹，检不出来也正常。"

"刀柄上检不出其他人的物质也就算了。"彭科长说，"但是通过我们痕迹部门对现场的勘查，除了史大、史二和史三的足迹，居然没有发现第四人的足迹。"

"这也不邪门。"林涛说，"载体不好，检不出足迹也正常。"

"不。"彭科长说，"现场不是水泥地，是泥土地面。前不久一直在下雨，所以现场地面很软，一踩就是一个坑，足迹肯定会留下。比如在房子的门口，就可以找到所有到过现场门口的群众的足迹，也找到了史二老婆的足迹。史二老婆肯定是找不到史二，来史三家找，在门口看到这一切，所以精神受刺激了。村民们没有进入现场，也都通过足迹印证了。就连进入现场的民警留下的鞋套足迹都找到了。"

"这……"林涛一时语塞。

彭科长说："除非凶手会飞，不用走的。现场勘查完毕以后，在我们的技术员之间都传着一些谣言，说什么兄弟三人是不是得罪了什么神仙，所以都被弄死了。信息不知道怎么透露出去一些，加上之前史二老婆的突然发疯，老百姓之间传得更夸张，说史家上辈子罪孽深重，牛鬼蛇神来索命啊什么的，所以这辈子全家受苦，然后一起被收了命。"

林涛吓得一哆嗦，陈诗羽则哈哈大笑。

我说："不管群众之间怎么传，我们公安刑事技术部门还是要坚定唯物主义信念的。那些传言肯定是扯淡。我就不明白了，为什么你们就没有怀疑过'自产自销'①？"

"当然考虑过。"彭科长说，"但是'自产自销'也有没办法解释的问题。第一就是兄弟之间并没有矛盾点，什么原因能导致残杀兄弟呢？这个我们一点儿端倪也没调查出来。第二，如果是'自产自销'，凶手应该是自杀的。史三被史二压着，所以不可能是自己砍自己。史大、史二又找不出死因，肯定也不是自杀。反正，没有任何依据可以判定是'自产自销'。"

"也就是说，我们这次来的工作重点就是搞清楚史大、史二的死因。"我说，"如果死因搞清楚了，这件案子估计也就会水落石出了。"

"我觉得还是应该去看看现场。"林涛说，"到了现场才会有直观的印象。"

"在看现场之前，我还有几个信息要确认。"我说，"第一个，三名死者的死亡时间分别是什么时候？"

"死亡时间可以准确判定。"彭科长说，"史大是10月1日晚上6点钟吃的晚饭，是蹲在自己家门口吃的，好几个路过的村民都可以证明。经过尸体解剖，根据胃内容物的情况，结合了你们省厅研究的'利用小肠内容物迁移距离推断死亡时间'课题，我们综合判断，史大是末次进餐后四个小时，也就是晚上10点半左右死亡的，这和我们尸检的时候发现的尸僵情况完全吻合。"

"那其他两个人的死亡时间吻合不吻合呢？"我问。

彭科长说："兄弟三人很相似，长得像、体质像。从尸僵形成的情况看，结合两人的胃内容物情况，三个人的死亡时间很相近，误差绝对在一个小时之内。"

"第二个，"我问，"史二的老婆对于此事有什么说法？"

"她是个重度智力障碍者。"彭科长说，"我们找来了精神病院的医生辅助询问，折腾了一整天，大概搞清楚她是10月2日早晨才发现史二不在家，于是直接去史三家里找，就看到后来的血腥场面，所以大受刺激。"

"这张全景照片看不到细节。"我说，"第三个，就是要确定三人衣着情况和具体姿势。"

彭科长连续点击鼠标，调出了几张细节照片，说："史大穿着一身睡觉的衣服，呵呵，这衣服太脏太旧，不能叫睡衣，平时他估计也就这样穿吧，只是外套和外裤不在，穿着衬衫、背心和秋裤，总体来说很完整。"

---

① 自产自销，是内部常用的俚语，意思就是杀完人，然后自杀或者意外死亡。

"我主要问问鞋子的问题。"我补充道。

彭科长点点头，说："他穿着破皮鞋，和平时穿的鞋子一样。他的姿势是仰卧。史二穿着干农活时穿的衣服，衬衫和外裤，外面套着一件蓝大褂，鞋子是一双球鞋，嗯，我们到达现场的时候，这双白色变灰的球鞋是穿在史二脚上的。史二的倒伏姿势，嗯，怎么说呢，就是压在史三身上的。"

"从你的照片上来看，"我说，"他是以骑跨姿势坐在史三的盆骨位置，上身倒伏，压在史三上身。"

彭科长点头赞同，说："史三光膀子，穿着秋裤，赤脚，仰卧在床上。"

"第四个，"我说，"刀，是在哪里发现的？"

"是我们的技术员用手电筒照床底下的时候，发现菜刀掉在床下，靠着墙壁。"

"床是一侧靠墙的，那么这把刀是从床的内侧，贴着墙壁掉下去的？"我问。

彭科长点了点头。

"OK，我心里有数了。"我胸有成竹，微笑着说，"我们现在就去看现场吧。"

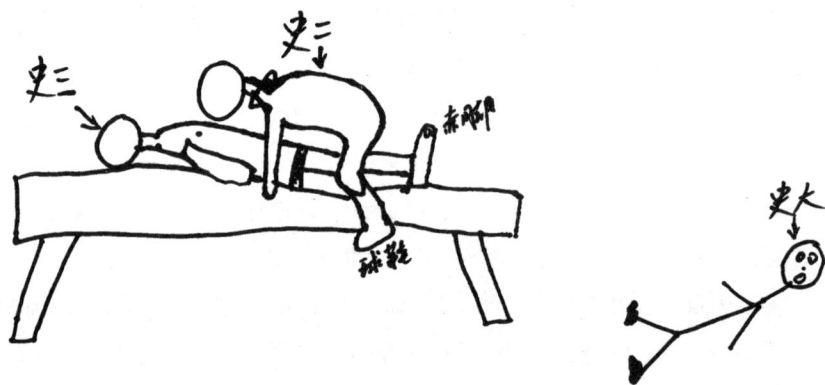

案发现场手绘图

3

车子开了将近一个小时，才驶到现场附近。

此时因为连续数天晴朗，地面的泥巴已经完全变干，成为一片崎岖不平的干土地，甚至还有开裂的痕迹。

到了现场，看到真实的房屋，才感觉史三真是穷，房子比照片上更简陋。

林涛走到现场门口，用足迹灯照射地面，说："地面干了，果真还能看到高高低低的足迹，这在我们痕迹检验专业叫立体足迹，是最有价值的一种足迹了，可以利用倒石膏的方式保存下来。"

"但是我们在现场只找到了兄弟三人的足迹。"仇法医说，"很仔细地找了，确实没有第四人的足迹。"

我看见地上用粉笔画着大大小小的圆圈，知道那里面就是被痕迹部门找到的一系列足迹。我绕过这些圆圈，走到了床的旁边。

"哎？怎么床上的被子和床单都没有提取？"我看见床上凌乱的样子，和在照片中看见的几乎一样。

"我们看床上有很多血迹，就剪了一部分送去检验了。"彭科长说，"DNA检验做出来的都是史三的血。我们觉得被子和床单都没有啥证据价值了，所以没提取。"

"好在现场没有被破坏，这些东西都完善保存了。"我叹了口气，说，"拿几个最大号的物证袋来，我们把被子和床单提取回去。"

说完，我发现地面上有一双布鞋，脚跟的位置是被压下去的。

"你们说，史三是赤足躺在床上的，是吗？"我问。

仇法医点了点头。

我环顾四周，只有大门口有一双沾满了泥巴的胶靴，除此之外，再没有鞋子了。

"如果我没有看错的话，门口的胶靴是史三下地干活时穿的鞋子。"我说，"那么这一双布鞋，就应该是充当了在家里穿的拖鞋的角色。"

"鞋子整齐放置在床前，很自然。"林涛说。

"鞋底没有血迹。"我戴着手套，拿起鞋子左右看看，说，"鞋帮没有血迹，仅仅是鞋面上有一些喷溅状和滴落状的血迹。"

"说明史三受伤的时候，鞋子就在这个原始位置。"林涛说。

我点点头，说："那刀子呢？"

"刀子就是在这个位置发现的。"仇法医蹲在地上，用手电筒照亮了床下，然后用激光笔指着墙角说。

从仇法医指着的这个位置来看，刀应该是贴近墙壁，从床侧与墙壁之间的缝隙掉下去的。掉落的原始位置在床的中央靠近床头的位置。

我点点头，见技术员已把床上的被单和被子都提取走，露出锈迹斑斑的钢丝床面，我跨了一步站到床上。床吱吱呀呀晃了半天，才终于稳住。

"你……慢点儿。"彭科长伸手来扶我。

"你也是，不看看自己的体重，别踩坏了人家的床板。"林涛嬉笑道。

我白了林涛一眼，走到靠近墙壁的床侧，朝菜刀掉落的地方看去。床侧和墙壁的缝隙非常狭小，用卷尺测量，也就五厘米的样子。

我蹲在床上，不敢大幅度活动，想了想当时的情况，然后用多波段光源照射床周的墙壁。墙壁是红砖结构的，颜色较深，但在多波段光源的照射下，可以看到星星点点的喷溅状血迹。

"喷溅状血迹的方向都是由下往上的。"我说，"沿着这些喷溅状血迹往下找，喷溅的源头都指向床头部位。"

"这和照片上史三的躺伏位置是相符的，说明史三被害的原始现场，就是最终我们看到的情况。"林涛说，"死后没有移动，当然，有人压在身上，他也无法移动。"

我小心翼翼地从床上跳了下来，用手电筒照射周围的墙壁和地面，除了床外侧地面上也发现了一些喷溅状血迹，其他地方没有任何血迹。

"排除了其他地方有血迹，也可以印证，史三被刀砍的时候，除了床上，并没有其他被砍的现场。"我说，"我心里有数了，现在就看尸检的情况了。"

"你和大宝去尸检，我和小羽毛去物证室，看看床单、被子的情况。"看来林涛早已会意，知道我要求提取床单、被子的意图，当然，也有可能他只是单纯地想创造和小羽毛独处的机会。

"好的。"我会意一笑，"通知殡仪馆把尸体拖出来吧，马上开始第二次尸检。"

殡仪馆的大厅里，并排摆放着三具尸体。尸体的胸腹有整齐的切口和错落有致的缝线。

"挺惨的。"大宝俯视尸体，说，"黄泉路上，三兄弟携手相伴啊。"

尸体已经在初次尸检的时候被清洗干净，但是衣物还保留着原始的样貌。我让大宝和仇法医一起，从史三的尸体开始检验，毕竟史三的损伤明确、死因明确，可以从易到难来进行。我则把装着衣物的物证袋拎到了隔壁的"衣物检验间"来进行检验，韩亮既然开始涉足痕检领域，我就让他充当我的助手，做一些简单的衣物检查工作。

首先打开的是史三的衣物。史三的衣物仅仅是一条秋裤，秋裤的边缘有一些浸染状血迹，以下部分没有任何血迹，包括喷溅血滴。

其次，我们打开了史二的衣物。史二的衣物最复杂，一件深蓝色的大褂、一件衬衫、一件背心，下身是一条外裤、一条秋裤和一条内裤，还有一双脏分分的球鞋。因为衬衫、外裤等衣物是穿在蓝色大褂里面的，所以并没有任何有线索的痕迹。倒是那件深蓝色的大褂上，血迹的分布很有特点。大褂的胸部以上，都是浸染血迹，经过前期的DNA检验，已经确定是死者史三的了。而胸部以下的位置，包括两侧的前摆，除了部分擦拭状血迹，还有星星点点的喷溅状血迹，甚至那双已经旧成灰色的白球鞋上，也可以看到几处喷溅状血迹。看到这里，我更加确信自己的判断了。

"你看这个位置是什么形态的血迹？"韩亮指着蓝色大褂的肩膀位置说。

我朝韩亮指尖的位置打了光，看到肩膀上确实有几处擦拭状血迹，一端和胸部的浸染血迹相融合。

"你怎么看？"我问韩亮。

韩亮摸着下巴，说："我看啊，像是五指印。"

"一、二、三、四、五。"我数了数，确实是五个长条状的血迹，"这一处发现很给力啊。"

"给力啥啊？"韩亮不明就里，说，"要是传出去，血指印什么的，这个故事会被传得更邪乎。"

我微微一笑，装起了史二的衣物，开始检验史大的衣物。史大的是典型的睡眠衣着，但是很完整，也没有血迹。

"衣着检验就这样了，我们去看看他们的解剖进行得怎么样了。"我朝韩亮招了招手。

因为已经经过一次解剖，所以也无须进行分离组织、切割骨骼等费时费力的工作。当我们走进解剖间的时候，发现原先缝线的切口都已经被再次打开，胸腹腔内容都已暴露在外。

"有什么新的发现吗？"我问大宝。

大宝摇摇头，说："死者身上的创口都是砍创，我们知道，很多时候砍创其实并没有刺创那么致命。他身上的损伤比较多，但大多伤及一些小动脉和小静脉，并没有组织脏器和重要大血管的破裂出血。"

"你的意思是说，死者的失血是要有一个过程的，并不是被砍后立即死亡。"我一边说，一边穿上解剖服并戴上手套，把尸体两侧胸壁皮肤对合起来观察，"这和我们的衣物检验情况是吻合的。"

"你看，损伤都是十几厘米，是有一定刃长的锐器砍击形成的，和现场提取的菜刀，形态吻合。"大宝说。

我点点头，说："更关键的，是这些损伤。这些损伤位于颈部和胸部，非常密集，有二十几处之多。"

"胳膊上还有。"大宝拎起尸体的左边胳膊，说，"你看，在肘后和上臂后侧也可以看到砍创。右边胳膊也是这样。"

"这就更吻合了。"我笑笑说。

"尸斑浅淡，刚才我取出死者的心脏，发现心脏内也是空的。"大宝说，"死因确定是失血性休克，血都流到床单上了。"

我点点头，一边帮大宝再次缝合尸体，一边说："也不知道林涛、小羽毛那边的床单和被子检验有什么发现没有。"

"他们哪是去检验，是去谈情说爱的吧？"隔着口罩都能听到大宝在偷笑。

我抬眼看了看韩亮，他面无表情地靠在解剖室的门口摆弄着手机。

"后面两具尸体就比较疑难了。"仇法医说，"先看史大的？"

我点点头。

史大看起来比史三大个十岁左右的样子，已经是个瘦巴巴的小老头了。经过仔细检查，尸体表面果真是没有任何损伤存在。

"解剖得已经蛮细致的了，连后背都打开了。"大宝说。

仇法医点点头，说："我们怕是颈髓损伤，所以打开后背检查了脊髓，都是完好无损的。"

"我看，会阴部好像没有检查啊。"我说。

仇法医说："检查了呀，从外表看，阴囊没有出血血肿。"

"在找不到死因的情况下，即便外表看起来没事，阴囊也是需要切开检查的。"我说，"这是我的观点。"

说完，我拿起手术刀，在死者的阴囊下边做了一个切口，慢慢分离开皮肤，暴露出睾丸部分。确实和尸表的情况一样，睾丸并没有任何损伤。

"还是没伤。"仇法医说，"内脏器官看起来也没有什么病变。心脏不大，脑部血管也都正常。"

我没吭声，沿着原来的切口，逐一把缝线剪断，暴露出内脏器官。

"心脏没取出来啊？"我一边说，一边把心脏的诸多大血管统统剪断，一大股黑色的血液涌了出来。

"心血不凝，符合猝死的征象。"我一边说，一边把取下来的心脏拿到水池边清洗血迹。

"一般心脏原因导致的猝死，在尸检的时候都可以看到心脏肥大。"仇法医说，"但这个心脏并不大。"

"谁说的？"我说，"有的心脏病猝死，还是'小心脏综合征'呢，至少我们得取下心脏看看冠状动脉的情况。"

"一般冠状动脉粥样硬化的患者都是因为生活条件好、血脂较高而引发的。"仇法医说，"他生活这么贫苦，应该不会吧？"

我摇摇头，说："血脂高并不一定就是摄入脂类多，也有可能是脂类代谢能力低下。这就是很多瘦子都血脂高的原因。"

说完，我用手术刀切开了一截冠状动脉。

"你们看，我说得没错吧？"我笑着说，"这个人还真有冠状动脉粥样硬化的情况，冠状动脉的管腔虽然只有二度狭窄，但不能排除他是因心脏病突发而死亡的可能。"

"吓死的？"韩亮在一边说。

我说："所谓的吓死，其实大多是因为死者原本有心脑血管疾病，在惊吓的作用下，血管高度收缩，从而血流不畅或血压增高，引发脑血管破裂或者心肌梗死，发生猝死。惊吓本身是不会死人的，但是可以作为潜在疾病急性发作的诱因。"

"那史大的死因应该是有倾向性意见了？"仇法医说。

"还不行。"我说，"以冠状动脉的这个狭窄程度，只能说明死者生前的心脏是有问题的，还不能确定死者的死因就是这个。所以，要送去省厅找方俊杰科长进行法医组织病理学检验，证实了以后才可以定。"

"可是，组织病理学检验常规要等上一个星期的时间啊！"仇法医说。

我说："是的。但我们等不及了，要给村民一个交代、给逝者一个交代啊。你们现在就安排人送往省厅，我告诉老方，让他连夜进行冰冻切片检验。"

"是啊，厅里刚进了冰冻切片机。"大宝说，"这个机器广泛用于医疗系统。

在手术台上切下来的组织，可以通过冰冻切片，立即对病灶进行病理学诊断，从而决定下一步手术方案。病人在手术台上就能等到病理诊断。可惜这样的切片保存时间不长，不然就能淘汰传统手段了。"

"你马上把死者的心脏送去省厅吧。"我说，"我们来看看死者史二是不是也是这种情况。"

"不会那么巧合吧。"仇法医说，"砍死一个，吓死两个？"

"我也觉得这个巧合有点儿邪乎。"我说，"现在的关键问题就是史二的尸体了。"

把史二的尸体拖上解剖台的时候，仇法医就慌忙要去拆开尸体的缝线。我知道他是因为忽视了史大的冠状动脉问题而感到羞愧和不安。

我用手肘杵了杵他，以示安慰："别急，先看看尸表情况。"

"哦。"仇法医眨巴眨巴眼睛，说，"尸表确定是没有损伤的。"

"还是有的，只是过于轻微，大家不会注意到罢了。"我用手术刀尖指了指死者的两侧膝盖，说，"颜色有加深，虽然只是轻微皮下出血，但是有证明价值的哦。"

说完，我用手术刀切开了死者的膝盖，暴露出髌骨。髌骨的下缘可以看到有轻微的皮下出血。

"髌骨上面有出血，一般都是钝性外力作用所致。"我说，"而髌骨下缘有出血，一般都是跪地形成的。"

"跪地？"仇法医沉吟道。

我笑了笑，说："这里面可是有玄机的。哈哈，现在可以看看他的心脏和脑血管有没有问题了。"

仇法医一边剪断死者心脏根部的血管，一边说："脑血管肯定没问题，如果有脑出血，我们也就发现了，至于这个心脏，我来看看。"

随着仇法医的刀慢慢切开死者的冠状动脉，死者干净的冠状动脉管腔逐渐清晰。

"他的冠状动脉没有问题！"仇法医说，"他的死因还是解决不了！"

我皱起眉头，双手撑在解剖台的边缘，说："刚才我自己还在说，死因不明确的要检验会阴部，这会儿差点儿又忘记。"

"可是，阴囊没有损伤啊。"仇法医说。

尸体的尸僵已经缓解，我们掰开尸体的双腿，死者的阴囊呈黑灰色，外表并没看出有明显的出血、肿大的迹象。

我用手术刀划开了死者的阴囊，并将皮肤逐渐剥离。死者睾丸的前面和下面都是白色的，没有损伤痕迹，在我快要放弃的时候，我发现在剥离开的皮肤边缘有一丝乌黑的痕迹。我瞪大眼睛，继续把阴囊皮肤往后侧剥离，乌黑的痕迹越来越清晰，最后居然在睾丸的后侧集结成一块小血肿。

"阴囊血肿？"大宝叫道。

"其实我就快放弃希望了。"我说，"呵呵，不错，好歹是把史二的死因也找到了。"

"可是，我们常见的阴囊血肿都是在睾丸的下方，或者是睾丸的前面啊！"仇法医说，"这个怎么会在睾丸的后侧？你确定这个和本案有关系吗？"

"当然有关系！"我说，"这是新鲜的血肿，自然是在本案发生的时候产生的。至于为什么在后侧，一样是本案的玄机。"

4

听说我们找到了两名死者的死因，整个专案组的同志都兴高采烈。一大早就来到了专案会议室，等待我们的会议通报。

我们四个人依次落座，我抬眼看了看大家渴望的眼神，清了清嗓子，说："这样吧，我先来介绍一下我们这次的发现。"

"听说死因已经确证？"彭科长说。

我点点头，说："首先说说史三，原来我们就已经确定史三是刀砍伤致失血性休克死亡，这个结论没有问题，我们这次进一步确定了史三并没有重要血管损伤，他的死亡是有一个过程的。"

这个问题并没有激起大家的兴趣，大家仍抬着头希望尽快往下听。

我接着说："至于史大，我们昨天的尸检，发现死者患有冠状动脉粥样硬化，就立即把死者的心脏送到省厅，我们的方科长连夜对死者的心脏进行了法医组织病理学检验，经过检验，确定死者的冠状动脉里有一个较大的栓子，这个栓子平时是黏附在冠状动脉壁上的，叫作附壁血栓，它并不影响史大的日常活动。在受到情绪激动、惊吓等因素的影响后，血管剧烈收缩，这个血栓就把整个冠状动脉都给堵死了。冠状动脉是给心脏供应血液、氧分的血管，一旦堵死，就会出现心肌梗死，从而导致猝死。史大就是这样死亡的。"

"吓死的？"彭科长问了一个昨天韩亮问过的问题。

我点点头，接着说："至于史二的死因，着实让我们费了一番工夫。我们这次尸检，在死者的阴囊后侧发现了一个小血肿。既然已经排除了损伤、窒息、中毒和疾病等死因，那么，我们认为这个小血肿就是导致史二死亡的原因。男性的睾丸受到外力作用后，因为神经密布，所以可能导致神经源性休克，从而导致死亡。"

"说句粗话，就是卵子被踢到了？"一名侦查员插话道，"这种事情经常有，但是也不至于死人啊！"

我笑着说："确实，百分之九十九点九都不会死人，但是并不能说绝对不会死人。出于个体差异以及身体机能等方面的原因，有很多死亡就是偶然的。史二的死亡可以说就是挺意外的，并不是所有人睾丸受力都会死的。"

说完，我看了看林涛，用眼神示意他介绍痕迹检验情况。

林涛看到了我的眼神，接着我的话茬儿说："和个体差异什么的比起来，痕迹检验就更注重必然性。比如，有人进入一片软泥地，就必然会留下足迹。这个现场的地面，一旦进入，就必然会留下足迹，但是，并没有第四人的足迹，这就说明了一个问题，现场其实根本就没有第四人。"

"明确了三名死者的死因，我也愿意相信这是一起'自产自销'的案件。"彭科长说，"其实'自产自销'的案件，后续工作更加麻烦，因为我们必须有充分的依据提供给检察部门，用以销案。"

"那我接着说我这边的情况。"林涛说，"除了现场地面，浅色的床单和被子上，也仅仅找到了一种足迹，根据比对结果，确定这几枚足迹都是来自史二的球鞋。"

"这很正常。"彭科长说，"毕竟现场中，史二是站到了床上，压在史三的身上。外面还下着雨，谁的脚上都黏附了泥浆，上了床肯定会留下足迹。"

"我强调的，是唯一性。"林涛说，"床上只有史二的足迹，这是唯一的。没有其他人踩上床。也就是说，我们认为是史二趁史三熟睡，上床骑跨在他身上，用就地取材的刀砍死了史三。"

"万一是有别人没上床就砍人呢？"彭科长说。

"不会。"林涛说，"我们别忘记还有刀的存在，刀是顺着床沿和墙壁的夹缝掉到了床下。秦科长之前测量了床沿和墙壁夹缝的宽度，也就比刀柄的直径大一些。一米五的大床，别人是很难在不上床的情况下，精确地把刀扔进床缝里的。只有一种可能，就是史二在砍完人后，因为失去意识，拿刀的手正好在床缝之间，手上的刀也就正好从床缝掉下。"

"当然，印证这个观点的依据还有很多。"我补充道，"第一，如果是史二保护史三，那么史二必然也会受伤，然而并没有。第二，史三胸部、颈部的损伤非常密集，说明他是处于固定体位被砍伤。一个青壮年，在遭遇砍击的时候，为什么不反抗？肯定是因为他的活动受限，无法移动。为什么活动受限？很有可能是史二压住了他。第三，史三的上臂抵抗伤，都在肘部后侧和上臂后侧，这不是正常抵抗伤应该在的位置，而是提示史三在被砍的时候，用手护头，自然就暴露了肘部后侧和上臂后侧。这个问题进一步证明了死者是无法移动体位的，另外，还能证明史三遇袭的时候，体位就是仰卧位。现在我们再看现场的喷溅状血迹，也印证了史三是在原始位置遇袭。好，这时候我们再看看史二的衣着，他的外套前襟都是浸染血迹，是因为他俯卧在史三身上，所以浸染了。但喷溅状血迹也有，存在于他的衣服前摆和鞋子上，这说明什么问题？"

"说明血液喷溅的时候，他就处于骑跨的位置。"陈诗羽迅速抢答。

我点点头，说："因为没有大血管的破裂，史三的血迹肯定是被砍的时候才会喷溅，按理说，应该向他的四周喷溅，目前我们看起来，头部和侧面的墙壁有喷溅血，而史三的下身衣物上却没有喷溅血，这说明他的下身被物体遮挡住了。"

"被史二的身体遮挡住了。"陈诗羽再次秒答。她身边的林涛边笑边点头："对，对。聪明。"

我笑了，又干咳了两声，继续说："这个证据完全可以证实，史三在被砍的时候，有人坐在他身上，而这个人，就应该是身上有喷溅血的史二。"

"那史二是怎么死的？"陈诗羽问。

我说："史二的死亡是一个意外。我们常见的睾丸损伤，是在睾丸的下面或者前面，这个大家都可以想象出来吧，有人踢到睾丸，受力的一般都是这两个面。而睾丸的后面因为有大腿的保护，所以一般不会受力。但是史二的睾丸损伤恰恰就是在后面。"

"我明白了。"绵山市的侦查员插话道，"只有大腿分开，睾丸的后面才会受伤。"

我点点头，笑着说："对！就是这样。结合现场情况来看，史二正是因为骑跨在史三的身上，所以双腿分开了。被砍击的史三自然是要挣扎的，这一挣扎，腿脚一乱蹬，自然就有可能用膝盖顶到史二的睾丸后侧。"

"然后史二就死亡了？"彭科长问。

我点点头，说："一旦不凑巧，外力作用到了睾丸，就会有剧烈的疼痛和神经刺激，一旦发生神经源性休克，人就会很快丧失意识，甚至死亡。史二睾丸部位的出血不多，也证明了这一点。他很快就死了，所以也不会出太多血，不会出现睾丸受外伤后产生巨大阴囊血肿的情况。"

"他和史三同时死了？"侦查员问。

"不，史二比史三死得更早。"我说。

"何以见得？"彭科长说。

我说："林涛对被单的痕迹检验，有一个线索。你们看大屏幕，可以看到图中的被单上有很多竖条状的血迹擦拭痕迹，你们猜，是怎么形成的？"

"这个就不知道了。"那名侦查员盯着屏幕发呆。

我说："这是胳膊后侧形成的擦拭状血迹，因为史三的胳膊后面受伤出血，当他用胳膊使劲，作用于床单，目的只有一个，就是从史二的压迫中挣脱出来，求救。当然，这绝对不仅仅是猜想，因为史二衣服上的血迹也证明了这一点。"

我打开史二穿着的蓝色大褂的照片，说："你们看，这件衣服的肩膀上，有一个很明显的血迹，仔细数数，是五条印记，这是一个血手指印。史二自己可弄不出肩膀上这样的痕迹，史大的手上并没有血迹，所以，这是满手是血的史三留下的。也就是说，史三不仅自己使劲要挣脱史二的压迫，还用手推了压在他身上失去意识的史二。很可惜，当时的史三失血过多，疼痛也过度刺激，所以他没有能力挣脱求救。因为不断失血，他逐渐失去意识，死亡。"

"这很有证明力。"彭科长说，"进一步印证了，史三受伤后，是史二压在他身上这一论断。"

"是啊。"我说，"也辅证了史三的死亡是有一个过程的，而史二的死亡是立即发生的。"

"那么，史大是事后跑进来看到这一幕，吓死了？"彭科长问。

"不。"我说，"案发当时，史大就在现场。他脸上的喷溅血迹可以证明。我猜，他是来当和事佬的，而不是来参与杀人的。因为，第一，史三没有约束伤，所以并没有其他人帮助史二约束他；第二，如果他是来杀人的，当然要有心理准备，不至于情绪过于激动而诱发心脏疾病突发死亡；第三，根据现场的足迹情况来看，史大走到离床两米的地方，就没有再往前行进了。所以，我认为史大是跟随史二来到了史三家里，进门后，看见两人在床上扭打，待他走近后，看到史二用刀砍到了史三身上，随之而来的，是一股热乎乎、黏糊糊的血液喷在了他脸上，这是他始料不及的，所以才会因为惊吓而死亡。"

"综合秦科长上面的推断，现场基本还原了。"林涛说，"史二因为矛盾，到史三家里寻仇，走进屋后，看到史三正在熟睡，于是拿了一把菜刀，骑跨到史三身上就砍。此时史大跟随而来，看到眼前场景因惊吓而猝死。在史二砍击史三的时候，史三挣扎，膝盖顶到了史二的睾丸，导致史二迅速丧失意识而死亡。此时史三已经身中二十多刀，但是还有意识，想摆脱压迫逃离求救。可惜，他力不从心，最终因为失血过多而死亡。"

"可是，调查中，没有人听见呼救哦。"侦查员说。

我说："第一，当时已经晚上10点多，在农村，大家都已入睡。第二，现场周围并没有邻居，最近的邻居也在一二百米开外。第三，并不是所有的案件都有呼救，为了应急，有很多案件，被害人都忘记呼救。第四，本案过程看起来复杂，其实整个实施过程并不长，等到史三清醒过来想呼救的时候，已经无力大叫了。"

"也就是说，本案已经有充分依据证明是一起'自产自销'，加之有意外事件掺杂的杀人案件了。"彭科长说，"史二是杀人凶手，而史三出于自卫，且睾丸损伤致死有一定的偶然性，可以评判为正当防卫。史大的死亡则是纯粹的意外事件。"

"可以销案了。"林涛满足地说。

彭科长说："最后一个问题如果能解决，就更好了。那就是，调查显示，兄弟三人平时来往不多，也没有发现突出的矛盾关系，杀人动机会是什么呢？"

"这个我就不敢说了。"我说，"很多隐性矛盾也可以引发杀人，很多案件都是破获了后才发现杀人动机的。这个案件，所有当事人都死亡了，怕是真相永远都无法浮出水面了。"

"这个老史家也怪惨的，就这样绝后了？"大宝还是个很传统的男人。

"好像不一定绝后。"一名侦查员说。

"哦？"所有人都转向侦查员，等着他继续说。

侦查员说："我们在羁押史二的老婆方凤进行询问的时候，她娘家的人要求带她回去，说是她怀孕了。"

"怀孕了？"彭科长说，"可是这个问题，你们之前并没有说到啊。"

　　"之前一直没说,是昨天我们再次询问的时候,方家人提出来的,说要去市里打掉胎儿。"侦查员说,"毕竟孩子的父亲死了,而且智力障碍很有可能遗传。"

　　"打掉的话,还是绝后。"大宝说。

　　我拍了拍大宝的肩膀,说:"什么年代了,还说这个。关键是方凤是否有意愿,以及是否有能力照顾好胎儿,不然为了所谓的传宗接代,母亲和孩子都遭罪。"

　　"他们怎么知道怀孕的?"陈诗羽的侦查意识还是很强。

　　"说是村里的一个医生说的。"侦查员说。

　　"你们排查的时候,没有问到这个医生吗?"

　　"问到了,但是他并没有给我们提供这个线索。"侦查员说,"他是非法行医的,我们询问的整个过程,他都在否认自己有行医行为。"

　　"杀人的动机,很有可能和这个孩子有关。"陈诗羽说,"你们得赶紧再把那个医生弄回来问清楚。"

　　"我们有组员还在村里,我现在就叫他们赶过去问。"侦查员说。

　　"你的意思是说,孩子是史三的?"大宝说,"那也难以理解啊。孩子还是个小胚胎,史二怎么就知道孩子不是自己的,而要怀疑是史三的?"

　　"说不定有什么风言风语呢?"陈诗羽说,"史二之前有所听闻?"

　　"如果有确凿证据或者风言风语,我相信调查肯定就能查出来一点儿了。"我说,"或者,史二早就采取行动了。毕竟,他不能肯定方凤肚子里的孩子一定就不是他的呀。"

　　会场陷入沉寂,大家都在等待对医生的询问结果。

　　我摆动着鼠标,无所事事。毕竟,技术方面的工作已经结束了。

　　大约过了半个小时,侦查部门反馈了消息。

　　大家不约而同地盯着接电话的主办侦查员,默默地盯着他一边"哦哦"个不停,一边在笔记本上快速地记录。

　　他放下电话,缓缓说道:"看来,真的和这个孩子有关。我们前方的侦查员连哄带吓的,终于让这个医生开口了。除了得知他用测孕试纸诊断方凤已怀孕,还得知了史二经常会去他那里拿药。一年前,不知道什么原因,史二就丧失了性功能。这一年里,史二省吃俭用攒下的钱,都扔在那个医生那儿了,可是据说并没有什么疗效。"

　　"这就可以解释了。"我说,"在得知方凤怀孕后,史二知道自己被戴了绿帽子，所以先去找了史大。可能是史大知道一些史三和方凤的事情吧，为了洗脱自己的嫌疑，史大可能向史二透露了这些事情。所以史二一气之下，就赶去了史三家里。可能是怕出事，史大也就紧随其后到了案发现场。"

"这样，一切就顺理成章了。"大宝说。

彭科长稍作沉吟，说："下一步，我们会安排技术员盯着方凤的家人。如果他们真的打算打掉孩子，我们会提取胚胎的DNA进行亲子鉴定。这样，可能更加具有证明效力。"

"我们也抓紧把医生的口供整理出来。"侦查员说。

我说："非法行医本来就存在诸多隐患，对于这个医生，应该告知卫生部门对其进行处罚。这么穷的人的钱都要骗，他的非法行医根本就不是在做善事。"

"好了，这案子也算是结了。"林涛说，"想休一个完整的长假，几乎就是奢望。明天就正式上班了，我们也要赶紧赶回去收拾收拾，准备长假后继续当苦力喽。"

"是啊，也不知道梦涵有没有更进一步地恢复。"大宝归心似箭，"上班时间到了，也可以去市局看看之前的侦查工作有没有突破了。"

第五案　水中的活埋

人类既非天使，亦非野兽。不幸的是，任何一心想扮演天使的人都表现得像野兽。

——帕斯卡

法医秦明

VOICE OF THE DEAD

1

接下来的一周，是令人惊心动魄的一周。

在数天前，宝嫂已经恢复到出现指尖运动了，正当所有人期望着宝嫂很快就能苏醒时，情况却急转直下，宝嫂在深夜突发心跳骤停。

好在实时监护仪及时发出警报，在进行了半个多小时的抢救后，宝嫂又恢复了生命体征。

医生曾经说过，宝嫂目前的昏迷状态，暂时还不能称之为PVS。而且，即便是PVS，成因不同，情况也不同。脑缺氧导致的植物人，恢复的概率可能在15%以下；而脑外伤造成的植物人状态，恢复率则要高很多。有研究显示，只要治疗得当，大多数的植物人患者可能在一年左右的时间恢复意识。

然而，医生又说了，因为宝嫂脑外伤后，停滞时间较长，未能及时救治，所以恢复几率就不太好保证了。

像这种突然恢复，又突然恶化的情况，谁也不知道是好事还是坏事。依据医生的经验判断，只要能及时抢救，度过恶化期，恢复意识是有希望的。

我们可以理解大宝的心情，每天都是忐忑不安又充满了期待。他希望宝嫂的病情可以有所突破，但是又害怕宝嫂挺不过这突如其来的病情恶化。

好在经过数天的观察，转入ICU的宝嫂仿佛已经度过了危险期。

这一天，我们几个人捧着一束栀子花走进了省立医院的ICU。大宝曾经说过，宝嫂最爱栀子花，她曾经有次在睡梦中，被大宝捧进来的栀子花的香味唤醒。后来大宝特意选用栀子花来布置现场，本想实现宝嫂在花海中举办婚礼的愿望，但没想到宝嫂还没踏入礼堂就命悬一线。

想到这里，大家都在门口犹豫要不要将花束拿出来，生怕触动到大宝的回忆。

此时的大宝正悄声对宝嫂说着话，完全没有注意到身后的我们。

水中的活埋

"快点儿醒来吧，咱俩的幸福生活才刚刚开始呢，你曾经把我从黑暗中带出来，怎么可以丢下我一个人呢？"大宝低声哭泣，"不管过去怎么样，现在的我，心里只有你，只剩下你。快点儿醒来吧，你说过的，你想当妈妈，想让咱们未来的孩子也当警察，比我还会保护你，你可别说话不算话呀……"

宝嫂右手的几个指头收缩了一下，像是想抬起来握住大宝的手，或者是抬起来擦干大宝脸上的泪水。

"呀！宝嫂有反应了！"陈诗羽叫道。

大宝被叫声惊到了，肩膀颤抖了一下，赶紧用衣襟擦拭了眼睛，转过脸来说："哦，这几天梦涵经常会有手指的反应，可是也就仅限于手指的反应，这离她恢复意识还远得很。对了，今天是休息日，你们怎么来了？"

"你觉得非休息日，我们能腾出时间吗？"林涛微笑着把花儿插进床头的花瓶，说，"刚才在说什么？你的过去怎么了？"

"没……没什么。"大宝转过脸去，低着头。

"人家小两口的隐私，你也打听？"我故作轻松地拍了一下林涛的后脑勺。

"没事的，没事的。谢谢你们还记得梦涵喜欢栀子花。"大宝恍神片刻后问道，"对了，我一个星期没去单位了，忙吗？"

"还行吧。"我说，"就是最近有点儿消极怠工，积压的信访事项有点儿多，正在一件件查实、一件件答复，老样子，大多还是因为信访人对法医不了解，引起的一些理解偏差吧。其实解释到位了，还是没问题的。案子嘛，这一个星期很平静，没有。"

"喂！拜托！你又来乌鸦嘴了是吗？"林涛说。

话音还没有落，电话铃声响了起来。

"你真是大神！"林涛一脸黑线，"我真是服了你了！"

我更是一脸黑线地接通了电话，是师父的声音。

"别紧张，不是命案。"师父说，"程城市有个信访事项，我看了案件的基本资料，原来的判断没有问题，就是家属对死因和死亡方式不服，据说闹得挺凶，你们去解释一下。"

我长吁了一口气，挂了电话说："这次不灵，这次是信访解释，不是命案。"

"信访案件就不是案件了？"林涛说，"以后拜托你管住自己的嘴巴，好吗？"

ICU的感应门打开，一名护士长探头低声说道："你们几个怎么回事？在病房里吵什么吵？安静点儿！"

我们几个抱歉地点头憨笑，还不忘把其他人的嘴巴顺带捂上。

我嫌弃地把林涛的手拍开，转头低声对大宝说："信访事项你就别去了，集中精力照顾好宝嫂，说不定等我们回来，宝嫂就醒过来了呢！我们一起去吃小龙虾！"

大宝挤出一丝笑容，点了点头。

我们赶到程城市的时候，死者家属已经在公安局门口打起"程城市公安局草菅人命"的条幅。虽然是休息日，但各部门的民警不得不回到单位待命。

费了很大的劲儿，我们才说动了死者家属代表来和我们一起听取案件的前期汇报。令人吃惊的是，之前因为家属的不信任，他们甚至没有听取公安局关于此事的报告。

案件其实很简单。一名叫杜琪的20岁男孩，在程城大学上学，因为和女朋友分手，近一周以来情绪极端低落，行为反常。前天晚上，也就是10月15日凌晨2时，他独自一人离开学校，最后死于程河内。

15日下午，杜琪的尸体在河边被人发现，经过公安局的调查，确定死者是自杀，今天上午告知死者家属结论后，引起家属强烈不服。

"我觉得，你们是不是应该听一听公安局的说法有没有道理，再提问题？"我试探性地询问。

"我儿子14日晚上还给我打了电话，怎么可能会去自杀？胡扯淡！"一名中年女子哭喊着说。

"他给您打电话说了什么呢？"我问。

"没说什么，就问声好。"

"您有没有察觉到他情绪的异样呢？"

"没有！没有！我的儿子我还不清楚？"看来眼前的女子正是死者的母亲。

"这样吧，我们还是先听听办案单位的意见吧。"我说，"您也需要冷静一下，再去思考这个问题。"

"那我先来说说我们的意见吧。"程城市公安局年轻的分管局长赵局长朗声说道，"第一，杜琪存在自杀的动机，经过调查，他在一个星期前和女友分手，一直情绪低落。第二，杜琪的死因经过尸体检验，确实是溺死。"

"这个很重要。"我看了眼死者家属，插话道，"对于水中的死者，法医最重要的就是检验其具体死因，分辨他是生前溺死的还是死后被抛尸入水。因为生前溺死常见于意外和自杀，罕见于他杀。"

赵局长继续说道："第三，法医确定死者身上不存在三伤。"

我解释道："所谓三伤，就是指约束伤、抵抗伤和威逼伤。想把一个大活人弄进水里淹死，必须控制住他的反抗，那么就会留下上述三种损伤。"

"不能弄晕了再扔下水吗？"死者的叔叔说道。

"我还没有说完。"赵局长说，"第四，法医确定死者不存在颅脑损伤、中毒等可能导致晕厥的因素。第五，杜琪当晚离开学校后，一直到程河附近，都是有视频监控的，一直是独自一个人。"

"啊？还有监控啊！"林涛说，"那不是很清楚了吗？"

"我不信！"死者的母亲喊道，"监控你们可以剪辑！还有……还有，他怎么落水的能监控到吗？"

"怎么落水的倒是没有监控。"赵局长说，"但是最后一个监控的位置离水边只有50米，他走过这个监控的时间是凌晨3时。法医判断的死亡时间，是凌晨3时左右。这期间的时间很短，应该不存在疑点。"

"怎么没有疑点？"死者的叔叔说，"很有可能是凶手把他约到了河边，然后把他推下了水。"

赵局长自信地说："这个我们也进行了调查，我们查询了杜琪近一个星期的所有通信记录，调查了他所有的同学，确定他在近一个星期内不存在和别人相约的情况。"

"那他自杀就自杀，为何要在嘴上贴上透明胶布？"死者的叔叔继续追问。

"啊，问题就出在这里。"我说，"我们遇见的最具争议的非正常死亡案件，无外乎两种。第一种，原有疾病在外力作用下突然暴发而死亡，死因是疾病，外伤是诱因，家属不服。第二种，自杀的时候，采取了一些手段，比如贴嘴、缚手等，容易引起质疑。"

"我说得不对吗？这不是疑点吗？！"死者的叔叔急躁地怒吼。

我说："有的时候需要换位思考。你觉得死者自杀的时候不会贴嘴，那凶手杀人的时候，贴嘴岂不是更没有意义？死者自己明明可以轻松撕掉的！"

"那你告诉我，他为什么要贴嘴？为什么要跳河？为什么要自杀？"死者的母亲已经泣不成声。

"这个我真回答不了你。"我说，"我们只是根据科学来论断。你的心情我可以理解，但是你必须尊重科学。这样吧，我们今天重新尸检，再次确定死者的死因。另外，侦查部门继续调查贴嘴胶布的来源，这样更加能印证结论。你们看怎么样？"

死者家属沉默良久，又窃窃私语了一会儿，最终点头答应。

重新尸检一切顺利，确定了原来的鉴定结论。侦查部门的调查则取得了进展。通过监控视频得知，死者之前确实在学校超市内购买了一卷透明胶布，而他回寝室后并没有使用。对死者寝室的勘查，也确定没有找到透明胶布。通过对透明胶布的质地、材料进行检验，确定和超市内的一批货物系同样成分。

既然胶布是死者自己带着的，再结合法医尸检和侦查部门调查的情况，可以断定这确实是一起自杀案件。在我们详细地解释后，死者家属表示信服。

顺利地解决了一起信访事项，我们感觉心情舒畅，准备好好睡一觉后，明天返程。在沟通会结束后，赵局长邀请我们到他的办公室坐坐。走到他的办公室时，我们发现一个穿着一级警督制服的中年女人在门口焦灼地踱来踱去。

"赵局长，他们有进展吗？"女人看起来忧心忡忡。

赵局长好像有些尴尬，打开办公室门，指着女人对我们说："她是我们治安支队的李清副支队长。"然后对她介绍道："这几位是我们省厅刑警总队的技术专家。"

李支队并没有看我们一眼，咄咄逼人地问赵局长："赵局长，你不是说要发动警力帮我寻找的吗？"

"我们一直在努力！"赵局长无奈地说，"李支队，我们附近几个派出所的弟兄都一直在帮忙寻找，现在这不是有较急的案件吗？总不能因为你一家的事情，耽误其他老百姓家的事情吧？"

"赵大胆儿！我一辈子都献给公安事业了！现在我最心爱的儿子丢了，组织上就不能关心关心？"女人怒气冲天地说。

赵局长被当众喊出绰号，顿时有些不好意思，挠挠头，说道："组织上对这件事情非常关心，几个派出所的民警都放弃休假在帮忙找。但是茫茫人海中，想找一个人哪儿那么容易？你少安毋躁，我们一定会竭尽全力。"

女人"哼"了一声，摔门离去。

赵局长颓然坐在椅子上，勉强对我们笑了笑，说："让大家见笑了，李支队因为情况特殊才会如此激动，她其实是一个不折不扣的女强人。年轻的时候，她就是刑

水中的活埋

侦战线上的一名女将，直到36岁才结婚生子，结婚后依旧将大部分时间精力贡献给公安事业。可惜并不是每一个家属都能理解警察的工作，像李支队的丈夫，为了让她辞职带娃，没少来单位闹过。组织上为了照顾她，也尊重她自己的意愿，才把她调到了治安支队，分管户籍，想让她轻松点儿。但这并没有改善她的家庭关系，听其他民警说，她那不务正业的丈夫居然得寸进尺，在外面乱搞。李支队最近为了离婚而精疲力竭，但对她打击最大的是，前天晚上，她儿子突然丢了。"

"多大的儿子？"我问。

"13岁。"赵局长说，"刚刚上初二，学习成绩还不错，孩子也很老实。"

"叛逆期啊。"我说。

赵局长点点头说："因为李支队很忙，目前是分居状态，所以大部分时间，孩子还是跟着他爸爸的。前天晚上李支队准备把儿子接过来的时候，她老公说孩子丢了。然后我就要求附近的几个派出所帮忙去找，可惜到现在还没有找到。以前不管遇到多难的案子，李支队都能面不改色地妥当处理，唯有这一次，她是真的慌张到不知所措，才恨不得我亲自上阵去找，恨不得局里的人都放下工作去找。"

"其实领导也挺不好当的。"我笑了笑，说，"做了很多工作，依旧不能让人满意。"

赵局长摊摊手，说："天色已晚，我就不陪你们了，我得去指挥找人了。"

"别客气。"我说，"明天一早我们就回龙番了，祝好。"

这座城市以小吃著名，和赵局长告别后，我们几个人相约到夜市里去大吃一番。小吃街上灯火辉煌、人头攒动，我们连续逛了几个摊子，看到每一种热气腾腾的小吃都忍不住想尝尝，直到每个人都摸着圆滚滚的肚皮，发出阵阵满足的打嗝声。

"真是太好吃了，难得可以在出差的时候爽一把。"陈诗羽说。

"大宝这个吃货要是在的话，咱们花的钱得多出一倍。"林涛打了个哈哈。

"唉，他哪里有心情吃？"我说，"也不知道宝嫂怎么样了。"

一句话把气氛又拖拽了下来，大家都开始沉默，仿佛今晚的聚餐很对不起大宝和宝嫂一样。

大伙儿捧着吃撑的肚子回到宾馆，各自回到房间睡觉。

第二天一早，在宾馆吃早饭的时候，看到了匆匆赶来的赵局长。

"赵局长！"我有些诧异，"你怎么来了？陪我们吃早饭吗？"

"唉，真不好意思，我们算是摊上事儿了。"赵局长说。

"怎么了？"

"李支队的儿子，死了。"赵局长说。

"死了？"我吃了一惊，"我还以为只是叛逆期离家出走什么的呢，怎么就死了？怎么死的？什么时候的事情？"

赵局长擦了擦额头上的汗珠，说："昨天你们离开以后，我就组织刑警队值班的民警去找，还是专业人士更能奏效。找了一晚上，今天早晨，就一个小时以前，法医小杨在离李支队老公的住处不远的一个泥水塘边，发现了一截儿自行车轮胎印儿。"

"掉塘里去了？"我诧异道。

赵局长点点头，说："之前失踪的时候，就是和自行车一起失踪的，当时我们还分析因为叛逆，自己骑车出走了呢。后来我们就用'围堰救船'的方法，来了个'围堰找人'，把泥水塘两边入水口封闭，然后抽干了塘水，在淤泥里发现了一辆自行车和金小万的尸体，哦，金小万就是李支队的儿子。"

"死因呢？"我急着问。

"李支队坚决不同意解剖，现在一干人等都还在现场做工作呢。"赵局长说，"我是这样想的，事情既然已经这样了，现在最好能够由你们出马。一来，专家的结论，更有说服力。二来，省厅领导亲自办理，也算是对我们民警的一个安慰。"

我回忆了一下李支队昨晚的表情，感觉有些忧伤，说："没问题，我们马上去现场！"

2

现场的气氛比我想象中更悲伤。

李支队瘫倒在地上，怀里抱着金小万满是泥浆的尸体。他俩的身边跪着一个中年男子，应该是金小万的父亲。

四周的民警都已经摘下了帽子放在手里，却没有民警上前去安慰李支队，看来李支队激动的情绪已经让人望而却步了。

"孩子你这是怎么了啊？你和妈妈再说一句话啊，你告诉妈妈都发生什么了啊，妈妈就三天没见到你，你怎么就再不见妈妈了？！"李支队哭号着，她的警服大半已经被泥浆浸染，怀中的尸体也已经腐败，但她仍然紧紧地抱着他。

"李大姐。"赵局长此时的声音有些怯懦，"我们请省厅领导来帮助指导这个案子，你放心，如果孩子是被害的，我们绝对会还他一个公道！"

"你滚开！"李支队叫道，"都怪你们！都怪你们！你们早点儿找到他不就没事儿了吗？还他公道！还他公道有什么用？你能还我儿子吗？"

尸体上被蹭去泥浆、暴露出皮肤的地方都能看到腐败静脉网了，而且尸体的肢体已经软化，随着李支队的晃动而晃动。我说："李支队，你冷静一下，死者已经死亡四十八个小时以上了，也就是说，他失踪的时候，可能就死亡了，这和赵局长真的关系不大。"

"滚开！你们都滚开！你们谁也别想碰我的儿子！"李支队叫道。

我识趣地退开几步。

林涛走到水塘旁边，趴在地上看了看，说："你们发现这里的依据，就是这个自行车轮胎印儿吗？"

法医小杨点了点头。

"周围怎么这么多脚印？"林涛说，"当时没有保护现场吗？"

我知道林涛的意思，如果水塘旁边只有轮胎印，那么很有可能是死者自己骑行意外落水的；而如果轮胎印旁边有足迹，那么就有可能是被人抛尸入水。这样看来，原始现场的状况就显得尤为重要了。

"啊？"小杨有些蒙，说，"当时也不知道孩子在不在水塘里，确实没有注意保护现场，就手忙脚乱地布置打捞了。"

"可是你们破坏了原始现场。"林涛低声说道，怕引起李支队的注意。

小杨说："当时是我最先看到轮胎印的，我的印象中，好像并没有足迹存在。"

我走到小杨身边，看了看水塘边的情况。水塘边除了印出轮胎印的那一块是光秃秃的土壤，其他地方都被杂草覆盖。

"不过，说老实话，现场我们看了，应该是意外落水。"小杨说。

"哦？"我说，"怎么说？"

"尸体被打捞上来的时候，李支队还没有来。"小杨说，"当时我们就做了个简单的尸检。因为这个水塘比较特殊嘛，不是普通的水，都是泥水，再加上尸体的尸僵已经完全缓解了，我们就用长棉签探查了死者鼻内和深部咽喉，发现都有泥浆的存在。"

"不错。"我点点头。

小杨是我以前的学生，他会用最简单无创的方法来初步判断死者是否为生前溺死。用棉签确实是一个不错的方法。

"因为这些深部位置都有泥浆，我们可以认为他入水的时候还有呼吸和吞咽动作。"小杨接着说，"再加上死者的指甲、趾甲都明显青紫，应该是有窒息征象的，所以我们判断他应该就是生前溺死的。"

"你之前也说了，生前溺死多见于意外和自杀，罕见于他杀。"陈诗羽在旁边小声补充道。

我点点头，说："关键死因很重要，但最重要的，是死者身上有没有损伤。"

小杨说："死者身上肯定没有你说的三伤，尤其是颈部、关节，都是好的，但也不是没有损伤，我们在进行头部触诊的时候，发现他的后脑勺有个血肿。"

"那就是疑点啊。"我说，"虽然现在大部分证据指向意外，但是一旦有丝毫疑点，就要解剖检验，不放过任何可能存在的犯罪迹象。"

"我也是这么说的。"小杨说，"我和李支队说，虽然现在看应该是意外落水，但这个疑点我们还是需要解剖来查清楚。"

"你怎么能这样说？"我看了一眼远处哭泣不止的李支队，低声说，"她本来就情绪激动，结果你告诉她是意外落水，她能放过你吗？你业务精进得不错，但和群众沟通的本领还要进一步加强。"

小杨"哦"了一声，挠了挠后脑勺。

我走到赵局长身边，说："这样，你们继续做李支队的工作，我们先去派出所听一听前期侦查情况。尸体是一定要解剖的，不然就这样火化了，你们自己也不放心。"

赵局长点点头。

我带着大伙儿离开现场，驱车来到了派出所。

派出所会议室里，刑警支队曹支队长正在摆弄手上的一本卷宗，见我们走了进来，热情地打着招呼。

曹支队长说："我看了派出所前期的调查情况，应该说还是很详细的。事情大概是这样的。李支队和她的老公金凡分居以后，一般是一个星期见儿子两次。虽然她现在分管户籍，但工作也一样繁重。按照排班，李支队14日下午下班后，15日会休息一天，所以李支队提前两天打电话通知了金凡，告诉他，14日晚上9点钟左右她过去接孩子。可是14日晚上9点，李支队赶到金凡住处的时候，发现孩子已经不见了。"

"李支队看到的情况是怎样的呢？金凡又怎么说呢？"我问。

水中的活埋

曹支队说："李支队说她9点钟到金凡住处的时候，金凡正好从外面回来，她就问孩子在哪儿。金凡说是跑没影儿了，他刚出去找了一个小时，没找到，估计这时候李支队要去他那儿了，就赶回来告诉她一声。"

"不是有手机吗？为什么不第一时间打电话呢？"我问。

曹支队说："金凡是一个小厂的工人，收入很低，而且好赌，经常偷偷摸摸去赌博。据金凡说，当天上午他的手机就欠费停机了，他没钱充话费。我们查了，这一点是属实的。后来金凡和李支队就到外面找了一夜，这期间，李支队给赵局长打了电话，派出所也派出了值班民警去找，可是没有找到。"

"金凡怎么说？"

"金凡说，当天下午，孩子放学回来后，就吃晚饭，这时候大约是6点钟。"曹支队说，"孩子吃完饭，说是有个同学约他有点儿事情，马上就回来，于是骑车出门了。直到快8点，孩子还没回来，金凡有点儿着急了，就沿着马路一直寻找，找到9点，赶回家告知李支队出事了。案件发生前的大概情况就是这样。这两天，我们的民警一直在加班加点找，直到今天早晨，杨法医发现了自行车轮胎印。"

"也就是说，孩子放学回家的状态是正常的。"我说，"吃晚饭的状态也是正常的。"

"一切都很正常。"曹支队说，"唯一不正常的，就是晚饭后，孩子骑车去同学家。我们也调查了他所有的同学，全部否认有过这样的约定，也全部否认当天晚上见过金小万。"

"监控呢？监控调了吗？"我问。

"孩子失踪的时候，周边的监控就全部调取了。"曹支队说，"不过金凡家住得比较偏僻，最近的道路监控也在一公里以外。周边所有的监控都没有看到孩子的影子。"

"难道金凡没有问孩子去同学家做什么吗？"我问。

曹支队摇摇头，说："按金凡的说法，他一心等着李支队接走孩子，晚上可以借点儿钱出去赌一把呢。而且，金小万晚饭后去同学家拿个文具、抄个作业什么的也很正常，但以前一般都是在半个小时之内就回家。"

"现在你们怎么看？"我问。

曹支队摊了摊手，说："还能怎么看？案件性质都不清楚。当然，现在看，应该是一起意外事故。如果是命案的话，那么杀孩子的人只有两种，要么是和金凡在债务上有纠纷的人，要么就是李支队曾经法办过的人。现在对于李支队和金凡的调查工作都在进行，主要是围绕两人的社会矛盾关系进行秘密调查。"

"也不知道李支队那边的工作做得怎么样了。"我说。

"别担心。"曹支队说，"没人比我更了解李支队了。在我当大队长的时候，她已经是咱们刑警支队的副支队长了。她这个人吧，刀子嘴豆腐心，表面上看起来桀骜不驯，实际是一个非常明事理的大姐。她是刑警出身，还能不知道尸体检验对于案件性质判断的重要性？她现在是不能接受这个事实，等她冷静下来，肯定会支持咱们工作的。"

"为了公安事业奉献一生，如今却要白发人送黑发人，这确实是我们这些年轻人不能想象的。"林涛说。

曹支队赞同地点点头，说："确实蛮惨的，不知道以后李大姐还能不能正常生活。丈夫不争气，孩子又去世了，唉！"

同样是警务人员，我明白每一位警察不管在外遇到多大的困难，家人的存在和理解永远是最重要的精神支柱；同样是为人父母，我更可以想象李支队的丧子之痛和内心的万分愧疚。到最后，她还是同意我们对尸体进行检验，但是依旧无法面对孩子的解剖现场，尸检的见证人是死者的父亲金凡。

此时，夜幕已经降临。

可想而知，李支队挣扎了一天，痛苦地挣扎了整整一天。

我们用清水小心翼翼地清洗掉死者身上附着的泥浆，看见尸体已经中度腐败了，腐败静脉网遍布全身。

死者的衣着很正常，没有任何疑点。

"他出门的时候，身上带钱了没有？"我转脸问站在身边的金凡。

金凡见我突然问他，显得有点儿无措，说："啊？哦，这……我没注意，哦，没有，没有钱，我都没钱充话费了，他还能有什么钱？"

我点点头，和法医小杨一起除去死者身上的衣物。

"重点在头部，所以最后进行。"我说，"先例行检查尸表。"

更细致的尸表检查，依旧和现场初步尸检的结论是一致的。除头部外，死者身上的其他部位没有任何损伤痕迹，会阴部也没有任何损伤。

"没有损伤。"我重新看了一遍躯干、四肢部位的尸表，下了结论，让负责记录的陈诗羽写下。

"看来他真的是意外落水啦，我的儿啊！"金凡突然哭了起来。

一旁的林涛拍了拍金凡的肩膀，说："老哥，我们到外面待会儿吧，一会儿解剖的景象更容易刺激到您，到外面休息一下，放松点儿。"

金凡点点头，跟着林涛离开了。

由我主刀，划开了死者的胸腹腔。

除了内脏有一些瘀血（这是窒息死亡的一种征象），并没有看到其他的异常。

"要提取一部分肝组织和胃组织送检。"我一边用手术刀切下组织，一边对小杨说，"要做一些合理怀疑。"

随后，我们打开了死者的胃。

胃内只有一丁点儿食物，大约20克，是几根芹菜和一点儿米饭。

"胃基本排空了？"陈诗羽说，"按法医学理论，这是末次进餐后四五个小时了吧！孩子是6点钟吃完饭的，难道是夜里才死亡的？难道他被人劫持了？难道李支队发现孩子失踪的时候，其实孩子被人控制着？"

我回头看了看门外，林涛正在和金凡说话，仿佛并没有注意到我们这边的动静。

我做了个小声点儿的手势，说："确实存在疑点，但是现在咱们不要讨论，等回去再说。"

陈诗羽的理解力还是很强的，她看了看解剖室外面，会意地点点头。

"这是什么？"小杨用手指蹭了蹭死者胃部的贲门位置，手套上黏附了一些黑色的物质。

"很有趣。"我说，"你们看，死者的胃内，都是正常的颜色，贲门那一块却是黑色，现在我们从贲门开始往上剪，看看死者的食管里和气管里有些什么。"

我用"掏舌头"的手法，取出了死者的整个气管、食管和肺部，然后逐一切开。死者的食管内布满了黑色的物质。从死者的会厌部开始，一直到整个气管、支气管，甚至细支气管内也都充满了黑色的物质。

"哦，明白了，这是淤泥。"小杨看见这些黑色物质和口鼻腔连上了，立即反应了过来，说，"这还是说明死者是生前溺死啊，说明他掉进泥潭的时候，还有呼吸和吞咽运动。"

"这确实是生前溺死的征象。"我说，"但是，你有没有想过，为什么黑色的物质只到贲门就停止了，这些物质实质上并没有进到胃里？"

"这……"小杨一时语塞，陈诗羽在旁边也是一脸茫然。

"哈哈，玄机可能就在死者的头颅里。"我说。

"头颅？"小杨更是丈二和尚摸不着头脑，说，"颅内是神经系统，这胃是消化系统，这哪儿跟哪儿啊？都挨不到边儿啊！"

我没有着急解释，用手术刀耐心地剃除了死者浓密的头发，露出青色的头皮。

"小杨看得不错，他的后脑确实有个血肿。"我用手摸了摸死者的后脑勺，说，"范围还不小呢。"

说完，我示意小杨和我合力把死者翻过身来。

我用手术刀把死者后脑头皮的毛桩进一步剃除干净，用酒精擦拭着血肿处的头皮，慢慢地，一个形状逐渐暴露在我们的视野中。

"五角星？没搞错吧？"小杨大吃一惊。

在死者后枕部血肿处的头皮上，可以看到一些条状的挫伤，用酒精擦拭后，这些挫伤愈加明显，逐渐连接成块，最后隐隐约约露出一个五角星样的形状。

"赶紧照相。"我低声说道。

技术员用不同摄影参数，从不同角度照了几十张照片，有不少可以完整看清头皮上损伤形状的特征。

"头部损伤中，能看出形态特征的实在是少数。"我笑着说，"我们运气真好，这对于推断致伤工具很有帮助。"

说完，不知怎的，我的脑海里出现了宝嫂头部损伤的照片。不过这只是一闪而过，并没有停留多久。

死者的脑组织已经因为腐败而自溶液化了，但还是可以看出脑组织有两个部位存在颜色上的变化。脑组织对应头皮血肿部位的枕叶和枕叶对面的左额叶颜色明显加深，呈暗红色，和其他正常部位脑组织呈现的粉红色显然不同。说明在脑组织自溶之前，这两个地方存在颅内出血。

"右侧枕部脑组织出血、左侧额部脑组织出血。额部并没有头皮损伤，说明这是一处对冲伤[1]。"小杨背书似的说道，"显然，死者的枕部撞击到了硬物，形成

---

[1] 对冲伤，指的是头颅在高速运动过程中突然发生减速，导致着地点的头皮、颅骨、脑组织损伤出血，同时着地点对侧位置的脑组织也因惯性作用和颅骨内壁发生撞击，形成了挫伤、裂伤、出血和血肿，但是相应位置的头皮不会有损伤。

了枕部的颅内出血和对侧额部的对冲性损伤，这是摔跌伤啊。"

"在水里能形成摔跌伤吗？"陈诗羽问道。

"可以。"小杨说，"泥潭里有不少尖石，如果猛然掉落进去，是有可能撞在尖石上的。"

"那么有两个问题。"我说，"第一，骑车冲进水里，为何是仰面朝上、枕部撞石？第二，有石头是五角星状的吗？"

"这……"小杨说，"第一个问题答不上，第二个问题，我明天得再下到淤泥里去看看。"

我哈哈一笑，说："不用。"

缝合完尸体后，我突然想起了什么，又用手术刀沿着死者的下颌缘切开了死者的下颌部和面部皮肤。这样做是为了避免死者的面部因为解剖而毁容，是我们检查面部损伤常用的一种解剖手法。

这一刀，让我们发现了死者的左侧下颌部有轻微的皮下出血。

"跌落河底，有可能在枕部和面部同时受力吗？"我心中已经有初步答案了，沉重地脱下解剖装备，走出了解剖室。

3

林涛见我们出来，迎了上来，说："这么快？"

"是啊，结束了。"我说。

"怎么样？"金凡着急地问道。

我一边洗手，一边假装轻松地问道："我还准备问你们聊得怎么样呢！"

"你们解剖完了，总要有个结论告知我吧？"金凡说。

"有可能是意外。"我挺直身子，看着金凡。

金凡仿佛松了一口气，随即又哭着说："我苦命的孩子啊，早知道就不该让你去学骑这天杀的自行车啊！你怎么这么不小心啊！你让我和你妈怎么过啊？！"

"孩子最后一顿饭丰盛吗？"我问。

林涛说："刚才老金说，他吃了不少饭，吃得饱饱的上路了。"

"是啊，他吃了两碗饭，吃得饱饱的。"金凡说。

"哦，那这样看起来，也有可能不是意外。"我说完，盯着金凡的双眼。

金凡跳了起来，说："你们法医怎么可以这样？草菅人命啊！一会儿是意外，一会儿不是意外的，他到底是怎么死的？"

"被别人杀死的。"我一字一顿地说。

"刚才曹支队来了个电话，说是发现一个嫌疑人。"林涛说，"这个人是李支队以前打击处理过的人，刚从牢里放出来，曾扬言要报复李支队，现在已经被我们控制了，正在审查。"

我点点头，转头说："金老师，要不你带我们去你家看看？我想翻翻金小万生前的东西，看看能不能找到一些线索。"

金凡虽然不大乐意，但最后还是带我们去了他家。

这个家真是够脏乱差的，到处都丢着脏衣服和垃圾，厨房的垃圾也有几天没倒了，散发着恶臭。

我戴上手套，扒拉了几下垃圾，说："你这垃圾好几天没倒了吧？都臭了。"

金凡不好意思地笑了笑。

我示意林涛过来拍照，垃圾中有一堆米饭和几根青菜，粘在一起仿佛是一个碗底的形状。随后我又在房子里溜达了几圈，指了几个地方让林涛拍照。

"行了，半夜了，我们该回去了。"我说。

"你们不是要看小万生前的东西吗？"金凡说，"都在他的小房间。"

"不用了。"我说，"我们回去吧。"

"那好的，再见。"

"不再见，现在我们一起回去。"我说。

"一起回去？"

"对，现在你要接受审查。"我说。

"审查？什么审查？"金凡紧张地大叫道。

"我说过，这是一起命案，既然是命案，周围所有的人都要接受审查。"我说。

"你真是胡闹。"赵局长说，"让我们放了一个嫌疑人，却把死者的父亲抓回来了。你怀疑是金凡干的？怎么可能？他是死者的亲生父亲！"

"亲生父亲怎么了？"我说，"亲生父亲就不能杀人了？"

"人家说虎毒不食子，你这……"赵局长说。

水中的活埋

"虎是不食子，但人有的时候比虎可要坏得多哦。"我一边说，一边走进了专案指挥室。

"现在我先说一下死者的死因。"我站在投影仪前面，对专案组的同志们说，"死者死于吸入性窒息。我之所以不说是溺死，是因为致死的物质主要还是淤泥，而不是水。说白了，死者确实是因为落到泥水塘内，吸入了大量泥水，呼吸道被堵塞而死亡的。"

"不是案件？"有侦查员问道。

"不，是案件。"我说，"死者头部有明显的钝性损伤，是一个对冲伤，这处损伤造成了颅内出血，量还不少。受到这样的损伤，一般人都会失去意识，更何况是个孩子。"

"可是，对冲伤不就是摔跌伤吗？会不会是落到水里形成的？"

"不会。"我斩钉截铁地说，"因为致伤工具具有高度的特征性，非常规律，是个五角星。我相信，水里不可能会有个五角星形状的凸起物吧？"

"你的意思是说，孩子是在别的地方摔伤，然后被扔进了水里？"赵局长说，"只根据这么个所谓的致伤工具推断，就下这么大胆的结论，你比我更大胆吧！"

"我当然是有依据的。"我指着幻灯片说，"你们看，死者胃部的情况，淤泥只到了贲门，没有进入胃底。按理说，死者生前入水，会有剧烈的吞咽动作，怎么可能不把淤泥咽到胃里呢？只有一种可能，死者在落水的时候，生命体征已经很微弱了，呼吸、吞咽的动作都不剧烈，又没有意识来求生，所以吞咽的动作只把淤泥咽到了贲门的位置，而只需要有一点儿呼吸，淤泥就很容易堵塞整个呼吸道。"

"有道理。"小杨第一个赞同我的观点。

"综上所述，"我说，"死者是先撞击头部导致昏厥，然后被人抛进了水里，最终吸入性窒息而死亡。那么，他为什么会撞击到头部，而且撞击得这么厉害呢？我检查了死者的面部，他的下颌缘有出血。"

"被人扇了耳光？"曹支队插话道。

我点点头，说："对，这里的损伤，最常见的就是扇耳光。当然，这一巴掌可不轻，直接把孩子打飞了，然后头部直挺挺撞上了硬物。"

"可你为什么会怀疑是金凡做的？"赵局长说，"即便他打伤了孩子，也不至于把孩子扔进泥潭里淹死吧？"

"我一开始就怀疑金凡。"我说，"第一，从损伤看，没有三伤，没有明显的搏斗，只有耳光。这样的损伤，一般都是家长教育孩子导致的，不会是其他人加害所致。第二，金凡说死者离家前，饱饱地吃了一顿饭，而在我看来，他顶多吃了一口。"

"什么？这就是你在解剖室里没有回答我的问题？"陈诗羽问道。

我点点头，说："对。法医观察胃内容物，绝对不是只看量有多少。很多人认为，是根据胃内容物的量来推断死亡时间，其实不然。如果仅仅根据量来推断，那么吃得多的人和吃得少的人当然会有分别了。其实，法医不仅看胃内容物的量，更重要的是看消化程度。同样是米饭，进入胃内，在一个小时内它还是米饭，但是等到三四个小时以后，不仅胃内食物排了出去，更重要的是在胃液的消化作用下，食物的形状发生了变化，食物会变成'食糜'，观察'食糜'的消化程度，才是法医判断死亡时间的重中之重。"

"原来如此。"陈诗羽说，"死者的胃内米饭和青菜都还是原来的形状，没有很高的消化程度，所以死者根本就不是末次进餐后很长时间才死的，而是他本身就只吃了一点点。"

"小羽毛分析得不错。"我笑着说，"然而，金凡却一口咬定，死者上路前是吃得饱饱的，这不仅说明他在说谎，而且还说明他有一个心理躲避点，就是吃饭。我怀疑，最终引发惨剧的原因就是吃饭。"

"这……这证据不足啊。"赵局长说。

"放心，没有充分的证据，我是不敢乱说的。"我说，"第三，我们之前说了，孩子是昏迷后被扔进水里的，而不是骑车入水的，死者的会阴部没有任何损伤也说明他当时并没有在骑车。那么，把孩子扔进水里后，还要把自行车扔进水里，肯定是一个伪装，而这个伪装只有金凡可以做到。"

"这个我赞同。"赵局长说。

我接着说："第四，也是最重要的证据，就是这个致伤工具。我们借口去金凡家里转了一圈，终于找到了类似的五角星。"

说完，我指着幻灯片上的一个家具说道："这就是金凡家里的电视柜，柜子的一角就有凸起的五角星装饰，我量了，大小和死者头皮上的印痕吻合。"

"这确实是一个确凿的证据。"赵局长说。

"当然，我也顺便看了他家的垃圾桶。"我说，"垃圾桶里有米饭和青菜，性状和死者胃内的一致。这更加说明死者的死很有可能和这顿饭有些关系，也说明了金凡说的吃得饱饱的、状态正常什么的，都是谎话。"

"我还有个问题。"小杨说，"我记得泥水塘旁边只有车轮印，如果是金凡干的，他的足迹应该会在附近出现啊。"

"这个问题，我觉得应该这样回答。"我说，"第一，你们当时一心找人，所以并没有在意痕迹物证。第二，如果金凡是站在车轮印的旁边，我看了，那是一块杂草地。有杂草的衬垫，没留下能够让你们注意到的足迹，也是正常的。第三，金凡作为一个刑警的家属，既然知道伪装现场，自然也不能排除他后期毁灭痕迹物证。"

"现在要做的，第一，对金凡进行突击审查，务必在今晚取得审讯上的突破。第二，突破后委婉地把情况告知李支队，并派专人二十四小时陪护，防止她有过激行为。"赵局长站了起来，正色道，"谢谢你们几位，真是帮了我们大忙。"

"不客气，我们等着你的好消息。"我说。

一夜的审讯顺利结束，我们也于第二天一早赶回龙番。

审讯的结果不出所料，这一桩惨剧是由一顿饭引起的。

10月14日晚上6点，金小万放学归来，饥肠辘辘。可是金凡给他做的饭，不过是一碗白饭加上几根青菜。

这样的晚餐金小万已经忍受好几天了，于是拒绝进食。

金凡本身就因为囊中空空而犯愁，为了晚上的赌资去哪里借而纠结，看到儿子用绝食来对抗自己，顿时气不打一处来。

在强迫金小万吃下一口饭后，金凡因为他的一声嘟囔而勃然大怒，上去一个大耳光把金小万打翻在地。

金小万这一摔，头部直接撞击到电视柜一角，瞬间晕了过去。

金凡此时有些慌张，用手指探了探金小万的鼻息，以为他没气了。

这个时候的金凡想了很多，他害怕李支队会和他离婚。如果离婚，他就真的养不活自己了。如果李支队知道他一巴掌打死了金小万，不仅会和他离婚，还会活活把他掐死。但如果伪造孩子落水身亡，说不定李支队会回心转意，重新回到金凡这个唯一的依靠身边。

有的时候，天堂和地狱只有一步之遥，对与错只在一念之间。

如果金凡把孩子送往医院，以现在的医疗手段，孩子说不准已经恢复了往日活蹦乱跳的样子。然而，误以为孩子死亡的金凡，却伪造了一个落水现场，把其实还活着的金小万扔进了泥水塘。

审讯工作就是从"金小万是被扔进泥潭后淹死的"获得突破的，很有效，也很残忍。

"我就说吧，虽然虎毒不食子，但是人有的时候比虎毒得多。"我说。

林涛说："这个案子真是个悲剧，哪怕金凡知道一点点医学知识，也不至于犯下如此滔天大罪。"

"是啊，这罪名可就变换了。"韩亮一边开车一边说，"原来他只是失手打伤了孩子，也就是个过失犯罪，充其量就是故意伤害。这回好了，把一个活着的孩子扔进泥水塘淹死，那就是赤裸裸的故意杀人啊！还是杀害自己的亲生儿子！"

"他不知道孩子当时还活着。"陈诗羽说，"不过，这不影响他的罪名。"

"对他也是件很残忍的事情。"我说，"赵局长说，金凡现在一心求死，还要求死在李支队的手下，要她一枪崩了他。好在李支队被控制起来了，不然她说不定真的要去崩了他。"

"这种事情还是交给法律来解决吧。"陈诗羽说。

"你们别说，这起案件说不定对我们的系列专案还有帮助呢。"我说，"我的意思是，致伤工具形态特征的问题。我在解剖的时候，不知道为何脑子里会闪现出宝嫂的头部损伤照片，我得回去好好研究一下。"

"你怎么会有损伤的照片？"林涛问。

"我……"我有些尴尬，"在宝嫂送进去抢救的时候，我就嘱咐急诊科主任和护士多拍照片了，不然后期就没法取证了。"

"你这家伙，也不怕大宝削你！"林涛说。

"老秦这样做是对的，抓住凶手是我们唯一能为宝嫂做的事情了。"陈诗羽没有像往常一样暴怒，反而哀伤地看着窗外流动的风景。唉，这小羽毛都被大宝附身了。

4

回到厅里，我迫不及待地带着几个人来到会诊室，打开了投影仪，逐一察看宝嫂受伤时的头皮照片。

照片中的宝嫂由于面部肿胀而没法识别，满头长发也被剃除干净。毕竟伤者是与我们朝夕相处的熟人，这样的景象让陈诗羽这个新警无法面对。她皱起眉头，努力地盯着屏幕。

"这几张都是刚刚备完皮①以后的照片，能看到头部的裂口，但是由于血迹附着，无法看清楚。好在医生用酒精清创后，也拍了一些照片。"我翻动着照片说，"这几张照片，拍的就是擦拭干净的创口。因为是伤后几个小时，也是肿胀最厉害的时候，可能伤口会有一些变形。"

"看起来，就是普通的挫裂创吧？"韩亮说。

我点点头，说："但是跟普通的挫裂创也有区别，区别就在于挫伤带的宽和窄。因为钝器造成的创口，钝性的物体会压迫创口周围的软组织，在软组织上留下类似皮下瘀血的条带状挫伤，伴随着创口，这就叫作挫伤带。如果钝器相对锐利一些，就是有棱边的话，挫裂创的创周就没有挫伤带；如果钝器很钝，没有棱边，比如圆弧状的钝器，就会留下很宽的挫伤带。也就是说，挫伤带的宽和窄，与钝器的钝与锐是成正比的。"

"那——宝嫂的创口？"陈诗羽显然没有完全理解我的意思。

我默不作声地前后翻看着几张头皮损伤的照片，不断地将局部放大。

过了一会儿，我说："可以看到，宝嫂的头部损伤有几个特征。第一，大部分创口周围都是有明显挫伤带的，也就是说，致伤工具没有棱边，这也是我们一开始下的结论。但是仔细看所有的创口，有两处是没有挫伤带的。"

"两种工具？"林涛问。

"从现场勘查的结论来看，应该不是两个人作案。一个人作案没有必要带着两种工具。"我说。

"那为什么创口形态不一致？"林涛追问道。

我说："很简单，一种工具的不同部位造成的损伤。我来打个比方，拿一把菜刀作案，用刃砍人，就是砍创；用刀背砍人，就是条索状钝器创；用刀面拍人，就是平面钝器损伤；用刀刃的一角戳人，就是小刺创。"

"明白了。"陈诗羽点头道。

"所以我认为，导致宝嫂受伤的工具，有一部分是有棱边的，有一部分是没有棱边的。"我说，"另外，我们可以看到，宝嫂的头皮上有几处锥孔，直径大约是0.5厘米，这也反映出工具另一个部位的形态。"

---

① 备皮，指的是在手术的相应部位剃除毛发并进行体表清洁的手术准备。

"这个工具应该是长条形的，有圆弧、有棱边，顶端还是尖的。"韩亮说。

我赞许地点点头，说："分析得很好！这个工具虽然是长条形的，但是并不太长。如果太长的话，就很难用尖端戳到宝嫂的头部。"

"但是这个工具很重啊。"林涛说，"至少它能导致颅骨骨折！"

我点了点头，说："现在我们再看张萌萌的头皮损伤。因为张萌萌死亡了，所以我们尸检的照片就更为清晰。"

仔细翻完照片后，我找出几张特征比较明显的照片，说："这样看起来，如出一辙！有的有挫伤带，有的没有挫伤带，还有好几处锥孔。"

"也就是说，除了灰色风衣，除了无动机杀人，我们现在有了充分的依据去串并A系列案件了？"韩亮说。

"是的！"我胸有成竹，"致伤工具的特征性、一致性，完全可以判断A系列的两起案件是同一人所为。很可惜，B系列的两起案件都是勒颈死亡，没有用到钝器，我们无法判断是不是和A系列为同一人所为。"

"我还是相信大宝，A系列和B系列不是同一人所为。"陈诗羽比较感性。

我苦笑着摇摇头，说："如果是两个人在不同时空，进行着几乎一模一样的案子，那该是一件多可怕的事情！"

"你们看，这是什么？"林涛不愧是痕迹检验方面的专家，对于细微的痕迹，总是比法医更敏感。

林涛指着照片中张萌萌的头皮说："把这一块放大！"

我熟练地操作着电脑，把照片上林涛指着的那一块头皮逐渐放大。高清晰度单反相机的分辨率很高，可以放大到让我们看清楚每一处毛孔。

图像中央出现的是一处特征性的压迹。

"这是头皮压迹。"我说，"突出的物体压迫头皮，导致局部毛细血管爆裂，留下和突出物体形状相同的出血带。"

"这就是一个半圆啊！"林涛说，"这也太规律了！"

"不是半圆，是四分之三圆。"韩亮纠正道。

"条状的四分之三圆，像是用圆规画出来的一样。"我说，"这说明工具平面上有这样的金属凸起，应该是商标之类的东西！"

"看来，我们要在海量的商标中，寻找和此类似的四分之三圆了。"林涛说。

我说："虽然难度很大，但是总比一点儿线索也没有强吧？"

随后的几天，我们几乎都是在海量的商标寻找中度过的。

通过对头皮损伤的尺寸测量，我们大概掌握了这个压迹的模型，根据模型，我和林涛找遍了所有出售工具的五金店，而陈诗羽和韩亮找遍了所有出售工具的网店。

我们确实发现了几种类似的商标，但是这些商标对应的工具要么是形态不符合我们的推断，要么是商标的尺寸有误，要么是重量不够。总之，经过几天的寻找，我们并没有发现完全吻合的工具。

10月22日上午，当我们还在对比商标模具的时候，我接到了师父的电话，龙番市郊区胜利村的一个村民死亡了，初步怀疑是他杀。

不知为何，我突然有一种不祥的预感，立即带着勘查小组赶往位于龙番市南部郊区的胜利村。

由于城市的扩张，胜利村已经变得七零八落。

虽然靠着拆迁款，所有的村民都已经过上了衣食无忧的生活，但永远不会满足的村民，在失去耕地后，纷纷到外地打工赚钱。

村里剩下的，都是一些老弱病残。

案件的发现人，是村里的一个老年妇女。这是个出了名的爱管闲事并且很细心的妇女。10月22日早晨，这个妇女在途经李胜利门前的时候，发现李胜利的大门居然从外面锁上了。

看起来，像是李胜利出门了。

要是别人，出门打工什么的，并不奇怪。而李胜利是一个83岁的老头，老态龙钟、步履维艰，怎么可能出门打工？别说打工了，就是出门也很少。李胜利虽然没有多少地，没什么拆迁款，但是他拿着低保，又是街道重点接济的独居老人，街道办事处还会定期送来吃的、喝的和用的。虽然他一辈子没有结过婚，没有过孩子，但依旧可以衣食无忧地过日子。出门对于李胜利来说，稀罕程度不亚于太阳打西边出来。

"不仅仅是因为他年纪大了。"这名妇女说，"我长这么大，就没见李胜利走出过村子。他就是一个懒人，懒得结婚，懒得生子。如果不吃饭可以活下去的话，他甚至都懒得吃饭！"

"这么懒的人，也会懒得和别人闹矛盾喽？"我初步看了现场，没有任何翻动的痕迹。当然，这个靠低保生活的老人，家徒四壁，也没什么好翻动的。显然，这不是一起侵财案件。

"闹矛盾？"妇女轻蔑地笑了笑，说，"谁会和他闹矛盾啊？他天天就在树底下晒太阳，该吃的时候吃，该睡的时候睡，谁会得罪他？"

"那你能把发案经过告诉我们吗？"林涛问道。

妇女正色道："我不吹牛，近十年来，我第一次看到他家锁门！锁门啊！居然还是从外面锁的！他要出门吗？这简直太奇怪了！所以我就趴在他的窗子上往里看啊。你们也看到了，他家就这么一间屋子，啥都能看到。虽然是早晨，但是床上没有人啊！难道他真的出门了？于是我就仔细看啊看，突然发现，他的床底下有一只手！太可怕了，真是太可怕了！"

"也就是说，死者是死在床底下的？"我追问。

妇女点点头后又摇摇头，说："我一开始以为老李头是昏倒了，所以赶紧喊来几个村民撬了锁进门，把老李头从床底下拉出来，才发现已经没气息了。唉，太惨了，都硬了。我们看他头上有血，一开始还以为是脑出血呢！"

"脑出血？"大宝说，"这……真是科普不到位啊。脑出血是脑袋里面出血，怎么会溢到颅骨外面来？"

"对呀，我们这儿脑出血的人不多，所以也不懂啊。当时也有人说是他自己摔到床底下摔死了。"妇女说，"再说了，谁会去杀老李头啊？所以我们就报告了街道的干部，准备火化了事。结果村里的干部说不对劲，肯定不是脑出血，而且自己摔也不会摔到床底下，只露一只手在外面，所以就报警了。"

"是啊，谁会杀一个独居的老人呢？"心底的那股不祥预感突然再次升起，我沉吟道，"而且肯定不是侵财，又不会有什么矛盾。"

"可惜了。"林涛蹲在现场小屋的门口说，"这么多村民七手八脚，村里干部也毫无警惕，现场完全没了，完全被破坏了。"

我顺着林涛的足迹灯的方向看去，整个屋子里全是足迹，有的是灰尘足迹，有的是踩到了死者头部附近的血泊而形成的血足迹。这些足迹互相交错，根本就无法分辨出鞋底花纹，更无法找出哪些是和犯罪有关的足迹了。

"我们到的时候，尸体已经被放在门口的门板上了。"胡科长说，"好在村民对尸体并没有过多的动作，所以损伤应该是原始的。"

我点了点头。

林涛又用勘查灯看完了门锁，说："门锁有撬压的痕迹，但现在没法判断是村民解救死者的时候撬开门锁形成的痕迹，还是凶手进门形成的撬门痕迹了。"

"这个简单。"那个闲不住的妇女插话道，"老李头睡觉从来不锁门，他有什么好锁门的？又没啥东西给别人偷。"

"哦，也就是说，凶手若是进门，一推就进了？"我说。

妇女点了点头。

"尸体的初步检验表明，损伤全部位于额部，"胡科长说，"位置很密集，而且死者的手脚关节处没有任何约束伤和抵抗伤。从这样的情况来看，应该是死者处于仰卧姿势睡眠的状态下，凶手猛烈、密集打击其头部，导致死亡。"

"手法简单粗暴啊。"林涛说。

而我则盯着门板上的尸体，一动不动。

"虽然附近的调查访问显示，死者生前不可能得罪什么人，但我们觉得还是有隐性矛盾存在的可能性。"胡科长说，"现场排除了侵财案件的可能，凶手下手果断、残忍，都指向因仇杀人。有很多案件，都是看似没有矛盾，其实隐藏了矛盾。"

"这个可不一样。"我说。

"有何不一样？"胡科长问道。

我回头看了看身后的上百名围观群众，说："不是说村里的人都出去打工了吗？这附近十里八村的人都来了吧？这儿不是说话的地方，咱们去解剖室吧。"

"死者的尸僵也就是刚刚形成，尸温下降了7摄氏度，应该是今天凌晨一两点钟死亡的。"王法医一边测量尸温，一边检查着死者的尸体征象。

"刚才在现场，你好像话中有话啊。"胡科长穿上解剖服，迫不及待地问我。

我没有上台参与解剖，而是从口袋里掏出手机，翻出手机里存着的张萌萌的头皮损伤照片。当然，因为大宝在场，我并没有翻出宝嫂的损伤照片。

"你看，这是A系列专案第二起案件，张萌萌遇害的照片。"我说。

"我去！你把解剖照片放手机里！"胡科长有些意外。

作为法医，为了防止家人、孩子看到这些触目惊心的照片，一般不会把工作的照片放在手机里，也不会用手机作为拍照工具来拍摄现场照片。我之所以会把这些照片放在手机里，也是为了方便随时查阅，寻找线索。

"这不是重点。"我说，"重点是，张萌萌的头皮损伤，结合宝嫂的头皮损伤，我们推断了致伤工具。"

听见我提到宝嫂，大宝全身一震，随即又埋头和王法医一起对李胜利的尸体进行常规解剖检验。

"金属钝器，锤类的？"胡科长说。

"不仅如此。"我说，"我们仔细看了每一处损伤，最后对于致伤工具推断的几个关键词是：条形、金属、有的部分有棱边、有的部分圆滑、有尖端、有凸起的四分之三圆形的商标。"

"嚯，分析得这么详细，那岂不是应该知道致伤工具是什么了？"胡科长眼睛一亮。

我黯然地摇了摇头，说："找了几天，并没有发现完全一致的工具。"

"也是，工具那么多，简直是海底捞针啊。"胡科长说。

"但是，你没觉得李胜利头上的损伤有什么特征吗？"我说。

说完，我用手指着死者头部密集的创口，指出了四处创口周围附带的明显的挫伤带，另外七处创口没有挫伤带。这些创口的周围，还有六处直径大约半厘米的锥孔。甚至，我们还隐约看到了一个四分之三圆。

"完全符合？完全符合！"胡科长叫道，"是A系列专案的凶犯作的案！"

大宝再次全身一震。

我关切地看了一眼大宝，说："这就是我会在现场发表那样的结论的原因。既然是A系列专案的凶犯作的案，那么，就应该是无动机的。"

"确实，这样看，真有可能是无动机作案。"胡科长说，"但有个关键问题，不知道你注意到没有？"

"什么？"

"我们当时分析A、B两个系列专案的区别时，提到一个问题，也是陈总当时极力认为两个系列不是同一人作案的理由。"

"嗯，你说的是心理特征的刻画。"我说，"师父当时认为，A系列专案具有明显的挑衅性，即便在水边杀人，也不把尸体扔进水里以延迟发案，为的就是挑衅警方。而B系列专案有隐匿心理，藏尸，为了延迟发案。两个案子的凶犯，心理特征不一。"

"然而，李胜利被杀案的现场，尸体被藏到了床底下！"胡科长说，"而且，还从外面锁了门，伪装死者出门。这明显是有藏匿尸体、延迟发案的心理特征啊！"

"这……"我一时语塞，"难道，两案的凶犯交叉了？或者，这本来就是一人作案，只是这个人有双重人格？在杀害李胜利的这件事情上，人格交叉了？"

"这种说法太玄乎了。"胡科长说，"既然凶器可以锁定是A系列凶犯的，而B系列凶犯用了完全不同的杀人方式和工具，自然不该交叉。"

这确实是一个不能解释的问题，可能人的心理状态是最难分析的问题了吧。我顿时陷入了沉思，却丝毫找不到头绪。

大宝强作镇定地说了一句："是不是该联系一下南和省的李法医了？"

我顿时醒悟，赶紧拨通了李法医的电话。

"老李，A系列的凶犯，在龙番又出现了。"我说，"他杀了一个独居的老人！"

"独居老人？"李法医说完，停住了。

我听见有鼠标的点击声，可想而知，他正在系统里查询他们省最近的发案状况。

"没有啊，最近没有命案，没有什么独居老人被杀。"李法医说。

"既然是平行犯罪，那么，我觉得你们省在B系列前两起案件发案地的周边，肯定会有类似我们现在这起案件的案件发生。"

"那……怎么回事？"

"两种可能。"我说，"第一种，独居老人被杀很容易被报案人忽视，是不是有可能被遗漏掉而成为隐案？第二种，既然是独居老人，可能会延迟发案。"

"那……那怎么办？"李法医被我说的第一种情况吓着了。遗漏隐案，可不是闹着玩的。等到秋后算账、启动追责，他这个法医科长也可能会被连累。

"我觉得你得赶紧向你们总队领导汇报。"我说，"第一，要周边派出所清查独居老人的生活状态，每个人都要找到，绝对不能认为他出门了而不去找。第二，要清查周边最近非正常死亡的状况，审查每一份火化证明书。"

"不会……已经火化了吧？"李法医怯怯地说。

我说："应该不会。按照A、B两个系列案件的发案规律看，每次平行发案的作案时间都比较接近。我们这一起独居老人被害案，是在今天凌晨一两点钟作案的，也就是说，你们那边的案件，也应该距离这个时间不远，所以我刚才说的工作，你现在赶紧去做，应该来得及，不会造成什么后果。"

"那就好！我马上去办。"李法医匆匆挂断了电话。

"你们发现了新情况，怎么不告诉我？"大宝埋怨道。

我说："兄弟，我想告诉你，不管什么时候，我们都不会放弃任何一起命案的侦查，更何况这里面还有宝嫂被伤害案。你现在最重要的工作，就是唤醒宝嫂！如果她醒了，就什么事情都清楚了，你们的幸福生活也可以继续。至于寻找线索，交给我们，好吗？"

大宝感激地看着我，深深地点了点头。

第六案　熟肉

每个人心中都有一团火。

——凡·高

1

时间静静地流淌，不经意间已经过去了近一个星期，天气也逐渐变冷。南和省李法医那边一直没有传来丝毫消息。我们开始对李胜利被杀案和A系列专案的串并产生怀疑。

"工具形态真的是有特异性的吗？"林涛上传了一份案件报告后，说道，"会不会只是个巧合？不然这么久，南和省那边也应该有动静了吧？"

"不同警种的垂直管理效力不同。"我说，"咱们法医只是刑警部门中的一个小部门，你想让李法医号令到每个县每个派出所？那肯定是做不到的。"

"可是，现在的联动机制，尤其这种系列案件的联动机制不是已经很完善了吗？"陈诗羽说。

"机制确实完善，但有没有充分保障可就说不清了。"我说，"李法医不过就是个法医，即便他汇报上去，也就是刑警总队的领导过问，而真正接触到社区的派出所，还是属治安总队管理指导的部门。当然，实施不畅也只是我们的猜测，说不准，说不准……"

"怎么了？"林涛问道。

"之前两起B系列案件，凶手都是在和我省交界的地方流窜。"我说，"你说，会不会第三起流窜到了我省境内？"

大家陷入了沉思。

"我们居然忘记考虑这个问题。"我拍了一下脑袋，说，"我现在就去向师父汇报，我们也得启动联动机制了。"

师父最近为了全省DNA、理化专业的发展也是费尽了脑筋，白头发都多出不少。听完我对系列案件的想法后，他微微一笑，说："联动机制已经在两天前就启动了，你没有考虑到的问题，我得考虑到啊。"

我顿时感到十分羞愧，同时也敬佩师父在百忙之中依旧没有忘记发现我们工作中的瑕疵。

"不过说来也奇怪。"师父接着说，"既然A系列和B系列案件有着千丝万缕的关系，而且两个系列又存在地域的差别，可我们想尽办法，也没有找到两者的关联。"

"您说的是查车站吗？"我问。

师父一手捻着烟卷，一手拿着签字笔轻轻敲击桌面，说："两个专案组都花了大力气调查两地之间的乘车人员，虽然数据量巨大，但专案组也做了大量工作，丝毫没有线索。网安、通信部门也调查了两地之间的联络，那数据量就更大了。我呢，一方面担心数据量大，查不透，另一方面也担心民警的责任心问题。"

"谋事在人，成事在天。"我说，"这已经不是我们管辖得了的事情了。"

"可这是破案的唯一线索。"师父说，"你们组里谁最熟悉网络技术？"

"韩亮？我们的活百科啊，还是我们组的游戏王者，哈哈。"我说。

"你不能让他闲着。"师父说，"本来，公安机关内部专职驾驶员就极少，他也不能仅仅当一个驾驶员，特别是你们侦查其他案件的时候，就让韩亮协助网安部门来搜集线索。"

我领命回到办公室，陈诗羽和韩亮正在讨论一起网络热炒的案件。

"脖子上砍了五刀，脖子都快断了，这判成自杀也太难理解了。别说老百姓了，就是我也觉得匪夷所思。"陈诗羽说。

"那是因为你见得少了。"韩亮说，"我跟着秦科长，就见了不少。"

"判成自杀总是有理由的。"林涛抢着说道，"而且这种容易引起质疑的案件，理由就必须更加充分。我觉得吧，办案单位才掌握案件的全部资料，既然不宜对公众公布，至少应该对家属解释透，和家属解释清楚了，我们的职责也就完成了。"

"死亡方式是最容易引起家属质疑的问题了。"我把笔记本甩在桌子上，说，"大部分人和小羽毛一样，想当然。其实吧，这个世界上，很多事物，你没见过不代表没有，你做不到，不代表不可能。"

说完，我走到书架旁，找出一本《法医病理学图谱》，随手翻了几页，递给陈诗羽，说："这是1992年出版的图谱，上面写得很清楚——自杀死者颈椎上的多处平行砍痕。可见，很早以前，法医前辈们就对刎颈自杀有了研究，也有很多案例，可以在颈椎上留下砍痕。你想想，是颈椎上都有啊，那脖子上有个大裂口算什么！"

陈诗羽看了看，皱起眉头，说："果真如此，这必死的决心该有多大啊！"

"人的心理是最难捉摸的。"我说，"至于他为什么要去死，为什么下这么狠的手，为什么不采取其他看起来温和一点儿的自杀方式，只有自杀的人自己才知道。其实在法医实践中，刎颈自杀是很常见的，因为出血量大、刀口血腥，所以会被人认为很残忍，容易引起质疑。其实，任何一种死亡，都是残忍的。死都不怕，还有什么好怕的？但是世界多精彩啊，好好活着，不好吗？"

"那从法医学上看，能砍自己那么多刀吗？"陈诗羽皱着眉头问。

"这个我知道。"林涛急着在陈诗羽面前炫耀一下自己的法医学知识，说，"人的颈部，主要有气管、食管、肌肉和血管。尤其是颈部前面，也就是气管、食管和肌肉，这些东西断了，都不会致命的，对吧，老秦？"

我点了点头，示意林涛继续讲。

林涛说："只有颈部两侧的颈动脉这样的大血管断了才会致命。而且，这些血管断裂后，会有一个往外喷血的过程，是需要几分钟时间才会丧失意识的。在这个过程中，怀着必死信念的人，有足够的时间去多砍上几刀。"

"关键的一点，是人在情绪激动的情况下，肾上腺素过度分泌，甚至连疼都感觉不到。"韩亮说，"所以从理论上讲，这种极端手段的刎颈，也没什么做不到的。尤其是古代，霸王啊，虞姬啊，不都是刎颈死的吗？"

"哇，你连法医学都懂？"陈诗羽崇拜地看着韩亮。

林涛一脸无奈，显然是在郁闷："明明重要的法医学知识点都是我说出来的好不好？"

"刎颈，可见于自杀和他杀。"我看着林涛的表情，笑了笑，说，"刀数越多，越好判断死亡方式。"

"哦？为什么呢？"陈诗羽问道。

"很多种死亡方式，越复杂，反而越能说明是自杀。"林涛说，"比如前不久那个投河自尽的男孩子，不就是给自己的嘴巴上贴了块胶布吗？"

"确实，我还见过用上吊、服药、割腕等多种方式都没死掉，最后还是用榔头敲碎了自己的颅盖骨，颅脑损伤死亡的。"我说，"刎颈案件中，如果刀伤是平行、密集的，说明什么？"

"说明死者是在固定体位下，被连续砍、切的。"韩亮说。

"韩亮你挺可以啊。"陈诗羽和韩亮相视而笑。

林涛见状，连忙打了好几个巨响的喷嚏。哎，林涛这转移视线的方法真够简单

熟肉

粗暴。

我心疼林涛两秒后，继续说："那么，怎么才能在固定体位下行凶呢？其一，死者当时处于昏迷状态，被割颈。其二，死者被约束、控制，没有抵抗和逃避的能力。其三，死者自己形成。"

"那具体怎么分辨呢？"陈诗羽问。

"每个案子都是不一样的。"我说，"这样，我来举一个具体的案例吧。"

"两年前有一起案件，是一个家庭主妇在家中死亡。"我接着说，"报案人，也就是她的丈夫，下班后回家，走到卧室门口的时候，就发现卧室里都是血，于是就报案了。经过现场勘查，死者仰卧在卧室的床铺中间，周围的床单、被褥以及地面上全都是密密麻麻的喷溅状血迹，分布非常均匀。经过尸体检验，死者的衣领往下翻卷，她的颈部有一个大创口，从创角的试切创来看，是切割、砍击了好几次形成的，颈椎前面也有砍痕，颈部软组织都断裂了，两侧的大血管也都断裂了。乍一看，非常像凶杀案。因为现场是一个封闭的现场，所以死者家属认为是她丈夫作案。那么，这个案子该怎么去判断死亡方式呢？"

林涛摆摆手，说："这个案子，我们一起去的，我就不公布答案了。我就解释一下啥叫试切创。试切创是创口一角的拖刀痕，一般是死者在自杀的时候形成的试探性的损伤。那么，韩亮，你来猜猜这个案子如何定性。"

韩亮看出了林涛的挑衅，笑着摇了摇头。

陈诗羽说："她丈夫是下班后回家就发现这情况的，那么我们侦查部门可以通过调查、监控、侦查实验来判断她丈夫到底有没有作案时间。"

我点点头，说："很好。调查也很关键。通过调查死者的丈夫下班、回家的时间，小区监控、电梯监控，都可以判断出他没有作案时间。同时，我们刑事技术也给予了很大的支持。比如，现场勘查方面，我们发现了遗书。"

"有遗书还说个啥啊？"陈诗羽说。

"不，很多关于自杀案件的信访，都有遗书，而且都做过笔迹鉴定，但是家属依旧不服，认为遗书是死者被凶手胁迫着写的。"我说。

"哦，那不是天方夜谭吗？"陈诗羽鄙视地说。

我笑了笑，说："所以，我们要说服死者家属，不能仅仅靠遗书。这个案子中，除了遗书，现场勘查也有其他方面的支持。比如，现场的血迹分布非常均匀，没有空白区。啥叫空白区呢？打个比方，一个人站在死者的旁边，切断血管，血液是瞬间往四周喷溅的，但是凶手站着的地方，会因为凶手的遮挡而出现一个血液的空白区。没有空白区，就表示没有遮挡物，那么凶手站在什么地方行凶呢？"

陈诗羽和韩亮点了点头。

我接着说："除了空白区，还有喷溅血迹的原始形态。血液喷溅出来后，是以小点点的状态遗留在地面上的。如果有凶手，行凶完成后，他必然要离开现场。凶手是人，不能飘浮，他只能在地面上行走，这一行走，肯定会破坏地面血迹的原始形态，甚至遗留下血足迹。如果现场只有均匀分布的点状喷溅血，那么说明没有人在事发后离开现场，也就说明现场除了自杀者，没有其他人的存在。"

"这很有道理啊！"陈诗羽若有所悟。

"除了现场勘查，还有尸体检验可以支持我们的论断。"我说，"第一，死者的领口是往下翻的，这是为了更方便下刀，可谁在杀人前，还会嫌衣领碍事？第二，最关键的，就是我刚才提出的问题。刀口是平行、密集的，符合在固定体位下连续切割、砍击形成的特征。那么，死者怎么会一动不动引颈受戮？毒化检验排除了死者中毒昏迷，尸体检验排除了死者颅脑损伤或者窒息导致昏迷，尸体检验更进一步排除了死者被约束、威逼而不敢动弹，那么，这样的伤口，只有死者自己才能形成了。"

"你不说的话，我还真没有想到，在死亡方式判断中，有这么多工作可以做。"陈诗羽说。

我点点头，说："死亡方式的判断，是很复杂的一项工作，要结合调查、现场勘查和尸体检验的结果来综合判断。绝对不是看看死者身上有几刀，每一刀有多深就能判断出死亡方式那么简单。"

"如果那么简单的话，要法医、要痕迹检验做什么？"林涛说。

我笑着说："网上热炒的这起案件，我们不了解具体情况，所以也不好做具体的分析，但是我相信当地警方这么斩钉截铁地下结论，一定是有充分的事实依据，就像我刚才说的那起案件一样。"

"所有的死亡都有独特性，死亡方式的判断也都需要大量事实依据来支撑。"林涛说，"就连碎尸，有的时候也是自杀或者意外。"

"啊？碎尸？"陈诗羽说，"那太夸张了吧！"

看到陈诗羽惊愕的表情，林涛有些自豪。

"一点儿也不夸张。"我被陈诗羽的表情逗乐了，说，"自杀是什么？自杀是相对于他杀、意外而说的。在法医学中，他杀、自杀、意外被称为死亡方式，就是指机体所发生的死亡，是由别人所致的，还是由自己所致的，或者是一些意外因素导致的。'碎尸'又是什么呢？碎尸其实有两种意思：一种是大家普遍理解的，尸体被人分解后抛弃、藏匿，'碎尸'在这里作为动词；另一种，如果警方发现的不是一具尸体，而是几块尸块，也被某些人称为'碎尸'，'碎尸'在这里作为名词。"

"你是在这里和我讲文学吗？"陈诗羽瞟了一眼天花板。

我笑着说："首先，我们把'碎尸'当成动词来看。自杀、意外死亡的死者，有可能在死后被人碎尸吗？我记得以前和你们说过一个案例。从前有个有妇之夫在外地当官，和当地一女子姘居。女子多次要求其离婚未果，伤心至极，在男子住处自杀。男子怕奸情败露，遂将尸体肢解后抛弃、藏匿。在这个案件中，自杀仍作为死亡方式存在，而碎尸则是一种匿尸手段。在警方明确死因后，只能追究男子毁坏尸体的刑事责任，而不能把'杀人'罪名强加给男子。"

"你这故事，倒是说服我了。"陈诗羽说。

"我还没有说完呢。"我接着说，"其次，我们仍把'碎尸'当成动词看。在法医学实践中，很多自杀、意外死亡的死者，选择的或者受到的致死外力作用，是会将尸体碎裂的。没有人敢说，自杀的人就一定要选择留全尸的方式，或者意外死亡的人一定会留下全尸。在爆炸、高坠、交通事故、生产事故、自然灾害或利用一些产生巨大机械外力的机器进行自杀等非正常死亡事件中，尸体都会在致死因素施加的过程中发生碎裂。比如从数百米的高空坠落，这样的情况能留全尸才叫偶然。"

"想想就有些毛骨悚然。"陈诗羽说，"真不知道这些自杀的人是怎么想的。"

我摊摊手，说："我刚才说了，别人的心理活动，咱们永远也猜不到。我们只有接着科普。最后，我们把'碎尸'当成名词看。法医在勘查非正常死亡事件时，经常会发现只有尸块，没有完整的尸体。但是如果一发现尸块就确定死亡方式是他杀，那就太简单了。岂不是谁都能来当法医了？比如投河自杀的尸体被船只螺旋桨打碎，江河边城市公安机关法医最常见的'碎尸'就是这种。当然，在隐匿位置高坠，尤其是坠落中接触硬物的人，通常也会被报警人当作'碎尸'。"

"看来，我也是犯了想当然的错误。"陈诗羽说。

"如果没有实践的磨炼，这种想当然的错误谁都会犯。"我说，"所以，老百姓对警方就一些案件的死亡方式判断不能理解，也是情有可原的。我们警察要做的，不仅仅是严谨、科学、客观地判断死亡方式，更要把我们做的工作、做出结论的理由，原原本本地告知死者家属。我相信，大部分死者家属还是可以理解的。"

"可是，每起案件都要事先判断死亡方式吗？是不是太复杂了？"韩亮问。

我说："事先判断是必须的，但是未必有你想象中那么复杂。很多案件，都是一眼可以看穿死亡方式的。比如掐死、扼死、捂死，就不可能自己形成。比如一些搏斗明显的现场，也可以判断不是自杀或者意外。"

"最难的，就是用一些奇特方式自杀的案件吧。"韩亮说。

我点点头，说："我刚才说了，有的人用多种方式自杀，容易引起质疑。还有的人，用一些极端方式自杀，也容易引起质疑。比如有些人反绑自己的双手去投河、上吊等。还有一些意外，也容易引起质疑，比如性窒息。有些人用半窒息的状态来获取性快感，一不小心操作失误，就把自己勒死了。"

"窒息也能获取性快感？"韩亮问道，"这我还真不知道。"

我见陈诗羽面颊染上一片绯红，及时终止了话题，说："韩亮，师父交给你一个光荣而艰巨的任务。"

2

韩亮当日就和网安部门的同事联络上了，可是工作开展了不到一天的时间，我们的平静就又被案件打破了。

师父发出指令：湖东县，祖孙两人死亡。

湖东县是位于我省西北部的一个县城，虽然交通闭塞，但也是一个有山有水、风景大好的县城，而现场就位于湖东县巍峨山川脚下的一个小村庄里。

湖东县和省城的直线距离也就两个小时的车程，但因为进了山区，所以我们辗转了将近四个小时才开到了现场。

可能是人口少的原因，这个死亡了两人的现场，并没有像其他案发现场一样有摩肩接踵的围观群众。现场安静地拉着警戒带，十几个技术民警正在忙里忙外。

现场是一个独门独院的"口"字形院落，由正对院门的联排平房和两侧垂直于院门的平房组成。结构很简单，一眼望去，便知道联排平房由一个客厅加上两个卧室组成；两侧的平房分别作仓库和卫生间、厨房。

因为没有什么围观群众，所以院门也没有关闭，在院门口就可以看到几个法医

熟肉

正蹲在位于院子正中央的尸体旁看着什么。从院门一直通向院子里的各个区域，都摆着黄色的现场勘查踏板。可见，现场的初步地面勘查工作已经完成了。

见我们的车子停到了警戒带外，湖东县公安局刑警大队的杨少文大队长掀起警戒带走了出来，一边脱下手套，一边走到了我们的身边。

"杨大队你好。"我热情地和他打着招呼。杨少文是法医出身，即便做了大队长，依旧会亲自进行法医工作。

"秦科长好，我先来给你们介绍一下发案的情况吧。"杨大队直奔主题，说，"其实这个大杨家村，就是我的老家，要是严格算起来，村里人其实和我都是远亲。"

"死者也是吗？"我有些惊讶。

杨大队摇摇头，说："关系比较远了，所以我才不用回避。这家的主人叫杨少业，男，34岁。家里的成员还有三人，他的妻子王壮英，他的母亲操英华，还有他两岁的儿子杨永凡。"

"既然传真上写着祖孙二人死亡，也就是说，这家的四个人，还有两个活着？死者是操英华和杨永凡？"我说。

杨大队点点头，说："是啊。"

"确定是案件吗？"林涛蹲在门口看了看地面上用粉笔画出来的圆圈。圆圈内是一个个并不完整的足迹。

"操英华的尸体上，损伤明显。"杨大队说，"不过尸体已经腐败了。"

"腐败了？"我说，"家里还有两个人，怎么会等到腐败才报案？"

"哦，是这样的。"杨大队说，"虽然家里有四口人，但是平时都只有三口人在家里生活。主人杨少业平时在上海打工，除了逢年过节，是不回来的。"

"那不是还有一个人可以报案？"我说。

杨大队被我连珠炮似的询问逗乐了，摆了摆手示意我冷静，说："看了尸体的情况，死者是操英华和杨永凡，王壮英目前还没有被我们找到。"

"啊？王壮英失联了？"林涛学会了一个新名词。

"是的，失踪了。"杨大队说。

"那岂不是好事儿？"林涛说，"王壮英莫名其妙地失踪，说明这起案件和她应该有着一定的关系啊。至少她应该知道一些真相吧！找到她的话，岂不是就有希望破案？"

"现在有三种可能。"杨大队说,"第一,王壮英和本案无关,她的消失只是一种巧合。但是这种可能基本排除了,因为经过调查,王壮英平时很少离家超过八小时,而从尸体腐败的程度以及王壮英手机关机的时间来看,她至少失踪了两天。第二,王壮英和本案有关,至少是个知情者,出于种种原因,她也被杀了,或者被拘禁了。第三,王壮英就是杀人凶手,她畏罪潜逃或者畏罪自杀了。"

"啊?杀人凶手?"陈诗羽踮起脚看了看院内,说,"你说她杀了自己的婆婆我信,但是杀了自己的孩子我可不信。"

"哦,这怪我没说清楚。"杨大队说,"杨少业因为长期在外打工,一年前和他的前妻离了婚,王壮英是他半年前才娶的妻子,而杨永凡是杨少业和前妻的孩子。"

"后妈啊!"林涛怕不是从小被家庭伦理剧洗脑了,"后妈"这个词在他的脑子里跟洪水猛兽似的。

"后妈咋啦?"韩亮说,"我现在的妈就是后妈,对我好得很呢。"

"不过,这倒是能解释杀害孩子的心理基础。"陈诗羽关心地看了韩亮一眼,转而用一个心理学的名词岔开了话题。看来这段时间,小组成员在破案理论上的成长是非常迅猛的。

"等等,等等。"我觉得他们分析作案动机有些操之过急了,"也就是说,报案人和他们家没多大关系?"

杨大队点点头,说:"王壮英平时好打麻将,所以两天没去凑局实在有些反常。今天下午,几个牌友相约来她家找她,发现她家的院门虽然关闭,但是并没有上锁,于是拉开院门,进了院子。院子里虽然没有血迹,但是地面上躺着祖孙二人,尸体已经腐臭,吓得几个牌友魂飞魄散,随即报了警。"

我看夜幕逐渐降临,抓紧时间问道:"这时间点实在有点儿乱,你刚才说的尸体腐败程度,手机关机、没去打牌的时间,这些情况都查实了吗?"

杨大队点点头,说:"我来详细说一下。今天是10月28日。王壮英以前不能说每天,但是至少每两天会去打一次牌。她最后一次打牌的时间是10月25日下午。"

"那手机通话和关机时间呢?"我问。

杨大队说:"她一般是两三天给她丈夫杨少业打一次电话,她最后一次打电话给她丈夫是10月25日晚间,我猜是打完牌回到家吧。"

"电话是什么内容?"我急着问。

杨大队皱起眉头摇了摇头,说:"目前我们还没有和杨少业联系上,手机显示是欠费停机。"

"那关机又是什么时候?"我问。

"王壮英在10月25日晚间打了杨少业的电话以后,又打了电话给一个从小跟她一起长大的朋友,然后就没有通话了,在10月26日中午时分关机了。"

"什么朋友?男性朋友还是女性朋友?"

"男性朋友,叫孙闲福,是否有暧昧关系,侦查部门还在调查。"

"那这个人呢?他对本案也很重要!"

"这个孙闲福的手机也关机了,我们正在积极查找他。"

"这个案子还是有很多抓手①的啊。"我叹了口气,虽然目前仿佛没有什么线索,但是这两个和案件有着紧密关系的联系人都还没有被找到,一切都还不至于太悲观。

"目前,我们派出了几条警犬,正在以王壮英的鞋子为嗅源,进行搜索,毕竟她消失的时间不长,还是有希望通过最简单、最直接的方法找到的。"杨大队说。

我点了点头,说:"尸体腐败得很厉害?"

"还好。"杨大队指了指天空,说,"天气已经转凉了,而且最多也就三天的时间,尸绿和腐败静脉网已经遍布尸体,但是还没有完全形成巨人观。"

刚刚过了夏天的法医,连这种已经是高度腐败的尸体,都会称之为"还好"。其实我也只是随口一问,我站在院门口的时候,就已闻到了院子里散发出的恶臭,早就做好了被熏的心理准备。

"就是说,目前看,作案时间应该是25日下午至26日中午?"我问。

杨大队点点头说:"从调查和手机情况看,是这样,从法医的角度看,也吻合。"

尸体已经腐败,就不再具备推断具体死亡时间的条件了。尸体的腐败,受着自身、环境、气候等诸多因素的影响,一个法医能把一具腐败尸体的死亡时间推断误差控制在一天之内,就已经很牛了。大多数时候,还是要结合调查来判断,法医的推断只能看出吻合还是不吻合。

为了赶在天黑前初步勘查现场,我们以最快的速度换上了现场勘查装备,走入了现场。

---

① 抓手,指的是破案的线索和依据。

现场院落很整洁，并没有异常的迹象。林涛站在勘查踏板上，用足迹灯照射地面。一旁的技术员小骆说："院子里的足迹太复杂了，而且这种砖石地面条件实在不好，我们几乎看不出一个有特征性的足迹。"

看到林涛惋惜地点头，我知道他赞同了小骆的意见。

尸体躺在院子东头由卫生间和厨房组成的平房外面，小孩子仰卧着，尸体已经完全变成了绿色，虽然眼球和舌头并没有因为腐败气体的作用而被顶出来，但已经完全高度腐败，腐败液体甚至浸湿了尸体下方的砖石地面。

老太太的尸体是弓着的，身子躺得更靠近平房，准确地说，并不是躺着，而是侧卧。

我走近老太太的尸体，蹲下身子仔细观察，发现尸体并没有完全贴地。因为肘关节的支撑，尸体的上半身和胯部竟然微微离开地面。

"这不对啊。"我说，"这是尸体的原始位置吗？"

杨大队点点头，说："没人动过。"

我摇摇头，说："如果死者就处于这种体位死亡，由于肌肉松弛，她应该自然侧卧，肘部不应该成为一个支撑点。"

"你的意思是……"杨大队问。

我说："尸体应该是处于坐位死亡的，比如靠着墙坐地死亡。死亡后十多个小时，尸僵到最硬的状态时，被翻动了尸体，导致左肘部成为身体的支撑点，侧卧在地上，上身离地。随着尸僵的完全缓解，虽然支撑点失去了支撑的力量，却留下了这么一个别扭的姿势。"

"有道理。"杨大队若有所思，"会不会是王壮英翻动了尸体？这也很正常。"

我说："可是王壮英中午才去打牌，晚上就回来了，即便这期间发案，也不够十多个小时。难道，25日晚上她没有回家？是26日回来才发现死者的？"

"绝对不会。"杨大队说，"她刚刚嫁过来，生怕婆婆误会，调查显示，她结婚后，从来没有在外面过夜。25日晚上，也有人亲眼看见她打牌回来进了家门。"

"那就是说，如果是王壮英翻动尸体，她应该和死者共度了十几个小时？"我说，"这显然不合常理。"

"但这个和案件没有直接关系。"杨大队说，"现在我们要做的，是找证据。"

我看着老太太虽然已经变绿，但是依旧可以看出有表皮明显脱落的双臂和面部，深深点了点头。

熟肉

"几个房间都看了吗？"林涛依旧拿着足迹灯。

小骆点点头，说："大致看了一遍，虽然室内都是水泥地面，但是载体依旧粗糙，我们并没有发现什么可疑足迹。"

恶臭让我不自觉地用肘窝揉了揉鼻子。我直起身，沿着小路一样的勘查踏板走到卫生间门口，见里面一切干净、自然。我又走到了厨房门口，见厨房里有一个老式的灶台，灶台上有一口直径将近一米的大锅，灶台前面有一个小板凳。灶台的旁边是一个新式的煤气灶，看来这一家也真是土洋结合，有烧气的灶台，也有烧柴火的灶台。厨房里的摆设也很整洁自然，并没有什么明显的疑点。但我留意到，厨房的门口随意丢弃着一把干净的瓢，这和整个屋子的整洁格格不入。

主房的客厅和两间卧室都很整洁，甚至被子都是叠好的，除了客厅一张小方桌上散落着一些小孩子的玩具，其他一切正常。

院子西头的仓库里，整齐地码着一些蛇皮袋。有的袋子里是粮食，有的袋子里是杂物，还有的袋子里是柴火。所有的袋子都分门别类地摆放得很整齐。仓库的中央有一张条形的桌子，桌子上放着一些山芋，还有一个装了一半山芋的蛇皮袋。

"案发当时，操英华应该正在收拾这些。"我脑补了一下当时的状况。

"这个我们也想到了。"杨大队指着地面上的一个山芋，说，"操英华当时正在整理仓库，可能是听见什么声音，所以才慌乱地跑出去，桌上的山芋都掉下去了一个。"

"会是什么声音呢？"我边说，边走出仓库，看了看四周的墙头。

四周的墙头很高，外墙也没有垫脚物，一般人想从墙上翻进来是不可能的。更何况，墙头都摆着废旧的瓦片，而院子里也没见到有废旧瓦片掉落的情况。

"如果是外人，只有可能是从大门进来的。"杨大队说。

我点点头，拉了拉大门。这扇红色的大铁门，只要轻轻一动，就会发出巨大的嘎吱嘎吱的声音。

"这我倒是没想到。"杨大队说，"应该是有人动门的声音。"

"奇怪。"我若有所思，"一般人听到门声，也不至于慌乱吧？如果是听到凶手进门后制造出的其他声音，那么凶手进门的时候，操英华也应该知道啊。"

"是啊，他们家都是妇孺，一般都会关大门的。"杨大队说。

"这会是熟人吗？比如王壮英？"陈诗羽猜测道。

我不置可否，说："社会关系调查了吗？"

"正在调查王壮英，但两名死者都没有任何矛盾。"杨大队说。

我说："现场没有侵财或性侵的迹象，一般连小孩都杀，肯定是深仇大恨。而王壮英不是孩子的母亲，和她有仇，也不至于杀杨永凡。"

"所以，如果是命案，王壮英的杀人嫌疑最大。"杨大队坚定地点了点头。

"时间紧迫，我们要分组行动了。"我脱下手套，说，"我和杨大队带着几名法医去殡仪馆连夜尸检，查明死因。小羽毛你参加搜捕组，寻找王壮英。林涛你们抓紧从市里调来照明设施，连夜勘查现场。一个通宵，我想，总会有些线索吧。"

"搜捕？去哪儿搜捕？"陈诗羽第一次要离开我们执行任务，显得有些紧张。

杨大队指了指身后巍峨的青山，说："如果要逃走，去县里肯定不是最好的选择。如果跑进山里，怕就难找了。所以，我们现在的搜捕重点，是山里。"

3

湖东县公安局法医学尸体解剖检验室设在位于山洼里的殡仪馆里。用我的话说，那里真的是冬暖夏凉的风水宝地；用林涛的话说，那个阴森的地方简直令人不寒而栗。

听说不用和我一同去那个令人不寒而栗的解剖室，林涛顿时显得干劲十足，从车上拿了勘查箱就开始了工作。

我则跟着杨大队的勘查车，一路颠簸到了山里。微弱的月光、四周的寂静以及山里不知什么东西发出的怪声，确实有些让人毛骨悚然。

尸体已经先我们一步被运到了殡仪馆，两岁的孩子杨永凡的尸体已经被放置到了解剖台上。

我穿上解剖服，开始第一步，尸表检验。靠近尸体的时候，一股恶臭立即穿透口罩，钻进了我的鼻孔。

尸体腐败的程度仿佛比想象中严重，触摸到尸体，却感觉尸体的表面软组织软化得并没有想象中那么严重。总之，这种气味和尸体的表象并不相符，总觉得这种尸体的腐败有些别扭。

"虽然尸体腐败导致表皮脱落，但是可以看到很多真皮层的部分是有红斑的。"我一边翻动尸体察看尸表，以期发现更加明确的损伤，一边说。

"可是这样的红斑，一般会是什么损伤呢？"杨大队说，"挫伤吗？"

我没有回答，因为我也不能确定，这样的腐败现象、这样的损伤形态，确实是我之前没有遇到过的。

在确定死者尸表没有开放性的创口以后，我决定解剖尸体，看看尸体上这些红斑，究竟是些什么东西。

当我的手术刀划开死者的胸腹腔的时候，我感觉刀尖有些阻力。

"这感觉不对啊。"我说。

杨大队接着我切开的刀口又划了一截，点点头，说："是皮下组织和肌肉有些变硬的缘故吧。"

和外科医生一样，法医也是讲究"手感"的，虽然说不出杨大队的分析究竟对不对，但是刀尖感觉的异常引起了我的注意。

"可是，腐败不是会使软组织变软吗？"我说。

杨大队摇摇头，说："先正常解剖看看。"

我们一刀一刀地将尸体的皮肤、皮下组织和肌肉分离开来。尸体的内脏看起来倒是没有异常，腐败的迹象的确存在。死者的颈部、颅脑和内脏都没有明确的损伤，也找不到明确的窒息征象。

也就是说，到目前为止，我们还没有发现死者的死因究竟是什么。

我满心疑惑地用"掏舌头"的方法取出了死者的喉部以及食管、气管。我们在死者的舌根部，发现了大片的黄斑。

"这是什么？溃烂？"我问，"腐败的话，是不会导致这样的情况出现的。"

杨大队点点头，迫不及待地剪开了死者的气管和食管。气管和食管壁整体显得非常红，内侧的黏膜都出现了溃烂一般的黄斑。

"这孩子会不会有病啊？"杨大队说。

我摇摇头，说："结合案情调查，显然是排除了这种可能。"

说完，我沿着食管剪到了胃，沿着气管剪到了肺脏。整个剪开的创面，都呈现出溃烂一般的情形。胃里有一些液体和少量食糜。食糜呈现出咖啡色，胃壁也可以看到溃烂面和密密麻麻的出血点，可想而知，这是在死亡前出现了胃出血的情况。

这样的尸检结果让我顿时没了主意，这是什么原因导致的？我一边用手指在尸体上滑动，一边陷入了沉思。

随着我手指的滑动，尸体胯部的一大块表皮脱落了。

我顿时想通了。

"不可思议！"我说。

"怎么说？"杨大队好奇地看着我。

我说："在高温死的分类中，有一种死亡叫作烫死。"

"高温液体或者气体导致的死亡，也叫汤泼死。"杨大队的理论功底还是很硬的。

我点点头，说："这种死亡极为少见，你还记得死亡征象吗？"

"主要还是表面皮肤的红斑、水疱以及充血、炎症反应。"杨大队说，"严重了，就会因为蛋白质受高温凝固，而导致细胞坏死。"

"对。"我说，"一般这样的损伤很容易被看出来，就是因为表面的红斑、充血和水疱。但是，如果尸体腐败了，那就是另外一回事了。"

"你这样一说，还真是。"杨大队说，"我们看到尸体的时候，尸体的部分表皮就脱落了，我们一直认为是腐败导致的表皮脱落，其实并不是。尸体脱落了表皮，暴露出充血、炎症反应的真皮层，所以会看到大片的红斑。我们总认为烫死的尸体，水疱和红斑是相辅相成的，但腐败了就不一样了。"

"还有刀尖的阻力。"我说，"这是皮下组织蛋白质凝固坏死而导致的，我们的手感告诉我们这一个事实。下一步，我们可以通过软组织的组织病理学检验，明确死者皮下和肌肉组织凝固坏死、有炎症和出血反应，从而确定死者就是生前烫死。"

说完，我取了一块死者胸部的软组织，塞进一个塑料瓶里，用福尔马林浸泡后，交给一名技术员，说："明天一早送省厅组织病理学实验室，让方俊杰科长做个切片。"

"可是……"杨大队捏了捏死者的四肢，说，"这烫伤面也太广了吧？"

我点点头，说："从死者气管、食管里的大面积溃烂面看，可以肯定，他是整个儿掉进了沸水里，吸入、咽入了高温液体导致了呼吸道、消化道溃烂以及胃出血。"

"什么？"杨大队瞪大了眼睛，"你……你是说，他被煮熟了？"

"也不至于。"我说，"如果真的是软组织全层都凝固坏死了，那么腐败也就不会发生得如此之快。而且，他的内脏器官也都还好。"

"反正也和煮熟了差不多。"杨大队惊出了一头冷汗。

"既然烫伤程度不那么严重，而且小孩子完全没有自救能力，那么，他是怎么脱离沸水的呢？"我问。

我和杨大队的目光不约而同地聚焦到了一旁的操英华尸体上。

细看，操英华的躯干部腐败程度和杨永凡还是有区别的，巨人观的现象更为明显，但表皮脱落的迹象没有那么明显。很显然，操英华并不像杨永凡那样"被煮熟了"。

通过尸体检验，虽然两具尸体表象有着不同，内部器官却是惊人地相似。操英华的内脏器官也没有损伤的征象，但是气管和食管内都溃烂了，胃内也有明显的出血迹象。

"怎么会这样？"杨大队说，"她不可能掉进沸水，但呼吸道、消化道内为什么会有热液进入？"

我闭上眼睛回忆了一下，一个物件突然钻进了我的脑海。

我拿起操英华尸体的双手，说："你看，她的双手，还有口鼻部、颈部都存在明显的红斑。"

说完，我用手术刀切开了尸体的前臂软组织，说："你看，这里的情况，和小孩尸体的一模一样！"

话刚落音，窗外一道光束闪了一下我们的眼睛，随即，技术员小骆大大咧咧地走进了解剖室，跟着他的，是抱着肩膀正在发抖的林涛。

"哎？你怎么来了？"我笑着问林涛。

林涛朝四周打量了一下，说："真想不通为什么要把解剖室建在这鬼地方。"

"鬼地方？"我在第一个字上加了个重音，说得林涛打了一个寒战。

"我们勘查结束了，"小骆说，"完全没有外人侵入的迹象。你们呢，死者咋被杀的？"

"被煮熟了。"杨大队说。

"你别吓我。"林涛叫道。我感觉他的头发都快竖起来了。

"确实是被煮熟了。"我补了一句。

林涛显然是真的被吓到了，颤抖着说："谁这么残忍？！"

"忘了我们今天早晨在办公室讨论的话题了吗？"我说，"凡事不要先入为主，凡事不要被表象蒙蔽了眼睛。"

林涛颤抖着想了想，说："你是说，自杀？"

"呵呵，我说的是死亡方式。"我说，"还是我来问你吧，现场是不是没有发现外人的足迹或者指纹？"

"没发现。"林涛说。

"现场厨房有个小板凳，上面是不是有小孩子杨永凡的足迹？"我接着问。

林涛点点头。

"现场厨房灶台上的那一口大锅，里面是不是全都是水？"

"是。"

"现场厨房门口有一把瓢，那把瓢上，是不是只有操英华的指纹？"

"你怎么知道的？难不成有千里眼？"小骆惊叹道。

我微微一笑，说："现在我来和你们说说案发的过程。操英华在家不仅要带孩子，还要收拾屋子，因为她有一个较为懒惰的儿媳妇。操英华把孩子放在院子里玩，自己在仓库里收拾山芋。两岁的孩子嘛，不知道危险，而且自己也具备了爬高上低的能力，所以他踩着板凳爬上了灶台，弄翻了锅盖，掉进了沸水里。"

"真的是煮熟了。"林涛不停地用手搓着自己的臂膀。

"也不至于煮熟了。"我说，"听到了这样的声音，操英华慌不择路地跑到厨房，从沸水里捞出了孩子，留下了她手上的损伤。可是，你们知道的，烫伤的人，外表很可怕，表皮一块一块地脱落，全是红斑和水疱。"

我故意用低沉的声音讲述，林涛慢慢地挪到小骆身边。

"看到这样的情形，别说救不回来了，就是救回来，这孩子也没法过正常的生活了。"我说，"所以，操英华一时悲恸，舀了一瓢沸水，倒进了自己的嘴里。所以，瓢上有指纹，尸体消化道、呼吸道，以及口鼻、颈部周围有烫伤。"

"这太恐怖了。"林涛颤声说道。

"你这样分析的话，几乎把所有的损伤和痕迹都解释了，很合理。"杨大队说，"不过，死因呢，怎么下？"

我说："烫死的死因有好几种。第一种就是大面积损伤导致的创伤性休克；第二种就是剧烈疼痛导致的神经源性休克；第三种是高温导致细胞内脱水，从而导致低血容量休克。总之，就是休克死吧。这是孩子的死因。"

"可是操英华不应该休克死啊。"杨大队说。

"对，她不会。"我说，"一般人灌入热液，也不至于立即死亡。但是我刚才重点看了她的喉头，是完全水肿的迹象，而且尸体又有窒息征象，所以我认为，她是因为喉头部烫伤水肿，从而阻闭了呼吸道，窒息死亡。"

熟肉

"你分析孩子是自己玩耍的时候，不慎掉入水锅，这个从我们痕迹的角度看，完全成立。"林涛好像缓过来点儿，说，"但是，操英华为什么不能是被人强迫灌入热液而死亡呢？"

"第一，你们说了没有可疑足迹。"我说，"第二，最关键的是死者并没有约束伤、威逼伤和抵抗伤。用武力强迫别人喝下沸水，可不是一件容易的事。第三，现场唯一能盛装沸水的容器就是那把瓢，你们也看了，只有操英华一个人的指纹。第四，从祖孙血缘来看，操英华完全具备自杀的心理动机。"

"可是，地上没水啊！"小骆说。

"都几天了！还不干了？"杨大队白了小骆一眼。

小骆吐了吐舌头，挠了挠后脑勺。我笑着说："这也就是我确定是沸水，而不是沸油的原因。"

"不是案件！太好了。"小骆说，"这案子可以结了吗？"

"不可以。"我说，"疑惑还是有的，王壮英，去哪儿了？"

话音未落，我们的眼睛又被窗外的车灯给闪了一下。

"王壮英找到啦！"未见其人，先闻其声，陈诗羽走了进来，身后两名侦查员合力提着一个尸体袋。

"她死了？"我问。

陈诗羽满身灰尘，脸上还黏附着几块污渍，这和她平时光鲜的外表迥然不同。

陈诗羽点点头，说："林子太密了，要不是有狗，我们肯定找不到。"

"是警犬发现的？"我问。

"哪是？"陈诗羽"扑哧"一声笑了出来，"警犬进了林子就罢工了，完全找不到北的样子。倒是附近老百姓带着一条中华田园犬配合我们进了山，很快就找到了这具尸体。他们都说，警校的不如招干①的。"

我完全笑不出来，案件仿佛重新蒙上了迷雾。

解剖服还没有脱下，我直接拉开尸袋，露出了一尸袋的白骨。白骨有些地方白森森地露出骨质，有些地方还粘着一些肌肉组织，甚至有些肌肉组织上还留有一些衣物残片。

白骨的陡然出现，把林涛吓得叫了一声。

---

① 招干，通过公务员考试，在社会上招录警察的方式，是招警考试的另一种说法。

陈诗羽鄙夷地看了他一眼，骄傲地说："这段时间的法医科普，我可不是白听的。喏，一看这骨盆下面的夹角那么大，就知道这是个女性。不过，为啥只有两三天，就腐败成白骨了？"

"腐败程度也不是那么严重。"杨大队说，"肌肉纤维都还看得清楚，成白骨的原因，不是腐败，而是山里野兽的撕咬。"

林涛又"咝"了一声，好像被野兽咬的人是他。

我拿起死者的一侧髋骨说："小羽毛有进步，确实是个女性。但是，你还没有学到家。这具白骨的耻骨联合面已经成了焦渣状，说明年龄已经很大了，肯定不是30岁出头的王壮英。"

"啊？不是？"陈诗羽顿时泄了气。

"看来，一波未平，一波又起啊。"杨大队叹了口气，说，"不过，我们山里倒是经常有精神不好的人走进去死掉，也有没子女的老人，自己走进山里'回归自然'。这种状况的未知名尸体，倒也常见。"

"那我们……"我指了指白骨。

"我们还是专心在这个案件上吧。"杨大队说，"这具白骨交给我们第二勘查组进行调查，找到尸源的话，不就好了吗？"

一股困意涌上来，我打了个哈欠，说："也好。"

案件的基本缘由已经清楚了，对于查找王壮英的下落，我们这些负责现场勘查任务的技术人员也帮不上什么忙。虽然王壮英没有找到，案件似乎还存在着疑点，但我依旧建议大家回宾馆休息，等找人的工作有了眉目，再行分析。

回程的车上，我简要地把现场勘查和尸体检验的情况，向陈诗羽做了介绍。从她由红变白的面色上，我可以肯定这个丫头也被吓着了，不是被我的介绍，而是被她自己的脑补吓着了，吓得还不轻。

一个被煮熟了的人，听起来确实很可怖。

4

第二天一早，陈诗羽肿着双眼，仍旧参加了搜寻王壮英的行动，看来她是真的吓得一夜没有睡好。林涛有些担心陈诗羽，跟她一起进了山。

　　而我们在赶到县局的时候，得知孙闲福昨晚在一个赌场里被警察找到，还连累那家地下赌场被"抄"了家。

　　被带回来的孙闲福开始并不承认自己认识王壮英，随后又承认认识王壮英，但否认自己最近和她联系过。接着，他又承认了王壮英在25日晚上来找他，但并不交代找他后做了些什么。最终，在警方强大的审讯攻势下，他交代了25日晚上发生的事情。

　　王壮英在婚前，一直和有妇之夫孙闲福保持着不正当男女关系，直到结婚后，被操英华看得比较紧，才不得已减少了联系的频率。25日晚上，王壮英突然打电话给孙闲福，显得有些失魂落魄。王壮英有些反常地在晚上出门，还约定在一个小宾馆里见了面。

　　王壮英结结巴巴地介绍了事发的情况，显然被吓坏了。从孩子全身水疱的情况来看，有着一定生活阅历的王壮英知道，他是不慎跌进沸水里，被烫死了，而操英华此时也没有了生命体征。自己去打麻将这一事件，势必会成为丈夫杨少业秋后算账的理由。这两个对丈夫来说非常重要的人同时死亡，自己还有一定的责任，王壮英一时没了主意。

　　对孙闲福来说，如果此时他陪着王壮英去报警，就有可能暴露他和王壮英的不正当关系，导致他的婚姻破裂，而他的妻子给了他全部衣食住行玩的开销，他不可能离婚。所以孙闲福劝王壮英先把此事婉转地告知她丈夫，等她丈夫回来，再做定夺。这样，他自己自然也可以完全置身事外。

　　同时，孙闲福还为王壮英想好了托词，说是操英华支使她去买东西，回来就这样了，以此来脱责。

　　在孙闲福的反复安慰下，王壮英给杨少业打了电话，并且和孙闲福睡了一觉。第二天一早，孙闲福送王壮英回到村口后，独自回家。

　　"没了？"韩亮听完侦查员的介绍，说，"那他说的是实话吗？他不知道王壮英去哪儿了吗？"

　　"这个可以证实。"侦查员说，"按照他的供述，我们找到了那家小宾馆，调取了视频，同时，也走访了他的一个亲戚，确认了他26日一早就回到了家里，然后去亲戚家打牌，最后和亲戚一起到了那家地下赌场。"

　　"又断了一条线。"我说，"现在就寄希望于搜查组，能找到王壮英了。"

　　"应该是找到了。"杨大队从门外跑进来，气喘吁吁地说，"跟我进山吧，这次应该错不了。死者的衣服和王壮英失踪前的衣着，一模一样。"

在沿着崎岖山路艰难前行的同时，杨大队和我们介绍了寻找到杨少业的情况。

"什么？杨少业也找到了？"我挂着一根树枝，感觉自己像是披荆斩棘的开荒者。

"我们的民警赶到了杨少业在上海打工的工厂，发现杨少业居然还在上海。"杨大队说，"我们的民警当时也很奇怪，家里出了这么大的事情，他居然不赶回去！"

"是不是王壮英当时没有说具体？之前孙闲福不是说让她婉转地说吗？"韩亮身体素质比我好多了，走在前面问道。

杨大队说："对，就是这么回事。杨少业说，25日晚上，他很累，已经睡觉了，王壮英打电话让他回家，也不说是啥事儿，他就应付地说明天回。第二天他休息，所以一觉睡到了中午，再打王壮英的电话，已经关机了。他认为王壮英是没事儿找事儿，就没在意，也没回去。"

"说的话查实了吗？"我问。

"那个孙闲福不是能印证电话内容吗？"韩亮说。

杨大队说："王壮英打电话的时候，孙闲福怕电话那头听到异响，所以躲在卫生间没出来，也没听到说的具体内容。挂了电话，他听王壮英说，杨少业明天就回来。对于杨少业所在工厂的调查显示，26日杨少业确实休息，27日他也正常上班了。"

我点了点头，看见远方围着一圈警察。很不容易，我们终于走到了。

因为现场处于深山里，所以警戒带都省了。

陈诗羽正坐在现场附近的一棵大树底下，靠着大树打瞌睡，身上盖着林涛的警服外套。林涛则在尸体旁边转来转去。

"你看，上吊了。"林涛指了指挂在树上的尸体，说，"真是奇怪，为啥要自杀？这事儿和她有多大关系？"

"是啊，为啥要自杀？"我见林涛正在观察地面，所以不走进中心现场。

"你不是才说过吗？谁知道自杀者的心理会是怎样？每个人都有每个人的心理活动。"陈诗羽被我们的脚步声吵醒，拿着警服走了过来，"谁把这衣服扔我身上了？臭死了。"

"真是狗咬吕洞宾。"林涛直起身子接过衣服，"怕你着凉！"

"我还说了，不能先入为主。死亡方式永远不像你看到的那么简单。"我笑了笑说。

尸体被一条军绿色的布绳挂在一棵歪脖子树上，跪在地面。

"上吊不都是要踩板凳的吗？"小骆在一旁插嘴道，"跪在地上怎么吊死啊？"

"缢死是有很多种方式的。"我说，"我们经常见的，叫作典型缢死。还有很多种非典型缢死，比如跪着缢死、蹲着缢死、站着缢死，甚至还有些人趴着缢死。因为缢死的死因不仅仅是压闭呼吸道，导致机械性窒息，还可以是压闭颈部两侧血管，导致脑缺氧，以及压迫静脉窦，导致心搏骤停，等等。"

"你不是说过，缢死一般都是自杀吗？"陈诗羽说。

"确实。"我说，"他缢是很罕见的，因为他缢这种损伤方式是非常难以形成的。不过有个前提，就是要确定死者是缢死。"

我见林涛已经勘查完毕，走近尸体看了看。尸体的尸僵已经缓解，说明已经死亡四十八小时以上了。从尸体上可以看见的腐败静脉网来看，死亡时间和26日手机关机的情况还是比较相符。

尸表并没有明显的异常痕迹，我拿起死者的双手，也没有看见明显的抵抗伤和约束伤。

"尸体需要进一步检验。林涛，你那边，有什么发现吗？"我问。

林涛拿着自己的衣服正在嗅，被我一问，惊了一下，说："啊？哦！没有，什么发现也没有。这里的地面不可能发现什么痕迹物证。"

我点点头，示意派出所民警可以把尸体放下来送殡仪馆了。

"真是奇怪，这人的心理素质也太差了吧。和她并没有多大关系，就畏罪自杀。"林涛说，"哦，对了，还有个事情。这天气都这么凉了，怎么还会有苍蝇啊？而且，尸体也没有腐败多厉害，为什么会有那么多蛆壳？"

"蛆壳？"我有些吃惊，"在哪儿？"

林涛见尸体已经被装进了尸袋，用手扒拉开尸体原始位置下的草丛，指着里面说："看，一粒一粒的，白色的，还不少呢！最起码……最起码有二两。"

"二两？"小骆擦了擦额头上的汗，"有你这样形容蛆的吗？"

我蹲下身来，草丛里确实可以看到星星点点的白色条状物体。我捡起几粒，在手里捏了捏，闭上眼睛思考。

"是不是嘎嘣脆？"林涛调侃道。

我重新睁开眼睛，对林涛说："你也真是，总是分不清蛆和米。"

"米？"身边的几个人异口同声。

"还记得那一起案件[①]吗？从小孩尸体上弄下来那么多蛆，而且你丫的还用一个碗来盛！"林涛见我们正在穿解剖服，说道。大白天来到殡仪馆，他显得自然多了。

"记得。"我一边反手系解剖服的腰带，一边说，"当时大宝说我就像是端着一碗米饭，所以接下来的一个月，我们俩都没再吃过米饭。这次，你又要好久不吃米饭了吧。"

"奇怪了，现场是荒山野岭，怎么会有米粒？"林涛说。

"我知道。"杨大队说。

我笑着抬了抬手，制止了杨大队继续说下去。我说："等会儿再说，看他们能不能想起来。"

穿好解剖服，我小心翼翼地把死者颈部的绳套取了下来，把死者的头颅来回转动，观看颈部的索沟形态。

绳套取下来的那一刻，我就看出了异常。

死者的颈部前侧有一些明显的皮下出血，孤立于索沟之外，这些皮下出血的中央，还能看到一些新月形的擦伤。

我用止血钳指了指这些皮下出血和皮肤擦伤，示意林涛照相，又指了指死者颈部后侧索沟交叉的地方，示意林涛接着拍。

"我记得你说过，分辨缢死和勒死，主要看绳套有没有提空。"陈诗羽说。

"对，这要从两者的损伤机制来分析。"我说，"缢死，也就是上吊死，机制是利用自身全部或者部分重量来施加力量到颈部，导致机械性窒息或者脑缺氧死亡。而勒死，是用外力拉扯绳索，让绳索锁闭死者的颈部导致机械性窒息或者脑缺氧死亡。所以，缢死的索沟是不均匀的，受力的地方，绳索受力大，索沟清晰；其他地方受力会逐渐减轻，索沟也会变轻，最轻的地方几乎看不到，所以我们称之为'提空'。但是勒死就不同了。因为整个绳索均匀收缩压迫，死者颈部各个部位的受力是均匀的，所以索沟也是均匀的。"

"王壮英颈部的索沟有交叉，各部位都是均匀的，说明她是被勒死的，而不是被缢死的？"陈诗羽说。

我点点头，说："对，这是一起勒死人后，又伪装成自缢现场的杀人案件。"

---

① 见法医秦明系列万象卷第三季《第十一根手指》中"粉红床单"一案。

"勒死也有自勒和他勒啊。"杨大队说。

我说:"对,只要绳结够紧,自己是可以把自己勒死的,但是这个案件不是。第一,如果是自己勒死自己,尸体应该处于原位,不会平白无故挂到树上。第二,如果是自己勒死自己,两只手都要用力,那么就不可能在颈部形成这一个个皮肤擦伤了。"

"指甲印?"林涛说。

我说:"对,这是指甲印!我现在怀疑,凶手是先用掐扼的方式导致王壮英昏迷,然后用绳索勒死,再伪装现场。"

"那就奇怪了。"杨大队说,"凶手为什么不直接掐死后,再伪装成缢死现场?"

"凶手是想把王壮英直接掐死的,"我说,"但是并没有。可能是因为王壮英苏醒或者做了一些无意识的动作,导致凶手进一步施加暴力行为。她颈部索沟具有明显生活反应就是证据。"

"那凶手为什么不把死者掐晕,然后直接吊起来?"杨大队说,"这样不是更加难以被警方发现问题吗?"

"说明对死者施加侵害的地方,离把她吊起来的地方比较远。"我说,"他必须先弄死她,才方便把尸体运到深山里。"

"可是凶手为什么要这么费劲,把死者运到深山里?"陈诗羽说,"就地弄死,就地伪装,不就好了吗?"

"可能是凶手具有反侦查的能力,"杨大队说,"把尸体拖进山里,延迟发案时间。一旦尸体被野兽撕咬,或者腐败殆尽,那么谁都不知道她究竟是缢死的还是勒死的了。"

"那可不一定。"说话间,我已经解剖开了死者的颈部,说,"死者的颈部舌骨大角骨折,骨折断端没有生活反应,说明是死后受力。甲状软骨上角和前侧都有骨折,且都有生活反应。一般掐死只会导致甲状软骨上角骨折,而勒死一般都会导致甲状软骨前侧骨折。这就印证了我们的推断。死者是被先掐、后勒,死后伪装成缢。"

"嚯。"杨大队说,"尸体再腐败,骨骼也不会消失。也就是说,即便这具尸体腐败了,我们依旧可以发现疑点。"

"凶手想多了。"陈诗羽说,"越想做出完美犯罪,留下的漏洞也就越多,越会被我们发现痕迹物证。这就叫作法网恢恢,疏而不漏。"

"可是,什么人才会这么费尽心思地去杀害王壮英?"林涛说,"有什么隐情吗？"

"这就要从现场发现的米粒说起了。"我说，"你就不记得米粒的故事了吗？"

"哦！对！"林涛恍然大悟，拍了一下自己的脑袋，把陈诗羽吓了一跳。

"林中尸箱的案子！"林涛说。

"什么箱？"陈诗羽问，"一惊一乍的，说起话来，好像是在写小说。"

"大学的小树林里，发现了一个装有尸体的行李箱。"我说，"那时候你还没参加工作，所以不知道。这个案子，我们简称为林中尸箱①。案子的现场不在湖东县，但凶手就是湖东县的人。"

"这和哪里人有什么关系吗？"陈诗羽问。

林涛点点头，说："这里的风俗，说是在尸体旁边撒上米，尸体的灵魂就不能出窍，冤魂就不能找别人报仇。这是一种十分恶毒的诅咒。"

说完，林涛打了个寒战。

杨大队点点头，说："我们这边确实有这种迷信的说法。"

"那也就是说，凶手怕王壮英的冤魂报复，说明是熟人？"陈诗羽的脑筋转得很快，"可是王壮英的丈夫在外打工，婆婆、继子已死，姘头又没有作案时间，娘家人都离这里老远。还有什么熟人会杀了她？"

说完，陈诗羽又低声补了一句："以后再也不说'熟人'了，一说这两个字，我就想到那被煮熟了的小孩。"

我笑了笑，说："这个案子，必须结合操英华和杨永凡的死，一起来考虑。我先问一下，从上海到湖东，最快要多久。"

"现在有动车组了。"杨大队说，"动车组两个小时就到程城市了，再有半个小时就能到县里。"

"也就是说，杨少业26日休息的那一天，完全有时间来回并作案。"我说，"你们想啊，杨少业回来后，发现自己的母亲和孩子都死了，不管什么原因，他都有可能迁怒于王壮英，认为王壮英没有尽到儿媳妇和继母的职责。"

"可是，他不掩埋自己母亲和孩子的尸体，任由其腐败，实在有些残忍吧。"杨大队说。

我点点头，说："每个人都有每个人的心理活动。杨少业既然知道伪装现场，

---

① 见法医秦明系列万象卷第二季《无声的证词》中"林中尸箱"一案。

自然也知道掩埋了尸体，就代表他回了家。为了不在场证据，他肯定要忍着了。你们还记得我们看现场的时候，我说操英华的尸僵状态不太正常吗？她在死亡十几个小时后，尸僵最硬的时候，被人翻动过。"

大家都点头。

"这样想，一切就合理了。"我说，"翻动尸体的，正是第二天一早赶回来的杨少业。他抱住了原本靠在墙根的操英华，见她面部有伤。将操英华放倒在地面的时候，他就已经起了杀意。"

"那么，证据怎么找呢？"杨大队问。

"杨少业以前是不是当过兵？"我问。

杨大队点头。

我拿起摆在一边的绿色绳索，说："这绳索，就是军人平时用来打包行李的背包带，断端十分整齐，是被锋利的匕首割断的，一般都是军用匕首。"

"有匕首为什么要掐死人？"陈诗羽问道。

"用匕首杀人是要流血的。"我说，"那就不利于伪装现场了。"

"明白了。"杨大队说，"我现在命令还在上海工作的同事，立即拘留杨少业，并带着他平时的行李，一起回湖东。"

"只要找到另一截背包带，就可以进行整体分离鉴定，确定勒死人的绳索就是从他的背包带上截断下来的。"林涛说。

我补充道："还有，现在动车购票都实名制了，查一查他身份证的购票记录，一切自有定论。"

"可以回家喽。"林涛转脸对陈诗羽说，"后天是你的生日吧？我们庆祝一下？"

第二天一早，杨大队就来到了我们住的宾馆，告知我们好消息。

据杨少业交代，他接到电话时，只知道家里出了事，却完全没有想到出了这么大的事情。26日早晨，杨少业乘坐最早的一班动车赶到了湖东，回到村口的时候，恰巧看到了孙闲福骑摩托车送王壮英到村口，二人举止亲密。

躲在一旁的杨少业已经醋意大发，却没想到，回到家里看到的是自己的至亲已然死亡。这种双重打击，让杨少业几乎疯狂。他趁王壮英不备将其掐晕，然后思考伪装成自杀现场的办法。正在他切断自己背包带的时候，王壮英出了一口气。

杨少业吓了一跳，立即用背包带继续勒王壮英的脖子，直到她没有丝毫生命体征。

　　杀了人的杨少业趁上午时分村里没有行人，悄悄将王壮英转移到山里，伪装了一个缢死的现场，随后忍痛离开湖东，到上海继续装作没有事情发生的样子。

　　"唉，一切都源于对小孩的看管问题。"我一边准备上车，一边感慨道，"无论是父亲还是母亲，都不能置身事外，等到悲剧发生才来追悔，已经来不及了。"

第七案　孩子们

世界上最恐怖的是什么？如果有人这样问，
她似乎能够回答，那就是谎言。

——《熔炉》

法医秦明
VOICE OF THE DEAD

1

在韩亮发动汽车的一刹那,我改变了主意。

"等等,我记得,还有一具白骨,我们还没了解情况吧?"我说。

"那不是交给他们勘查二组进行了吗?"林涛说。

"可是,我们既然来了,就不能袖手旁观吧?"

"我们就这几个人,总不能全省的案子都过问一遍吧。"林涛显得有些反常,好像有一些怠工的情绪。

"师父说过,首问负责制。"我说,"既然我们在第一时间就过问了此事,那么我们最好就管到底。"我坚持我的观点。

"那……那……那小羽毛明天过生日怎么办?"林涛低着头,说出了心中所想。

"哦,我说怎么了!"陈诗羽说,"谁要过生日了?再说了,和你们在一起办案,这个生日过得才叫特别呢。"

说完,陈诗羽看了一眼韩亮。

韩亮毫无察觉,转脸看着我说:"到底怎么办呢?"

我笑了笑,指了指前方,说:"走,县公安局。"

杨大队看到我们回来,显得有些吃惊,一脸惶恐地看着我们说:"怎么了这是?又有啥事儿吗?这案子证据没问题了啊,我……我没和你们说吗?"

我被杨大队吃惊的表情逗乐了,开玩笑地说:"技术室等级评定。"

技术室等级评定是公安部要求各省省厅组织的一项考核,每两年一次,就是对各地刑事技术室的人员、设施、装备以及工作情况进行综合评定,形成一定的分值,然后根据分值,分别把技术室评定为"一级示范技术室""一级技术室"和"二级技术室"。

为了能通过领导层面把技术室建设标准化,省厅也把这项工作关联到各地的绩效考核中，因此各地都非常重视技术室等级评定工作。

其实，我省评定的时间是奇数年的年初，所以今年并不是技术室等级评定年，但是听我骤然这么一说，杨大队立即涨红了脸，慌张地说："我们……我们材料还没准备，今年怎么搞突然袭击了？"

我哈哈大笑，说："开个玩笑而已，别紧张。"

杨大队拍了我脑门一下，说："吓死哥了，敢来玩儿师兄了？"

我嘿嘿一笑，言归正传，说："我只是放心不下那具白骨。"

"哦，那具白骨啊。"杨大队说，"我刚才初步了解了一下，通过初步尸检，并没有发现明显的外伤痕迹。但稳妥起见，我已经向局党委汇报了，要求各派出所排查符合条件的失踪人口，寻找尸源。找到尸源，可能就水落石出了。我昨天不是说过吗？我们这里到山里自杀的人以及误入山林饿死的流浪汉，还是蛮多的。"

"你们这里是山区，寻找尸源可没那么容易吧？"我皱起了眉头。

"确实。"杨大队说，"尤其是居住在山里的人，不太好逐一查实。"

"关键是寻找尸源的条件得弄准了。"我说，"不如我们今天去看看吧，多一组人测算年龄、身高，也多一分把握。"

"这个我有自信。"杨大队说，"我们林海法医，那可是法医人类学毕业的硕士生。"

"林海？"我在脑海里寻找着这个名字，"我怎么没有听说过？我记得杨大队你手下的法医，不是有两三个吗？这人是新人？"

"林海，听起来和我像兄弟似的。"林涛连开玩笑都开得无精打采。

"别提了，连续三个法医辞职，本来就剩我一个了，现在还好，今年进了一个硕士。"杨大队说。

我吃了一惊，说："问题大了！一来，怎么会有这么多人连续辞职？二来，今年刚刚参加工作的同志，肯定还没有授予主检法医师资格，那么就不具备独立办案的资质，白骨案不该交给他啊。"

"不交给他交给谁呢？就我和他两个人。"杨大队垂头丧气地说，"不是我发牢骚，你说说看，我们这个职业天天和尸体打交道，本来就很少人愿意干。全警学历最高的职业之一，拿的是最底层民警的薪酬。提拔是最慢的，压力却是最大的。你说说，还有谁愿意干下去？"

我瞬间被杨大队的情绪感染，说："薪酬低是因为我们公务员没有分类管理，不管你学历多高、工作多苦，什么级别就拿什么级别的工资。提拔慢并不是我们不努力，而是别的专业入行快，提拔走一个，可以马上补上，而我们不行。法医必须具备五年的医学本科基础，还需要数年的经验磨炼，所以提拔了一个，很难再找到一个补上坑。压力大是因为人命大于天，我们的工作直接关系到人命。确实，法医不是什么人都能做的，也不是什么人都愿意做的。这五年来，我们省每年都在进新的法医，但总人数少了许多。"

"我不想耽误别人的前途，人各有志。"杨大队说，"他们三个人辞了职，有的去当了医生，有的去做了医药生意，不用接触死人了，工作没这么累了，压力没这么大了，赚的也是现在的十几倍。"

"是啊，拦着也没用。我说过，法医这个职业，在目前的状况下，必备的条件有两点：第一，学医；第二，热爱。没有热爱，是根本做不下去的。"我说，"不过，让一个刚工作的同志独立处理案件，风险还是很大的，所以，咱们还是一块去看一看尸骨吧。"

去殡仪馆的路上，我的情绪很低落。法医队伍的缩水，成为一个不争的事实，摆在我们面前，然而我没有丝毫办法去改变。不被领导关注、不被群众理解，成天做着别人避而远之的工作，饱经世俗的眼光，甚至歧视。如果不是破案的这些成就感，我还会坚持吗？这个职业，怎样才能得到更多人的关注，获取更多的理解？我想，被冷落，比薪酬低、付出回报不成正比，更加让人心寒吧。

林海是个瘦瘦高高、皮肤白净、戴着眼镜的年轻男子，刚毕业的缘故，显得有些自负。林海拉开尸袋，直接拿起死者的髋骨，指着耻骨联合面，说："尸体被野兽撕咬，软组织大部分缺损，尤其是皮肤组织的消失，导致尸体腐败加剧，虽然残留肌肉组织看起来还比较新鲜，但白骨几乎暴露，也省去了我们煮骨头的麻烦。"

林硕士准确说出了尸体腐败严重和肌纤维新鲜之间矛盾的原因。

我点点头，说："那你估计死者死亡多久了？"

"我觉得两三天就可以。"林硕士说。

我摇了摇头，指了指死者的头颅。尸体的颈部软组织已经大部分消失，还有少数肌肉把头部和颈椎连在一起，头皮和面部皮肤已经大部分缺失，尸体的面部看起来有大半骷髅和小半肌肉，这样的面容和恐怖片里的鬼怪差不多。

我说："死者的右侧眼睑还在，可以看到下面的眼球已经干瘪了。如果只有两三天，那么眼球内的玻璃体液不说充盈，也应该还有不少。所以，我觉得死者应该死亡七天以上了。"

"有什么依据吗？"林海说。

我摇摇头，笑着说："经验。"

林海显然没有被我说服，接着说："至于年龄和身高，你们看，死者的耻骨联合面呈焦渣状，腹侧缘、联合面下角和背侧缘都有破损，结合死者的牙齿有陈旧性脱落，剩余牙齿磨耗程度八级到九级，经过我的测算，年龄大约在68岁。"

林海对死者的年龄测算和我预估的差不多，这是查找尸源最为重要的一个依据。

"女性，68岁，身高150厘米左右，这是我们查找尸源的条件。"林海说。

我点点头，表示认可，从尸袋里拣出一块残留的衣物碎片，补充道："死者生前生活条件较差，穿麻布衣物。"

林海的眼神里露出一丝惊讶。

杨大队拍一拍林海的肩膀，语重心长地说："看看，经验还是需要积累的吧。虽然你是法医人类学高才生，但法医绝对不仅仅是人类学那么简单。"

我摆摆手，一边整理着死者的尸骨，一边说："那死因是什么呢？"

"啊？死因？"林海有点儿不知所措，"这……这就剩一堆骨头了，死因怎么判断？"

我指着死者两侧的肋骨，说："死者双侧肋骨多发性骨折，嗯，我数数，每边都有五根骨折。而且左右对称，骨折线都在一条直线上，这个说明什么呢？"

"哦，这样啊。"林海显出了一丝不屑，说，"我看了，骨折断端的骨质内并没有出血，残留的肋间肌也没有出血，所以这是死后损伤，不能作为死因。"

"很好。"我说，"这确实是死后损伤，不能作为死因，但是可以作为分析的依据。整齐的双侧肋骨骨折，多见于撞击、摔跌和重压。那么，死者死后为什么会出现整齐的双侧肋骨骨折呢？这个需要我们思考。"

"那你觉得死因是什么呢？"林海开始反问我。

我没有吱声，仍然整理着死者的尸骨。慢慢地，死者散落的一些骨头被我逐一还原到大部分还连在一起的尸体上。

突然，我眼前一亮，拿起死者脱落的甲状软骨，说："这，可是一起命案啊！"

"何以见得？"杨大队吃了一惊。

"昨天，我们还在说这个事儿。"我说，"勒死和缢死的区别，除了软组织上能否看到提空，还要注意颈部骨骼骨折的情况。缢死因为重力作用，绳索的力量会加在位于下颌下的舌骨上，多会造成舌骨骨折；而勒死，就不确定绳索勒住颈部的哪个位置了，有可能造成舌骨骨折，也有可能造成甲状软骨纵向骨折。而这个死者，就是甲状软骨纵向骨折，她应该是被勒死的。"

"被勒死的？"杨大队说，"那为什么不会是去山林里自杀的人？自勒？"

"这就要结合现场了。"我说，"我昨天也说了，自勒必须是有较紧的绳结的。既然有较紧的绳结，动物就不可能松解，绳索就应该还在现场。"

"不可能，现场没有绳索。"陈诗羽插话道。

我说："对啊，就是了。既然现场没有绳索，那么这就是一起被他人勒死，又被移尸山林的案件。"

"麻烦大了。"杨大队皱紧了眉头，看了看身边一言不发的林海，说，"看吧，法医可没那么简单，不是说学好人类学就可以的。"

"麻烦不大，关键还是得找到尸源。"我说，"远抛近埋，熟人匿尸，这都是规律。加上死者是年老女性，又没啥钱，基本可以排除流窜的劫财劫色。所以我觉得，一旦找到尸源，案件也应该不会太难破。"

杨大队心安了一些，点了点头。

我刚刚脱下手术衣，电话就响了起来。

"还在湖东吗？怎么这么久？"师父说。

我预计又发生了案件，所以简要地把上一起案件和正在处理的案件向师父做了介绍。为了让大家都可以充分汇报，我把手机开了免提。

"原来是这样。"师父用诙谐的语气说，"那么，你们就地卧倒吧。"

我知道师父的意思就是让我们留守湖东县，他不过是说了个冷笑话。

师父见没人被逗乐，悻悻地说："你们接下来的工作就是，技术室等级评定。"

听到这几个字，我倒抽了一口凉气，说："不是明年年初才进行技术室等级评定吗？"

"明年年初公安部就要下来抽查了，今年年底大家都忙，所以厅里决定提前几个月进行评定。"师父说，"这样突然决定，也意在搞个突然袭击，防止有些地方作假。你和林涛负责程城市周边几个县、区级公安机关的评定工作，即刻开始进行。"

挂断了电话，我尴尬地看了看大家。

孩子们

林涛惊讶地瞪着眼睛，说："你的乌鸦嘴，已经到了令人发指的地步！"

杨大队则已没有了指责我的心思，说："这可怎么办？设施装备、工作业绩我们都没问题，但是这个人员，我们现在只有两个人啊。"

"人员不足，你们一级技术室的牌子恐怕要被摘掉了。"我说，"不过责任不在你，短期内你也解决不了这个问题，坦然接受吧。"

"你们都有工作了，我闲着了呀。"陈诗羽插话道，"既然这样，明天是我生日，那天我去山里觉得风景不错，不如，今天下午、明天，我请个假，去山里看看风景？"

我知道这个侦查系毕业的女汉子，其实是个十足的背包客，看到这巍峨青山，自然有些坐不住了。

我点点头，说："不过，你肯定不能一个人进山。"

"我，我，我。"林涛指着自己的鼻子说。

"你什么你？"我打断了林涛的话，说，"你要和我评分，你能去哪儿？"

"那我陪她去吧，反正我也没啥事。"韩亮自告奋勇。

"好呀。"我和陈诗羽异口同声。林涛垂头丧气。

因为案件还悬而未决，我和林涛决定先在附近的几个县、区进行评分，最后再对湖东县进行评分。接下来的时间，我和林涛日夜兼程，连续跑了七个县、区，终于在11月1日，陈诗羽生日当天下午赶回了湖东县。

我们在湖东县挑了个小饭店，买了个小蛋糕，等着陈诗羽和韩亮归来后，一起为陈诗羽庆祝她的21岁生日。然而等来的，却是陈诗羽的电话。

"我们在山里，发现了一个独户！"陈诗羽在电话那头说，"看起来很像是案发现场啊。"

"又死人了？"我问。

"没有。"陈诗羽说，"你还记得那具尸骨吗？有麻布碎片。我看到这个独户家里也有几件麻布衣服！关键是家里没人，有打斗痕迹，还有一根绳索！我们下午就发现了，家门虚掩、家里没人，我们在家里转了几圈，越看越可疑啊！"

我放下电话，二话没说，拨通了杨大队的电话，要求他调动派出所和刑警队的民警，迅速赶往陈诗羽提供的地址。

这是个汽车根本无法到达的地方。我们顶着月光，在勘查灯的照射下，行进了两个小时，才赶到了这个荒无人烟的地方。

"怎么会有人住在这个地方？"杨大队也很诧异，回头问辖区派出所的所长。

所长摸摸头，说："这户的主人叫刘翠花，69岁，一辈子没结婚，没家人、没孩子。她性格怪僻，从不和别人来往。社区倒是隔三岔五来给她送一些粮食，她也自己辟了几块地，种种菜，就这样过了几十年。"

"起初排查怎么没找到她？"杨大队问。

"我们社区，符合条件的老人多的是，你们刑警队要求每个人要见着人才算数，所以这几天都在逐一摸排。"所长说，"刘翠花是最不可能得罪人、被人杀了的，所以我们也准备最后再找她。"

现场是土质地面，虽然有一些家中物件倒伏和破碎，却看不出足迹。

我拿起一件麻布衣服，说："和现场的几乎是一样的质地，这是自己种麻、自己织衣啊！这完全是原始社会嘛！看起来，死者很有可能就是她。"

说完，我找了把梳子，上面黏附着一些花白的毛发，我把梳子递给林涛说："提取这个梳子，对毛发进行DNA检验，然后和尸骨进行比对。"

林涛点点头，用物证袋装起了梳子，然后用勘查灯打着侧光，一点点地寻找痕迹物证。

我见屋子很小，对于林涛这样的熟手，个把小时的时间就能勘查完毕，所以，我挥挥手让大伙儿退到屋外等待。

"山里不能抽烟。"所长制止了杨大队掏烟的动作，说，"奇了怪了，这样一个独居老人，什么人会去杀她呢？"

"独居老人？"我突然跳了起来，"勒死？藏尸？湖东县距离南和省有多远？"

杨大队被我的激烈反应吓了一跳，又被我莫名其妙的问题问得稀里糊涂，说："很近啊，交界区嘛。你看西头，翻过山头，就是南和省的乐源县；再看北头，过了那个村庄，就是南和省的森茂县。"

"乐源县、森茂县！"我叫道，"这分别是现在省厅督导的'9·7'系列大案中B系列案件的发案地啊！"

"什么意思？"杨大队还是一头雾水，"你不是说，找到尸源，这案子就好破了吗？"

"问题就在这里！"我说，"咱们不怕有动机的案件，就怕没动机的案件！"

"你是说，这案子没杀人动机？"所长插话道。

我点点头，说："如果我没有猜错的话，这就是B系列案件的第三起！和龙番市李胜利被杀案平行的，独居老人被害案！"

"呀！你说刘翠花的尸骨大概死亡时间至少是七天。"陈诗羽说，"而昨天尸检距离李胜利被杀案发生的10月22日，是九天！时间也高度吻合啊。"

"我得马上通报师父以及南和省公安厅。"我说，"不是B系列第三起没有发生，而是早已按时发生，我们发现得迟了。"

正在这时，林涛从屋内走了出来，抱着肩膀说："你们这些人，出来也不说一声。我一回头，没人了！吓死我了。"

"有什么发现吗？"我问。

"有的。"林涛说，"有足迹、有掌纹。"

"太好了！"我上前几步，抱住林涛，说，"你太棒了！"

"你干吗啊这是？"林涛一把推开我，从背包里拿出一个被压扁的盒子蛋糕，开心地递给陈诗羽说，"这马上就零点了，差点儿耽误。小羽毛，生日快乐！"

2

在师父的召集下，南和省公安厅、龙林省龙番市公安局相关办案人员和师父一起，在第二天一早就赶到了湖东县，在湖东县公安局党委会议室召开了大专案组的第二次会议。

"我们在刘翠花被杀案现场，提取到了一枚有鉴定价值的掌纹。"林涛说，"这是一枚右手掌根部位的纹线，和A系列赵梦涵被伤害案中的掌纹位置一致。不过，经过我的比对，可以确定性排除。"

"也就是说，B系列案件和A系列案件，至此，可以确定是两人作案了。"师父说。

林涛点点头，接着说："通过足迹比对，虽然这次的鞋底花纹和B系列前两起案件的鞋底花纹不同了，但是从鞋子的磨耗部位来判断，应该是同一人的步伐习惯。"

"也就是说，B系列的三起案件，可以通过足迹来并案了！"师父继续充当解说。

"我们之前走的路不错。"我说。

师父点点头，说："虽然两个系列案件是两人所为，作案手法不同，但是侵害的目标，惊人地相似。所以，我认为，凶手这是在平行犯罪。也就是说，两个凶手之间存在某种联系方式，约定杀人。可能是一种竞赛，也可能是一种相互模仿。"

"竞赛的可能性大。"我说，"看来大宝之前的判断是对的。"

师父接着说："通过湖东县的这一起案件，我们掌握了新的证据。一旦抓到犯罪分子，我们有证据认定他。"

"可是A系列案件好像还没有证据。"林涛插话道，"虽然A系列案件可以通过致伤工具来并案，但是我们并没有掌握可以认定犯罪嫌疑人的证据。只有宝嫂被伤害的现场，有一枚血掌纹，也只能进行排除，不能进行认定。"

"证据有很多种，不仅仅是痕迹物证和DNA。"师父说，"两者之间的联系方式，也一样是有力证据。但目前我们遇到的问题就是，怎么才能找到这两个凶手中的一个？最好是B系列的凶手，我们可以直接认定。"

"两者之间的联系方式，我们一直在调查。"龙番市的主办侦查员说，"现在我们可以不用查往返于两地之间的人了，更多的精力应该放在通信和网络上，寻找两人的联系方式。"

韩亮点了点头，不停地记录，好和网安部的专家同步我们的新线索。

"往返记录这条线也不能放。"师父说，"防止他们是见面约定。查联系方式，现在毫无疑问成为本专案组最重要的工作。没有动机的案件最难破，但是我相信，有了这么多线索，离破案也不远了！"

我皱着眉头，说："刘翠花的双侧肋骨都是死后骨折，我一直在思考这样损伤的形成机制。"

师父翻动电脑上的照片，看了看，说："结合现场情况，我觉得这是在运送尸体时形成的损伤。"

"运送？"我说，"我们确定有移尸，但是不能确定移尸的方法。"

"如果是徒步背着尸体，一来很难在山里行进，二来不会形成肋骨死后骨折。"师父说，"虽然在山里，但是几个关键地点之间，都有小路连接。而且B系列案件跨省作案，所以凶手应该有交通工具。"

"您是说，B系列案件凶手驾驶交通工具跨省作案，在本案中用交通工具运尸吗？"我说。

师父点了点头。

我说："可是，现场地点，车辆肯定是上不去的。"

"你说的是汽车。"师父说，"如果是摩托车呢？"

"对啊！"我顿时恍然大悟，说，"如果是用摩托车来运尸，尸体俯卧位搭在摩托后座上，肋骨朝下。山路崎岖颠簸，死者的肋骨就会和摩托车的后座发生猛烈的撞击，导致整齐的肋骨骨折！"

"现在咱们多了一条线索。"师父笑着说，"在案发几个县的县城以及它们之间的县道上寻找监控录像，在特定的时间点，寻找驾驶摩托车的人。"

散会后，师父摸着陈诗羽的后脑勺说："怎么样，这个生日过得如何？"

陈诗羽看了一眼韩亮，低着头说："找到了重要线索，缩短了办案时间，我觉得是最有意义的一个生日了。"

师父满意地点点头，说："我看得见你的成长，当一个好警察。"

"大宝和宝嫂那边怎么样了？"我问师父。

师父皱了皱眉，说："情况比较复杂。赵梦涵这几天连续出现生命体征不稳定的情况，连续度过了几次危险期。大宝也很憔悴啊，知道我们有新的进展，都没有心思吵着要跟着我来。"

"唉，祈福吧，希望宝嫂能平安。"陈诗羽说。

"那……师父，我们现在怎么办？"为了缓解沮丧的气氛，林涛在一旁岔开话题。

师父说："技术室等级评定工作还在进行，你们继续评分去吧。"

"那这个平行大案，我们……"我说。

"现在都是通信和网安部门的工作了，你们也帮不上什么忙。"师父说。

"这活儿也太枯燥了，"我沮丧地说，"还不如去办案。"

"可拜托你了，乌鸦大哥！"林涛朝我作了个揖，"积点儿口德吧！"

没想到，我的乌鸦嘴再次发挥了无比惊人的威力。

我们的评分工作进行了两天，就接到师父的电话，要求我们由西向东跨越我省，到最东头的东流县出勘一起非正常死亡的现场。

一路无话，倒不是因为我的乌鸦嘴频繁显灵，而是因为从电话中获取的信息看，死亡的是几个孩子。

作为法医，最怕见到的就是无辜的孩子殒命。稚嫩的模样总是能牵动法医内心最为敏感的神经，更何况是数名孩童同时死亡，那会是一个惨不忍睹的现场。

和我们预测的一样，东流县的这个现场，安静得很。

安静的原因，除现场位于较为偏僻的田地外，勘查现场的同志们几乎也都是一直无话，默默地做着自己的事情。

这是玉米刚刚被收割完的季节，收割后的玉米秆被摞成小山一样，堆在各家各户的田地旁边。

现场是在一个水塘中，水塘位于两户田地的玉米秆堆中间。这个水塘，是两户人家共同挖掘，用来蓄水的，面积不小。

尸体已经被拖上了岸，整齐地排列在水塘边，水淋淋的。因为一次性死亡了四名孩童，个个都是家里的命根子，社会影响极大，引起了政府的高度重视，当地公安机关的压力也很大，所以在第一时间邀请了我们。

"什么情况？"勘查车在一公里以外就开不进去了，停车后我们快步走进了现场，我还有些气喘。

东流县公安局的朱瑾武大队长和我们简单寒暄后，面色凝重地说："派出所是昨天晚上6点钟接到报警的，说是四个孩子在村子里玩，然后都找不到了。派出所派出警力和村民一起找了一晚上，今天早晨7点，一个辅警在水塘里看到了疑似尸体，于是下水打捞，很快就把四个孩子打捞上来了。"

"三个男孩，一个女孩。"我看了看地上的几具尸体说。

朱大队点点头，说："家属都被安置在村委会，情绪非常激动，村干部还在做工作。"

"是案件吗？"我指了指正在工作的陈其法医。

陈法医蹲在地上，回过头来，说："四具尸体打捞上来的时候，口鼻腔附近都布满了蕈状泡沫，符合溺死的征象。我也看了口鼻腔和颈部，没有捂压、掐扼的痕迹。"

蕈状泡沫是指在尸体口鼻腔周围溢出的白色泡沫，蕈是一种菌类，这种泡沫因为貌似这种菌类而得名。蕈状泡沫的形成机制是，空气和气管内的黏液混合产生泡沫，大量的泡沫会溢出口鼻，即便擦拭去除，一会儿也会再次形成。蕈状泡沫一般是在溺死案件中出现，也可能会在机械性窒息和电击死中出现。排除了机械性窒息死亡，结合水中现场，那么初步判断四名孩童都是溺死，是比较客观准确的结论。

"还好，不是案件。"林涛说。

"你怎么知道不是案件？"我问。

林涛说："你说过的啊，溺死多见于意外，少见于自杀，罕见于他杀。一般很少有人会用溺死来杀人的，不保险啊。再说了，这是四个小孩，杀小孩的一般都是精神病人或者和家长有仇，四个小孩，牵涉到四家，哪会是他杀？"

"你的论断站不住脚。"我说，"不过现在也确实没有什么依据说是他杀。"

说完，我在一边田地的玉米秆堆中，抽出一根较长的玉米秆，探了探水深，说："这水不深啊，就五十厘米？"

"不不不，怎么可能那么浅呢？"朱大队从一边叫来打捞尸体的辅警，说，"这位同志下水的时候，说岸边有五十厘米，但水塘中心有一米五深呢。"

"哦，明白了，这是人工挖掘的一个锅底塘，对吧？"我说。

锅底塘就是底部形状像口大铁锅，上宽下窄，越靠近池中心越深，越靠近岸边越浅的水塘。因为周围的水浅，所以容易造成溺水者麻痹大意，最终导致溺死。

"会不会是几个孩子玩水溺死的？"陈诗羽问道。

这个问题突然让我陷入了沉思。

林涛说："不排除这种可能。夏天的时候，经常会有孩子们相约游泳，而造成群体性溺死的事件，这可不少见。不过，这个案子倒是有些蹊跷。一来现在天气较冷了，我都穿秋衣秋裤了，不是游泳的季节啊；二来，孩子们的衣着都很完整，也不是游泳的衣着状态啊。"

"根据侦查结果，这几个孩子都不会游泳。"朱大队说。

"既然不可能是几个孩子一起下水游泳，那么就有可能是一个孩子失足落水，其

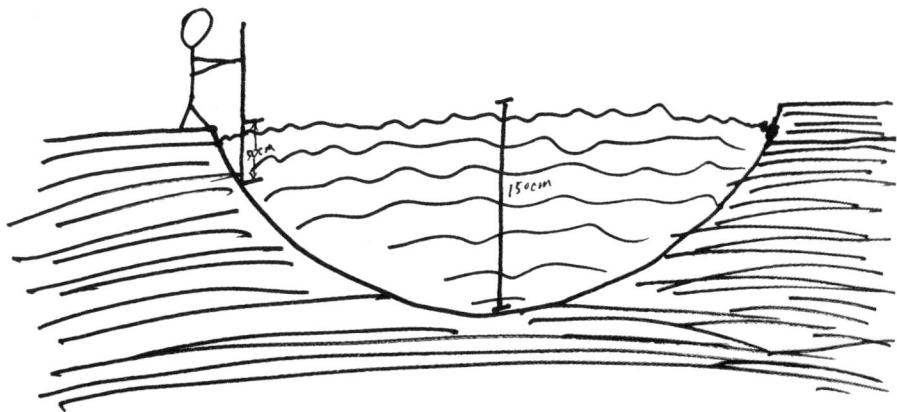

锅底塘手绘图

他孩子为了救他，分别入水溺死。"林涛分析道，"这样，应该解释得通了吧。"

几个人分别点头赞同。

"可是网络上的评论不是这样说的。"韩亮在一旁仍不忘在网络上进行搜寻，"本来我想抽空看看平行专案的网络搜寻情况，结果无意中看到这条。还是个大新闻网站报的，说是东流县四名孩童蹊跷死亡，网友怀疑是盗窃器官团伙杀人偷器官。"

"真是标题党！"我咬着牙说了一句，"为了吸引眼球，毫无新闻报道的底线。"

"他们也很好推脱责任啊。"林涛说，"他们写的是'网友怀疑'，又没有说他们网站怀疑。"

"不管怎么样，县局的宣传部门要重视起来啊，该辟谣的赶紧辟谣。"我说。

朱大队点头应允，走到一旁打起电话。

"重视有什么用？"韩亮说，"反正公安机关说的话，那些人也不信，他们只信自己的猜测。"

"我觉得吧，大部分网民，虽然不发声，但还是有科学精神、相信公安机关的。"我说，"这显然就是谣言，在评论区里蹦跶的，不过就是一些'键盘侠'。"

"就是啊，不用配型，就偷？还在这荒郊野外偷？不是无菌操作的器官，谁敢用啊？"陈法医说。

"辟谣归辟谣，我们的工作还是要做好。"我说，"首先要从案件性质开始。"

说完，我蹲下身来，对几名孩子进行了初步的尸表检验。

四名孩子中，女孩子年龄最大，10岁；剩下的三名男孩，分别是3岁、5岁和7岁。虽然我见过无数死亡的场面，但看着眼前几个孩子稚嫩的脸蛋，苍白的手脚，我的内心仍不由得隐隐作痛。

孩子相对于成人，穿得会比较多一些。几名孩子都穿了秋衣秋裤，外面穿了外套和外裤。此时几个孩子的衣服已经全部湿透，鞋子也全部湿透。

"鞋子，鞋子。"我一边尸检，一边说道，"怎么女孩子是赤脚的，3岁男孩也有一只脚是赤脚的？"

"在水中挣扎，有可能会导致鞋子的脱落吧。"林涛说。

"在水中打捞的时候，有发现鞋子吗？"我转头问下水打捞的辅警。

辅警摇了摇头。

我说："这个得搞清楚，如果是意外落水，那么鞋子不在岸上，就一定会在水里。这个关系到案件的性质，所以，要么再次下水打捞，要么把水抽干。"

"还是下水打捞吧。"朱大队说,"我现在就去。"

朱大队是个冬泳爱好者,这种天气,下这种水塘不在话下。说话间,他已经脱去了外衣外裤,搓了搓身体,走进了水塘里。

打捞工作大概进行了半个小时,朱大队就从水塘的中心,找到了女孩子的一双球鞋。

"男孩子的鞋子呢?"我问。

朱大队上岸后,用毛巾擦身,说:"没有,肯定没有。塘底淤泥不深,水也还算清澈,再说了,这么小的水面,这么浅的水,要是有的话,肯定能看见。"

"这孩子的鞋子是泡沫的。"林涛拿起3岁男孩的另一只鞋子,说,"而且不吸水,如果落入水中,必然会浮在水面上。"

"那么,鞋子去哪儿了?"我一脸凝重地问道。

3

"我现在就安排人四处寻找。"朱大队说。

我点了点头。既然池塘里肯定没有鞋子,而孩子的鞋子又不可能自己跑掉,说明这个案子还是有一些疑问的。

现场太广阔,又不能简单地判断案件性质,所以现场勘查工作也就到此为止了。应我的要求,朱大队陪着我们一起朝村里走去,边走边聊着案情。

村子里的青壮年男性大多外出打工,留下不少妇女和孩子。死亡的这四个孩子分别来自四户人家。虽然没有三代以内的血缘关系,但是因为住在一排,互为左右邻居,所以四个孩子经常相伴玩耍。女孩子懂事早,成了四个孩子中的老大;女孩子同时又很谨慎,所以一般不会带孩子们出村。

事发当日下午4点,还有人看见四个孩子在村口的篮球场玩耍,女孩子手上还拿着一袋方便面在干啃。最早发现孩子失踪的是3岁男孩的母亲。她不像其他孩子的家长,并不担心孩子出去玩耍,3岁的孩子毕竟太小,她总会时不时地看一下。4点半的时候,3岁男孩的母亲发现孩子不见了。

整个村子也就几十户人家,这么一喊,过半的村民都出来帮忙寻找。找到6点,也一直未见孩子的踪影,于是村民报了警。

"我总觉得这应该不是案件。"朱大队说，"从经验来看，一个死亡多个孩子的事件，通常都是意外事件。人心都是肉长的，再像畜生，也不至于一次杀死这么多孩子。"

"道理是这个道理，但是毕竟还有合理怀疑没有排除。"我说。

"你说的怀疑，就是鞋子吗？丢失的那只鞋子？"朱大队说。

我皱着眉头说："不仅仅如此。"

"那还能有什么？"朱大队问。

我还没来得及回答，已经到了村子。我从口袋里掏出手机，看了看之前设置的测试距离的软件。

"四公里！"我说，"我说怎么一直走不到呢，原来这么远。"

"是挺远的。"林涛说。

我说："这又是一个合理怀疑。几个大一点儿的孩子就不说了，3岁的孩子，走四公里？那是什么概念？走得下来吗？走那么远需要多少时间？"

"这有意义吗？"朱大队说，"事实上，孩子确实在四公里以外溺死了，又不是死后抛尸。"

"我觉得有意义。"我说，"不过一切的一切都是在推测，具体的，还是需要通过尸体检验来确定。"

"尸检工作现在开始吗？"林涛有些迫不及待，他应该也感受到了这个案子中无处不在的违和感。

我点点头，说："出发去殡仪馆。"

解剖孩子的尸体，对法医来说就是一种折磨。朱大队调来了全县的法医，分两组开始尸体检验工作。虽然小小的解剖室里挤了七八个人，但是除了器械碰撞的声音，几乎听不见其他声音。大伙儿都闷不作声地工作着。

我们依次把孩子们的衣服脱下来，按次序摆放好，一面进行拍照固定，一面用电吹风吹干。对于水中尸体的衣物，都是需要先弄干再检验的，以期发现一些不容易发现的线索。衣服吹干后，并没有发现什么明显的异常，但是女孩子的外套引起了我的注意。在吹干前，那就是一件普通的黄色外套，但是吹干以后，外套的背部出现了隐约的绿色。

我蹲在地上盯着衣服看了良久，更加胸有成竹了。

孩子们

尸体解剖依次进行，两组解剖分别先从女孩和7岁男孩开始。

"常规解剖，女孩并没有明显的附加损伤。"陈法医打开了死者的四肢后，在检验胸腹腔的时候说，"没有抵抗伤，是不是就可以判断死者是自主入水的？"

我摇摇头，说："正常成人死者可以这样判断，但是如果凶手和死者之间力量悬殊的话，可以不造成任何抵抗伤。"

说完，我用手术刀打开了女孩的胃，胃里有少量黏液和不少方便面，方便面卷曲的形状都还没有消失，也没有进入十二指肠。

"我记得你和我说过，女孩子几点钟的时候在吃方便面来着？"我转头问朱大队。

朱大队说："4点整，目击的村民可以确定时间。"

我点点头，说："胃内的消化也就是在初始阶段，食物还没有变成食糜，还没有进入十二指肠。依照我的经验，死亡时间也就是末次进餐后一个小时左右。也就是说，女孩子的死亡时间，是在下午5点钟左右。"

"嗯，然后呢？"朱大队还没有反应过来。

"之前我说过，现场离村口很远啊。"我说，"四公里的距离，成年人快步行走，也要四十分钟左右吧！何况小孩子？"

"你的意思是说，4点钟还在村口，5点钟到死亡现场，来不及？"朱大队问。

"肯定来不及。"我说，"还有个3岁小孩子一起，就是跑也跑不了那么快！"

"那你的意思是……"朱大队问。

我沉吟了一会儿，说："走路不行，乘车呢？"

"现场那里，汽车是过不去的啊，你知道的！"朱大队说，"摩托车、自行车也不可能同时带上四个小孩子啊！"

我微微笑着，盯着朱大队。

朱大队一拍脑袋，说："啊！电动三轮车！"

"对。我进村以后，看到很多家都有电动三轮车。"我说，"这样的交通工具在农村是非常实用的！"

"如果是电动三轮车的话，四公里的路，估计十分钟时间就能到现场。"朱大队说，"而小孩子们不可能驾驶电动三轮车，现场也没有电动三轮车——这说不定真的就是一起案件！"

我点了点头，说："是不是案件，还不好说，但是首先要找到这辆涉案电动三轮车才是。"

"这不太好找吧？"朱大队说。

我点点头，说："挨家挨户找电动车，看能否发现电动车有什么异常。另外，还可以动用警犬嘛。"

朱大队点了点头，说："好的，我马上安排。"

尸体解剖工作继续进行。

虽然大家都希望可以尽快结束对孩子的解剖工作，但我还是要求大家对孩子的后背部也进行解剖。

在对女孩背部进行尸表检验的时候，我突然发现她的肩背部貌似有一些平行排列的点状痕迹。我立即拿来酒精，对局部进行了擦拭，点状痕迹逐渐明显。

这些痕迹是一个个孤立的、直径大约在两毫米的圆形皮下出血，有二三十个。可以看出这些皮下出血的排列是有规则的，有些仿佛可以排列成行。最关键的是，每个皮下出血之间的距离是大体相等的。

"这应该是简单的压迹吧。"陈法医说。

我摇摇头，说："如果和地面等物体压迫，不该形成这么规则的压迹。既然是规则排列的，说明死者生前在具有相同形态的凸起物上被压迫了。"

"现场是池塘，周围也就是玉米地，怎么会有这么规则的形态呢？"陈法医问。

我皱皱眉头，说："我猜，会不会和电动三轮车有关？"

话音还未落，另一张解剖台边的林涛叫道："快看！这具尸体上也有！"

原来林涛看见我们发现了这一特征性的痕迹后，立即联想到其他的尸体，于是走到另一张解剖台边观察。果不其然，在7岁男孩的背部，也发现了类似的痕迹。不过男孩身上的痕迹不在肩背部，而在背部正中。

一时想不出原因，我们只有继续解剖。

7岁男孩和女孩的背部肩胛下，都发现了块状的出血痕迹，但都不是非常明显。

"有这样的损伤，能不能断定死者生前遭受过侵害？"陈法医问。

我说："还是刚才说的那样，如果凶手和孩子体力对比悬殊，有可能这种约束、压迫性损伤不重。但毕竟是小孩子，也有可能是在一起打闹形成的，或者是在入水的时候挣扎形成的。很多溺水的尸体，肩胛附近都会有肌肉出血，是挣扎所致。"

"也就是说，现在还是什么都不能确定？"林涛问。

我点点头，说："我觉得还是不好说。如果背部的压迹和肌肉内的出血有关系，则可以判定有侵害的可能，但现在也不能确定是不是巧合。毕竟，凶手侵害孩子无须用溺死这种不保险的手法，完全可以更轻易地杀死他们。"

又发现了疑点，我实在放心不下，继续对孩子的四肢进行了解剖观察，可是并没有发现明确的损伤。我又对女孩的会阴部进行了检查，出于入水的缘故，会阴部附近聚集了一些泥沙。

我让林涛拍照后，对会阴部进行了检查。会阴部没有发现明确的损伤，处女膜也是完整的。看来，女孩也没有遭受过性侵害。

两具尸体解剖完了，心里还是没底，大家更加沉默了。

我们继续默默地解剖完3岁男孩和5岁男孩的尸体，居然没有发现任何一点儿可疑的损伤。

"若不是你提出这么多疑点，通过尸体解剖，我们绝对可以确定这是一起意外案件。"陈法医说，"四具尸体的口鼻腔都有蕈状泡沫，手指间都有泥沙和水草，肺内有大量液体，水性肺气肿，胃内也有水草和溺液。这是标准的溺死尸体啊。"

我点点头，说："你说的这个，我也认可。但是孩子的鞋子、死亡时间和现场距离之间的矛盾、孩子背后的损伤，都是疑点，不解释清楚，不能安心啊。"

"我们刑事技术也不可能解决所有的问题。"林涛安慰我道，"小羽毛还在和朱大队他们进行调查，侦查部门说不准能发现一些有价值的线索呢。"

四具尸体的解剖，进行了将近六个小时。缝合工作全部完成后，夜幕已经降临。秋冬交替的季节，位于山里的殡仪馆，异常阴冷。

我洗完手，裹起衣服，走到车里，发现放在车里的手机有十几个未接来电。

最害怕多个未接来电，我连忙解锁手机，发现电话都是陈诗羽打来的。不知道是好消息还是坏消息，我赶紧回拨过去。

"我的手机调成静音了，放在车上没带。"我说。

我的话音还没有落，陈诗羽就打断了我，说："快来现场吧，我们找到犯罪嫌疑人了。"

突如其来的好消息让我有些措手不及，我连忙跑回解剖室，叫上林涛和韩亮，顶着夜色，一路呼啸着重新回到现场。

因为还没有确定案件性质，所以刑警大队并没有成立专案组。负责本案的侦查人员，都聚集在辖区派出所内，还有一些技术人员正围着一辆电动三轮车进行勘查。

"什么情况？"我一进门就问朱大队。

朱大队斜靠在派出所所长办公室的椅子上，叼着一支烟，一副悠闲的模样，说："案子破了。"

"什么？真的是杀人案件吗？"我问。

"不是。"朱大队说，"嫌疑人叫刘兆国，本村村民，离异独居。平时为人也很老实，因为喜欢带小孩子们玩，所以很受村里孩子们的欢迎。"

"怎么确定他是嫌疑人的？"我问。

"根据你提的疑点啊！我们动用了警犬，用3岁孩子的另一只鞋子作为嗅源，进行气味搜寻。没用多长时间，就找到了刘兆国的家。恰巧，刘家还真的有一辆电动三轮车。"朱大队说，"还是小羽毛眼睛尖啊，一眼就看到了卡在三轮车后厢栏杆边的小孩子的鞋子。"

"啊？直接发现了鞋子！"这个信息让我有些惊讶，这种惊讶甚至超过了朱大队称呼陈诗羽为小羽毛。

"是啊，认定了，就是3岁男孩的鞋子。"朱大队说，"他想赖也赖不掉。"

"可是这个刘兆国为什么要杀人？"我问。

"我说了不是杀人案件嘛。"朱大队说，"我们侦查部门也纳闷啊，这四个孩子的家庭和刘兆国没有任何矛盾啊，其中的那个5岁男孩，还是刘兆国的堂侄子，他怎么可能杀人呢？经过审讯，他供认不讳，才知道是怎么回事。"

"怎么回事？"

"案发当天下午4点多一点儿，他骑车去自家田地里整理玉米秆。到村口的时候，几个孩子吵着闹着要坐他的三轮车去玩，他也没拒绝，就带上了四个孩子。可是没想到，行驶到案发现场水塘边的时候，三轮车翻了，几个孩子全部掉进了水里。因为他不会游泳，所以不敢去救。"

"那为什么不回来喊人？"

"他怕担责任呗，有逃避的意识，酿下了大祸。"朱大队摇了摇头，说，"他这已经从过失犯罪升级到了间接故意杀人了，能判上十几年呢。"

"就这样？没了？"我问。

"没了。我们和家属解释了，家属都表示信服，要求刘兆国给予赔偿。"朱大队说，"估计他没有什么赔偿能力，政府会给予家属一些抚恤吧。"

"现在是人命的问题，不是钱的问题。"我总觉得有些不对劲，心里充满了不安，说，"那三轮车的勘查结果怎么样？"

"三轮车倒是没有什么问题。"朱大队说，"浸湿了，现在也干了，车上到处都是损伤，也看不出哪一处是这次形成的了。"

"那车上有没有平行矩阵排列的圆形凸起？"我一边问，一边翻动着电脑里三轮车的照片。很显然，这辆三轮车上，并没有可以形成两名孩子背部压迹的东西。

"那倒没有，"朱大队说，"但是我让技术人员对三轮车进行勘查，找一些DNA和鞋印，现在也找到了一些痕迹物证，定他罪是没有任何问题的。"

"现在不是定罪的问题啊。"我说，"是定啥罪的问题啊！"

"什么定啥罪？"朱大队说，"案件事实很清楚了，你提出的疑问，起到了很大的作用，直接帮助我们破了案。当然，这些疑问也都顺利解决了。现在你还有什么疑问吗？"

"我也说不出来有什么疑问，但我就是心里觉得有些不对劲。"我说，"给我一晚上的时间捋一捋，你也暂时别结束此案。"

"好吧。"朱大队表面上应允了我，但我看得出来，他已经把这个包袱给放下了。

我却无法丢下这个包袱。

晚上回到宾馆，我就开始在脑海里回顾今天的工作内容，想找出自己的心理根结：究竟是什么让我觉得不对劲呢？

4

办案有的时候就像写作一样，需要灵光一闪。

在晚上八九点钟的时候，我就这样闪了一下。

我回忆起，在我们初次勘查现场的时候，陈诗羽曾经问道，会不会是孩子玩水溺死的呢？我当时就觉得不可能，但究竟为什么会觉得不可能，倒是没有细想。

现在看起来，是需要细想的时候了。

我拿出现场勘查笔录，在笔录里找到了对水塘的长、宽、深各项指标进行记录的数据，并且根据这些数据进行了简单的绘图。

纸上，一个锅底塘的雏形逐渐显现，我的思维也逐渐清晰了起来。

"是啊！问题就出在这个锅底塘上！"我拍了一下自己的脑袋，自言自语道，"不过，他又是为了什么呢？这可是十恶不赦的大罪啊。"

想着想着，我不自觉地开始翻看白天尸检时的照片。因为四名死者身上的损伤都不明显，所以照片都是以常规照相为主，但翻看到四名死者的衣物照片时，我停下了手中的鼠标。

屏幕上，是一件女童的套头衫，也就是10岁女孩的外套。外套的正面，是一个Hello Kitty的图案，服装制造商为了突出图案的光泽度，在图案的周围镶上了一圈塑料的透明水钻，这些水钻很坚硬、突出，直径大约在两毫米，乍一看，像是矩阵排列。

"哦。"我若有所悟地点了点头，摸着下巴上的胡楂儿，陷入了沉思。

第二天一早，按照常规，我们应该向当地办案单位反馈我们的工作情况。因为前期案件基本已经定性，所以与会同志显得有些心不在焉。

为了尽快进入主题，吸引大家的注意，我开门见山："这起案件，并不是我们之前判定的间接故意杀人案，而是一起因强奸引发的命案。"

这一句话的分量够重，直接让所有人安静了下来。

"什么？有依据吗？"朱大队惊讶地说。

我笑了笑，说："当然有依据。凶手虽然承认了四名孩童的死亡和他有关，但他明显在避重就轻，回避了重要的问题。"

"他既然都承认了罪名，为何要隐瞒？"朱大队接着问。

我说："一来，意外导致孩童落水，他不过是没有救助罢了，自己的责任会减轻很多。但是，他若是故意杀人，就难逃杀人偿命的结局。二来，强奸罪本来就是一个非常让人痛恨的罪，更何况是强奸女童，这会让他颜面尽失。"

朱大队问："可是，我们现在掌握的信息量很小啊，你怎么就能这样武断地判定这是一起强奸引发的杀人案？"

我胸有成竹："首先，从死亡时间入手。我们判断了死亡时间是5点钟左右，而凶手说4点多一点儿就用三轮车载着孩子们向现场方向出发了。即便一路颠簸，慢慢行驶，二十分钟也该到了。如果是意外的话，4点半，四个孩子就应该全部落水溺死了，为何会等了半个小时？"

"有道理是有道理，但还是不足以证实刘兆国故意杀人。"主办侦查员说。

孩子们

"别急，听我慢慢道来。"我打开幻灯片，说，"昨天，我对现场的水塘进行了模拟画像。这是一个锅底塘。经过测算，距离岸边两米的地方，水深也就八九十厘米。四名死者的身高，最矮的九十厘米，最高的已经一米三几了。"

"你是说，水深不足以溺毙这样身高的孩子？"林涛打断了我的话，"可是，我记得你说过，即便是五十厘米深的水，也可以溺死一个成年人。"

"是啊。"我点点头，说，"虽说林涛说的这种极端情况偶有发生，但这毕竟是四个孩子。四个孩子同时溺毙在没有自己身高深的水中，自然解释不过去啊。"

"你说的是离岸边两米的地方。"朱大队说，"水塘中心，最深的地方，有一米五六呢！"

"这就是这个问题的关键所在。"我说，"如果像刘兆国说的那样，电动车倾覆导致孩童入水，那么肯定是落在较浅的水域，即便孩子不能自救，他也完全可以救起孩子们。水深危险的地方，距离岸边少说有三米远，那可是电动车倾覆，又不是发射炮弹！怎么可能把几个孩子同时抛甩到那么远的地方？"

"现在想起来，这是一个很简单的问题，我们居然都没有注意到！"朱大队恍然大悟，说，"那你的意思，孩子的落水方式是……"

"被凶手抛甩入水。"我斩钉截铁，"只有初速度较大，孩子们才会落得那么远。"

"可是刘兆国没有杀人的动机啊。"朱大队说完又后悔了，"哦，不对，你说了，他是为了强奸。难道，就是因为他离异独居，所以具备性侵女孩的动机吗？"

"这个动机我还真没考虑到。"我自嘲地笑笑，说，"我之所以判断是强奸杀人，还是依靠着客观的证据。"

"会阴部无损伤，处女膜完整，阴道口未检出精斑。"林涛说，"如何存在客观的证据？"

"并不是说会阴部无损伤，就一定不是强奸案件。"我说，"很多性侵案件，都是没有实施性行为，或者没有实施传统意义上的性行为就终止了。"

"那让我们来听听你的客观依据。"朱大队饶有兴趣。

我打开幻灯片，说："先说辅助依据。大家可以看看，这是女孩衣服的照片。从照片上我们可以看出，女孩子穿着的短裤，是松紧边的。也就是说，除了裤腰带，裤腿也是松紧的，而且松紧带还很紧，都把大腿根勒出了痕迹。那么，女孩子入水后，水中的泥沙还有可能进入内裤内侧吗？"

大家都在摇头。

我接着说："显然不能。但是，我们在检查女孩会阴部的时候，发现阴道口有不少泥沙。因为泥沙是湿润的，所以误导了我们，让我们认为是入水的时候进入的。"

"其实不是。"林涛说，"若想泥沙进入内裤，必须脱掉内裤，黏附泥沙，再穿上内裤。"

"对！"我说，"这就是我的辅助依据之一，女孩在落水前，被脱掉了内裤。"

"那会不会是上厕所，摔跤了或者蹭到了呢？"朱大队说。

我点点头，说："我也想过要排除这种可能。现在我说辅助依据之二。孩子们的衣服被吹干后，男孩子的衣服都是正常的，唯独女孩子的衣服后背部有青绿色的痕迹，这样的痕迹怎么来的呢？唯一一种可能，就是在有绿色素的地方仰卧过，甚至还有一定重力的压迫、摩擦。"

"会不会是孩子们打滚胡闹？"

"如果是打滚的话，也该是男孩子打滚才对吧。"我说，"哪有女孩子打滚，男孩子在旁边看的道理？"

朱大队点头。

我接着说："接下来，是最为关键的依据，就是孩子背部的点状压迹。"

"这些压迹的产生原因你找到了？"朱大队问。

我点点头，说："开始我单纯地认为是在地面或者三轮车上，会有这样的物体，压迫孩子的背部导致压迹。可万万没有想到，造成这些压迹的，居然是女孩子胸口的水钻。"

说完，我点击出一张幻灯片。

这张幻灯片是我昨天晚上用了两个小时的时间，用我不熟练的PS技术拼出来的一张图。我根据图中的比例尺，把女孩衣服的照片和男孩后背部点状压迹的照片调整得大小一致，然后把女孩衣服的照片镜面反转，调成半透明后，和男孩后背的点状压迹进行图片重合。

比对的时候，连我自己都吓了一跳。两张图片居然惊人地重合了。

"也就是说，男孩子背部的压迹，是女孩子胸口的水钻形成的？"朱大队说，"这一点确实可以判断男孩被人用力压在女孩子身上，但怎么判断这是强奸杀人案？"

我说："不知道朱大队知不知道，其实解剖的时候，最先发现压迹的部位，不是男孩的背部，而是女孩的背部。"

"女孩的背部怎么可能也有压迹？"朱大队说，"难道她自己的后背能压在自己的胸口上？"

这一句话引来哄堂大笑。朱大队一时慌乱，甚至没有想通这个简单的道理。

"是女孩子的外套被掀起，前襟翻转至颈后，所以才会在肩背部形成这样的压迹。"我笑着说，"从这一点可以判断，女孩子的上衣也被掀开了。掀上衣、脱裤子，还能做什么？至于为什么没有强奸成，我觉得就是因为被其他几个男孩子发现了，所以凶手不得已杀人灭口。"

"可是，"朱大队皱着眉头说，"为什么女孩子的衣服一会儿是穿好的，一会儿又是掀开的？男孩子是在女孩衣服穿好的时候就压在女孩身上的，那衣服掀起来的时候，男孩子去哪里了？"

"我觉得应该是先掀起来造成女孩子的损伤，被男孩发现后，凶手又把女孩的衣服恢复了，再把男孩压在女孩身上。"我说，"这样解释，更合理一些。不过，具体的作案过程，因为现场情况的约束，我也没法更进一步分析，只有让犯罪嫌疑人自己交代出来了。"

"他根本就不会交代。"朱大队说，"你之前都说了，这样挨千刀的行为，刘兆国他死也不会交代出来。交代出来，他自己的儿子都没法在村里生活了。当然，如果你能找到物证，我想，他就不得不认罪了。"

"物证，还是蛮难找的。"我说。

说完，我打开了女孩衣服的细目照片，把胸口的水钻放大，说："唯一的希望，就是这些水钻了。现场附近还处于保护状态吗？"

"方圆一公里，现在还是禁止进入的。"朱大队说。

"那好，那就试试吧。"我说。

重新回到现场附近，我在各个玉米秆堆周围转悠了起来。

"你在找什么？"陈诗羽在我旁边问道。

我扶着眼镜，一边弓着腰看着地面，一边说："女孩衣服胸口的水钻，都是用胶粘在衣服上的，用力过大就会脱落。实际上，那些水钻已经脱落了四分之一。很幸运，从脱落的痕迹看，我找到了两三个新鲜的脱落痕迹。也就是说，水钻很有可能就掉落在附近，掉落的原因是凶手强行脱衣，掉落的地点自然不会是广阔平原，而应该是在这些遮挡物后面。"

说完，我指了指玉米秆堆。

陈诗羽点点头，也找了起来。还是这个丫头眼睛毒，不到半个小时的时间，她就找到了两枚脱落的水钻。

我还没来得及看清楚水钻的位置，她又在水钻旁边用镊子夹起了一根毛发。

"你……你这眼神也太好了吧！"我感叹道。

"这是观察力好。"陈诗羽自豪地把毛发举得很高，"这是什么毛？"

林涛赶紧凑过去看了一眼，一脸自信地分析道："哈！头发硬而直，腋毛软而弯，又硬又弯的，必然是阴毛。"

陈诗羽手臂一抖，默默地把毛发放进了物证袋里。林涛一脸求表扬的表情，顿时变得有点落寞。

我拍了拍林涛的肩膀，看向陈诗羽："小羽毛你真厉害，这回你要立功了！这根毛发，还带着毛囊，可以进行DNA检验。这个证据加上之前的分析，凶手再想赖，也赖不掉了。"

坐在审讯室里的刘兆国，在得知我们发现的证据后，几乎没有抵抗，就全部交代了。不仅仅是因为强大的证据压力，还因为他自己这几天不断地被良心谴责，最终不堪重负。在全部交代后，刘兆国一心求死。

前天下午，刘兆国骑车去自家田地里打理庄稼，在路过村口的时候，看见四个孩子正在玩耍。长相清秀的女孩立即吸引了他的注意。长期没有性生活的他，萌生了罪恶的念头。于是他就上前搭讪，准备带女孩走开。

毕竟女孩是四个孩子中的老大，一听老大要跟刘叔去玩，几个孩子都吵着闹着要跟去。刘兆国没办法，只得带上了四个孩子，向庄稼地的方向骑去。

此时正值农闲，又是下晚时分，田地里已经没有人了。于是，刘兆国停下车来，谎称要带女孩去一边交代个事情，让几名男孩在三轮车附近玩耍。

刘兆国把女孩带到玉米秆堆后，要求女孩脱下衣服玩玩，如果玩得好的话，就给女孩10块钱。不谙世事的女孩立即脱下了衣服。刘兆国把女孩压在身下想实施性侵，但女孩子大声喊疼，他不得不停止了动作。

此时，不远处的男孩们听见了叫声，想一起向玉米秆堆方向走去。3岁男孩的鞋子在他下车的时候卡在了车厢栏杆里，5岁的男孩随即想帮他把鞋子弄出来。7岁的孩子跑到事发现场的时候，看见了暴露出胸腹和阴部的女孩。虽然刘兆国慌忙地带女孩穿好了衣服，但男孩声称要把此事告诉妈妈。刘兆国情急下大力地把男孩推倒并按压在女孩身上，威胁要杀死他们，但这个倔强的小男孩依旧表示一定会告诉妈妈。

害怕事情败露的刘兆国此时已经急红了眼，他一左一右夹着两个孩子走到水塘边，把他们扔进了水塘里。

此时，两个小孩还在努力地从车厢栏杆里掏鞋子，看到刘叔把哥哥姐姐扔进了水里，都吓呆了。刘兆国见两个小孩看到了自己的犯罪行为，心想一不做二不休，斩草要除根。即便5岁男孩是他的侄子，他也不得不痛下杀手。

看着四个孩子在水里浮沉，刘兆国终于害怕了。他坐在岸边仔细思考了一番，想起女孩子的鞋子还在玉米秆堆后面，于是折回去，取了鞋子扔进水里，随即逃离了现场。

在大批警察进驻村庄的时候，刘兆国正躺在家里想对策。最后，他想出了用意外落水的说辞来避重就轻，我们也险些就让他得逞了。

一个隐性的恶性杀人案被揭露出来，我却丝毫没有成就感。孩子们稚嫩的面庞总是浮现在我的脑海里，令我有一种哽咽的冲动。

凶手为了颜面，导致犯罪不断升级。孩子们丝毫没有警惕性和安全意识，导致了这一桩惨案的发生。这实在令人扼腕叹息。

"这个畜生，枪毙他一百次也不为过！"林涛在回程的路上，恶狠狠地说。

第八案　食人山谷

人这东西说不定什么时候死去。人的生命
要比你想的远为脆弱。

——《舞！舞！舞！》

法医秦明
VOICE OF THE DEAD

1

很难得，我们清闲了将近一个星期。

按理说，每年的年底都是最忙的时候。作为省厅的法医部门，我们不仅要接受公安部的各项考核、盲测，还要组织对省内各市、县级公安机关法医部门的考核、评比。

而这一年的考核评比工作，更为密集。不过密集得很好，都集中在了我们离开的这几天时间里。师父率领着其他的法医，替我们完成了今年的全部考核、评比任务。

所以，在我们重新回到厅里的时候，就迎来了难得的空闲期。

因为宝嫂的变故，我们勘查组几个人，同时获得了为期五天的年休假。虽说是年休假，但谁也没有心情跑出去旅游，大家默默地排起班，轮流帮助大宝照顾宝嫂，这样，大宝和宝嫂年迈的父母也能抽空休息休息。

陈诗羽肩上的任务是最重的，因为勘查组里只有她一个女同志，照顾起女病人最为方便，加之她主动请缨，所以大多数值班都交给了陈诗羽。铃铛[1]虽然也很想来换班，但儿子实在还太小，她完全抽不开身，于是抽空炖了一些滋补的汤，托我带给大宝和小羽毛。

平时不照顾就算了，真的照顾上了宝嫂，我们的心情也更加沉重。

既然照顾宝嫂的事情都让大宝和小羽毛主要负责了，那我、林涛和韩亮的任务，就成了给大宝打打下手、陪陪大宝。但大宝一进了医院，就像是选择性失明了一般，再也看不到我们，眼里只有宝嫂。

他总是坐在宝嫂的床侧，握着她苍白的手，默默地流泪。不管我们如何开导、安慰，他都一直如此坐着、如此握着、如此哭着，低声地和宝嫂说着什么。大宝的

---

[1] 铃铛，秦明的太太。

情绪，甚至也"传染"给了我们，我们在他面前渐渐不敢说话，只能默默跟随着他，时不时地搭把手。

林涛和韩亮都不能理解，为何一个平时那么活泼、乐观的人，遇到打击后会如此低沉和沮丧。毕竟，宝嫂还活着，事情还不至于那么糟糕啊！

只有我，知道大宝的过往，才能理解他的痛苦、彷徨，甚至是内疚。

而独自值班的陈诗羽，没有受到大宝情绪的影响，所以显得较为坦然。我们四个人一起吃饭的时候，她对我们的惆怅很是无语，也感到莫名其妙。

"你们要再这样，我可就退出勘查组了，真受不了你们，还是男人呢。"陈诗羽说，"不要那么悲观好不好？你们怎么就知道宝嫂不会恢复？我值班的时候好几次都看到她动手指了，我觉得她离恢复不远了。"

她的激将，她的鼓励，似乎并不起什么作用，三个大男人依旧默默无语。林涛和韩亮是被大宝白天的情绪笼罩，而我，不知道在想什么。

如果宝嫂醒了，他俩会怎样？如果醒不了，大宝又会怎样？

还是那句话，我知道大宝的过往，甚至猜出了大宝的内疚，猜出了大宝为何那么坚决地断定宝嫂受伤的时间。所以，我才格外地担忧。

"真是受不了！你们能说句话吗？"陈诗羽对着瓶口喝了口啤酒，说，"别在这儿磨磨叽叽好吗？你们都这么丧，大宝的心情能好得了吗？你们要不能帮上忙，就别跟在他屁股后头了！"

"行，那我申请跟你一组，给你打下手。"林涛很快举起了手。

"喊。我不需要。"陈诗羽白了林涛一眼，继续喝酒。林涛的手委屈地落了下来。

"今天是光棍儿节，我得祝你们三个节日快乐。"我试着活跃气氛，然而并没有任何效果。

大家无精打采地碰杯后，继续垂头丧气。

我觉得有些尴尬，从口袋里拿出手机准备看看热点新闻。

手机刚从口袋里拿出来，屏幕就亮了起来，随之而来的是密集的振动。

"师父？"我叫了一声。

他们三个人立即抬起头来，竖起耳朵听。

"又是湖东？湖东最近怎么了？"我复述着师父的话，说给他们三个人听，"……隐蔽的山谷？什么？死了五个？天哪！什么原因？……不知道？村民们看着五个人一个一个跌落山谷？没人敢去救？什么世道啊这是！……食人山谷？食人？怎么可能？好吧！我们马上出发！"

挂断了电话，我看了看表，说："现在不到7点钟，估计赶到现场也是深夜了。林涛你打个电话给大宝，告诉他我们有任务。小羽毛你喝酒了，按理说不能出任务了。"

"那有什么关系？一瓶啤酒而已！"陈诗羽跳了起来，"在路上就解酒了！"

"那也不行，这是纪律。"我坚持。

"大宝说宝嫂最近很稳定，所以他也要跟着我们去。"林涛在一旁打完电话说。

"也好！这么多尸体，我怕人手不够。"我说，"那小羽毛就替大宝照顾好宝嫂吧！这是光荣而艰巨的任务。"

陈诗羽沮丧地低下头。

"你和老秦在一起工作时间长了，也学会了乌鸦嘴啊。"韩亮拍了拍陈诗羽的后脑勺，"刚刚嫌弃我们，要自己单干，这可就应验了。"

"哼！分就分！下次我也不跟了，你们也别跟我！"陈诗羽懊恼地把啤酒瓶丢进了垃圾桶。

十分钟后，我们车上的陈诗羽换成了大宝。大宝在反复嘱咐过陈诗羽后，坐到了勘查车的后排。

"出勘现场，不长痔疮！"林涛坐在副驾驶座上，扭头对着大宝摆出了大宝的招牌姿势。

大宝紧绷的脸上，终于露出了这几天来的第一个笑容。

"对了！要多笑笑嘛！"虽然铃铛吐槽我不会安慰人，但我还是没放弃尝试，"乐观向上，是一切幸福生活的必要条件！咱们得把事情往好处想！"

大宝看了看我，又看了看大家，无声地点了点头。

大宝刚才的那一笑，让所有人的心情都好了起来，大家一路说着笑着，韩亮把车开得风驰电掣般。

时间比想象中过得要快，或者说，我们比想象中到得要迟。

虽然我们在预计的9点钟赶到了湖东县城，但是接下来的路比想象中要长得多，难走得多。

大路慢慢变成了小路，然后变成了羊肠小道，最后变成了盘山小道。加上周围漆黑的环境，这简直就是对韩亮驾驶技术的极大考验。

若不是有当地的车带路，我想，就连韩亮这种人工GPS也一样会在这茫茫大山里迷路。

车子在不断摇晃中前进，不停地颠簸，不停地转弯，让我们想打个盹都不能。就这样，强忍着困倦与不适，我们在光棍儿节即将过去的时候，停在了一座山脚下。

在前车引路的杨少文大队长跳下车来，和我们握手。

"杨大队你最近不太顺利啊。"我笑着说。

"别提了。"杨大队挠了挠后脑勺，说，"你们走了，我们也没闲着，加入了系列专案的侦办工作，但是祸不单行啊，后来又发生了两起故意伤害致死案件。"

"故意伤害，还致死？"我说。

"命案必破"工作中，故意伤害致死也归入其中。虽然比起需要侦查的故意杀人案来，要容易许多，但是证据收集、案卷制作等工作一点儿也不比故意杀人案来得简单。像湖东这样只有几十万人口的小县，正常情况下，一年也就几起命案。最近这一个星期，不仅发生了骇人听闻的祖孙两人死亡案、跨省系列大案中的一起案件，而且还发生了两起故意伤害案。毫不夸张地说，湖东县公安局的刑警，这一个星期的时间，几乎做了平时半年的工作。

走近了，在勘查灯的照射下，可以看到杨大队肿肿的眼袋。

"这一段时间，我真是心力交瘁，真是心力交瘁啊！"杨大队自嘲地说。

"可以想象。"大宝说。

"要不然，你还是去九华山上拜一拜吧。"我开玩笑地说。

"你还真别说。"杨大队当真地说，"这案子完事儿，我还真得上山一趟。"

"死了这么多人，造成的社会影响不小吧。"我环顾四周，今天月黑风高，看不了多远。

"你说呢？"杨大队说，"电话都被记者打爆了。不过，好在交通不便，没几个记者愿意摸黑进山。"

"怎么周围都没人啊？"林涛抱着肩膀，挨着韩亮站着说。

周围除了横七竖八地停着十几辆警车，确实看不到有人，完全不像一个案件现场的样子。

"哦，这里不是现场，这里不过是最近的、可以停车的地方。"说完，杨大队伸手指了指远方。

没有月光，只能隐约看到我们的面前有一座小山的轮廓，小山的顶上，遥遥可以看到勘查灯投射的光芒。

"现场就在这座小山后面，我们的人都在山顶了，没有路，摩托车都上不去，只能靠走了。"杨大队卷了卷裤腿，说，"出发吧。"

"还要爬山？"我和林涛异口同声。

杨大队是山里人，这种小山对他来说，也就是个小土坡而已，没有任何难度。而对疏于锻炼的我来说，这可是一座不折不扣的大山，在这种又累又困又饿的状态下爬上这座山丘，实在是一种挑战。对其他人来说，麻烦的倒不是体力，而是魄力。一座没有路的山，太恐怖了。

"没事的，我带路。"杨大队没意识到我们的苦衷。林海法医也跟我们打了招呼，他身边跟着一位杨大队临时借调来的法医助手，看来这次的案子的确没少让杨大队费心。虽然距离初次见面刚过去不久，但林海的脸上已经少了几分自负，多了几分冷静。当然，也可能是这幽深的山林衬托的缘故。

"这山里不会有什么东西吧？"大宝问。林涛在一旁打了个寒战。

"不会，快入冬了，哪儿有什么东西？"杨大队还是没意识到大宝的调侃，认真地回答，"最多就是野猪，有也被我们这么多人吓跑了。"

大宝哈哈一笑，和杨大队领头出发。

杨大队和林海一前一后，用勘查灯照路。这样的山路，不照还罢了，一照反而更显得阴森恐怖。灌木被照成了翠绿色，随着灯光的晃动，这种翠绿仿佛也在晃动，仿佛周围的树木都在和我们一起移动。

我已经很累了，还有一个麻烦的林涛始终拽着我的衣角，我更是疲惫不堪。好不容易，我们都登上了山顶。

山顶上，几个村民正在议论，几个民警正像热锅上的蚂蚁一样团团转，还有两个消防队员，斜挎着绳子坐在石头上，像是在等待着什么。

"现场在哪儿？"我问。

"下面。"杨大队指了指山坡下方。

山坡还是比较陡峭的，至少想凭一己之力攀登上来比较难。即便是照射能力很强的勘查灯，往山坡下方照射下去，光线也很快就被无边的黑暗吞没了。

"那还等什么？下去啊！"我说，"把绳子给我。"

消防队员茫然地看着我。

"可没你想的那么简单。"辖区派出所的鲍所长说,"我们一个民警差点儿因此丧命。"

"快说说,是什么情况?"我有些不解。

杨大队说:"目前的调查情况是这样的。本村的村民几乎都是靠山吃山的,以前都是猎户,后来枪支管理加强以后,大部分村民就靠着种茶为生。但也有部分村民掌握造枪的技巧,私自造了一些枪,因为做工精美,还有私自贩卖枪支的情况。周边地区都知道,抗战时期的'汉阳造',和平时期的'湖东造',那都是有了名的自制枪支。我们每年都会破获一些自制、贩卖枪支的案件。"

我见杨大队要跑题,急忙把话锋扭转过来:"和枪有什么关系?"

"哦,我的意思就是说,这里的村民还经常用自制的枪支上山打猎。"杨大队说,"最先失踪的村民叫房塔先,50岁了,打猎达人,也因为自制枪支被我们拘留过。但可能打猎上瘾吧,他还是经常打猎。据说,他今早7点就离家了,去打猎。"

"一个人吗?"我问。

"那就谁也不知道了。"杨大队说,"他一般都是中午时分就回来,干粮都没带。到中午的时候,他老婆杜鹃见他还没有回来,就打他的手机。"

"这山里有信号?"我拿出手机看了看,很意外,信号居然是满格的。

杨大队点点头,说:"结果手机一直无人接听,所以杜鹃很担忧,约上几户亲戚邻居进山里找。大约在下午4点的时候,就在这山顶上,找到了房塔先的枪,然后顺着山坡往下看,就看到仿佛有一个人的腿。"

"看来是失足落入山谷摔死了?"大宝问。

杨大队说:"村民们开始也是这样认为的。因为山坡比较陡,杜鹃是根本不可能下得去的,所以是她的儿子房三门先下了坡。在下到一半的时候,房三门突然脚一滑,也滚落了山谷。当时山顶的村民就一个劲儿地喊,可是房三门在滚落停止后,就再没动弹过一下。"

"死了?"我惊愕地问道。

"不知道。"杨大队摇摇头,说,"情急之下,房塔先的两个弟弟,房塔南和房塔北相互搀扶往下爬,似乎也是在房三门跌落的地方突然失足,然后跌落,跌落后也没有再动弹。"

"这就奇怪了。"我说,"毕竟不是自由落体,这种坡度滚落,也不至于立即丧生啊。就算是被硬物磕伤了脑袋,瞬间丧失意识,也会很快恢复啊。而且,也不至于那么巧，都在一个地方失足，都被撞到了脑袋啊。"

"邪门就邪门在这里。"杨大队说，"当山顶的村民不知所措的时候，来了一个强壮的小伙子，叫房玄门，是房塔先、房塔南和房塔北的堂侄子。这个小伙子天天都在山里打山货，那身体可是非常棒，攀岩什么的都不在话下，这种小土坡更是不算啥了。他也是跟着大家伙儿一起找房塔先的，此时正好走到了这个山顶。听说自己的几个堂叔伯和自小交好的堂弟一起掉下去了，顿时就急了，顺着山坡就往下爬。"

"结果也是在同一地方失足，然后直接丧失意识？"大宝说。

杨大队点了点头，说："这一来，就等于掉下去了五个人。村民们一时炸开了锅，说这就是传说中的食人山谷。"

听到这里，林涛往我身后挪了挪。

"传说？"我问。

"八百年前的传说了。"杨大队说，"我从小就听着这个传说长大。说是有一个山谷，可以吃人什么的，但从来也没听说过谁被吃掉。"

"现在不是吃人了吗？"大宝说。

2

"也就是说，现在还没有人能下去探一探是什么情况？"我问。

"我们的派出所民警到达现场后，也采取了措施。"鲍所长说，"当时一个年轻民警，也是山里长大的，就急吼吼地准备下去看看怎么回事。好在跟着一起去的副所长比较有经验，等消防队员来了以后，就让他和一个消防队员腰间拴了绳子一前一后往下爬。民警是先下去的，在爬到一半的时候，突然就滑落了。而在上方的消防队员则好得很，很快就拉住绳子把民警拉了上来。"

我摸着下巴，若有所思。

"拉上来以后，这个民警就翻着白眼，消防队员给他做了心外按压，他很快就恢复了意识。"鲍所长接着说，"我们问他怎么回事，他完全不记得自己为什么会跌落，为什么会突然丧失意识。"

"这……这山谷真的会吃人？"林涛颤抖着说。他听完这骇人听闻的故事，对食人山谷这回事，深信不疑。

"别那么迷信。"我笑着说，"哪里会有什么吃人的山谷？据我分析，很有可能是山坡下方积聚了些有毒的气体，这些气体因为比空气重，所以沉积在下方。你们咨询过附近的医生或者村民，会有什么有毒气体的可能吗？"

"问了，没人知道。"杨大队说，"我们也考虑了这个问题，消防队正在调氧气罐和防毒面具。"

"没关系。"我一边说，一边蹲下来，打开勘查箱，从勘查箱里拿出一个像猪嘴一样的东西，说，"这是我们最近新买的防毒面具。口鼻周围都可以完全封闭，只从下方的通气孔里进出气，而通气孔上方是一些高分子吸附材料，可以完全吸附大部分有毒气体，戴上这个，就安全了。现在，谁下去？"

"反正你不能下去。"大宝说，"一来，你是我们勘查组组长，不能冒险。二来，你那体重，啧啧，上次你下崖，我们都拽不动你。"

"去你的。"我拍了一下大宝的脑袋，转眼看向林涛。

"我不去。"林涛抱着肩膀不假思索地说。

"我去吧。"大宝从我手上拿过防毒面具，戴好后熟练地做了测试，然后竖起两个手指。

消防队员在大宝腰间系了长绳，把大宝一点点地往山坡下放。

所有的民警都用勘查灯为大宝照明。十几盏强光灯把大宝爬行的路线照得雪亮。

在我那不祥的预感到来的同时，我们手中的绳子突然一沉，大宝仿佛悬在了半空。

"快！快拉！"我一边疯狂地拉绳子，一边歇斯底里地大叫。

大宝平时憨笑的样子，躺在病榻上的宝嫂，这一幕一幕飞快地在我的脑海里闪现。我清楚地知道，我们不能没有大宝，勘查组不能没有大宝，宝嫂不能没有大宝，大宝绝对不能出事。

很快，大宝摇摇晃晃地被拉上了山顶。我迅速摘除了他的面具，见他牙关紧咬，仿佛没有了呼吸。我浑身颤抖着伏在他的胸膛上听了听，心跳也不明显。

我赶紧对他进行胸外按压，喊道："我错了！我不该贸然让你下去！快醒过来！你这样我怎么向宝嫂交代啊？！"

话音未落，大宝醒了过来："怎么了这是？突然就断了片儿，和喝醉了一样。"

我瘫坐在地上，浑身无力。

林涛擦了擦额头上的冷汗，说："没事吧？"

"没事。"大宝坐起身来，拿过身边的防毒面具，说，"真是邪了门了！显然不是有毒气体在作祟，那会是什么？"

"真的是会吃人的山谷吗？"林涛复述了一遍。

我因为受惊过度，都无法站起，更别提反驳林涛了。再说了，现在的我根本就没有任何理由和依据来反驳林涛。我似乎对这个传说，也有了一丝相信。

"有望远镜吗？"身边一直沉默不语的韩亮突然发声。

"哦，有的，还是红外的。"一名消防队员在背包中翻出了一个漂亮的望远镜。

韩亮接过望远镜，朝四周看去。

良久，韩亮说："我知道是怎么回事了。"

"怎么回事？"我终于可以勉强站起。

"这里，应该就是二氧化碳湖了。"韩亮慢慢地说道。

"二氧化碳湖？"林涛显然闻所未闻。

"对，就是二氧化碳沉积在一个封闭而低下的空间，形成了一片看不见的湖泊。"韩亮说，"二氧化碳比氧气重，一般都会位于低下的位置，但由于空气的流通，也不至于集中沉积在某一位置。现场的环境，我刚才用望远镜观察了，四面环山，还都是小山丘。这样的地形，加之晴朗过久，没有空气流通，就会在山丘围起的中央山洼里，形成一片高浓度的二氧化碳湖，就像湖水一样，只是看不到罢了。"

"真不愧是活百科啊。"我叹道，"每次人下到一个位置，就会立即失去意识，就像是落水了一样，那个位置，就是二氧化碳湖的湖面位置。"

"二氧化碳能致命？"林涛说。

"当然可以！"我说，"二氧化碳潴留，就是导致窒息的原因啊。"

虽然我没有听说过二氧化碳湖的说法，但是我知道高浓度的二氧化碳也是很危险的。

"可是……可是，"林涛努力地组织语言，"我们就是憋气不呼吸，也能支撑两分钟吧！为什么人一进入那个什么二氧化碳湖，就会立即失去意识？"

我说："你说的那只是暂时缺氧，而体内二氧化碳浓度并不会增高。二氧化碳不能算有毒气体，但是确实可以致命，也有二氧化碳中毒的说法。在正常情况下，人体呼出的气体中二氧化碳含量只有4.2%，血液中二氧化碳的分压高于肺泡中二氧化碳的分压，因此，血液中的二氧化碳能弥散于肺泡。但是，如果环境中的二氧化碳浓度增加，则肺泡内的二氧化碳浓度也增加，pH值发生变化，由此刺激呼吸中枢，最终导致呼吸中枢麻痹，使机体发生缺氧窒息。低浓度二氧化碳对呼吸中枢有兴奋作用，高浓度二氧化碳则对中枢神经系统有麻醉作用，常伴有空气中氧含量降低所致缺氧血症，同时还能抑制呼吸，导致一系列中枢神经症状。"

"二氧化碳也会这么危险？"林涛仍是怀疑。

"危险的，是高浓度的二氧化碳。"我说，"突然进入高浓度二氧化碳环境中，大多数人可在几秒钟内，因呼吸中枢麻痹，突然倒地死亡。部分人可先感到头晕、心悸，迅速出现谵妄[①]、惊厥、昏迷。如不及时脱离现场、抢救，容易发生危险；如迅速脱离险境，病人可立刻清醒。若拖延一段时间，病情继续加重，会出现昏迷、发绀、呕吐、咳白色或血性泡沫痰、大小便失禁、抽搐、四肢强直。查体可发现角膜反射和压眶反射消失、双侧病理征阳性等。教科书上是这样写的。"

"也就是说，我和那个民警没在几秒钟之内死亡，全靠运气？"大宝心有余悸地看了一眼山谷。

"也不是这样，你们一失重，我们就立即让你们脱离了高浓度二氧化碳的环境，这一般是不会有事的。"我说，"不过你刚才确实身处险境，这全怪我。我完全没有想到二氧化碳湖这一情况，以为你戴了能够防毒的面具，就没关系了。其实这种防毒的面具是不可能吸附二氧化碳并产生氧气的。"

"这个不怪你，要不是大宝告诉我们底下的情况、你提了一嘴有害气体，我也想不到二氧化碳湖这回事。"韩亮安慰我道，"我也是有次看登山杂志看到的。二氧化碳湖本来就是一种极其罕见的情况，是在特殊的环境下形成的。要在空气流通不畅、山洼封闭、无风、无阴雨等条件同时具备的情况下，才有可能形成这种'吃人'的二氧化碳湖。"

"我明白了。"我说，"这里光照不足，植物消耗氧气，产生二氧化碳，四周又都是陡坡，空气无法流通，慢慢地就会在山坡下部聚积高浓度的二氧化碳了。其实二氧化碳中毒的事件，我在实习的时候遇到过。当时我的带教老师在勘查一个位于下水道的现场，他在沿着下水道下去的过程中，突然失去意识，好在周围有很多人，大家憋着气把他拉了上来，抢救一番才缓过神来。"

---

① 谵妄，由高热、中毒以及其他疾患引起意识模糊、短时间内精神错乱的症状，如说胡话、不认识熟人等。

"你以前也遇到过二氧化碳中毒的事件？"韩亮问。

我点点头，说："那次令我印象深刻。但我一直以为，能够积聚高浓度的二氧化碳的，肯定是像下水道这种密不透风的地方，完全没有想到这种开阔的旷野，也会出现二氧化碳湖。"

"那现在怎么办？"大宝问。

我说："唯一的办法就是等消防队把氧气面罩调来。"

"那下面的五个人，是不是已经没救了？"一个村民哭丧着脸问道。

我叹了口气，说："节哀吧。他们在那种高浓度二氧化碳环境里，是熬不过一分钟的。"

说话间，三四名消防队员背着几副沉重的带氧气罐的防毒面具爬到了山顶。

领头的一个中尉说："消防车开不上来，只能靠人工，所以慢了点儿。"

杨大队点点头，说："辛苦你们了，现在我们派几个人下去吧。"

"我去。"大宝说。

"别！"我立即制止了他，说，"你还虚弱，还是我下吧。"

"都别争了。"中尉指了指身后的几名消防战士，说，"这种事情，我们比你们有经验，我们几个下去就可以了。"

说完，他们就开始往身上挂氧气瓶。

我感激地点点头。消防部队，这是一支伟大的部队，火灾、爆炸、地震、泥石流……不管多么危险，他们都要逆向前进。作为和平年代牺牲最多的队伍，他们用自己的鲜血保护着人民。

消防战士们穿戴完毕后，我要求他们务必反复检查密封装置和氧气供输装置。在确定没有问题后，四名消防队员腰拴保险绳、身背氧气瓶，开始朝这个"吃人"的山谷进发。

其他人更是加大力度为他们照明。

怀着忐忑的心情，我们终于看到几名消防战士平安下到了大宝失足的位置，仍然没有什么问题。

"看来韩亮的推断是完全正确的。"我高兴地说道，心里琢磨着怎么取证并保存证据。

"下面的同志，你们可以找到二氧化碳湖的湖面位置吗？"我一边扯着嗓子喊，一边让林涛举起摄像机准备拍摄。

中尉很聪明，简单思考以后，重重地点了几下头，然后向上攀登。

攀登到大宝失足的位置附近后，中尉一手抓住绳子，一手从口袋里掏出一个打火机，点着了。

中尉举着打火机往下爬行，不一会儿，打火机熄灭了。中尉重新往上爬了一截，再次点燃打火机，然后俯身把打火机往下放，很快打火机又熄灭了。

中尉在打火机熄灭的地方插了一块反光板，反光板在山顶诸多勘查灯的照射下，闪闪发亮。中尉指了指反光板，做了个手势。

我知道中尉找到了二氧化碳湖的湖面位置，林涛也完成了摄像。证据确凿！

找到湖面后，中尉继续下行，很快就到达几具尸体所在的位置。说起胆子大，消防队员也算得上。在亡人灾害现场，消防队员经常会发现尸体并需要抬出尸体。所以在法医和刑警之后，消防员也是一个不怕尸体的警种。

几名消防队员身上已经挂着沉重的氧气瓶，此时，还要在这种陡坡上运送更加沉重的尸体，实在是一件非常困难的事情。

中尉知会队员们先在尸体上捆上绳索，然后用简易担架衬垫，与山顶上的人们合力把尸体一点儿一点儿往上运。

在尸体高过了反光板之后，山顶上的几名消防队员又往山下运动，在二氧化碳湖面以上进行接应。我们见状，也不闲着，戴上手套，帮助消防队员一起把尸体一具一具拉上了山顶。

五具尸体的运送工作，进行了三个多小时，直到天边泛起了鱼肚白，才全部完成。

在中尉和几名消防队员摘下面罩以后，我发现他们早已被汗水浸透。

"那这里就交给你们了，五名受害人已经全都死亡了。"中尉遗憾地说道。

我点了点头。

在运送尸体的时候，我就感觉到五名死者的尸僵已经全部产生了，由此判断，他们已经死亡十二小时左右了。

殡仪馆的工作人员此时已经等候在山顶，并着手把尸体抬到山脚下的停车场。

"你们还要验尸吗？"一名村民怯怯地问。他是村主任，代表村民来和我们谈话。

"所有非正常死亡，都是要经过尸表检验的。"我说。

"可是，他们几个人，都是我们眼睁睁看着掉下去的。"村主任说，"还是不要验尸了吧，我怕他们家人受不了。"

山里人还是比较保守的，对于尸体解剖这种事情，想都不敢想。

"那可不行。"我坚决地说，"我们必须按照程序来办事。这样吧，既然案情比较明朗，我们只做尸表检验，看一看尸体是不是存在窒息征象。最多，哦，我是说最多就抽一管心血。"

村主任低头思考了一会儿，说："那好吧，麻烦你们了。"

3

重新回到停车场，我对韩亮说："把轮胎检查好，这山路，最怕爆胎。"

韩亮"扑哧"一笑，显然他知道我这样说的用意，也想起了一些往事。

那是在一年前，我们一起去绵山市出勘一起命案现场，走的也是山路①。在勘查完现场返回县城的时候，车胎突然爆了，若不是当时的驾驶员技术超群，怕是我们都要葬身山崖。现在想起来，依然心有余悸。

不仅如此，因为爆胎，他们都嘲笑我的体重。在换上备胎以后，为了表示抗议，我第一个跳上了车，结果备胎又爆了。驾驶员驾驶着备胎没完全爆裂的车，提心吊胆、慢慢地开回到县城不说，这件事情更是让他们嘲笑了我一年。

我从回忆中回到现实，拍了一下韩亮的脑袋，说："笑什么笑！正经点儿，检查车胎。"

这一夜，不仅仅是彻夜未眠，更是体能透支。无论车辆有多颠簸、道路有多曲折，我们上车之后立即沉沉睡去，睡眼蒙眬中听见韩亮在叫："喂，别睡啊，你们睡了我怎么办？喂，来个人陪我说说话啊，我也困！"

好在韩亮并没有被困神击倒，他安全地把我们带离了群山的怀抱。

"帮人帮到底，送佛送到西。"杨大队停下车，敲了敲我们的车窗玻璃，说，"既然你们都来了，虽然死因都已经很明确了，但还是帮我们一起把案件办妥当吧。"

我知道杨大队"把案件办妥当"的意思，就是帮助他们完成五具尸体的尸表检

---

① 见法医秦明系列万象卷第四季《清道夫》中"深山屠戮"一案。

验。我知道不是杨大队对自己人的技术能力没信心，而是他们太累了。这时候多出我和大宝这两个"壮劳力"，那可要轻松不少。

"哦。"刚刚醒来，嗓子有些沙哑，我直了直身子，看了看手表，说，"那是必须的。一来，在村主任面前是我坚持要按程序检验尸表的，我不在尸检现场如何向村民解释？二来，我们算是睡了三个小时，韩亮则是一直在和自己作斗争，他太困了，不能再继续往省城开了。他休息的时间，正好就是我们尸检的时间。"

韩亮使劲点了点头，说："现在给我的眼皮支上牙签，都能把牙签给夹断。"

"那我们找个房间给韩亮休息，你们坐我的车去殡仪馆。"杨大队说，"尸检完事儿，再回去。"

殡仪馆的运尸车行驶比较缓慢，我们又在杨大队的车上沉沉地睡了一觉。上午10点，五具尸体全部拉到了殡仪馆。

按照群体性死亡事件的尸检要求，我们花了十分钟的时间做好了识别标尺。所谓识别标尺，就是在拍照用的比例尺上贴上一张纸条，纸条上分别写上死者的姓名以及案发的时间。

刑事摄影中，不仅要对尸体的全貌照相，也要对各个部位进行细目拍照。拍细目照片，就是拍人体的某个部位、某个细节。单单是一个死者的时候，随便怎么拍都没有关系。但如果是多个死者，通过一张简单的部位或细节照片，不可能辨认出它是属于哪个死者的。一旦照片混淆，证据体系也就完全混淆了。所以在群体性死亡事件中，必须明确每一张细目照片是属于哪名死者的。在照片必需的比例尺上粘贴死者姓名，是最好的办法。

"按照跌落山崖的反序，我们尸检的顺序以及尸体编号分别是：一号尸体房玄门，二号尸体房塔北，三号尸体房塔南，四号尸体房三门，五号尸体——一切因之而起的房塔先。"我依次说道。

林涛按照我说的，在五本尸体检验记录本上进行编号和书写，而大宝则根据尸检见证人村主任的辨认，把五个贴有姓名的比例尺放到相应的尸体上。

"我们分组进行，我和大宝一组，林海法医带一组。"我一边穿解剖服一边说，"尸表检验比较简单，关键是对每名死者的衣着进行拍照、检查，然后检查尸体关键部位有没有损伤，最后观察窒息征象。"

"二氧化碳中毒的根源，还是呼吸中枢麻痹，导致窒息死亡。"大宝说，"所以尸体应该有心血不凝、口唇青紫、指甲发绀、尸斑浓重的征象。"

"心血是用注射器抽取吗？"林海问道。

我点点头，说："和常规毒物检验摄取心血的办法一样，在第四、五肋骨间隙入针，如果能顺利抽出，则是心血不凝的表现。如果有凝血块，针头很快就会被堵住。"

"还要脱衣服？还要扎针？"村主任有些不满。

"为了逝者的尊严，为了万无一失。"我盯着村主任说。

村主任点头认可。

尸表检验按部就班。因为只是简单的尸表检验，工作进行得很快。大约中午11点半的时候，我们两组分别检验了两具尸体。

这四具尸体，除了面部和手部有一些细小的擦伤，没有其他损伤。而这些细小的擦伤，很容易理解，就是在滚落山坡的时候，被灌木划伤的。因为此时已经入冬，天气渐冷，加之山里气温更低，所以村民们都已经穿上了小棉袄，有了较厚的衣服保护，擦伤也就仅限于手部、面部等暴露部位。四名死者的尸僵都已经形成并到了最硬的程度，死亡时间和村民们反映的时间也是吻合的。另外，四名死者的窒息征象都非常明显。从这四具尸体的表象来看，完全符合村民叙述的死亡过程，没有任何疑点。

这也是我们之前就料到的，只是按照程序把必要的工作完成罢了。

此时，杨大队已经看出了我和大宝的疲惫，让我们脱去解剖服，到一旁的更衣室休息。最后一具尸体——房塔先的尸体，交给林海一组继续进行。

我们还没在更衣室里坐下，就听见解剖间里一阵惊呼。我和大宝慌忙跑过去看。

"怎么了？"我问。

"奇怪了！死者的内衣上有血！"林海说。

我抬眼望去，果然看到死者白色的衬衫上有殷红的血迹。

我和大宝赶紧重新穿上解剖服，帮忙收拾死者的衣服。

"死者的右侧季肋部①下方有个圆形的小孔！"林海说。

"啊！死者的左侧肩膀后方有一个圆形的小孔！"林海的助手也有了发现。

"枪弹伤！"大宝惊叫道，"难道这里还隐藏着一个案件？"

村主任在一旁插话："怎么可能？！打猎，也有可能误伤自己啊！"

---

① 季肋部，指的是上腹部靠近肋骨下缘的位置。

我拍了一下自己的脑袋说："我真是笨，这么重要的问题都忽略了！"

"什么问题？"林涛问。

我说："可能是太困的原因吧。你记得吗？我们到现场的时候，杨大队就介绍了案情。村民是怎么知道房塔先掉落在现场那个山坡下的？"

"先在山顶看到了他的枪，然后看到了山坡下有他的腿。"大宝说。

"就是啊。"我说，"一个猎人，怎么可能让枪离开自己，然后自己不带枪，贸然下山坡？不可能啊。"

"是啊，你说得有道理。"林涛说，"在看尸体之前，我们就该想到，房塔先为什么会跌落山崖，还没有带枪。他跌落的理由自然和其他四个人不一样。"

"是啊，我们忽视了这一点。"大宝说，"房塔先是在中枪后，跌落山崖的。"

"可是，为什么现场没有血啊？"林涛说。

"因为冬天穿的衣服太多了，加上枪的威力又不大，口径也不大。"我说，"在衣服上和皮肤上钻出来的小孔，很快被外层衣服和皮下组织堵上了，所以血液流不出来。"

"可是，尸体的窒息征象很明显啊。"大宝拿起死者的十指，说，"按理说，内脏被击穿破裂、失血死亡，都不该有这么明显的尸斑和这么明显的窒息征象。"

"那是因为他被击伤后，滚落山崖，在失血死亡之前，就已经窒息死亡了。"我微微一笑，说。

"分析得有道理。"村主任捋了捋长胡子，说，"那就这样吧，麻烦政府了。"

"这样可不行。"我说，"我们要解剖尸体。"

"我说了这不可能是命案！"村主任跳了起来，"他打猎误伤了自己，跌落山崖，还连累这么多青壮年的村民跟着死！这事儿已经够大了！你们不能再解剖尸体！谁敢解剖，我就去上访！"

"上访也要有理由，老同志。"杨大队前来调停，"《中华人民共和国刑事诉讼法》规定了，在死因不明的情况下，公安机关有权决定解剖。"

村主任仍在解剖室外跳脚，坚决反对解剖。杨大队皱了皱眉头，朝身边的刑警使了使眼色。两名刑警把村主任拉进了警车。

"先办手续吧。"我说，"通知死者家属到场，如果死者家属拒绝到场，在笔录中注明，然后我们照常解剖。"

"可是，村主任说得不错，看起来这个案子并没有什么疑点。"林涛说。

我说："不管有没有疑点，出现了可以致命的损伤，我们就必须搞清楚原因。死者身上的损伤是不是枪弹创，两个洞眼哪个是入口哪个是出口，死者处于什么姿势，子弹如何打入，这些问题都是需要解决的。"

"又是猎户，又是圆孔损伤，肯定是枪弹创啊。"大宝说。

"可不要先入为主。"我说，"记得两个月前的那个早点西施案吗？若是简单地相信调查情况，认定是枪伤，那可就误导了侦查了。"

"不过说来也奇怪，一般枪弹创的出入口都是有区别的。这具尸体上看到的就是完全相同的两个圆洞，说不定还真是无刃刺器损伤。"大宝说。

"这我也不认可。"我说，"无刃刺器一般是很难贯穿整个人体的。我奇怪的是，猎户用的，不都是霰弹枪吗？"

枪支分为霰弹枪和膛线枪，霰弹枪发射区域大，但射程近，一般被用于狩猎。膛线枪则是我们平时知道的制式枪支，射程远、精度高。

"我们这'湖东造'，还真就不仅限于霰弹枪。"杨大队说，"在我们收缴的枪支中，很多都是膛线枪，因为是手工制作，所以没有军工厂生产的膛线枪精致。'湖东造'的膛线枪，威力不太大，但好歹是膛线枪。"

"死者带着的？"我问。

杨大队说："他带的就是一把四十厘米长的膛线枪。"

"哦，那一切就好解释了。"我说。

说话间，一名民警驾驶着警车风驰电掣般地开到了解剖室门口，如果不是及时刹住，我还以为他要开上解剖台呢。

"手续办好了。"民警说，"家属杜鹃，同意解剖。"

这个结果倒是出乎意料，我们暗暗地称赞杜鹃的深明大义。

尸体解剖立即进行。因为已经完成了尸表检验工作，我们就直奔主题了。

打开死者的胸腹腔后，我们沿着两个圆孔之间的创道进行了细目解剖。看起来，子弹是从肩膀后侧进入，打碎了肩胛骨的上端，然后击破心包，掠过心脏，穿过膈肌，打碎了肝脏，在右侧季肋部出了身体。

"力量如此之大，肯定是枪弹创了。"大宝下了结论。

"不仅如此，"我说，"损伤部位生活反应明显。损伤不仅限于创道，周围的组织也有挫碎，这是弹后空腔效应导致的，也可以完全印证这就是一个枪弹创。"

"体内出血少，肝脏虽破，但是不会马上致命，心脏没有破裂，说明他是受重伤后，跌落山崖，然后和其他人一样，二氧化碳中毒死亡。"

"死因明确了，死亡时间呢？"大宝一边说，一边打开了死者的胃。胃内的稀饭和咸菜都还成形，大宝说："初步消化，十二指肠内还没有食物进入，结合胃内容物形态，符合他早饭的成分，所以他应该是上午9点之前就死亡了。"

我点点头，说："这是什么？"

顺着我的止血钳看去，死者左侧季肋部后面的胸廓上有一片出血区。

"这是左侧季肋部，子弹穿出是在右侧季肋部，这显然不是枪弹所致。"大宝说完，用手术刀对出血的位置进行了分离。

分离完毕，我把手伸进尸体的腹腔探查，说："是第十二肋骨骨折。"

"哦，这个可以理解，滚落山崖的时候形成的。"大宝说。

我皱皱眉头，没有说话。

"现在问题来了。"大宝说，"这两个创口，到底哪个是射入口，哪个是射出口？"

"是啊，这确实是个问题。"我说，"衣服上也看不出火药痕迹，形态也完全一致。"

在膛线枪射入口和射出口的分辨中，还是有很多依据的。比如子弹射入时是高速旋转的，容易导致射入口皮肤缺损、焦灼，而射出口则大多呈现星芒状挫裂创，没有皮肤缺损，也没有焦灼。

可是，眼前的这具尸体，身体上的两处创口，形态几乎是完全一致的。

"从我们的经验看，我们这里自制的膛线枪，因为威力不大、弹头旋转不够强烈，所以经常会导致类似单刃刺创的枪弹创。"杨大队凑过来说，"几乎是不可能从皮肤创口上判断哪个是射入口、哪个是射出口的。"

"既然不能从尸体上直接看出来，不如就直接从弹道上判断好了。"林涛说，"我们痕迹检验研究的就是手、足、工、枪、特五种痕迹[1]，枪弹算是其一。"

"那你分析一个我看看。"大宝说。

林涛说："如果肩膀上这个是射入口，那么死者自己肯定是无法完成的。那么

[1] 手、足、工、枪、特五种痕迹，痕迹检验鉴定的五大范围，即手印、足迹、工具痕迹、枪弹痕迹和特种痕迹。

长的枪，怎么翻转枪口，对准自己的肩胛后部？肯定不可能。"

"那若是别人形成的呢？"大宝追问。

林涛说："如果是别人形成的，怎么会有那么大的身高差，可以形成从上到下几乎垂直于地面的枪伤？如果右腰部是射入口，那么就很容易理解了。死者右手拿着枪，枪口朝上，突然走火，子弹从右腰部穿入，从左肩部打出。"

"说得太有道理了！"大宝戴着手套的手，鼓起掌来发出"砰砰"的闷响。

"看起来，林涛说的有一定的道理。"我说，"但是射入口、射出口直接影响到现场的还原，直接影响到案件的定性，不能儿戏。我们切下两个创口周围的软组织，马上送到省厅，让组织病理学实验室的方俊杰科长对这些组织进行组织病理学诊断，看看通过他的显微镜，能不能为我们做一个判断。"

4

五人意外落崖的事故，因为这一处突如其来的枪弹伤而陷入了扑朔迷离的境况。我们显然一时半会儿也走不了了。方科长在电话中说，最快也要到明天早晨才能出结果。我们在现场傻等也没用，就纷纷回到宾馆倒头补觉。

我这一睡不要紧，直接睡到了第二天清晨才醒来，直感觉肚子饿得快要罢工了。

我连忙叫起了大宝、林涛和比我们睡得还早的韩亮，一起到街边的铺子里喝一碗牛肉汤。正喝着，我们看到一辆省厅牌照的警车停在了对面的宾馆门口。

"哎？老方怎么来了？"大宝嚼着饼，含糊不清地说。

我隔着马路，喊住了组织病理学实验室的方俊杰科长，叫他过来一起吃早饭。

"清早出了结果，我就赶紧过来了。"老方说，"这结果有些出乎意料，我觉得在电话中讲不清，就找车队派了车，送我过来了。"

"一个案子派两辆车出勘，你不怕别人说你浪费纳税人的钱啊？"大宝还是满嘴食物，含混不清地说。

我用筷子敲了一下大宝的脑袋，转头对方科长说："什么情况？"

"从组织病理学的结论来看，"老方说，"肩膀上的，才是射入口。"

"啊？"我们三个人异口同声，把邻桌的几个姑娘吓了一跳。

几个姑娘看到了一脸惊愕的林涛，转头嬉笑议论。

"等会儿再说。"我环顾四周，说，"回宾馆房间再说。"

匆匆吃完，我们一起回到了我的房间。我打开电脑，接过老方递过来的U盘，点开了U盘里的几张照片。

"你们看，"老方说，"这几张是肩膀上创口的软组织切片。我们可以看到，在显微镜下，创口边缘的皮肤组织有卷曲，还有细胞的灼伤坏死。而在腰部的软组织切片上，我们就看不到这样的情况。"

"仅仅依靠这一点细胞坏死能定吗？"我问。

老方摇摇头，说："那还欠缺了一点，但是我在切片里发现了这个。"

说完，老方切换了一张显微照片，说："肩膀创口周围的肌肉组织里，有几根纤维！这几根纤维经过HE染色①可能变色了，但是依我的经验，大概可以判断这是绿色衣物上的纤维。"

"死者里面穿着白色衬衫啊。"大宝说。

"可是外面确实是一件绿色的迷彩服！"我说。

"可是，这又能说明什么问题呢？"林涛问道。老方的结论推翻了林涛的推断，他是第一个不服气的。

"我们想一想，子弹是单一方向的。"老方说，"子弹从后背的衣服开始，打破衣服，再打破皮肤，然后从体内打破另一侧的皮肤和衣服。也就是说，子弹只会把射入位置的衣服纤维带入肌肉组织，而不可能把射出位置的衣服纤维带入射出口的肌肉组织。否则，子弹就逆行了。"

"我懂，很有道理！"我点头认可。

林涛一时有些蒙，想了半天，他也缓过了神，说："可是……可是会不会是你把我们取下的两块组织弄混了啊？"

"这在我们法医组织病理学实验室，是不可能发生的事情。"老方斩钉截铁地说，"一来，我们取材的时候，会严格分门别类；二来，从镜下也可以看出肩膀部位和腰部的皮肤、肌肉细胞排列的不同。所以，不可能弄错。"

"那就奇怪了，什么情况下，子弹能从肩膀后面垂直于地面打进身体呢？"林涛挠着后脑勺。

房间里顿时安静了下来，大家都在静静思索，只能听见我点击鼠标的声音。

---

① HE染色，全称苏木精—伊红染色法，是一种用于病理分析的染色技术。

"我知道是怎么回事了。"我重重地呼了一口气，鼠标停留在电脑屏幕显示的一张图片上。

大家都来看电脑。

"房塔先的脚？"林涛说，"这能说明什么啊？"

"你之前说，如果肩膀上的是射入口，那么死者自己是绝对不可能形成的，这点我是认可的。只是你说别人也形成不了，我现在发现能反驳你的依据了。"我笑着说，"你看啊，死者的鞋带是散开的。"

看着大家眉头紧锁的样子，我继续说道："我们假想一下，如果死者因为鞋带散开了，蹲下身来系鞋带，那么是不是就可能有人从他的左侧肩部垂直于地面打上一枪？"

林涛点点头，随即又倒吸一口气："啊？你……你是说，这是一起命案？"

我点了点头。

"但……我们仅靠这一点就确定这是一起命案？"大宝说，"依据足够吗？侦查部门会因此而立案侦查吗？"

"当然不仅仅是这一点。"我说，"之前，我就一直有个疑惑。如果是在山顶上自己误伤了自己，也不会立即跌落山坡啊，这又不是在拍电视剧。"

"那……是被别人扔下去的？"大宝说。

我指了指照片中房塔先的尸体，说："这人有180斤吧？谁也没那么容易扔他下去，但是踢他，让他滚动起来，滚下山坡还是有可能的。"

"我知道了，你说的是死者第十二肋骨骨折的事情。"大宝说，"那为什么不能是摔的呢？"

我点头赞许，接着说："首先，骨折的地方，有不少出血，说明不是死后损伤，也不是濒死期损伤，而是生前损伤。其次，骨折的是第十二肋骨。你们都知道，和别的肋骨不一样，第十二肋骨很短，且一端是游离在腹腔的，韧性十足。如果是摔跌或者和平面物体撞击，那么断的应该是其他较为坚硬、固定的肋骨。第十二肋骨断了，只有可能是突出的物体直接击打在第十二肋骨上，才会导致这根孤零零的肋骨骨折。"

"我明白了。"大宝说，"一个人趁房塔先系鞋带的时候，对他开了枪。他倒地后，那个人又踢着他的腰部，把他踢下了山坡。房塔先在滚落到二氧化碳湖湖面以下时，立即窒息死亡。整个过程就是这样了。"

"还有一点，就是这个人可以拿着枪站在房塔先的身边，房塔先还毫无防备。"我说，"这是犯罪分子刻画。"

"即便刻画了，还是很麻烦啊。"林涛说，"第一，从前期调查看，房塔先到底是一个人去打猎，还是约了别人一起去打猎，没有人看到。第二，即便有人看到了他和谁一起去打猎，我们也没有任何可以甄别犯罪嫌疑人的依据啊。没有任何证据，如何谈破案？"

林涛说的是事实，大伙儿又一次陷入了沉思。

"先把情况向县局通报吧，事不宜迟。"我说，"我们要相信侦查部门能够查出这个背后打黑枪的人。"

"现在想想真是后怕。"大宝说，"如果真的依了村主任，不进行尸表检验，尸体一烧，就真的产生冤魂了。"

"冤案就冤案，什么冤魂？"林涛瞬间脸色苍白。

"所以说，法律和规范的制定，都有它的道理。"我自豪地说，"既然有这些规范，我们就必须严格执行。"

说这话的时候，我想起了数年前，我第一次出勘命案现场。死者是我的同学饶博[①]。若不是严格的尸检，怕是也无法对几名伤害他的犯罪嫌疑人进行追责了吧。

虽然我们的这个勘查结果有些出乎意料，但是我们言之凿凿，杨大队和诸多侦查员也并没有提出异议。

按照我们的部署，侦查员们开始对全村的村民进行排查，排查那些和房塔先较为熟悉，而且喜欢打猎、具备自制枪支能力的人。

在我的要求下，重点排查对象是以前和房塔先结伴打猎的青壮年。我觉得，能用脚把一个180斤重的人踢下山谷，必然是个青壮年男性。

而林涛在会后，提出再赴现场的要求。

"你是说，要我们寻找弹头弹壳？"我惊讶地说，"那么空旷的地方，怎么寻找那么小的东西啊？"

"找不到也要找。"林涛说，"我的牛都已经吹了，枪痕检验是我们痕迹检验专业的专长。事实也是如此，一旦我们找到弹壳或者是弹头，就可以依据那上面的

---

① 见法医秦明系列万象卷第一季《尸语者》中"初次解剖"一案。

痕迹来和发射它的枪支进行比对。"

我也知道，枪支撞针①打击弹壳底火的时候，在弹壳上留下的痕迹都是很有特异性的。而枪管里的膛线在弹头上形成的痕迹，也一样可以作为同一认定的依据。也就是说，案件至此，只有弹壳和弹头，才是可以作为证据的线索。

"我要是凶手，一定会把弹壳带离现场。"大宝说。

"是的。但是，弹头穿过人体，从上往下，打进泥土里，怕是连凶手都找不到吧。"林涛说。

"连凶手都找不到的东西，我们怎么找？"大宝说，"我们连开枪的地点都不能认定。况且，现在我们重新回到现场，天又该暗了，光线不足啊。"

"那是因为凶手啥也没有。我们嘛，即便是天黑，也不怕！"林涛神秘一笑，从勘查车的后备厢里拿出一个物件，说，"你们看看这是什么。"

这是一个长相和战争年代的探雷器一模一样的东西，只是小了很多，大小和一个大号的锅铲子差不多。

"这不是鬼子的探雷器吗？"大宝说。

"道理是一样的。"林涛说，"这是金属探测器，我把这玩意儿改良了，很小，易于携带，而且探测效果确实棒棒的。"

说完，林涛把探测器在我的身上扫了一下，在放钥匙的裤袋处发出了"嘀嘀嘀"的声音。

"那你还不如把机场安检的物件拿过来直接用。"我嘲笑林涛的故弄玄虚。

"和那个差不多，反正很好用就是了。"林涛尴尬地说。

虽然我知道金属探测器这个东西，但是以前我们很少用它。毕竟在现代化社会，到处都是金属，所以用这个东西在一般现场寻找金属，一点儿也派不上用场。可我没有考虑到的是，在这个被植被覆盖的山顶上，想靠肉眼来寻找一个小物件，难度不亚于大海捞针，这个金属探测器反倒能派上用场，毕竟荒山野岭，鲜少有金属制品，干扰因素大大减少。

据说，他们只用了半个小时，就找到了弹头的位置，然后用了十分钟，就从泥土里挖出了弹头。

---

① 撞针，指的是枪械击发装置中用以撞击底火、发射子弹的机件，通常以硬金属如钢、钛做成粗针状。

之所以用"据说"，是因为我实在爬不上山坡了，在车里等着他们凯旋。

找到了这枚弹头，不仅仅印证了方俊杰的推断——子弹是从上往下打的，也为破案坚定了信心。有了这个确凿的证据，只要能找到枪，我们就能进行认定。

我们一路哼着小曲儿回到了专案组，专案组还不知道我们这个好消息。在杨大队的率领下，所有的侦查员都眉头紧锁，翻看着卷宗。

"我们找到证据了！"我从物证箱里拎出一个物证袋，袋子里装着一个黏附有泥土的弹头。

"真的吗？"杨大队异常兴奋，说，"我们也有嫌疑人了。"

"哦？怎么发现的？"我问。

"通过一系列梳理，我们知道了有八九户人家是有枪的。"杨大队说，"但这些枪是不是都藏起来了，谁也不知道。所以，我们用了一招'打草惊蛇'。"

"打草惊蛇？"我惊讶道，这破案就和打仗差不多，三十六计都用得上。

"我们请示了市局，然后在村里张榜公布。因为这起原本大家都认为是意外事故的案件，涉嫌枪杀案，所以我们对所有的枪支都进行了摸排。"杨大队说，"现在公安局完全掌握了枪支的动态，并要进行搜查。今天晚上为最后期限，如果在这之前上交枪支，一律不拘留，只罚款。如果不交，就会按照涉嫌杀人进行处理。"

"结果，所有人都交了枪？"我说。

"是的，除了村主任家。"杨大队说。

"村主任家有枪？"我问。

"有的。"杨大队说，"而且村主任的儿子房铁门，是房塔先的好友，经常相约打猎。"

"那就很可疑了。"我说。

"不仅如此，我还联想到，村主任一直在妨碍我们解剖尸体。"杨大队说，"当时我就觉得他很可疑。"

"那现在咋办？"大宝问。

"我们已经在部署对他家进行强行搜查了。"杨大队说，"村子里一直有我们的人，所以这段时间，他想出去丢弃枪支都不可能。"

"那我们就回去睡觉，等好消息喽？"我笑着问。

"你们可以，林科长不行。"杨大队拍了拍林涛的肩膀，对我说，"等我们找到枪，还需要林科长立即进行枪支检验呢。"

第二天早晨，见林涛在我隔壁床上呼呼大睡，我就知道，案件已经顺利侦破了。

在强行对村主任家进行搜查的时候，民警还遭到了村民的抵抗。好在杨大队也是山里人出身，对他们还是很有办法的。很快，杨大队就做通了村民们的思想工作，组织民警对村主任家强行搜查。

当杨大队在村主任家的锅灶里发现一把短枪的时候，就确定了房铁门是犯罪分子。枪在锅灶里燃烧，周围的木质部分大部分被烧毁了。

当时杨大队还紧张了一下，好在林涛确定地说，痕迹检验认定，是根据铁质枪管内的膛线进行检验，杨大队才放下心来。

在林涛进行比对的同时，审讯工作也在进行。

房铁门实在找不到自己烧枪的理由，又担心公安机关以包庇罪处理他的父亲，所以他很快就低头认罪了。

房塔先比房铁门大十几岁，但因为他们的共同爱好是打猎，所以自十年前就有很深的交情。本来这一个忘年交是值得珍惜的，但是上了年纪依旧色心不改的房塔先不断地挑战房铁门的心理底线。

房铁门在结婚的时候，就看出了异样。房塔先总是握着房铁门漂亮媳妇儿的手不放。再往后，每次聚会喝酒，房塔先总是要求他带上媳妇儿，然后借酒装疯地揩油。这一点让房铁门很不痛快，毕竟这是个叔叔辈的人，怎么总惦记着自己侄子的媳妇儿呢？

事情还在不断发展。房塔先每次醉酒后，都会在深更半夜给房铁门的媳妇儿打电话，还不准挂。这些龌龊事情，让房铁门天天都憋着一口气没地儿出，又不能张扬出去，怕有损自己和媳妇儿的声誉。而且这种事情说出去，实在是难堪。在这个还受着男尊女卑封建思想影响的山区，一旦张扬出去，大多数人会说是房铁门的媳妇儿勾引长辈。这样的恶名，房铁门绝对不能让媳妇儿背。

考虑再三之后，房铁门准备利用房塔先对他毫无防备这一弱点，在他出门打猎的时候干掉他。

事发当天，房塔先是准备独自出门打猎的，经过房铁门家的时候，被房铁门看见了。于是房铁门带了枪，悄悄地跟在他的后面，准备实施突然袭击。没想到房塔先居然发现了跟在身后的房铁门。

这个时候，房塔先还是没有对房铁门产生戒备，以为是在打猎途中邂逅了知己，很是高兴，就主动邀房铁门同行。

房铁门将计就计，把他引到了一个从来没有人去过的山头上，然后在他蹲下身去系鞋带的时候，开枪打死了他，伪造房塔先跌落山坡的迹象。

房铁门完全没有想到自己的行为，会害死其他四个无辜的村民。即使躲在家里不出门，死者家属的哭丧声和葬礼的奏乐声，也会日日夜夜叩击他的内心。房铁门想过要自首，但是作为村主任的父亲一直在制止他，说房铁门是家里的独子，要是因为杀人被枪毙了，自己也没有脸面见祖宗了。

"我已经全部交代了。"房铁门一把鼻涕一把泪地说，"可不可以放过我的父亲？"

全部交代，对房铁门来说，可能是一种解脱。

"我们很同情你，"杨大队说，"但法律是无情的。对不起。"

第九案　消失的爱人

有的人居无定所地过着安宁的日子，有的人却在豪华住宅里一辈子逃亡。

——《寂静之道》

法医秦明

VOICE OF THE DEAD

1

连续几天，逐渐降温，已经将龙番这个城市拉到了寒冷线下。11月中旬，真正到了冬天。

照顾宝嫂的工作随着天气变寒冷，越来越艰难。宝嫂完全没有活动的能力，也没有感知的能力，医院的空调一会儿开一会儿关，如果不能及时调整宝嫂身上被子的厚度，她要么会被冻感冒，要么就会大汗淋漓。

医生嘱咐，宝嫂现在久卧不起，抵抗力下降，一旦感冒，引起肺部感染，那就比较麻烦了。

所以轮流照顾宝嫂的我们，得格外小心。虽然ICU是不允许夜间陪床的，但是为了让宝嫂早日康复，医生甚至给我们特殊照顾：最近这些天可以有两个陪护，但是必须穿好陪护服装。

上个案子结束三天了，陈诗羽虽然一直尽心尽力地照顾宝嫂，但看到我们的时候，还是赌气不理我们。我相信，她即便口口声声说要和我们分开，那也只是一句气话。虽然小羽毛来勘查组还没多久，但是她凭借自身聪明伶俐和勇猛果断的表现，迅速打破了我们男子组的偏见和质疑，我们这个勘查组似乎已经不能缺少任何一个人了。

这天晚上，因为师父的要求，陈诗羽请了假，由我和大宝来照顾宝嫂一夜。我主动加入，是因为我知道连续多天的办案，加之回来后的连续操劳，大宝的身体已经超负荷了，这漫漫长夜，有我的帮助，他好歹能休息一会儿。

想是这么想，可是不争气的我，在深夜时，便在病榻边的桌上趴着睡着了。梦里，我仿佛看见了熊熊大火，却不能移动，直到一声巨响把我惊醒。

我从椅子上跳了起来，看见趴在病床边的大宝睡眼惺忪。我第一反应是抬腕看表，此时指针指在凌晨1点42分。

"什么声音？"我说。

大宝茫然地摇了摇头。

我跑到窗口，掀开窗帘打开窗户。窗外的夜色如故。

不知道是什么原因，病床上的宝嫂扭动了起来。难道是巨响所致？睡眼惺忪的大宝一时间傻了，这几个月来，他已经习惯了宝嫂纹丝不动地躺在那里，现在突然有了肢体动作，这让大宝一时间不知所措。

我也注意到这一点，连忙跑去医生办公室。

医生和几名护士仿佛都还没有睡觉，跑到宝嫂的病床前观察她的生命体征。

"以……以前还只是……是指尖活动，从……从来没有过这样。"大宝的脸涨得通红。

"这是好事情啊。"医生转过脸来说，"现在病人已经恢复平静了，但从你们的描述来看，这是病人对骤然出现的外界刺激有了反应！这是复苏的吉兆。"

"吉兆？"我对医生说出这两个字实在感到意外，这通常都是法师说的。

"哈哈，"医生笑着说，"反正是好事情，最近你们要密切观察病人的情况，有什么情况马上喊我们。"

从医生满足的笑容中，我仿佛看到了宝嫂苏醒的希望，精神大为振奋："医生，你刚才说'骤然出现的外界刺激'？刚才你们也听见巨响了？"

医生和几名护士点了点头。

"会不会是做梦？"大宝说。

"你也听到了吧？"我说，"哪有做梦也做一样的？"

"脑电波影响啊。"大宝不以为然，"我和梦涵就经常做一样的梦。你没听说过吗？现在科学家认为人的脑电波可以互相影响，这可能就是我们说的感应，或者是默契？"

"别扯，总不能一个医院的人都有感应吧？"我说。

"会不会是地震啊？"一名护士说。

"不会吧，没觉得摇晃啊。"另一名护士说。

深更半夜里的一声巨响，对一个城市来说，确实很不正常。虽然目前还看不到有什么异常的情况，但是职业敏感告诉我，一定会有事情发生。

我思忖再三，拿手机拨打了指挥中心的电话。

"你也听见啦？你现在在什么位置啊？"接电话的是我的师弟李洋，他知道我打电话的目的后问。

"省立医院。"

"是的，那边出事了。"李洋说。

我的心里一沉，暗自佩服自己的直觉："什么事？这样看，不是天灾，是人祸吧？"

"天灾我们哪里管得了？"李洋说，"但是现在还没有明确究竟是怎么一回事。刚刚龙番市局指挥中心接到报警，绿竹花园小区有一户人家爆炸了。那个绿竹花园小区你知道的吧？就在省立医院后面。"

"住宅区爆炸？"我感到匪夷所思，以前听闻的爆炸都是发生在工业区，住宅区怎么能爆炸呢？我接着问道："什么东西爆炸？"

"还不能确定。报警人说是听见巨响，然后在窗口观望的时候，突然发现有一户人家的窗户往外冒黑烟。好像火势发展得很快，刚才消防部门从前方传回的消息，他们到现场后，大火已经充斥整个屋子，也就五六分钟的时间，就从黑烟变成大火了。目前火还没有熄灭，但一名消防战士奋力救出了一个伤者，现在应该送到省立医院了。"

我站在窗口，似乎看见住院部大楼前方的急诊部大楼门口有灯光闪烁。

"希望只是个小事故，别是个亡人火灾，更别是涉爆案件。"我叹了口气说。

城市的夜，很快又恢复了宁静。而我不可能恢复平静。

我在病房里不断踱步，思量着各种可能性。

"不然你去看看吧，这边我一个人照顾得了。"大宝显然更加不能平静。

我满怀歉意地点点头，转身出门下楼。

出了住院部大门，我就一路小跑到了急诊部。省立医院的急诊部没有安静的时候，即便是深夜，也是人声鼎沸。我左右看看，一切都显得很正常，找不到哪一间急诊室才是刚才爆炸伤者的所在。于是，我就找起了穿警服的身影。

方法很有效！我很快就找到了两名全副武装的警察，他们守在一间诊室的门口。

我走上前去，出示了警官证，说："你们好，我就是想了解一下情况。"

警察点点头，说："1点42分，绿竹花园11栋302室，发生了爆炸。我们和消防队最先到达了现场。我们主要负责疏散，消防队灭火。当时主要是卧室的窗户往外冒火，一名消防队员就从隔壁的窗户靠近了事发现场。现场卧室窗户边的一角，蜷缩着一个男人，消防队员就冲进去把他扛了出来。"

我跟随着警察的描述，开始脑补当时的场面，越发对消防队员不畏艰险、赴汤蹈火的精神崇敬不已。

"那名男子伤得厉害吗？"我问。

"衣服、头发都烧没了，身上也大面积烧伤。"警察说，"现在医生正在治疗中，不过医生也说了，他暂时没有生命危险，就是神志还不清楚，不能对话。"

"现场还有别的人吗？"我问。

"这就不知道了。"警察说，"火很大，人进不去了，只有等灭火后才知道。就是有，也是尸体了。"

我心中祈祷着，和警察告别，独自向医院后方的绿竹花园小区走去。

走到小区门口，我就听见人声鼎沸。这里毕竟是案发现场，果真和城市其他地方的平静大相径庭。

小区已经很陈旧了，虽然所处的地理位置很好，周围有医院、学校、菜市场，但因为楼房老旧，房价也并不是很高。11栋在小区的正中间，楼下已经围了许多群众，在议论着什么。

一个矮矮胖胖的政府官员，在群众的"围攻"中掏出手帕不断擦着额头上渗出的汗珠。

"你看你看！"一名男子说，"这都是什么事儿啊！看到我们家窗户上方墙壁的裂痕了没有？"

从男子手中手电筒照射的位置来看，这名男子住在案发现场的楼上。

"我们这辛苦一辈子赚回来的房子，成了危房，政府可不能不管！"男子态度强硬。

"就是！"一名老大妈说，"我家的墙也都裂了！必须拆迁！"

"大家不要着急，我知道大家的难处。"官员说，"我们现在正在积极调查原因，调查结束后一定会第一时间通知大家结果。"

"什么意思啊？"一名男子说，"那如果搞破坏的人没钱，是不是就不赔了？"

"是啊！没钱就不赔了吗？"

"反正这是政府的事情，赖不掉！"

话音一落，周围的群众都附和起来。

"不是不是。"官员说，"政府一定依法办事，不会让大家吃亏的。"

群众还在和官员理论着什么，我独自走到了楼下的草坪上，抬眼朝302室看去。

302室的卧室窗户黑洞洞的，屋内还不断有黑烟往外翻腾。我看见窗户里偶尔有光束闪过，判断是消防队员已经冒着生命危险，进入了中心现场进行搜索。

窗户的下面，是小区的草坪，草坪上放着一个液化气罐，气罐周围的小草都已经被烧焦。一个消防队员正拿着一根水管对着气罐进行冲刷。

"这是……"我走到一旁问道。液化气罐的热气似乎还可以扑到我的脸上，我似乎看到气罐还有些发红，可能是剧烈燃烧的原因。

"请远离，这里不安全。"消防队员说。

"哦，我是公安厅的。"我出示了警官证，说，"这个，是爆炸的原因吗？"

队员转头看了看身后正在指挥的队长，示意我去问他。

队长看见我在询问，就走了过来，说："是的。火被扑灭后，我们的队员进了现场，看到这个罐子还在冒火，为了紧急降温，就把罐子用消防绳索扎好，降至楼下，现在温度已经降了下来，问题不大了。"

"可是，我感觉液化气罐爆炸，应该炸得四分五裂啊，怎么这个罐子还是完好的？"我问。

"这我可就不知道了。"队长耸耸肩膀，说，"爆炸冲击力还是不小的，你看，窗户、防盗网什么的，都被冲飞了。中心现场的卧室大门也被冲碎了。"

这时候我才注意到，三楼窗口之所以是黑洞洞的，是因为窗户和防盗网都没有了。窗户和防盗网因为冲击波的作用，被打到十米之外，落在小区的草坪上。我走到窗户旁边，看见窗户的外框虽然完好，但是玻璃已经全部被击碎了。防盗网更是连同铆钉一起被拔起打出。

可见，冲击波真是威力十足。冲击波之所以能把窗户打出来，是因为窗户玻璃够结实，整面窗户的受力面积也比较大，所以容易被击飞，这和一面风筝可以飞上天，而仅仅是竹子框架就飞不了的原理是一样的。

"虽然冲击波力量很大，但是真实的杀伤力还真不咋地。"队长说，"我们在现场救出一个伤者，初步检查了一下，就是烧伤，倒是没有看到冲击波造成的损伤。"

"冲击波一般都会造成内脏损伤，外表看不出来吧？"我说。

队长挠挠头，说："啊？这样啊。不过这人好像还好，我们的队员扛他的时候，他还蛮配合的，不像是受了很重的内伤。"

突然，三楼黑洞洞的窗口，探出了一个脑袋："队长，哎妈呀，吓死我了，有尸体。"

进屋搜索的队员操着一口标准的东北话。

"果真是个亡人现场。"我惋惜地低叹了一声，"我能上去看看吗？"

队长思考了一下，从车里拿出一顶安全帽，说："我带你上去。"

走到楼道口，我就闻见了一股焦煳的味道。经常出入亡人火灾现场，我几乎已经熟悉了这种被水冲刷过的焦煳味儿。

现场是一个两居室，进屋后有一个客厅，客厅的一边是卫生间和厨房。正对大门的走道两边是两个卧室，中心现场位于东侧的主卧室。主卧室的大门完全碎裂了，门框斜斜地挂在墙上。对面次卧室的大门也有一些损伤，看起来，是主卧室大门木材被冲击出以后撞击形成的。

整个房屋的烟熏痕迹并不明显，火场仅仅限于主卧室，而且因为主卧室的窗户缺失，大量浓烟都滚出了屋外。所以，整体上看起来，其他房间都显得比较正常，并不像一个刚被大火烧过的房屋。

主卧室的地面全是黑黑的灰烬，掺杂着水，显得泥泞不堪。而四周和天花板上的墙体因为高温作用，呈现出灰白的颜色。我刚走进卧室，卧室天花板四周贴着的石膏边条就掉下来一根，不偏不倚打在了我的脑袋上。

"好险，幸亏你戴了安全帽。"队长在一旁惊魂未定。

我摸了摸安全帽，并没有什么感觉，说："死者在哪儿？"

操着东北口音的队员指了指卧室的中央，说："在这旮儿呢，老吓人了。"

顺着队员手电的光束，我看到卧室的正中，有一个被完全烧毁的席梦思床垫，只剩下卷曲的钢丝。而在床垫中央的灰烬里，有一个白森森的颅骨。

再仔细看去，则可以看到一具不全的尸骸仰卧在席梦思床垫的钢丝之间。因为手、足等游离端都已经烧毁殆尽，尸体所剩部分已经全部炭化，隐蔽在地面灰烬之中，所以还真不太容易被发现。

我想象了一下，消防队员在现场进行搜索的时候，突然看到地面灰烬中，有一张人脸，准确地说，是一个骷髅，确实能把这个操着东北口音、"久经沙场"的消防队员吓一跳。

"尸体得弄走。"我说。

队长点点头，说："政府已经通知殡仪馆了。"

"起火点和起火原因确定了吗？"我问。

队长说："这个还是得火灾调查部门来确定。但凭我的经验，起火原因嘛，就是那个液化气罐，起火点嘛，这个房间烧得很均匀，啥也不剩了，好像不太好判断具体的起火点。"

"看来还是得等天亮了，我们再进行勘查。"我说，"好像挺麻烦的，现场灭火动作导致很多证据灭失。"

"麻烦吗？"队长说，"液化气罐漏气导致起火、爆炸，我们也不是第一次见到了。这些还在用液化气的老住宅，偶有发生这样的事故，就是有伤亡的不是很多。就像你刚才说的，其实爆炸威力倒不是很大，燃烧才是致命的。"

"当然麻烦。"我说，"谁家的液化气罐，会放在卧室？"

队长张大了嘴巴，愣了半天，说："对啊，我怎么没想到这个问题？"

"好在有伤者，总能还原一些情况吧。"我说。

"赶紧通知刑警支队吧。"队长和一旁的通信兵说完，转头对我说，"领导，要不你们刑警部门还是明天再进行现场勘查吧。"

"也好。"我说，"还是由你们火灾调查部门先行勘查，确定了起火原因和起火点，我们好做到心里有数。"

"就是，就是。"队长说，"好在这样威力的爆炸，不可能是制式爆炸物①引发的，至少不是涉爆案件。"

"排除了涉爆案件，是好事。"我说，"可毕竟是个亡人火灾现场，原因还不明确，是不是刑事案件也还不明确，我们的工作量不小啊。"

"是啊。"队长看了看警戒带以外的群众说，"左右邻居反响那么大，当地党委政府的善后工作，也不好做啊。"

2

果不其然，第二天一早，我就接到了师父的电话，指令我们第一勘查组赶赴绿竹花园小区，对爆炸案件进行深入调查。

在赶去现场之前，我建议大家先去省立医院，对伤者的损伤情况进行了解。

到了医院，我们直接去了伤者刘晨彬的病房。病房里只有刘晨彬一人躺在床

---

① 制式爆炸物，因军事、工程等需求，由正规厂家生产的爆炸物品。

上，隔壁床是空的，两名民警坐在床沿。

"他现在怎么样？"我问。

"这个我们也看不懂。"民警指了指心电监护仪，说，"医生说很平稳，无大碍，就是整个人好像处在浅昏迷状态，一直不说话，没办法问话。"

我看了看屏幕，血压80/120毫米汞柱，呼吸20次每分钟，心率70次每分钟，氧合血红蛋白含量100%，这简直是比正常人还正常的生命体征。

我上前呼唤了几声刘晨彬的名字，他的眼睑仿佛在抖动，却没有对我做出回应。刘晨彬的上半身都包扎着纱布，我知道这种烧伤患者需要加压包扎，防止感染，所以要求医生解开纱布验伤显然不现实，风险也很大。我掀开他身上盖着的被子，看了看他身上其他部位，没有其他的损伤。没有办法，我们只好找到了他的主治医师陈医生。

"您好，陈医生，请您为我们介绍一下刘晨彬的具体伤情。"我说。

"全身大面积烧伤，二度到三度烧伤，嗯，就这样。"陈医生说。

"位置呢？"我在一本验伤图谱上，翻到了画着人体的一页。

陈医生指着人体的简笔画，逐一把刘晨彬身上的损伤位置指了出来。我也按照陈医生的描述，逐一在本子上记录。可以看出，刘晨彬主要是背部和左侧上臂有一些烧伤，胸腹部都是正常的。

"那他的颅脑损伤严重吗？"我问。

陈医生皱了皱眉头，拿出一张CT和一张磁共振片子，插在阅片灯上，说："从影像学检查来看，他并没有颅脑损伤。"

"爆炸了都没有个脑震荡什么的？"林涛在一旁问。

陈医生摇摇头，说："显然，爆炸的冲击波并不厉害，他全身的CT都做了，并没有任何损伤。"

"那他为什么昏迷？"我有些疑惑。

"这我就不知道了。"陈医生说，"我们担心他一氧化碳中毒，还进行了动脉穿刺，检测碳氧血红蛋白浓度，也是在正常的范围内，并不存在中毒或者缺氧的情况。说明他在起火不久就被救了出来，并没有吸入大量一氧化碳。"

"也就是说，他没有昏迷的病理基础？"我问。

陈医生点了点头。

我皱起眉头，思索了一番，忧心忡忡地准备离开。

陈医生说："哎，对了，现在病人的就诊费用还欠着呢，你们政府什么时候帮忙先交上？"

刘晨彬是个孤儿，从小在福利院长大，性格孤僻内向。中专毕业后，在省立医院后面的一个小药房打工当销售员，五年前认识了他的妻子——同是在药店打工的占士梅，然后就结了婚，在省立医院后面的绿竹花园小区买了一套二手房。药品生意利润很大，作为销售员，待遇也不差。所以他们俩虽然一直没要孩子，但是生活过得也是有滋有味。

据药店的同事反映，他们俩之间的裂隙是从今年年初开始出现的。最初有人反映，占士梅曾经和她的同事也是闺密说，刘晨彬的性功能出现了问题，她想离婚。然后，同事们都发现本应出差跑业务的刘晨彬经常会突然回来找占士梅。甚至，两人偶尔会在药店争吵。

占士梅是外地人，没有亲属在龙番，他们两人的社交面很窄，所以侦查部门通过一夜的调查，也就查清了这些线索。

在从省立医院步行到现场的途中，一名侦查员向我们低声做着介绍。

"死者的身份已经确定了吧？"我问。

侦查员点点头，说："经过昨天一晚上的检验工作，已经确定了死者就是占士梅本人无疑。"

"可是，占士梅就孤零零一个人，又没孩子，父母又不在身边，是怎么通过死者的DNA来确定死者身份的？"我问。

"我们在现场提取了占士梅家中的毛巾、牙刷等一切可以留下DNA的物品。"侦查员说，"经过比对，都是同一个人的。不过为了稳妥起见，我们也派了人去外地采集占士梅父母的血样，打算通过亲子鉴定进一步确认。"

我点头表示满意。经过数年的培训，现在基层民警对于提取生物检材的技巧都已经驾轻就熟了。我随即又问："出了这么大事儿，占士梅的父母都不来龙番？"

"是啊，世态炎凉。"侦查员叹了口气，"他们好像完全不在乎这个女儿，拒绝来龙番办丧事。"

小区似乎已经恢复了宁静，经过一夜的交涉，虽然整栋楼周围都拉起了警戒带，但现场上下周围的邻居都重新回到了自己的家里。

我们几个拎着勘查箱上楼，见市局技术部门的同事正在进行现场勘查。

消失的爱人

"你确定这是大门的原始状态吗？"一名痕检员正在询问被从队里叫过来的那位操着东北口音的消防队员。

"那必须的啊！"队员说，"这门，那家伙，老结实了，我踹了几脚才踹开啊。"

我见大门的门框已经变形，铁质防盗门的中央都发生了凹陷，对这名队员的天生神力佩服得五体投地。

还是林涛更能抓住重点，他指着伸出来的门舌，说："这个门舌通过钥匙是控制不了的，它相当于防盗门的插销，只有在门内手动转动这个旋钮，才能把门舌转出。"

"哦？什么意思呢？"我问。

"说明这扇门被人从里面锁上，就没有再开启了。"林涛说。

随后，林涛和我一起走进了屋内，把窗户挨个儿看了一遍，说："除了主卧室没有窗户，其他各房间的窗户、防盗网都是完好无损的。"

"主卧室的窗户被冲击波打出去了。"我说，"玻璃碎了，但防盗网还是完好的，没有撬压，没有损坏。"

"也就是说，这是一个封闭现场。"林涛下了结论。

现场所有人都骤然放松下来。

对现场勘查人员来说，能确定一个现场是封闭现场，是至关重要的。一旦确定了是封闭现场，没有出口，那么就说明这起案子肯定跟室内的人有关系。而这个室内，只有刘晨彬和死者占士梅。

"是密室？"陈诗羽若有所思。赌气归赌气，案子一来，她就迅速归队了。

"我觉得吧，这事儿一看，就是内部人干的。"我说，"但内部人怎么干的，可是有一番文章要做。"

"不用说，肯定是相约自杀。"大宝在早晨把情况和宝嫂的父母说过后，也加入了我们的队伍。

"这个相约自杀，可是比较麻烦的。"我说。

"不麻烦，你不是说，爆炸原因是液化气罐吗？"林涛说，"虽然液化气罐被水冲过，没有了痕迹物证，但是谁把液化气罐从厨房搬到了卧室呢？"

我见林涛说到了重点，点头示意他继续说下去。

林涛引着我们走到了厨房，打开放置液化气罐的橱柜柜门，说："液化气罐是从这里被挪出的，之前应该连着一个阀门，阀门连着煤气管道，通向锅灶。所以，我们只需要对橱柜柜门以及阀门进行指纹显现，就能找出搬液化气罐的人了。"

我摇摇头，说："你别忘了，这是刘晨彬的家！我相信，不管你们怎么显现，肯定能找到刘晨彬的指纹。但是，这又能说明什么问题呢？说明刘晨彬在家经常干家务？换液化气罐这种事情，都是他包了？"

林涛默然地点了点头。

我接着说："这和杀亲案件是有相似之处的，就是在现场提取到的嫌疑人的痕迹物证，都没有任何意义，因为他本来就可以在现场或者死者身上留下痕迹物证。比如在死者指甲里发现她丈夫的DNA，能说明什么问题？本来就应该有的，很正常的。"

"杀亲案件确实很难取证。"林涛说。

"可是我觉得这个案子和杀亲案件不同。"大宝说，"杀亲案件都有预谋杀人和案后伪装。这起案件，两个人都在现场，要不是消防队及时赶到，刘晨彬也得没命。所以，这应该就是简单的相约自杀案件。"

"你可不要小看相约自杀案件，"我说，"也未必那么容易。"

"刘晨彬若一心求死，一旦清醒，肯定就会如实供述犯罪行为，"大宝说，"所以未必有你想的那么困难。"

我摇摇头，说："相约自杀造成一死一伤的情况很常见，但是伤的那个如实供述的又有几个？我经历过的相约自杀案件中，有两个是具有代表性的。

"第一，曾经有个现场，一死一伤。女的颈动脉破裂，大出血死亡；男的颈部有大创口，但是没伤到大血管，没死。这个案件看起来，就是夫妻相约自杀的案件。后来经过勘查，我们发现妻子的颈部创口很深，她的手上却没有血，所以判断是丈夫割了妻子的颈部导致她的死亡。最关键的是，我们通过现场的血迹分析，认为丈夫在割完妻子的颈部以后，自己走到了大衣柜的镜子旁边，对着镜子割自己的脖子。镜子上有少量喷溅血迹，地面上有大量滴落血迹，都是丈夫的血。那么问题就来了，为什么他要对着镜子割自己？刎颈没必要对着镜子吧？经过分析，我们认为唯一的可能就是这个男的是为了定好下刀位置，不割破自己的大血管，只在颈部前侧留下大创口，让自己不至于死亡。后来这个案子经过审讯，男的交代了他杀死妻子，然后自己制造成一个相约自杀的现场，想瞒天过海。这个案子代表了一类用相约自杀来掩盖杀人事实的案例。"

"我的天哪！"陈诗羽说，"这自己割自己，还照着镜子，想想就毛骨悚然。"

"你也有毛骨悚然的时候？"林涛笑着说。

我接着说："第二，还有这么个案件。一对情侣看起来是相约上吊，中途被人发现并救了下来，只有男孩被成功抢救。后来对他进行了审讯，这个男孩直接承认了他们两人就是相约自杀，两个人计划一起上吊，没想到自己获救了，听起来天衣无缝。但是后来经过DNA检验，我们发现在勒死女孩的绳子上，只有男孩的DNA，所以他撒谎了。他是先用绳子勒死女孩，自己再上吊。这个案子代表了另一类相约自杀，就是两个人原本是打算一起死的，但是其中一方没死，思想就发生了根本的变化，就开始后悔了，想继续活下去。所以男孩为了逃脱法律制裁，就狡辩说是对方自杀的，和自己无关。"

"也就是说，这个案子，我们得搞清楚他们的相约自杀是什么性质的。"林涛举一反三。

"是的。"我点头说，"这个案子中，如果起火爆炸的瞬间，两个人都活着，而且是占士梅点火引爆的话，则刘晨彬不需要负杀人的刑事责任；如果是刘晨彬点火引爆，即便是两个人相约自杀，刘晨彬也要承担自己杀人的刑事责任，但是可能会从轻判罚。若是另外一种情况，即刘晨彬先杀了占士梅，再点火自杀，那这起案件的性质就完全不一样了。故意杀人，畏罪自杀未遂，妥妥的。"

"可是，你怎么知道刘晨彬不会醒来招供？引爆煤气，求死之心很坚定啊。"大宝仍然坚持他的观点。

"刚才我们去医院，你们也看到了。"我说，"刘晨彬分明是在装昏迷。为什么要装昏迷？显然是在思考。既然在思考，说明他求死之心已经不坚定了，他可能在考虑对策。"

"也就是说，我们的当务之急，就是搞清楚占士梅是生前烧死，还是死后焚尸？"大宝说，"这对法医来说，是小菜一碟啊。"

"这道菜，可还真不是小菜。"我说，"第一，尸体焚毁程度极其严重，我们常常利用气道内有无烟灰炭末来判断是生前烧死还是死后焚尸，这个方法是用不了了，因为整个脖子都烧没了。第二，即便是死后焚尸，还得判断她的死因，如果刘晨彬说她是自杀的呢？"

"还有，谁是点火的人，这一点有没有希望确定？"林涛问。

我说："有希望，但是很难。"

说完，我转头对负责火灾调查的消防同志说："起火点能确定吗？"

同志摇摇头，说："房间里，燃烧情况均匀，所有可以燃烧的东西都燃烧殆尽了，没办法判断，除非……"

"除非什么？"林涛追问道。

同志指了指地面上一尺多厚的灰烬，说："地面应该是木地板，只是被燃烧的各种灰烬覆盖了，如果把灰烬全部铲除，再清扫干净，我们可以根据木地板的焚毁程度来判断确切的起火点。"

我拍拍手，说："正合我意！我也需要把所有的灰烬都铲走。"

"铲走干吗？"林涛问。

我笑了笑，说："线索都在这些灰烬里。这个房间大概是个正方形，我们把这个房间用塑料绳子像九宫格那样，隔成二十五等份，然后用英文字母标记每个区域。把每个区域的灰烬，装进标有相应英文字母的蛇皮袋里，这样就不会乱了。"

"你的意思是说，这二十五个蛇皮袋的灰烬，我们要一袋一袋筛出来？"林涛有过筛灰的经验，所以我一安排，他就知道我的意图。

"这可不是一件简单的事情。"我说，"林涛、小羽毛，你们组织人员即刻开工吧。我们马上赶赴殡仪馆，对尸体进行检验。"

"又让我干体力活。"林涛看了看自己身上的休闲装，说，"这衣服又得废了。"

在林涛他们拿到铁锹、铁铲、蛇皮袋和筛子等工具的时候，我们已对现场进行了初步勘查，提取了在厨房碗橱里放着的几碟剩菜，准备出发去殡仪馆了。

走到楼下，我拉住火灾调查部门的同志，问道："这种液化气爆炸，冲击波真的没有什么威力吗？"

同志笑了笑，说："液化气罐都是完好的，爆炸也就是空气中充斥了液化气而引发的。"

说完，同志把手握成一个漏斗状，掏出打火机，按住按钮，使打火机的气体充斥手中的漏斗空间，然后点着了火。只听"噗"的一声，同志的手掌内闪过一丝火苗，然后熄灭了。

"看到没有？和这个的原理是一样的。"同志说，"气体充满了一个封闭的空间，一经点燃，就会爆炸，但没有爆炸投射物，充满的程度也有限，所以冲击波并不是很厉害。"

"也就是说，这样的冲击波不会把人震晕，或者震死，对吗？"我说。

同志点了点头。

"那燃烧会厉害吗？"我说，"我的意思是说，爆炸的那一瞬间，会不会整个屋内都有很高的温度？"

"温度也不会高。"同志说，"我都敢在自己的手上实验。这个爆炸也就是一瞬间地过了一下火而已。但是，那些易燃物，比如床垫啊，窗帘啊，过了这一下火，就有可能烧起来。"

我点了点头，说："我心里有数了，谢谢！"

3

殡仪馆解剖室的解剖台上，摆着一具烧焦后七零八落的尸体。

说是"七零八落"一点儿也不夸张：尸体的头部和躯干部因为颈部的缺失而大部分分离，只剩下颈部两侧和项部被烤熟的肌肉连接，还不至于身首异处。尸体的四肢已经被燃烧殆尽，从现场找到的一些较为坚硬的骨骼碎片，被散放在尸体躯干部的周围。整个尸体都是高度炭化的状态，连颅骨都已经爆裂，露出被烤熟的蜡黄色脑组织。

尸体前侧的胸腹壁组织都已经缺失了，肺脏、心脏等实质性脏器都暴露于体外，虽然都受热挛缩，但还没有被完全焚毁。

"之前，需要进行的重点工作，我都已经说过了。"我说，"分头干活吧。"

我负责对尸体最重点的部位，也就是呼吸道和肺脏进行检查。因为尸体的胸廓已经完全被烧开了，所以肺脏暴露在外。好在肺脏并没有直接过火而被烧毁，只是水分过度缺失而挛缩成两个拳头大小。与肺脏相连的气管、食道仅在平胸骨上端①的位置就截止了，以上部位完全缺失。我小心翼翼地把剩余的气管、食道连同肺脏一起取下，然后观察了尸体仅存的颈部两侧肌肉和项部肌肉，发现并没有出血损伤的迹象。

稳妥起见，我准备掰开死者的下颌骨，观察其口腔内的情况。死者的颅骨都被烧得严重发白，下颌骨也不例外，阴森森地挂在颅骨的下方。我用力掰了一下，发现下颌骨早已被烧得很脆，没有办法，只能破坏了下颌骨，露出已经被烧白的舌头。我扯出死者的舌头，从舌根处切断，发现舌根部位没有一点儿被烟熏过的痕迹。

残余的食道根部黏附了一片西红柿皮，还有一点儿碎鸡蛋末，可以看出这是一

---

① 平胸骨上端，法医术语，指和胸骨上端持平的位置。

道西红柿炒鸡蛋，和现场勘查中发现的剩菜相符。食道和气管的残余部分都没有发现烟灰和炭末，切开位于肺内的细支气管，也未见到炭末，只有一些粉红色的泡沫在不断从断端涌出。

大宝负责对尸体的内脏进行逐一清理。死者的内脏几乎都因为水分的缺失而挛缩，心脏只有儿童的一个拳头那么大，脾脏缩成了包子大小，肝脏也因为受热变得干燥而脆，只有肾脏的位置较深，才基本保持了原状。内脏切开，都可以看到大量缺失水分后形成的颗粒状血，那是血液失水、红细胞堆积而成的物质。

因为颅骨的崩裂，解剖头部的工作，连开颅锯都省下了。大宝费劲地把脑组织从崩裂的颅骨大洞中慢慢掏了出来。因为水分缺失，脑组织都成了黏糊糊的面团状，掏出死者的大脑后，大宝的手套上也都沾满了脑组织。

"我去换个手套。"大宝说。看起来，他非常讨厌这种黏糊糊的东西。

死者的肠道都已经被焚毁了，好在我们在尸体的一肚子灰烬中，找到了她的胃。此时的胃已经受热变成了一个苹果大小，胃壁增厚不少。我们费劲地把烧熟了的胃剖开，发现胃内还有十几克残余的食糜。我把食糜舀了出来，在水里漂洗。很快，我们就看到了成形的西红柿片、碎鸡蛋末、米饭和青菜。

这和厨房的剩菜完全吻合。

尸体的前侧烧毁严重，后侧却保存完好，甚至枕部的残余头皮上还黏附了几撮毛发（毛发是最容易受热烧毁的）。

"这几根毛发也能说明问题啊。"我对大宝说。

大宝意识到了我的想法，说："明白，死者在遇火的时候，丝毫没有动弹过，所以这几撮压在枕下的毛发得以保存。"

尸体检验结束，我已经对案件胸有成竹。这些检验所见，已经很能说明问题了。如果现场勘查部门能够支持我们的论断，则本案铁板钉钉，刘晨彬想抵赖也没有用了。

顾不上吃午饭，我和大宝赶去现场支援林涛他们。

我们尸检这么久的时间内，林涛他们只把现场的灰烬全部分区域铲进蛇皮袋装了出来。说起来简单，做起来难，做了这么久，此时的林涛和陈诗羽已经成了"黑人"，脸上沾满了烟灰炭末，像是刚从矿洞里出来的一样。

"你们都结束了？"林涛用他的休闲装袖口擦了额头上的汗，立即在额头上形成了一条黑黑的印记。

"你这是……"我指着他的袖口说。

林涛摆摆手，说："反正也废了！无所谓了！对了，总队什么时候能给我们配件工作服？"

我笑了笑，说："有什么发现吗？"

"能有什么发现？"林涛说，"就是铲灰啊。不过这个小羽毛还真是厉害，我铲了七袋，她居然铲了九袋。"

"这有啥，你去我们公安大学试试。"陈诗羽说。

林涛反驳道："我们刑警学院不比你们差好吗！"

"起火点找到了吗？"我打断了两个人幼稚的"攀比"。

"地板扫出来了，可以明显看到起火点在席梦思床垫和窗户之间。"林涛指着地面上一块被烧毁缺损的木地板说，"这个位置，经我们核实，极有可能是液化气罐所在的位置。"

"液化气罐，"我摸着下巴说，"也就是说，起火的时候液化气罐仍在往外喷气。"

"一点儿不错。"林涛说，"我们分析的过程应该是这样的：先是把液化气罐从厨房搬到了卧室，放在席梦思床的旁边，把出气口对准了席梦思床，然后放气。放到一定程度的时候，房间里有了一定含量的液化气，此时点燃，会造成爆炸、冲击波。火焰瞬间点燃了仍在往外喷气的液化气罐，所以席梦思床和床上的尸体烧毁得最严重。"

"也就是说，虽然起火点在床边，但点火的位置不一定在床边。"我说，"在房间里充斥了液化气的情况下，在任何位置点火，都会导致一样的结果。"

林涛点了点头，说："是这样的，点火点，恐怕不好确定了。"

"未必。"我神秘一笑，说，"去吃碗面条，然后继续。"

"筛灰？"林涛问。

我点了点头。

整整一下午的时间，我们勘查组都在对蛇皮袋里的灰烬逐一进行筛取，筛去一些小颗粒的灰烬，留下一些较大的物体，然后观察这些物体来自哪里。这是对火灾现场进行全面勘查的一种手段。烧毁到这种程度的现场，只要能点燃的，几乎都已经化作小颗粒的灰烬了，留下的，都是一些不易烧毁的金属物件，这些物件中，就可能找到一些关键的线索。

在筛了近三个小时后，筛灰工作在林涛的一声欢呼中结束了。

林涛在一个标注为"H"的蛇皮袋的灰烬里，找到了一个打火机的防风帽。

"打火机的位置，很有可能就是点火的位置。"林涛说，"这个H号蛇皮袋对应的房间位置，是房间的窗户边，也就是伤者被发现时所蹲着的位置。"

我重新走到现场，模拟了当时刘晨彬蹲着的姿势，说："如果是处于这种状态点火，起火后，因为起火点是床边，所以刘晨彬是背部稍左侧对着火源。这和他身上的烧伤形态及位置，完全吻合。"

"而打火机的防风帽也是在这里发现的，"大宝嘿嘿一笑，说，"很能说明问题啊。"

第二天一到专案组，我们就迫不及待地询问刘晨彬的情况。

按理说，经过一天的恢复，加之并没有实质性的体内损伤，刘晨彬应该恢复神志了。可是，侦查员介绍的情况，却和此推断大相径庭。

"刘晨彬仍然处于昏迷状态。"侦查员说。

"什么也不能做？"我问。

"能吃点儿稀饭。"侦查员说，"我的勺子递到嘴边，他就张嘴了。"

"那还叫昏迷状态？"

"谁说不是呢？我觉得他就是在回避问题。"侦查员说，"真郁闷，我都没喂过我儿子吃饭，倒是天天喂他吃饭。"

"医生有论断吗？"

"他的主治医生找来个精神科的医生，那个精神科医生说，刘晨彬现在是什么急性短暂性精神障碍。"侦查员说。

会场沉默了。

"没关系。"我笑了笑，说，"即便是零口供，也一样可以确定刘晨彬杀人的犯罪事实。"

"哦？有证据吗？"侦查员问。

我摇摇头，说："因为是被水冲刷过的火场，直接的物证怕是没法找到，但是现在我们掌握的一切情况，足以构建起整个证据链。"

"愿闻其详。"分管局长插话道。

我清了清嗓子，说："我觉得，这个案子最关键的一个问题，就是死者占士梅的死因是什么。要说到这个问题，首先得搞清楚占士梅是生前被烧死，还是死后被焚尸。"

"这个很简单吧。"侦查员说，"我听过那个什么张举烧猪①的故事，古时候就能解决这问题了。"

"虽然这具尸体的焚毁程度严重，但我觉得还是可以明确死者占士梅是死后被焚尸的。"我说，"主要有这几个依据：第一，残留的食管和气管、支气管、细支气管内，甚至口腔内，都没有发现烟灰和炭末。这个就和刚才那位同志说的一样，张举烧猪的例子就是如此。"

"可是，不能仅仅依据此现象来下结论。"分管局长说。

我点点头，说："对。有些火灾中，尤其是有爆炸、爆燃的案件中，可能死者的呼吸道突然受热，喉头立即水肿，堵塞了呼吸道，也不会吸入烟灰炭末。这就会造成死后焚尸的假象。此案中，因为死者的喉头部位已经全部烧毁，无从查证是否存在喉头水肿，所以仅仅靠这一条，还不能定死结论。"

"那还有别的依据吗？"侦查员问。

我肯定地说："第二，从尸体的焚毁情况看，尤其是死者枕部还有毛发的情况看，死者从起火到最后，都没有发生过任何体位变化。这也证实，起火的时候，她已经死亡了。"

"那如果是昏迷了呢？"

"这也确实不能排除。"我说，"所以，最关键的一点，也是最后一点，就是死者的死亡时间。"

"烧成这样了，还能推断死亡时间？"

"能的。"我昂起头说，"很幸运，死者的胃居然还在，而且很完整，从胃内容物看，虽然有受热的情况，但还有十几克被烤干的食糜，也就是说，如果没有受热，她的胃里至少应该还有几十毫升的食糜。根据常规理论，胃六小时排空，我们可以判断死者的死亡，距离她的末次进餐时间为五小时之内。"

"可是，没人知道她什么时候末次进餐啊。"侦查员说。

---

① 张举烧猪的故事，在法医秦明系列万象卷第三季《第十一根手指》中曾有介绍。张举通过烧猪的实验，验证了生前烧死和死后焚尸的分辨方法。一般来说，法医主要是通过死者呼吸道内是否存在"热呼吸道综合征"以及烟灰炭末来判断是生前烧死还是死后焚尸。现代科技还可以通过死者心血中的一氧化碳含量检验来予以分辨。

我指了指投影幕布上的现场照片，说："不需要知道她末餐的具体时间。我们现场勘查的时候，发现碗橱里有剩菜，显然不是夜宵，而是正餐。假如这是晚餐，正常晚餐是晚上6点钟左右用，那么死者的死亡时间就是晚上11点之前。如果那是午饭，那死亡时间就更早了。"

"我明白你的意思，爆炸以后才起火，而爆炸发生在凌晨1点42分。"林涛说，"所以至少在爆炸的两个半小时前，死者就已经死亡了。"

"可如果晚餐是9点钟呢，那怎么办？"侦查员问。

"谁家晚餐9点钟开始？"我说，"小概率事件，咱不考虑，更何况，还要结合之前的两点论述。"

"从调查情况看，他们家吃饭都是在正常时间。"一名侦查员支持我的论断。

"死后焚尸，那么死者的死因是什么呢？"侦查员问。

"这个就是关键问题了。"我说，"按理说，尸体焚毁严重，死因不太好下结论，但这具尸体还是有条件明确死因的。我们知道，人体的非正常死亡，常见的只有六大类，外伤、窒息、中毒、疾病、电击和高低温。经过昨晚的毒物检验和组织病理学检验，占士梅的死因可以框定在外伤和窒息两大类里面。经过尸体检验，死者的内脏内都有瘀血的迹象，而不是缺血的迹象，各个大的脏器都是完好无损的，脑组织虽然外溢，但是颜色均匀，没有出血的痕迹。所以，我认为死者不存在机械性损伤导致死亡的征象。那么，就只剩下窒息了。而且，我们是有尸体征象来支持死者是机械性窒息死亡的。"

"心血不凝和内脏瘀血吗？"大宝说。

"不仅如此，"我说，"死者的食道内有食物的反流，这有可能是窒息所致。再者，就是气管里充斥了大量的泡沫，这种现象多见于溺死、窒息、中毒和电击，结合案情，更支持死者就是机械性窒息死亡。"

"机械性窒息也有好多种吧？"林涛问。

我点头，说："机械性窒息主要有几种方式：勒死、缢死、溺死、闷死、哽死、捂死、扼死，以及胸腹腔受压和体位性窒息。根据现场情况和调查情况，溺死、闷死、哽死、胸腹腔受压和体位性窒息都不符合，那么就只剩下勒死、缢死、捂死和扼死这四种可能。"

"我明白了。"大宝茅塞顿开，"我们检查出来颈部两侧肌肉和项部肌肉没有出血！那么就说明，不存在勒死和缢死的可能。"

"对。"我说，"勒死和缢死是用绳索，颈部一圈或大半圈都会有损伤，而扼死和掐死只会在颈部前侧、口鼻附近留下损伤。"

"好吧，我知道你们明确了死因。但问题来了，为什么就一定是刘晨彬干的呢？"侦查员说，"我们现在需要确定刘晨彬的犯罪事实。因为他即便日后开口，也肯定会说是相约自杀，说占士梅是自杀的。"

"只有可能是他干的。"我胸有成竹，"首先，掐死和扼死，这两种死亡方式是不可能自己对自己实施成功的，那就只能是他杀。其次，案发现场是封闭现场，没有外人能够进入作案。那么，不是他干的，还能是谁干的？"

"从伤者的损伤看，我们也推断了案件发生过程。"林涛展示了他做的现场还原的动画，说，"刘晨彬就是背对液化气罐，然后点燃了打火机，打火机防风帽的掉落位置，也印证了这一点。"

"虽然没有物证，但是被你们这么一捋思路，确实豁然开朗啊。"侦查员哈哈大笑，"等刘晨彬伤势稳定，我们立即对他展开讯问。只不过，在此之前，我还得喂他几天饭。"

4

虽然犯罪嫌疑人的口供还没有拿下来，但是案件已经证据确凿、真相大白，从专案组出来，我们顿时感到一身轻松。

大宝挂念宝嫂，也盼望奇迹的发生，就先行离开了。而我们几个人，还没有轻松到天黑，就接到了龙番市局的紧急电话。

平行案的案犯，又出来作案了。

再也没有比这个更糟的消息了。作为刑警，最担心的就是久侦不破的案件案犯重新出来作案，这会给刑警们极大的心理压力和负罪感。

"这么久的调查工作都没有进展吗？"我问刚刚分别又重新集结的胡科长。

胡科长摇摇头，说："一直在调查两个地域之间的联系方式，网络翻查了一遍，所有可能出现的敏感词都搜了，排查出来的海量信息都排除了；两个区域之间的交通也都细细排查了，但似乎依旧没有发现任何可疑的线索。我们实在想不出，这两个平行作案的凶手，究竟是怎么联系的。"

"难道是飞鸽传书吗？"林涛挠挠脑袋说。

"总不能把天上的鸽子都给打下来吧。"我说，"光查联系方式是不行的，我们还要寻找其他破案的手段。"

"我记得，你们之前有过破案成功的经验。"胡科长说，"超过四起连环作案，用那个什么犯罪地图学？"

"这是第四起了，"我说，"也不妨试试。不过，还是先去看看现场再说。说不定，这一次在现场能有更多的发现。"

"前期到达现场的同事传回消息，并没有更多的发现。"胡科长说，"之所以能够串并，就是因为蹊跷啊，真是蹊跷得很哪！"

我有些沮丧，有些信心不足。龙番市公安局的刑事技术力量非常强，如果他们没有在现场发现一丝线索，那么我们估计也不会有什么重大的发现。

现场位于龙番市的富豪区里。这是一片独栋别墅群，背靠青山，面对小湖，环境幽雅。若不是出现场来到这里，我们这些穷苦公务员根本不知道自己生活的龙番市内居然还有这么个像世外桃源的地方。

别墅区的正中，是一幢三层小楼，案发现场就在这里。

"这里的房子，得多少钱一平方米？"林涛左顾右盼，像是刘姥姥进了大观园。

"四万多块。"保安不屑地说。

"那这一套房子，得……"

"两千万。"保安有些不耐烦，"物业费一个月四千块。"

"工资还不够付物业费的。"林涛吐了一下舌头。

"这个小区，安保措施应该很完善啊。"我看了看小区的围墙以及围墙上的摄像头。

"来跟我看看这段视频就知道了。"前期到达现场，已经在指挥现场勘查的赵其国副局长对我招了招手，说，"凶手，是精心策划、预谋实施的。"

在保安室里，我们看到了昨天晚上发生的一幕。

这是一段监控录像，取自小区围墙上的某个摄像头。夜色里，一个穿着雨衣的人，在摄像头下来回徘徊。

"穿雨衣？昨晚下雨了吗？"林涛问。

"下了一会儿。"赵局长说，"但他穿雨衣的目的不是遮雨，而是遮脸。"

不一会儿，一个不明物体突然被抛上来盖住了摄像头。

　　"哎呀，这怎么回事？"面对眼前的一片漆黑，我有些惊讶。

　　"是凶手扔了一条毛巾上来，把摄像头盖住了。"赵局长说，"我之所以说凶手是精心策划的，就是因为他对小区里的监控设施了如指掌。从我们追踪的路线看，凶手从这个被遮住的摄像头旁边进入小区后，就没穿雨衣了，因为翻墙不方便。然而，他选择的路线，是所有摄像头都不能清晰拍摄到的位置。"

　　"说明他之前踩过点啊。"林涛说，"查前几天的所有视频，总能找出可疑的人吧。"

　　"这个区域住了一千多户，五千多人。"赵局长说，"再加上来办事的，我们没有任何甄别的特征，怎么知道那么多人里，谁是凶手？"

　　"现在有钱人怎么这么多？"林涛又吐了一下舌头。

　　"这条遮住摄像头的毛巾，还在吗？"我问。

　　赵局长点点头，说："凶手翻墙之前就脱了雨衣，一是翻墙方便，二是不会引起保安注意。所以他不能摘去毛巾，不然逃离的时候，会被录下面容。"

　　"那毛巾提取了吗？可以做DNA吗？"

　　"微量物证DNA本来就很难，我们已经把毛巾送公安部物证鉴定中心去检验了，希望能有所收获。"赵局长说。

　　"这是最有希望拿到凶手个体识别生物检材的一次机会了。"我有些激动，"那你们怎么判断这是平行凶案中的一起呢？"

　　"你问他。"赵局长指了指身边的韩法医。

　　韩法医说："你之前跟我们交代过，A系列专案的识别，就是看死者损伤的特征。根据初步的尸检，死者头部的损伤形态，和前面三起一致，作案工具，仍然是那个我们还没有掌握的工具。唯一不一样的是，根据调查和勘查，死者家应该有三四万元现金，但现在不见了。所以这起案件，有明显的侵财倾向。"

　　我点了点头，说："那就介绍一下前期勘查情况吧。"

　　赵局长接过话茬儿说："死者叫古文昌，45岁，龙番五金的总裁，资产过亿了。这个人一直非常低调，丧偶后，就独自带着儿子生活。儿子今年刚上大一，古文昌一个人在这房子里住，没续房，没找保姆。这个人与人为善，虽在生意场上拼杀，却没有一个仇家，实属不易。"

　　"既然凶器可以确定一致，确实符合平行凶案的特征。"我说，"不过这个凶手之前在其他案子中都没有拿走现金，为什么现在又开始拿钱了呢？"

"根据视频，案发时间大概是深夜1点。"赵局长说，"死者当时已经熟睡，凶手是从一楼窗户进入的，行凶后，从原路离开，灯都没开。从小区其他探头隐隐约约可以判断，凶手从翻墙入小区，到离开小区，只用了二十分钟。"

"对了，通知湖东县附近的几个县了吗？"我说，"还有，通知南和省了吗？注意高档小区的防范工作，这样看起来，应该是针对富豪作案的平行凶案。"

"案发当时，我们就第一时间发出协查通报了，明确说明了防范工作。"赵局长说。

"别墅为什么不装防盗窗？"我说。

赵局长耸耸肩，说："自认为安保措施得当呗。其实这几个孤立的摄像头，再加上保安并不认真地巡逻，防范措施形同虚设。"

"那现场有足迹什么的吗？"林涛问。

赵局长说："前期工作做得很细了，除了在窗台发现一枚灰尘减层手印[①]，其他的痕迹物证都没有鉴定的价值。"

"也就是说，手印有鉴定价值？"林涛有些兴奋。

赵局长说："哦，凶手戴了手套。"

"那叫手套印！"林涛顿觉扫兴。

随后的尸检工作进行得索然无味。我们感觉自己都已经用上了百分之两百的力气，但还是没有发现任何可用的线索。古文昌是在睡梦中被袭击致死的，甚至没有一丝抵抗的迹象。致命伤也都是在头部，根据挫裂创的数量，凶手大概打击了他的头部二十次。和前面三起案件一样，那神秘的致伤工具又出现了，可是我们怎么也想象不出，那是一个什么样的制式工具。

一整天的工作，没有太多的收获。平行凶案就像谜一样，让我们百思不得其解。然而，我省西部各市以及南和省东部地区，并没有报来相似的命案。虽然我很希望是因为我们防范力度的加大，而使犯罪分子无法下手，但我清楚，最大的可能，只是还没有案发而已。

夜幕降临，我身心俱疲。

回到家里，我拿出了U盘，开始研究A系列专案的规律。我知道，古文昌被杀案

---

① 灰尘减层手印，在铺满灰尘的载体上，因手部接触载体，而导致载体表面灰尘减层，从而留下的手印痕迹。

中，我们掌握了更多的线索，除了那条有希望做出DNA的毛巾，还有各视频探头隐约拍下的犯罪分子的轮廓。

我一个人躲在书房，在漆黑的环境中，一遍遍地看凶手行走的模样。视频中的凶手，穿着深色的风衣，行色匆匆，风衣的腰间貌似凸出来一块。当我辨认出这是一件灰色风衣的时候，心中积压的怒火猛然地蹿了上来。

电脑屏幕上的凶手，在我不断地快进和快退下，来来回回地走着。可惜现在并没有多少学者去研究步态。由于步态是因人而异的，考虑到特征点难以设定，所以步态分析是比较复杂的研究项目。

可是眼尖的人，完全可以根据一个人的步态，来辨认这个人，熟悉程度不同，辨认率也不同。我反反复复地看着这段枯燥的视频，就希望有哪一天，我可以在大街上认出他。

当然，这只是美好的愿望而已。

关上视频，我翻出龙番地图，开始用犯罪地图学的理论，试图圈出凶手经常出没的位置。可惜，城市不同于偏远地区，我尝试着圈了几次，框定的范围，都是全市人口最为集中的居民区。这个范围里，少说也有数万户居民，又如何从这茫茫人海中寻找凶手呢？

当然，如果公安部专家检出了DNA，又该另当别论。

在书房里，我迷迷糊糊地睡着了。

一觉醒来，我已经睡在了自己的床上，真是由衷佩服铃铛，文武双全啊！

我重新抖擞精神回到办公室，居然迟到了。师父已经在办公室里等我了。

"防范还是没用。"师父一脸严峻，"今天清晨，南和省某国道边，发现一辆玛莎拉蒂。车主是一个富二代，叫查淼，25岁，平时在自己父亲的公司做事，也不是很胡闹的孩子。昨天晚上，估计是出去玩得比较晚，今天凌晨3点开车经过国道收费站。早晨6点半被人发现玛莎拉蒂停在路边，查淼已经在车内死亡。"

"啊？交通事故？"我说。

师父说："你还没睡醒吗？我在说平行凶案！车主是被人勒死的。"

"在车里怎么会被人勒死？凶手和他一起乘车？"我说。

"不可能。收费站卡口可以看清，只有车主一人。"

"那车主怎么会停车被人勒死？"

"现场有刹车痕迹，估计凶手用碰瓷儿的手段，让车主停车开门了。"

"那凶手也有车？卡口有录像吗？"

"肯定不是汽车，经过的汽车都排查了。"师父说，"但是国道不同于高速公路，如果是行人或者两轮车，是可以不经过卡口进入国道的。"

"你们都忘了吗？"陈诗羽插话道，"我们之前就推断，B系列的凶手有摩托车！"

"用摩托车伪装被碰擦，逼停玛莎拉蒂，等车主开门，用绳子勒死他。"我说，"不过，你们怎么确定这是B系列案件？"

"车门上的手印，和湖东县刘翠花被杀案现场的手印认定同一。"师父说，"车内的财物无丢失。和B系列案件一样，凶手都采用了勒颈的作案方式，案发后把绳索带离了现场。"

办公室内一片沉默。郁闷、内疚、急躁、不解，诸多情绪充斥在空气当中。

"对了，古文昌被杀案中，毛巾上还真做出了微量DNA。"林涛打破了沉默。

"什么？"我从板凳上跳了起来，叫道，"天大的好事啊！最大的案件进展！"

"不过，检出的基因型，在DNA库里滚过了，没有比对成功。"师父说。

"也就是说，这人没有前科劣迹？之前没有被我们公安机关采过DNA？"我顿时沮丧了。

龙番市有七百万人口，即便认定凶手就居住在龙番市，也不可能从这七百万人中，利用DNA把凶手给挑出来。这一点，我是清楚的。

"不过，有了DNA基因型，案件总算是有抓手了。"师父看到了我的表情，安慰道，"一旦出现嫌疑人，咱们好歹也有了甄别的依据，不会像之前两个多月，无头苍蝇一样，毫无办法。"

"不知道这两个系列案件，究竟从哪个系列查起，才能尽早破案呢？"我自言自语。

"摩托车。"陈诗羽在一旁沉吟道。

"摩托车？"林涛重复了一遍。

"我觉得摩托车这个线索，应该有调查的空间。"陈诗羽突然立正，说，"爸，不，陈总，我申请去南和省附近调查B系列案件。"

我也知道，出于跨省的原因，工作协调起来会有一些麻烦。我们派出工作组常驻，才是最理想的工作方式。

"小羽毛，你不会是因为赌气，要和我们分开行动吧？"我想起陈诗羽之前的小脾气。

"想什么呢！我是这么小气的人吗？我是为工作考虑。"陈诗羽无语地扶了一下额头。

"那我也申请去南和省吧，多个人多个帮手。"大宝正容亢色地说："反正我们组有两名法医，老秦留下，我来协助南和警方破案。"

"可是大宝你现在的状况……别勉强啊。"林涛小声说。

"不用担心我，梦涵那里有父母在照顾，一日抓不到凶手，我一日寝食难安。"大宝斗志满满地说，"既然伤害梦涵的A犯和南和省的B犯有联系，而目前A案的侦查又停滞不前，那不如从B案下手，说不定会有新的线索！"

"同意，即刻出发。"师父说。

师父的突然决定让我很是意外，细想起来，这样的决定真的有些武断。不过既然师父都批准了，连林涛都恋恋不舍却不敢发话，我也就不好说什么了，只能默默地看着我们第一勘查组分成了两部分。

陈诗羽离开后，我突然感觉很失落。在这个案件侦破冲刺的阶段，我知道不能有丝毫懈怠。像陈诗羽这样主动请缨，才是最正确的做法。

我调整了心情，打开了地图，想再次利用犯罪地图学的理论，标注出B系列案犯的活动区域。虽然不能和陈诗羽他们一起赶赴南和，但是我也想助他们一臂之力。

B系列案件不像A系列案件有较为集中的作案地点，B系列案件作案范围广，活动区域大，甚至有一起案件都到了我们省境内。用传统的犯罪地图学理论，仿佛很难找到一个规律。我尝试着，用新的办法来找出突破口。

地图在我的鼠标点击下，一会儿变大，一会儿变小，最后，光标停在了南和省境内一个叫樊篱县的县城。

第十案　雪地热死之谜

生活中有两个悲剧。一个是你的欲望得不
到满足，另一个则是你的欲望得到了满足。

——萧伯纳

法医秦明

VOICE OF THE DEAD

1

陈诗羽和大宝启程后，办公室里顿时空荡荡的，韩亮又经常被师父派出去办事，只剩下我和林涛两个，虽然依旧忙忙碌碌，但总觉得哪里怪怪的，连聊天都比平时少了许多。

好在两天后，大宝打来了电话。

"你们急死我了，出去那么久也不给我们打通电话！"听见大宝的声音，我的心放下了一半。

"我们这两天都忙坏了，又要和南和警方对接，又要汇总专案线索，别说打电话了，睡觉都没时间了。"大宝打了一个哈欠，继续说，"对了，先说正经事，小羽毛研究了你说的犯罪地图学，锁定了樊篱县。"

我听见这个熟悉的名字，不仅感到欣慰，还对陈诗羽刮目相看："这丫头不错嘛，之前我演算的地理位置，也大概是这个县城。"

"那是，咱们小羽毛还是有两把刷子的。"大宝在电话那头赞许道，"她昨天为了锁定范围，熬了一个通宵，现在正趴在办公桌上小憩呢。"

"唉，记得带小羽毛吃点好吃的。"我一边检索电脑，一边对着电话说，"对了，我查了一下，樊篱县有七十万人口，你们如何查起？"

"查掌纹、查足迹。"大宝说。

"如果掌纹库和足迹库里有嫌疑人的掌纹和足迹，这个人早就被揪出来了。"我说。

"小羽毛不放心，这两天又在库里查了一遍，"大宝说，"确实没有。不过，也没别的好办法，因为B系列专案最有力的证据，就是犯罪现场的掌纹和足迹。不仅仅在库里查，我们还把县局储备的一些积压案件中没有入库的掌纹和足迹都看完了，确定这人没有前科劣迹。"

"嗯，是啊。石安娜、刁——和刘翠花被杀案的现场，都留下了可以认定同一的足迹。"我沉吟道，"刘翠花、查淼被害案中，发现了有价值的掌纹，而且和A系列排除。"

"是啊，有交叉，所以可以证实，这些足迹和掌纹都来自同一个人。"大宝说。

"你们还需要林涛吗？我把他打包好，给你们寄过去。"我嘿嘿一笑。

"别了，你俩都相依为命了，我们再带上林涛，你就真成光杆司令了。"大宝在电话那头也嘿嘿一笑。

我听大宝的状态还不错，笑着把话题拉了回来："那你们现在准备怎么办？"

大宝说："小羽毛说，目前有的足迹和掌纹，虽然不能直接找到凶手，但一样是关键证据。我们现在准备从摩托车查起，把足迹和掌纹作为甄别依据。"

"查车？"我瞪着眼睛说，"一来，一个县该有多少摩托车！你怎么查？二来，你怎么知道凶手的摩托车一定是在车管所登记过，有牌照的？"

"不不不，我们不是挨个儿查。"大宝说，"小羽毛断定凶手是通过网络，用某种特殊手段和A系列专案的凶手联系。既然是交流杀人的信息，一般也不会在自己家里上网。"

"你们想从骑着摩托车去网吧的人查起？"我说。

"聪明啊老秦。"大宝惊呼一声。

"聪明个屁啊。"我说，"那也是大海捞针好吗？"

"啊？"大宝说，"我觉得这方法还行啊。"

"你们这么大张旗鼓，去网吧找摩托、捺掌纹，不会打草惊蛇吗？"我说。

大宝说："小羽毛说，就是为了打草惊蛇。打草惊蛇不是三十六计之一吗？这种挑衅警方的凶手，是不会害怕警方的，也不会害怕打草惊蛇，他作案的方法不能用常人的思维来理解。"

我沉默了一会儿，说："你说的也有一定的道理。不管了，既然师父把办案的权力交给了你们，我也不干涉你们，我们一起加油吧。"

"好的。"

"注意安全！"

虽然对于陈诗羽和大宝的"愚公移山"充满了疑虑，但是总算联系上了他们，我稍感安慰，心情也就好了起来。

一早起来，发现窗外一片白色。今年的大雪来得有点儿早，却非常合我的心意。我是冬天出生的，冬天也是我最喜欢的季节。在心情稍好的时候，来一场大雪，真可谓锦上添花。

我收拾妥当，准备去办公室向师父和林涛通报小羽毛他们情况的时候，电话响了起来，是我的一个师兄打来的。

这个师兄并不经常联系，虽然也是公安法医，却是铁路公安。铁路公安处也有刑警支队，支队里也有法医岗位，负责处理铁路沿线的案子。他们会经常看到卧轨自杀的案例，各种惨不忍睹，各种支离破碎，但确定是命案的，倒是很少。因此，我们更多的时候，是各自管好自己的一亩三分地，不会有过多的接触和交流。

所以，这一大早就接到这位师兄的电话，我还是蛮疑惑的。

"师兄好，好久不见，有何指示？"我寒暄道。

师兄说："早晨，铁道上发现一具裸尸，我们一时拿不定主意，想请你们帮忙指导指导。"

"裸尸？"我说，"性犯罪？"

"不不不。"师兄说，"一个男性，只穿了裤衩。"

"这大冬天的。"我说，"不会是精神病'路倒'①吧？你们铁路公安处一般处置的都是这样的啊。或者，是被火车撞了？"

"没有，那条铁路沿线，从昨天下午5点到今天上午11点，都没有火车经过。"师兄说，"尸体也没有被火车碾压的痕迹。准确说，尸体上连伤都没有。"

"伤都没有，是好事啊。"我说，"不可以排除命案吗？"

"我觉得不太好排除。"师兄说，"这人身上干干净净，不像是精神病患者或者流浪汉，他在冬天光膀子，这还是有疑点的。"

"那你们按程序给我们总队发邀请函，"我说，"我们即刻就到。"

干法医的时间久了，我的好奇心也变得越来越强。每一件看起来不符合常理的事情，都会让我忍不住去探索掩埋其下的真相。只要事情足够"可疑"，就可以勾起我十足的好奇心。师兄的话，已经在我脑海里埋下了一颗种子，不探出个真相，誓不罢休。

---

① 路倒，法医用语，指的是在路边发现的无名尸体。另外，在河里、海里发现的无名尸体分别被称为"河漂""海漂"。

雪地热死之谜

冰天雪地出现场，可真不是个滋味。

好在现场是在市郊的铁路沿线，而不是荒山野岭。

韩亮把车开到了一处小山坡下，山坡上方就是铁路，四周已经被警戒带围起，警戒带的一旁摆着一个牌子，写着："龙番市铁路公安处在此办案，请绕道行驶。"

我下了车，紧了紧领口，环顾四周，都是白雪皑皑。虽然雪下得并不大，但是铁路附近人迹罕至，所以山坡的植被都已经被白雪覆盖。

我们顺着台阶走到了铁道旁，见几个民警正在一具被白雪覆盖了大部分的尸体旁边拍照。

"你们来啦。"师兄看到我，很是高兴，脱下手套来和我们握手。

我点点头，说："怎么回事？"

师兄指着身边一个穿着制服的男人，说："这是老八发现的。清早，他例行检查他管辖的路段，发现这里躺着一个人，身上盖了雪，于是他走过去推了推，发现人是硬的，显然早已死去，所以，就报了警。"

老八是一个黑瘦男人，穿着深蓝色的制服，制服上写着"龙番铁路六段"。

显然，他是负责本路段巡查的铁道维修工人。

我上下打量了这个男人，因为长期从事体力工作，他身材瘦削，但精气神儿十足。即便在这个大雪纷飞的季节，他也就是在羊毛衫外面套件工作服而已。老八的腰间系着一个工具袋，工具整齐地插在袋子上的每一个明格里。他走起路来，这个袋子随着步伐上下起伏，在他的臀部拍打着。

"这玩意儿不轻啊，天天带着不累啊？"我伸手掂了掂他腰间的工具袋，拉近关系似的关心道。

老八笑了笑，说："吃饭的家伙，从来不离身。"

"那你说说这案子是怎么回事吧。"我接着说。

"早晨5点，我按巡查流程在这一段检查铁轨。"老八说，"走到这里的时候，老远就看见一个白色的什么物件在铁路中间，当时我就一身冷汗啊，就怕是什么人来破坏铁路。当时天还黑着嘛，所以我赶紧走近一看，明明就是一个人形啊。我把物件上盖的雪抹掉，居然是一个人，还光着膀子！我以为这是存心寻死的，就推了他一下，发现他已经硬了。"

"硬了。"我沉吟道，"尸体上的雪多不多？"

"不多，没有现在多，"老八说，"毕竟这又过了两个多小时。准确地说，也就是一小层浮雪吧，因为光线不好嘛，所以才没有看清。"

"毕竟是雪地，这里有足迹的吧？"我转头问师兄。

师兄摇摇头，说："我们接到报警后，就赶过来了，当时地面上也有一层雪了，可是，尸体旁边，还真就是一点儿足迹都没有。"

"他自己的也没有？"我问。

"没有。"师兄肯定地说。

"要不要那么夸张？"林涛缩着脖子说，"大雪封地，走到这里，还不留下脚印？飘过来的吗？难不成是鬼？"

我笑着拍了一下林涛的后脑勺，说："写小说呢？什么大雪封地，尸体旁边不留脚印？"

"这不是很好的题目吗？"林涛嬉笑着说。

我说："雪地尸体旁，没有脚印很正常的好吧！一种可能，就是下雪之前尸体就躺这儿了；还有一种可能，就是后来下的大雪覆盖了之前的脚印。办案不是写小说，哪里有那么多玄乎的事儿？"

"覆盖是不可能的。"林涛说，"这雪这么小，还都不是干雪，不容易存住。我觉得吧，就是下雪前尸体就到这儿了。"

"是啊，我同意，这个对于案发时间的推断还是很有帮助的。"我说，"查一查气象台，昨天晚上是几点钟下的雪。"

说完，我穿戴上勘查装备，走近了尸体，蹲下来观察。

尸体上的雪已经被法医清扫，剩下的也都融化了，尸体完整地暴露在我们的面前。从面容上看，死者也就三四十岁的样子，几乎全身赤裸，只穿了一条三角短裤。和师兄说的一样，这个人的皮肤很细腻，很干净，就连头发都非常干净。我用手指搓了搓死者的皮肤，甚至都没有搓下来污物。

很显然，这个人不是精神病人，也不是流浪汉，他有着很好的清洁习惯。

"这样的季节，这样的衣着，按照法医的常规判断，我们最先要怀疑的，就是冻死。"我说。

师兄点点头，说："这也是我们之前认为的，可是，并没有任何冻死的依据。"

冬天，法医会出勘很多冻死的现场，现场的尸体几乎都会表现出一个独有的特征——反常脱衣现象。冻死者在死亡之前，因为冷热中枢的麻痹，会出现炎热的幻觉，从而开始脱除自己的衣物，有的甚至能把自己脱下来的衣服整齐地叠放在旁边，然后死去。

而这个现场，显然不存在反常脱衣现象，现场四周并没有发现死者的衣物，而且死者的短裤也妥当地在身上穿着。

除此之外，死者的皮肤表面也没有鸡皮疙瘩，尸斑颜色也不像冻死者那样鲜红，更没有冻死者所特有的苦笑面容。

这一切，都证实，死者并不是被冻死的。

我再次仔细检查了死者的尸表，没有明显的损伤，我说："虽然没有损伤，没有明显的窒息征象，但确实不是冻死。如果是死者没有穿衣服，就这样跑来现场，一来死者的脚掌会有损伤或泥迹，二来死者皮肤上会有冻伤或者鸡皮疙瘩。"

"肯定不是冻死的。"师兄说。

我皱着眉头，继续观察着尸体，沉吟道："那么，究竟是怎么死亡的呢？猝死？"

尸体平躺在两条铁轨之间，呈仰卧位。死者的双肩虽然没有铁轨宽，但是双侧的肘部搭在两条铁轨上，导致他的头部和背部中央并没有落在铁轨之间的枕木上，而是异常诡异地悬在两轨之间，就像是体操运动员用双肘支撑着地面，让背部离地一样。

"注意到这个没有？"我伸手探到了尸体的背部，说。

师兄点点头，说："尸僵的状态挺诡异的。按照常理，应该是双肘高于身体，背后着地才对。"

"说明什么问题？"

"说明死者在死后十二小时，尸僵完全形成以后，才被移尸至此。"师兄说，"这就是我觉得有疑点的根源所在。刚才都是凭直觉，你这一问，才不自觉说出了直觉。"

"不仅如此，还能说明死者死后，一直处于仰卧位，平躺的地方是很平整的，比如说地板或者床。"我说，"所以他被移动到这条高低不平的铁轨上的时候，就呈现出了一种让人感觉很不正常的姿势。"

"既然有人移尸，那么是命案的概率就大了。"林涛说，"当然，也有很多案子有移尸，但不是命案。比如前不久的一个案子，一个老头嫖娼的时候，心脏病突发猝死，暗娼店怕担责任，就找人把尸体抛出去了。哎呀，这个案子，不会和我说的一样吧？这人去暗娼店嫖娼，然后心脏病猝死，被人扔这里来了？结合死者的衣着什么的，想想看，还真是很有可能啊。"

"我觉得可能性不大。"师兄说，"我们这条铁路的附近，人迹罕至，如果要抛尸，等于跑出了很远。我觉得，如果是林科长说的那样，完全可以就近找个地方抛尸，没有必要抛出这么远吧？"

"师兄的意思是说，抛尸人自觉罪大恶极，所以必须抛出很远，省得尸体被发现后，警方很容易就找到他们？"我说。

师兄点点头，说："我们这样去想想，如果不是老八例行巡查的时候发现了这具尸体，那么11点一到，火车经过这里，会怎么样？"

"火车巨大的碾压力，会把尸体完全碾碎。"我说。

师兄说："我们火车线路上发现的尸体，大多数是没有全尸的。状况好的，断成几截；状况不好的，支离破碎。这姑娘是警校刚刚毕业就分配到我们刑警支队技术室的技术员，她第一次跟我到现场，就一不小心踩了一脚脑浆，然后扔了她刚买的球鞋。"

说完，师兄笑着指了指身边一个挎着相机的女孩儿，女孩儿正在用眼角瞄林涛。

"也就是说，抛尸者把尸体扔到这里，就是为了让路过的火车来毁尸灭迹？"我问。

师兄点了点头，说："不过，显然他不是我们铁路上的人，不了解每条铁路的火车经过时间，不了解我们铁路维修工人的巡查制度，所以他的阴谋没有得逞。"

"那我就奇怪了，你们发现了支离破碎的尸体后，又该怎么办？"林涛插嘴问道。

师兄笑了笑，说："完全碎裂的尸体，法医也不是完全没有办法确定死因。而且，就算是没有办法确定死因的，至少也能提供身份识别的依据。当然，我们的调查部门，也一样会让罪犯无所遁形。"

"那倒也是，毕竟案件的性质，也不一定完全要法医来确定，我们痕检部门也有很重要的职责呢。"林涛说。

"不管怎么样，这起案子，既然确定了是移尸，那么就要查到底。"我斩钉截铁地说，"至少，我们首先要搞清楚的，就是他的死因到底是什么，以及，他究竟是谁。"

2

初步确定了移尸的行为，我们更加信心满满。通过系统的尸体检验，我们有把握明确死者的死因，从而确定案件的性质，以便于指导下一步侦查工作。

铁路公安处没有自己的尸体解剖室，一般情况下，是使用龙番市公安局的尸体解剖室。

尸体刚被抬到解剖台上，我们就用肛门温度计测量了尸体的尸温。

"有问题啊。"我说。

"什么问题？"师兄说道。

"气象台查了吗？"我问，"昨晚几点钟开始下雪的？"

"今天凌晨3点。"师兄说，"一直下到5点多，都很大。"

"5点钟，老八发现尸体的时候，身边就没有脚印。"我说，"说明尸体是在凌晨3点开始下雪之前就挪到铁轨上的。"

师兄点头。

我说："而尸体挪到铁轨上的时候，尸僵已经很僵硬了，即便是双肘支撑着身体，尸体姿态都没有因为重力作用而改变。"

师兄继续点头聆听。

我接着说："死者尸僵僵硬，按照尸僵产生的规律，应该是死了12小时左右。也就是说，根据尸僵和现场的情况，死者应该是在凌晨3点之前12个小时死亡的。"

"昨天下午3点钟左右死亡的。"韩亮展示了他的速算技能。

我说："现在是上午9点，也就是说，根据尸僵状态，死者应该是死亡了18个小时。"

"嗯，昨天下午3点到现在，18个小时。"韩亮说。

我一边看温度计，一边说："天寒地冻的季节，尸体温度下降更快，所以计算出来的死亡时间要乘以0.7。如果死者死亡18个小时，那么尸体温度要下降18摄氏度才对。"

"这个我也会算。"韩亮翻了翻眼睛，说，"春秋季节，尸体前10个小时每个小时下降1摄氏度，之后每个小时下降0.5摄氏度。如果尸温是19摄氏度，比正常人下降了18摄氏度的话，应该是死后26个小时。26乘以0.7，约等于18个小时。"

"可是，我们测得的尸体温度，是23摄氏度。"我说，"只下降了14摄氏度，春秋天，这样的死亡时间应该是18个小时，而冬天应该就是12个小时多。"

"也就是说，尸体温度下降的速度，比通过尸僵测定的时间要慢6个小时。"韩亮说，"那就有矛盾了。如果死者是12个小时前才死亡的话，那么凌晨3点之前移送到铁轨上的时候，尸僵还没在大关节形成，不会以那样的姿势保持下来。"

我狠狠地点了点头。

"一般死亡时间会有误差，但是不会有6个多小时的误差啊。"师兄说。

"哎，办案件，还是要抓大放小。"我说，"有矛盾也很正常，不能影响我们其他的工作。"

"可是，这矛盾得有合理解释啊。"韩亮说。

我说："未知的情况很多，不好推测，但是合理解释有很多。比如，死亡后，尸体一直被存放在一个温暖的环境里。"

"有道理。"师兄说，"不过，我们中部省份，几乎都没有暖气，这个天气，室内温度达不到春秋季节的20摄氏度左右啊。这6个小时的误差，而且还确定在凌晨3点之前就移动尸体，移动尸体之前，尸僵还完全形成了，这还是不好解释啊。"

"不管了，还有许多要做的工作。"我说，"现在首要的事情，不是解释死亡时间的疑点，而是确定死亡原因和个体识别。"

死者全身几乎赤裸，所以没有任何可以作为身份识别依据的物件。就连那仅存的一条内裤，也没有任何商标品牌，实在毫无抓手去查。

我们没有放弃，在尸表皮肤上仔细检查，希望能够发现一些可以作为身份识别依据的特征，同时，也在寻找尸表上的损伤。

"死者的右腰部有疤痕！"师兄叫道。

死者的皮肤很好，也不是疤痕体质，他右侧腰部的疤痕若隐若现，隐藏在皮纹里，要不是师兄眼尖，还真有可能被遗漏掉。

"腰部切口？"我沉吟道，脑子里翻过各种各样的手术术式，"什么手术是在腰部切开的？肾脏？"

"一会儿打开腹腔不就知道了吗？"师兄简单粗暴。

我点点头，继续检查尸表。尸体表面几乎看不出任何损伤，尤其是颈部、口鼻这些容易遭受暴力的部位，看不到任何损伤。唯一的损伤，就是死者的双手手指。

死者双手手指的指尖，无一例外地都破了皮，但是因为天气寒冷，并没有看到出血。创面白森森的，露着里面淡淡的血丝。甚至有两三根手指的指甲都没了，鲜红色的甲床暴露在外。

"看起来，这些创口很新鲜。"师兄说。

"看起来，这些创口被人擦拭处理过。因为人死了，天又冷，所以出现了这种白森森的恐怖模样。"我说。

"会不会有别的可能？"林涛说。

我和师兄充满期待地看着林涛。

林涛说："我小时候听我妈说，有种鬼专门咬人的手指。我们有个邻居，那时候只要一进蚊帐准备睡觉，手指就全破了。第二天刚愈合，晚上又破了。后来那个邻居的妈妈在家里请了佛像，就好了。"

"喊！"我和师兄异口同声地鄙视道。

"真的！"林涛瞪着大眼睛说。

我根本不理林涛，说："这损伤还真是要注意。虽然损伤轻微，不至于致死，但是形成机制还真不好说。"

"会不会是凶手知道我们通过观察甲床青紫情况来判断死者有无窒息过程，所以故意破坏了手指尖端？"师兄猜道。

我摇摇头，说："甲床都还在，损伤的只是指尖。"

"那就很奇怪了。"

"而且，窒息也是不存在的。"我指着尸体，说，"机械性窒息有九种方式：缢死、勒死、捂死、哽死、闷死、扼死、溺死、体位性窒息和胸腹腔受压。从尸体的表象看，除了哽死和闷死，其他都可以排除了。"

"尸体没有明显窒息征象。"师兄说，"甲床正常，口唇正常，眼睑苍白，显然也不是哽死和闷死。"

"难以解释的地方这么多，我都有点迫不及待看解剖的情况了。"说完，我拿刀划开了死者的胸腹腔。

切开死者的肋软骨，拿掉胸骨，掀开腹部的大网膜，死者整个胸腹腔完全暴露在我们的眼前。整体感觉，就是很正常。

一来，排列正常，并没有明显的脏器畸形错位；二来，外表正常，没有任何破裂，胸腹腔内也没有任何积血和积液。

"看起来，不像外伤致死啊，也没有窒息征象。"师兄有些慌乱。

百分之九十九的尸体，在剖开后，法医心里就对死因有了数。可是，对这具尸体的死因，至少到目前为止，我们还一点儿数也没有。

我没有急于掏出死者的内脏，而是对颈部进行了细致的解剖分离，结果和预计的一样，死者的颈部没有遭受过任何外力作用，正常到不能再正常了。

我又和师兄一起对尸体开了颅，整个颅脑，也是正常到不能再正常了。

"这……这是怎么回事？"师兄打开死者的心包，取出心脏仔细观察，"猝死也不像啊，一般猝死都是心血管疾病引起的，可是这个人的心脏看起来非常正常啊，连肥大、脂肪浸润都没有。"

虽然很多疾病会导致人体的死亡，需要法医组织病理学检验来确证，但是通常这样的尸体，内脏多多少少都会有变化，比如心脏变大、心壁变厚，等等，都是可以肉眼有所发现，并对疾病进行预测的。

我的心里也在打鼓，用手探了探死者的颈椎，看是不是因为颈部剪切力导致颈髓损伤死亡，但颈椎也是完好无损的。

"从大体上看，我们是没有找到死因。"我说，"人的死亡，无外乎六种可能。一、疾病，包括衰老死亡，可是死者看起来只有三四十岁，保养良好，内脏器官正常；二、中毒，死者食道无呕吐物，也没有常见毒物中毒导致的尸斑、出血点、瞳孔等变化；三、窒息，刚才已经排除了；四、外伤，也一样可以排除；五、电击死，尸体上没有电流斑，不符合；六、高低温，我们在现场就基本意见一致，不符合冻死的特征。"

"一个都不符合。"师兄叹了口气。

我说："别急，也可能是一些特殊的毒物中毒，或者是一些肉眼无法观察的疾病导致死亡。别忘了，我们还有很多辅助的手段。"

"那我们俩就取内脏吧，一方面送去进行毒物检验，另一方面送到方俊杰科长那里进行法医组织病理学检验。"师兄说。

我点点头，开始按照摘取内脏的程序和术式对死者的每一个脏器进行提取。

提取到肾的时候，我在死者左侧的肾窝里摸来摸去，傻了眼，说："左边没肾！死者少一个肾！"

"啊？！会不会是偷器官的人干的？！"林涛叫道。

"傻啊你。"我说，"科普了这么多年，还来说偷器官的梗？再说了，偷器官可以不留创口？隔空取物？"

"不是有疤痕吗？"林涛说，"不对，疤痕长好了。"

我笑着摇摇头，说："这个疤痕，针眼都看不清了，应该是三年前的事情啦。难道这个人卖过肾？"

师兄说："不对啊，疤痕明明是在右侧好吗？可丢失的是左肾啊！哪有取左肾却在右边开刀口的道理？"

我愣了半天，又伸手探进死者的腹腔里掏来掏去，说："没有任何手术缝线、结扎的痕迹。这个人天生就是独肾！"

"那右边的刀口？"师兄说完，取出了右侧的肾脏。

右侧的肾脏上有明显的缝合后愈合的疤痕，甚至还可以看到一点点没有被完全吸收掉的缝线。

"果真如此。"我长舒一口气，说，"右侧的疤痕是做肾脏手术的。这是一个独肾人，可惜仅有的肾脏上也长了瘤子，没有办法，不能简单切除，只能进行肾脏肿瘤分离手术了。"

"什么意思？为什么不能简单切除？"林涛问。

"肾脏位置太深，如果是恶性肿瘤，没办法清除干净。"我说，"对正常人来说，最好的方法就是切除一颗肾，另一边的肾脏一样可以维持身体功能。但是作为独肾人，他不能把仅有的肾切掉，也不能让恶性肿瘤残留，所以，只有进行肾脏离体手术。从这愈合的疤痕看，就是肾脏离体，切除肿瘤后，又接回去的疤痕。"

"现在医学这么发达了？"林涛叹道，"器官拿下来装上去就跟玩儿似的。"

"可不像玩儿似的。"我说，"据我所知，这样的手术，只有那么一两家医院能做，成功案例也不多。"

"这个人等于是劫后余生啊，可惜余生再遭劫。"林涛说，"可惜了，可惜了。"

"我看到的，可不仅仅是可惜。"我神秘一笑，"既然有这么好的一个个体识别特征，为什么不马上派人去搞清楚死者的身份呢？"

林涛猛地一惊，说："对啊！我马上就去通知铁路公安处侦查科！查三年前，肾脏离体手术成功的人！"

"等等。"我叫住准备往外跑的林涛说，"等我们看完死者的耻骨联合以后，可以更加精确地锁定目标。"

磨刀不误砍柴工，我们取下了死者的耻骨联合，简单分离软组织后，大概估计了死者的年龄。因为做过大手术，虽然死者保养得很好，但是从耻骨联合看，他只有31岁，和那副看起来接近40岁的面孔不太相符。

"去吧，肾脏离体手术成功的人，30岁左右。"我笑着对林涛抬了抬下巴，示意他可以去通知侦查员了。

把脏器逐个取下、登记、拍照、固定后，我们分两路，把检材送到了省公安厅的理化科和法医科，进行毒物化验以及法医组织病理学检验。

虽然我们都贴了加急的标签，反复嘱咐要尽快出结论，但得到的答复是，最快也要第二天上午才能出结果。

对于死者身源的调查，需要到北京、上海的大医院进行，也需要一定的时间。案件因此暂时被搁了下来。

在送检完毕之后，我突然想起了一件未尽事宜。

"走，去现场附近那个铁路段的维修工办公室。"我和韩亮说。

"怎么？还要找那个报案人了解情况吗？"韩亮伸了个大大的懒腰说。

"对。"

一路无话，我们的车开到了一幢红砖小楼的楼下，楼房的大门边挂着一个大大的招牌：龙番铁路六段。

老八正跷着个二郎腿，抱着个茶杯，坐在电脑前悠然自得，见到我们三个走进门来，赶紧站了起来，说："各位领导，还有事吗？"

"记性挺好啊，还记得我们。"我笑着坐到他旁边的木质沙发上，招手示意他也坐下。

"有何贵干？"老八问。

我指了指他腰间的工具袋说："我就是对这个东西比较感兴趣，可以给我看看吗？"

老八不假思索地解开系在肚脐下方的锁扣，把工具袋递给我。

这是一条普通的皮带，皮带的中央挂着一个工具袋，工具袋上并排排列着数个明格，每个明格里都插着一把工具。

如果把工具装在包里，拎在手上，显然没有这样挂在腰间方便。

我在几个工具上扫了一眼，直接拿出一把类似钉锤的锤子，问："这是什么？"

老八说："铁路检修锤啊，最重要的一把工具了。"

这个锤子是木柄的，锤体是生铁质地的，非常坚硬厚重。锤子的一端是个方方

雪地热死之谜

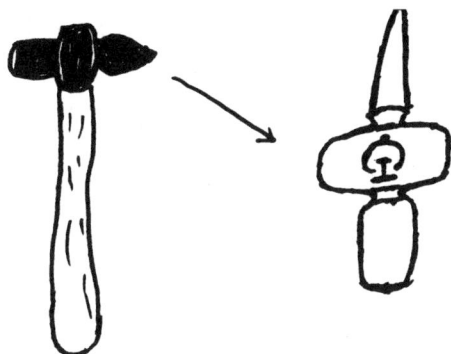

铁路检修锤手绘图

正正的正方形锤面，而另一端则是一个类似于锥子的形状，锥子的末端，变得非常尖锐。锤面和锤锥两个部分的连接部，是一个圆形的锤体，锤体连接着木柄。锤体的侧面有个凸出来的标志，上面是一个四分之三圆，下面是"⊥"，构成一个铁路的标志。

我一边摸着检修锤的各个部分，一边说："棱边，锥孔，半圆。"

林涛在一旁看着我奇怪的表情和动作，一时有些蒙。突然，他醒悟了过来。

我转头看着林涛，和林涛异口同声道："一模一样！"

A系列专案中的三名死者以及宝嫂的头部损伤形态，就是由这样的工具造成的。

"你们铁路检修人员用的检修锤，都是这样的？"我问老八。

老八一脸迷茫，说："咱们这条铁路线几千检修工，检修锤都是统一配发的，当然一模一样。"

"谢谢。"我兴奋极了，转身告辞。

"你们是说，A系列专案的凶犯，是铁路检修工？"在我们重新坐回车里的时候，韩亮说道。

我点点头，说："真是了却一大块心病！我一直都搞不清楚致伤工具究竟是什么！今天看来，就是这种检修锤无疑！"

"可是，你是怎么想到的呢？"林涛问。

我说："冥冥之中，自有天意。今天我在出现场的时候，看见老八腰间别着这个东西。我就想到了宝嫂被伤害案中，那个大衣柜内侧面的划痕。"

"我想起来了。"林涛说，"当时我们还在想，凶手躲在衣柜里面的时候，到底是带了个什么样的硬物，居然能将衣柜内侧剐破那么一大块！"

"显然他是无意剐破的，而且这个硬物还比较宽大。"我说，"你看一下老八的那个工具袋，如果凶手腰间也系着这么一个东西，坐在大衣柜里面，稍微一动，工具袋就会在大衣柜内侧面留下损伤痕迹了。"

"可是，你这么直接来找老八，不怕老八就是凶犯？"林涛问。

我摇摇头，说："我可以确定，他不是。"

3

一下午的时间，我们都在A系列专案组里布置着工作。

我展示了用犯罪地图学框定的龙番市地图的一部分，这是一个密集的住宅区。然后，我展示了从老八那里拍来的铁路检修锤的照片，并和A系列案受害者的损伤照片，进行了对比。

即便不是法医技术人员，看到如此鲜明的对比，也可以认定，这种形态的工具，就是犯罪分子作案时使用的凶器。

"这种铁路检修锤，是特种工具，所以我们以前并没有见过。加上犯罪分子身穿灰色风衣，刚好将凶器部分遮挡住了，"我说，"因此，之前我们贻误了战机。既然我们发现了这种形态的工具，就要从这种工具查起。"

"这种工具，网上买不到吗？"侦查员问。

我摇摇头，说："这工具是铁路部门统一配发的，所以，能拥有这种工具，而且有在腰间系工具袋习惯的，必然是铁路维修工人。"

"感觉这是一个踏踏实实的职业啊，怎么会做这种匪夷所思的事情呢？"

"这就需要破案以后，才能揭晓答案了。"我耸了耸肩。

"龙番市里及市郊，有二十几个铁路段。"一名侦查员一边查阅相关资料，一边说，"铁路维修工人加在一起有数千人，怎么查？"

"确实，铁路维修工人是不少，"我指了指大屏幕上的地图，说，"但是家住在这个住宅密集区的铁路维修工人，可能就不多了。"

"明白了，调查这个区域内所有从事铁路维修工作的人员，以及有可能获取这种特种工具的人员。"

"毕竟涉及另外一个案犯，所以不能打草惊蛇。"赵局长插话道，"先采集具备条件的嫌疑人的影像、背景、习惯等线索，回来进行分析。如果有条件，就采集他的DNA进行比对。"

说起来简单，即便只限于方圆数公里的区域，排查起来也是一件非常麻烦的事情。社区民警可能会掌握常住人口的基本信息，但也不可能掌握每一个人的职业。更别说在这个密集区里，有大量租住人员，给排查工作带来极大的麻烦。

心急吃不了热豆腐。我们也明白这个道理，所以趁着天没黑，各自回到家里养精蓄锐，准备迎接下一轮的硬战。

第二天一早，我和林涛就来到了厅里的物证检验实验室。理化检验的结果和我们猜想的一样，并没有检出任何可疑的成分，也就是说，可以排除死者系中毒致死。那么，我们对于死因的鉴定依据，就唯有法医组织病理学这一根救命稻草了。

方俊杰显然是熬了一夜，红肿着双眼走出了组织病理学实验室。

"怎么样？"我满心期待。

"很纳闷。"老方垂着脑袋说。

这三个字就像一把大锤，锤得我的心里咯噔一下。

"怎么说？"我急着问。

老方说："在组织进行脱水的时候，我看了你们送过来的案件资料。确定死者是在冰天雪地里，对吧？"

我点了点头。

老方接着说："首先，这个人是健康的。"

"健康？"我问，"这个人应该是得过肾脏恶性肿瘤的啊。"

"切得很干净。"老方说，"从目前的切片来看，没有发现残留的肿瘤组织，但是从肾脏的大体来看，还是可以看到曾经有过手术的痕迹。我相信，这一点你们也做出过判断了。"

"是的，这个是我们查找尸源的一个主要依据。"我说，"你的意思是说，现在这个人的内脏，一点儿问题都没有？"

老方摇摇头，说："可以完全排除疾病致死的可能，就连冠状动脉狭窄都没有。"

"心、肝、脑、肺、肾都没有问题？"我追问道。

老方说："不仅如此，胰腺、肾上腺什么的，都是正常的，是一个非常健康的人，甚至比我们大多数人健康许多。"

"那……那死因会是什么？"我感到一阵眩晕。

老方沉吟了一会儿，说："我有个想法，但是只作参考啊。"

"快说，快说。"林涛迫不及待。

老方说："这样吧，我先来说说我经过一夜工作，对死者各个器官检查后的发现。脑组织是没有外伤，没有血管畸形的，但是小脑存在一些问题，浦肯野细胞肿胀，核溶解，细胞数目减少。"

"这是什么病？"林涛听得一头雾水。

"这个发现没有意义，很多问题都会导致。"我摆摆手，打断了林涛的追问。

老方接着说："心脏没有器质性疾病，但是心室存在扩张，心内膜下有一些条纹状的出血。"

我皱起了眉头，林涛一脸茫然。

老方说："肺脏、肝脏倒是没什么，主要的异常就是瘀血水肿。我觉得他的肾脏比正常人的要略大一些，肾小球毛细血管和间质血管有明显的扩张，还有肾上腺髓质增生。"

"那很正常啊，这个人的肾脏不是有问题吗？"林涛又忍不住插话。

"如果肾癌已经康复，就不应该还存在这样的改变。"老方解释道。

"老方，你最后想说的是，他的骨骼肌存在组织病理学改变，对吗？"我问道。

老方微笑着点头。

"骨骼肌横纹消失，肌纤维溶解、坏死，肌浆凝聚成嗜酸性颗粒……"我喃喃着。

老方继续微笑着点头。

"什么和什么啊？"林涛说，"你们在说暗语吗？我一句也听不懂。"

"这不太可能吧？"我摸着下巴说。

老方说："咱们心有灵犀，你应该知道我为什么纳闷了。"

"喂，你俩能不能说人话？"林涛说，"死因究竟是什么？解剖的时候，你不是说中毒、窒息、外伤都可以排除了吗？现在老方又排除了疾病，你怎么知道死因是什么？"

"你说的四种是常见死因，"我说，"我当时还说了另外两种。"

"我记得，我记得。"林涛翻了翻眼珠，沉思一会儿，说，"还有电击嘛，也排除了；还有什么高低温嘛，你不是也排除了吗？"

"我只排除了低温致死，却忽略了中暑死。"我幽幽地说。

林涛张大嘴巴愣了半天，说："高温？冰天雪地里中暑死？"

"一般中暑死是很难通过法医学检验来直接判断的。"老方补充道，"排除了其他死因，结合我们之前说的那几个特征，基本可以判断死者就是中暑致死。你说的这个现场环境，也是我们俩觉得纳闷的原因。"

"指端破裂，踏雪无痕，雪地热死，这……这……这也太恐怖了。"林涛缩了一下脖子，"不会真是鬼上身吧？"

"哈哈哈……"老方被林涛滑稽的表情逗乐了，"在这个世界上，什么事情都可以用科学解释，你的鬼神说，站不住脚。"

"你有什么看法？"我没有理睬林涛的迷信，继续征求老方的意见。

"高温致死，主要有两种死法。第一，日射病；第二，热射病。"老方如数家珍。

"什么射？"林涛问。

老方解释道："比如一个人在烈日下干活儿，太阳照射头部时间过久，就会导致日射病而死亡。而一个人在高温、高湿的环境下太久，身体周围温度太高，就会使得身体的体温调节中枢功能衰竭，汗腺功能衰竭，最后因为水和电解质缺失过多，体内电解质紊乱而导致死亡，这就叫热射病死亡。"

"那这个死者应该是什么射？"林涛问。

"应该问，这个死者是什么病！"我拍了一下林涛的脑袋。

老方说："死者颅内病变不严重，身体皮肤毛孔张开，从这两点来看，确定不是日射病死亡，是典型的热射病死亡。"

我默默地点点头。

"不过，热射病多见于炎夏，目前这环境确实有点儿让人费解。"老方说。

向老方告辞后，我拉着林涛赶往龙番市铁路公安处刑警支队的专案组。一路昏昏沉沉，我们赶到时，一屋子人早已在等待我们的结果。

"怎么死的？"师兄见我们进门，开门见山道。

"热死的。"我也开门见山。

会场沉寂了一下，突然爆发出一阵议论声。

师兄笑着看着我，意思是并不相信。

"我没有说笑，死者确实是热死的。"我一本正经。

"热死的？"龙番市铁路公安处刑警支队牛支队长说，"匪夷所思啊。"

"从法医的角度，可以确定死者就是中暑死。"我说。

会场又是一阵议论。

"指端破裂，踏雪无痕，雪地热死，这……这……这也太恐怖了。"林涛心有余悸，重复了一遍他内心的恐惧。

"是啊，林科长说的，句句在理。"牛支队居然支持林涛的说法。

"是啊，句句在理。"我笑着说，"这三句，少了哪一句，都会觉得匪夷所思，但是，这三句凑在一起，就有了合理的解释。"

显然，我在来的路上，已经想明白是怎么回事了。

"如何解释？"牛支队问。

我说："我们在勘查现场的时候，就明确死者是死后十二个小时被移尸到现场的，而且移尸的时候，现场并没有下雪。这个观点，我们在开始就确定了，现在更加确定。既然是雪前移尸，自然会造成踏雪无痕的假象。"

"嗯，解释了其一。"牛支队说。

"既然是移尸，那么死亡的环境，就不是冰天雪地。"我说，"死亡现场的环境应该是很热的。我们在尸检的时候，曾经算过死亡时间。用现在的尸体温度判断死亡时间，无法解释移尸时已死亡十二小时，无法解释移尸时还没有下雪。简单地说，尸体温度下降得比正常的要慢。这就说明了两个问题：第一，热死的人，尸体温度下降缓慢；第二，热死后，死者被存尸的地方温度比较高，也影响了尸体温度的下降。上述的一切，就造成了雪地热死的假象。"

"可以解释其二。"牛支队说，"但是，这个季节，就是非洲也不至于热死人吧？如果在别的较热的地方热死，尸体怎么运来？通过铁道？"

"不不不，显然不会移动那么远。"我说，"如果是自然环境下被热死，就不是命案了，行为人没有刑事责任，为什么还要几经周折去移尸？"

"不是自然环境。"牛支队低头边记边说，"你的意思是……"

"不是自然环境的意思，就是有一个人造环境，即便室外冰天雪地，这个小环境里依旧可以温度非常高，湿度非常高。"我说。

"桑拿房。"几个人异口同声。

"对。"我笑着说，"如果这个桑拿房是带门的，而且门可以从外面锁上，那么死者就会被困在桑拿房里，无法逃脱。如果他身感不适，想尽量逃脱，就会用手抓门，自然会留下指端的损伤。慢慢地，死者丧失意识，身体大量排汗，体内水电解质紊乱，最终致死。因为环境地面的潮湿以及死者大量排汗，指端损伤附着的血迹会被冲刷浸泡，显得苍白恐怖。死后，尸体处于高温环境，尸体温度下降很慢，从而造成尸体温度和死亡时间的矛盾。综上，也就造成了指端破裂的现象以及死亡时间的假象。"

"完美地解释了其三，甚至其四。"牛支队拍了一下桌子。

"我们查找尸源的工作也取得了重大的进展。"师兄说，"根据尸检得出的结论，我们寻访了两家医院，就找到了疑似的人员，经过今天凌晨的DNA检验，已经确定死者和疑似人员父母存在亲子关系。"

"哦，死者的父母都找到了？"我问。

师兄点点头，说："死者叫司马俊，30岁，企业老板。"

"有钱人？怪不得身体保养得那么好。"我说。

师兄说："死者没上过什么学，18岁就出来打拼，挣得千万家产。在26岁的时候，因为间歇血尿，他被查出患了肾癌。同时，他得到了非常不幸的消息，他是独肾人，癌肿就长在他唯一的肾上。后来，司马俊倾尽所有，找到了一家医院，进行了肾脏离体手术。"

"一个手术，要倾尽千万家产？"林涛问。

"这种手术，全世界也没成功过几例，"师兄说，"加之他急于变卖家产，所以无形中损失了不少。"

"拿钱能买回命，多少都值。"我说。

"你真傻，你咋不去当医生？"林涛嬉笑道。

师兄接着说："司马俊手术后，非常注重身体保养，但是因为没有了原始资本，所以他现在在干民间借贷的活儿。"

"民间借贷？"林涛说，"就是从甲的手里借钱，谈1分的利息，然后把钱借给乙，要2分的利息，从中间拿这1分的利息？"

"一点儿都不错。"师兄说，"不过他胆儿大，用每月2分的利息拿钱，5分的利息放贷。"

"这是高利贷啊！"林涛说。

师兄点点头，说："因为他给的利息高，所以筹集了数千万元的资金。"

"这样就比较麻烦了。"牛支队从侦查的角度提出意见，"这个人的借贷关系过于复杂，我们不可能把每个和他存在借贷关系的人都查一遍。"

"当然不用。"我笑着说，"需要杀人的，肯定是和他有大额资金来往的人，而且这个人表面上看起来应该很有钱，自己家里有桑拿房，或者就是开澡堂子最近停业过的。你们想想，总不能去公共浴室里杀人吧？"

"有道理！"牛支队赞许道。

"而且，桑拿房是带门的。"我说。

"哪个桑拿房不带门？"林涛继续打趣我。

我挠挠头，说："好吧，桑拿房的门是可以从外面锁上的。"

"这个倒是不多。"师兄说。

"不过，"牛支队说，"我市辖区内桑拿房颇多，自带桑拿房的豪宅也不少，万一和司马俊存在资金来往，又具备桑拿房条件的人不止一个，这怎么去甄别呢？"

我笑着从勘查箱里拿出一个小瓶子，说："鲁米诺啊！既然死者拼死扒门想出去，而且在指端都留下了那么多损伤，这个桑拿房的大门边沿，自然也会留下潜血痕迹，用这个试剂去显现，然后提取检材进行DNA检验。一个被害者的血遗留在桑拿房里，我想，这个凶手怎么抵赖都是不可能的吧！"

"马上部署侦查！"牛支队很是兴奋。

"那我们明早见！"我如释重负。

4

一整个下午，我们都泡在龙番市公安局的A系列专案组里。

专案组的电话不停地响，放下去的各组侦查员不时地汇报消息。

当然，能够引起我们注意的，只有个别好消息。

"发现铁路维修工某某某在现场区域附近出现""确定维修工某某某租住在某栋某号""确定某房屋的主人就是铁路维修工"之类的。

整个下午，信息已经收集得差不多了，比我们想象中要多，居然有十几名铁路维修工人居住在我们框定的范围之内。

下一步，就是收集影像、资料的阶段，并对这十几个嫌疑人进行进一步的甄别和筛选，以便于缩小甄别范围。

眼看帮不上忙，我和林涛只好满怀希望地各自回了家。

第二天一早，我和林涛相约在龙番市铁路公安处见了面。

和我们预测的一样，案件已经破获了，师兄和我们叙述了昨天晚上惊心动魄的一幕。

师兄说："排查工作进行到昨天下午，就有嫌疑人浮出水面。一个叫司马强的老板，和死者司马俊是远房亲戚关系。据说，司马强曾经找司马俊借了一大笔钱，借完钱后，一直拖欠利息，司马俊想方设法找司马强要利息，但也不敢轻易和其翻脸。司马俊只要一和别人聊天，就会说到司马强的事情。"

"为何不敢翻脸？"

"据我们现在掌握的情况，司马强可能涉嫌有组织犯罪活动。"

"黑社会？那为什么司马俊还敢借钱给他？"

"嗯。据说，司马俊在外放债，主要依靠司马强的势力，别人不敢不还钱。"

"原来是狐假虎威、互相利用的关系，直到这笔拖欠不还的钱，变成了他们之间的心病。"

"我们经过排查，觉得因为经济纠纷杀人，司马强是最具备条件的，所以把他作为我们的第一号嫌疑人。后来第二侦查组经过侦查，确定司马强的私家别墅内，有桑拿房。既然几个条件都符合，我们就准备先对司马强动手。昨天晚上，一队刑警和我们几个技术人员，携带法律手续，到司马强家里进行搜查。没有想到的是，这厮居然叫出了二十几号西装革履的手下，准备暴力抗法！"

"胆子这么大！"

"是啊。好在刑警们都带了枪，双方对峙的时候，刑警都鸣枪示警了，这帮不怕死的东西毫不退缩。司马强躲在人群后，居然扬言说中国的警察，枪只是摆设，没人敢用。他一句话让手下更加肆无忌惮地围攻我们，双方开始有了撕扯的动作。甚至他们还用刀砍伤我们的一名刑警，还好那位刑警立即果断开枪，这才使事态稳定下来。"

"想想看，真是悲哀。"我叹道。

师兄接着说："稳定了事态后，我们请求的龙番市局的特警就到了，迅速控制了这帮家伙，我们才得以顺利进入现场进行勘查。当时我们的心里也在打鼓，万一人不是他杀的，恐怕还真要接受检察院的调查，看开枪合不合法。好在血液预实验很快就确定了司马强家桑拿房的门沿上黏附了血液。"

"经过一晚上的检验，是不是已经确定了那就是司马俊的血？"我问。

师兄开心地点了点头，说："有了这个证据，司马强没有抵抗，但是交代的肯定有问题。他说，他请司马俊过来聊天，顺便蒸了个桑拿。后来因为口角，他一气之下把司马俊锁在了桑拿房内，自己则去和手下打麻将，把司马俊忘了。等他想起来的时候，司马俊已经死了，所以他只好吩咐手下把人扔到了铁道上。"

"听起来，天衣无缝，他显然是有很强的反侦查经验。"我说。

"司马强坚持否认自己找司马俊借过钱，否认因为债务纠纷要除之而后快。"师兄说，"不过，我们的第三组侦查员倒是立下了汗马功劳。"

"哦？有发现？"

"是啊。牛支队在派人搜查司马强家之前，派了一组人对司马俊的住处进行了搜查。没想到司马俊的住处被很多人翻乱了！显然有另一拨人在找些什么。我们第三侦查组的同事对于搜查很有心得，他们居然找到了一个另一拨人没有找到的重要东西！一个大信封。"

"装着什么？"

"装着一些资料和光盘。"师兄说，"后来经过龙番市局打黑队的同事查阅分析，那些东西都是证明司马强组织黑社会性质团体的资料。"

"证据？"

"对。司马俊心思缜密，在无法拒绝借款给司马强的时候，搜集了很多司马强有组织犯罪的证据。我们分析，司马强开始赖账的时候，司马俊就以这些资料作为要挟，要求司马强还钱。这一举动，逼得司马强下了杀手。"

"假意邀请司马俊做客，然后把他锁在桑拿房里，逼其交出证据？"我问。

师兄点头，说："不错，我们分析正是这样。至少，他逼问出了司马俊的秘密住所。我们通过痕迹检验，确定了先一步进入司马俊住处翻找的几个人，正是司马强的手下。这是有力的证据，证明了司马强杀人的动机。"

"司马强打的好主意。"我说，"司马俊以为自己有证据，司马强不敢动他。结果司马强这个心狠手辣的人，通过这种方式杀了他，一来可以省去还钱，二来可以销毁证据。"

"司马强应该是有借据给司马俊的。"师兄说，"司马俊住处有一个文件夹封面写着借据二字，但里面确实是空的。那几个人应该把里面的借据全部销毁了。"

"不仅毁了自己的借据，还毁了其他人的借据。"我说，"这样做是为了不被怀疑，不做出头鸟。这样的手段，说明他们之前就下定了决心杀人。"

"没关系，现在告司马强故意杀人的证据已经足够了。"师兄说，"不仅如此，打黑队也抽出精干力量来办理司马强涉嫌有组织犯罪的案件，一定要把这个害人精绳之以法。"

听完师兄的叙述，我和林涛迫不及待地赶往龙番市公安局。我心里清楚，这起裸尸案从昨天上午开始，就已经毫无阻碍了，破案只是时间的问题。

而两个系列专案，才是我们共同的心病。两个多月来，纵使两个系列专案组的全体人员都呕心沥血，依旧毫无进展。目前的进展，是发案两个多月来，貌似最接近真相的。大家都在摩拳擦掌，希望这次能够有实质性的推进，而不是海市蜃楼。

经过昨天一夜的侦查，不知道专案组已经掌握了什么情况，这是促使我和林涛第一时间赶赴专案组的原因。

专案组里烟雾缭绕，每个人都面带倦色，显然是一夜未眠。我和林涛走进专案组，顿时觉得自己昨晚的睡眠简直是一种罪过。心怀愧疚的我们坐到了位置上。

专案组的大方桌中央，摆着一把铁路检修锤。显然，专案组专门着人弄来了一把样锤，好进行比对。

我把检修锤拿到手里，抚摸着各个特征点，心里更加确信，这就是导致作案数起、三死一伤悲剧的作案工具。

"经过一晚上的筛查，目前有三个人最为可疑。"赵局长指了指电脑前的侦查员，示意他开始播放录像。

"这是一号嫌疑人，这个人叫林超，33岁，已婚，有一女。他好赌，平时行踪诡异，神出鬼没。他的同事都反映，从技校毕业分配到铁路段之后，所有人都对他敬而远之，因为这个人实在是翻脸比翻书还快。"赵局长一边指着大屏幕上的监控，一边说，"那个穿羽绒服的就是他，走路的样子看起来都贼头贼脑的。"

"不是他。"我说。

赵局长见我一口排除，有些意外，看了我半天，没说出话。而此时，侦查员已经在播放第二个视频文件。

"这是二号嫌疑人，总体来说还比较正常。"赵局长说，"这个人29岁，未婚，也没谈女朋友，性格内向，平时没有什么爱好，唯一的爱好就是打网络游戏。

他原来是龙番工程学院的学生，后来主动辍学，明明可以做一个设计师，最后却成了一名基层工人。"

"那他为什么是嫌疑人？"林涛问。

"之所以把他列为嫌疑人，是因为四起案件的案发当天，都恰逢他休息，所以不能排除他的作案时间。"赵局长说。

我盯着屏幕，屏幕里一个穿着工作服的人在来来回回走。

"下面，就是三号嫌疑人。"赵局长说。

"不用看了！就是他干的！"我阴沉地说道。

我手心攥得全是汗，牙齿咬得都快碎了。我的心中有一团怒火，此时此刻像是要穿透眼前的屏幕，将那里面的恶魔活活烧死。

"为啥那么肯定？别武断啊！办案不是儿戏。"林涛说，"铁路维修工人就那么小一个圈子，抓错一个，就可能会导致真凶逃跑啊。"

"就是他干的！"我斩钉截铁地重复了一遍。

"说说你的理由啊老秦。"林涛说，"之前，你也是这么武断地说老八肯定不是凶手，究竟有什么依据啊？"

"步伐。"我说。

"步伐？"赵局长插话说，"利用步伐来进行个体识别，国际上都还没有认可吧？我们是不是该保险一些？"

"没有得到认可，并不代表不科学。"我说，"比如说测谎技术，也没有得到法庭科学的认可，实践运用却是对的多、错的少。"

"我看这个人的步伐很正常啊，"林涛说，"没觉得他有什么异常啊。"

"步伐这个东西，只可意会，不可言传，"我不知道怎么叙述自己的判断，"但是我相信我绝对不可能看错。"

我说不出依据，却固执己见，这让整个会场陷入了沉寂。专案组的侦查员们都有些手足无措，不知道如何是好，静静地等着赵局长发号施令。

"这样，目标是二号犯罪嫌疑人景呈祥，外围调查加大密度。"赵局长说，"另外派出一组人，想方设法秘密获取他的DNA样本。"

"不用外围调查了，我加入调查组，即刻秘取他的DNA样本。"我感觉自己的胸口膨胀了，几乎无法再等待一天、两天。

赵局长略加思忖，拍板同意了我的意见。

按照我们的部署，景呈祥被铁路局派去参加临时培训。在确定景呈祥离开家以后，我和几个同事悄悄摸上了楼。

一个同事花了五分钟的时间，用技术开锁的办法打开了景呈祥家的大门。

这是一个普普通通的单间公寓，没有任何异常的地方。房间里的其他东西都摆得非常随意，唯一值得我们注意的，就是那个和老八的一模一样的工具袋，它被整齐地铺放在一个五斗橱上，像被供奉的一尊佛像似的。

工具袋里，也有一把检修锤，被擦得锃亮。显然，想从这上面提取受害人的DNA或者血迹简直就是天方夜谭。

我们戴上手套，林涛端起相机四处拍照。

市局的韩法医径直去了卫生间，用滤纸在牙刷和毛巾上摩擦，以获取残留在这些物品上的上皮脱落细胞。

而我则在公寓里走来走去，四处观察。最终，我停在一个红木衣柜前，猛然拉开了柜门。

柜子里挂着一些普普通通的衣服，但唯一能吸引我的目光的，是一件灰色的呢子风衣。我痴痴地盯着那件风衣，强忍着没有去撕烂它。

林涛注意到了我的异样，走过来往衣柜里看。

"灰色风衣！"林涛压低了声音惊呼道，"和监控里的一样！他果然就是凶手！"

"确定不是撞衫吗？"韩法医低声说道，"可是为什么凶手每次行凶，都要穿一样的衣服呢？"

"这件衣服应该对他有某种特殊的意义。"我回过神来，说，"你们看，他的家里其他东西都摆得非常随意，唯有工具袋和这件风衣是被精心打理过的。这两样东西都是他第一次作案的时候使用的道具，会不会因为第一次作案没有被抓到，他就把这两者当成是自己走运的象征呢？从他家的情况来看，他的经济情况也不算太好，衣柜里很多衣服都是旧的，所以反复使用同一件衣服也在情理之中。"

韩法医听我这么一说，仔细端详了一下衣柜里的衣服，补充道："确实是这样，其他衣服洗涤都比较随意，这件风衣能看出有被漂白和搓洗的痕迹。那把检修锤也被擦洗得很干净，说明他对这两件物品格外重视。"

"就是他干的。"我捏着拳头说。

"我这就请示部署抓人。"侦查员说，"DNA也会抓紧时间去做。"

DNA实验室早已准备就绪，我们的检材一到位，马上开始了检验工作。而另一边的侦查组，则派了重兵对景呈祥进行盯防，防止他逃脱我们的监视网。

四个小时的检测时间，简直就是"度秒如年"。赵局长、我、林涛和几个侦查员守在DNA实验室的门口，焦急难耐。即便是夜幕降临，即便是饥肠辘辘，也没有人愿意离开，也没有人愿意放弃第一时间知道结果的机会。

终于，DNA室的检测人员推门走了出来。所有人蜂拥而上，看着她的脸色。

她微微一笑，点了点头。

"和古文昌被杀案中，遮挡摄像头的那条毛巾上的DNA一致？"赵局长不放心，追问了一遍。

她仍是微微地点了点头。

所有人都欢呼雀跃起来。

这么久以来，压在我们这些人心中的大石头，终于被搬掉了。

吃一顿牛肉面的工夫，我们重新回到专案组，景呈祥已经被抓来了。

我和林涛旁听了审讯，可是这个景呈祥除了开口要水喝，居然没有再说过其他的话。

无论审讯人员怎么绞尽脑汁、威逼利诱，直到深夜，都没能让他说出其他的话。

赵局长走到我们的旁边，拍了拍我和林涛的肩膀，说："证据确凿，谅他也没本事逃出如来佛的手掌心了。你们回去休息吧，我相信明天早晨你们就可以听到另一个犯罪分子被抓获的好消息。"

赵局长的语气里充满了豪情壮志。

我点点头，说："赵局长昨晚就没休息，也要早点儿休息。我们明天早上等着好消息！"

这一觉睡得并不像想象中那么踏实，我满心激动、满心期待，脑海里幻想着另一名凶手也被抓获的情形，幻想着两名凶手伏法的情形，幻想着宝嫂苏醒，和大宝重续婚礼的情形。不足三小时的睡眠，被各种美梦充盈着。

然而，事与愿违，第二天一早传来的，不仅不是好消息，还是大大的坏消息。

景呈祥在被拘留十二个小时后，疑罪从无①，被释放了！

---

① 疑罪从无，是指刑事诉讼中，检察院对犯罪嫌疑人的犯罪事实不清，证据不确凿、充分，不应当追究刑事责任的，应当做出不起诉决定。

第十一案　沉睡的新娘

我越是逃离，却越是靠近你。我越是背过脸，
却越是看见你。我从你开始，我在你结束。

——埃姆朗·萨罗希

法医秦明

VOICE OF THE DEAD

1

这是一个根本想不到又无法理解的结局。我抄起电话找韩亮，可是这小子最近神出鬼没，电话一直处于无人接听的状态。我只有约上林涛，打了出租车怒气冲冲地冲到龙番市公安局专案组。

专案组里少了三分之一的人，而剩下的三分之二无一不是垂头丧气、长吁短叹。我见此情形，直接去了赵其国局长的办公室。

赵局长正在接电话，见我们进门，立即停住了讲话，一边招手让我们坐下，一边简单敷衍几句挂断了电话。

"别急，别急。"赵局长见我们面带怒容，显然已经猜到了个大概。他起身给我们泡茶，又递过两支烟，笑嘻嘻地说。

"赵局长，我很不理解你们的决定。"我说。

赵局长明知故问："怎么了这是？兴师问罪来啦？"

"景呈祥无疑就是A系列案件的主凶，为何要放了他？放虎归山留后患，你不怕他再去作案吗？"

"可是，我们是行使公权力的，又不能滥用私刑，事实不清、证据不足，除了放人，还有更好的办法吗？"赵局长搬出了大道理。

"怎么就事实不清、证据不足了？为什么我觉得证据确凿？"我毫不让步，掰起手指，准备把证据列一列。

"这是省厅决定的。"赵局长笑眯眯地说。

看来赵局长懒得和我们论理，直接把师父给搬了出来。不过这一招很好用，我准备的各种说辞一下全被堵了回来。

我被噎得说不出话，愣了许久，拉起林涛赶回厅里。

"师父，为什么总队要决定放人？"我一进师父办公室，就开门见山道。

"事实不清，证据不足。"师父笑嘻嘻的表情，和赵局长一模一样。

"怎么就事实不清、证据不足了？这案子不能再出什么幺蛾子了！已经死了七个人了！"我说，"而且小羽毛他们还在外省孤军奋战！"

"一晚上的审讯，这个人完全不招供。"师父摊了摊手。

"不招供就放人吗？"我说，"现在那么多案子都是零口供判决的，为何这个就不行？"

"口供还是很重要的，"师父说，"能让检察官和法官坚定信心。现在都是办案质量终身负责制，如果信心不足，法官也不会判有罪的。零口供判决，那需要非常扎实的物证基础，还需要检察官和法官下决心。"

"这么多证据，我们可以帮助法官坚定信心啊。"我说。

"可是，证据还是不扎实嘛。"师父说。

"我就想不明白了。"我说，"一来，四起案件的作案工具，和嫌疑人随身携带的检修锤高度吻合。"

"铁路检修工人也有好几千啊，这个证据没有特异性。"师父说。

"二来，两起案件的监控中都反映出凶手作案时喜欢穿着灰色风衣。而且，第四起案件中的凶手步态，和嫌疑人步态完全吻合。"

"风衣就更没有特异性了。至于步态鉴定，嗯，法律上不承认啊。"

"三来，宝嫂被伤害案的现场，提取的手印虽然只能排除，不能认定，但是林涛仔细看了，不能排除景呈祥。"想到宝嫂还在ICU病房昏迷，我的心刺痛了一下。

"你也说了，只是不能排除。"

"那……那DNA呢？DNA是可以认定的吧？除非他有同胞兄弟？也喜欢穿灰色风衣？也是铁路维修工人？"

"现场DNA是在遮盖摄像头的毛巾上检出的。"师父说，"首先，没有办法确定遮盖摄像头的动作和杀人的动作有关联。其次，即便有关联，也不能确定这条毛巾上的DNA就是凶手的DNA，比如，如果这条毛巾是捡来的呢？"

"哪有那么多巧合！"我抗议道，"所有的证据结合在一起，就是一条完整的证据链，证据体系已经完善了！法庭也要讲一个常理化吧！如果这些都不能作为证据的话，还有什么证据能够指出犯罪？"

"前不久肖法医那一组办了个案子。"师父徐徐道来，"一个人杀完人后，身上黏附了大量被害人血迹，所以他回家后，把身上的一整套衣服埋到了田地里。

他们现场勘查的时候，找到了这些被掩埋的血衣，血衣上做出了死者的血迹，还有嫌疑人的接触DNA。"

师父突然顾左右而言他，我一时不知怎么接话。

师父接着说："本来以为这是一起铁板钉钉的案件，没想到，嫌疑人到案后[①]一直拒不交代杀人罪行。甚至在办案单位依法向嫌疑人宣布鉴定结果后，嫌疑人还狡辩称是有人偷了他日常所穿的衣服去现场杀人。"

"这显然不合常理。"我说，"谁栽赃，还会偷一整套衣服去作案？"

"可是法官认为，不能排除合理怀疑，所以判了无罪。"师父说。

"无罪？"林涛大吃一惊，"这么确凿的证据，都可以判无罪？他能无罪？"

"法律上的无罪，和事实上的无罪是两码事。"师父说，"很多嫌疑人在和律师沟通后，就会上庭翻供，因为律师可以阅卷，可以掌握案件的瑕疵和漏洞。他们对于曾经招认的口供，几乎有着统一的口径，就是公安机关刑讯逼供。其实这也不是坏事，这些案例逼着我们去扎实每一起案件的勘查工作，推动我们的法治进程。"

"真是狗血！"我忍不住暗骂了一句。

"当然，这起案件我们还在侦查，现在又掌握了一些新的证据，准备支持检察院抗诉。"

"不过，"我差点儿被师父岔开了话题，赶紧把话头又转回来，"我还是认为这起案件的证据已经足够构成整个证据体系了。"

"凡事不要着急，不要这么沉不住气。"师父见多说无益，就要终结话题，"所有的领导和参战人员都与你们一样，希望案件迅速破获。但我觉得，在'迅速'前面，一定要加'扎实'二字。要办就办铁案，夹生了，就煮不熟了。"

我似乎没有听进去师父的暗示，仍低着头生闷气。

"这样吧，"师父说，"省厅组织实验室国家认可工作，你参与吧。"

眼看师父要支开我，我顿时不干了："我不去干那些没用的活儿，我要破案！"

"怎么就没用了？这项工作可以规范我们的鉴定行为，是基础工作！"师父显然怒了。

从师父的办公室出来，我的心里空落落的。幸亏我们之前没有联系上大宝，没有在第一时间把景呈祥被抓获这件事情告诉他。如果让现在那么脆弱的大宝再经历

---

① 到案后，警方专业用语，指的是嫌疑犯被捕后。

一次这样的大起大落，真的不知道会发生什么事情。师父之所以这样决定，一定有他的道理，我只能暗暗地安慰自己。

一连两天，我都收起心思，专心致志协助质量管理办公室进行一些实验室国家认可的工作，枯燥且无趣。

两天里，只有林涛一直默默陪着我。韩亮这个家伙，自从对接网安部门后，手机居然一直都是无人接听的状态，像是人间消失了一样。

等我们再次见到韩亮，他已经从一个风度翩翩的帅哥，变成了一个不修边幅的大叔，胡子拉碴、头发脏乱。

下午4点多，韩亮在省厅东大楼下被我们发现。东大楼里有很多机密的部门，连我们都没有数字证书进入，没想到韩亮这小子，居然从这么神秘的地方走了出来。

我揪住韩亮，啥也没说，拉着他往法医门诊走。林涛正在门诊坐着喝茶，见我们这种姿势走了进来，吓得赶紧站起身来让座。

"你干吗？你干吗？"韩亮叫道，"温柔点儿好不？我一夜没睡了！"

"没睡？你这两天干吗去了？！"我把韩亮狠狠地扔在椅子上，顺手摸了一把手术刀在手里，咬牙切齿。

韩亮"扑哧"一声笑了，撩起衣服，说："你吓唬我啊？来啊来啊，剖开，我正好想看看我为啥只能练出六块腹肌。"

我见威胁无果，立即换了副嘴脸，一把抢过林涛手中的茶杯，说："兄弟辛苦了，来，喝杯茶，慢慢说。"

"保密。"韩亮喝了口茶说。

我瞪着韩亮，说不出话。

"你上任女友的电话号码和上上任女友的电话号码我都有。我若做个中间人，给她俩交换一下联系方式，你觉得会怎样？"林涛打开自己的手机，放到韩亮的面前。狠还是林涛狠，好样的。

韩亮立即泄了气："她们不是女友，是朋友，懂吗？朋友！"

"那我就交换喽。"林涛抢回自己的茶杯。

"好吧，其实告诉你们也不算违反纪律，对吧？"韩亮连忙说。

我们等着他继续往下说。

"你们不会以为师父真的会把他放了吧？"韩亮神秘兮兮地说。

"啊？还有真放假放之说？"我确认事情有了转机，两眼放光。

"这家伙嘴硬得很，审讯工作一直没有突破。"韩亮说。

"我知道啊，所以？"我追问。

"最近几天师父让我对接网安部门的工作，主要是负责传递两个部门之间的保密文件。"韩亮说。

"哦，这个我也知道，师父之前和我说过……所以你偷看文件了？！"我急着问。

"没有，没有，这哪敢啊？虽然他们闭嘴不谈，但以我对师父的了解，师父可能觉得，如果两个杀手之前一直能保持一致的案发频率，那么他们一定有一个彼此联系和约定的方式。"韩亮又夺过茶杯喝了一口水，说，"这是我猜测的哈。这是要让他们放松警惕，然后等他们主动联系对方。"

"从案发时间来看，现在跟他们后面几起案子的发生时间已经间隔快有一个月了啊，咱们就这么干等着？"

"当然，干等着肯定不行，估计他们还要释放信息，加快A犯和B犯的联系进程。"

"什么信息？"

韩亮深吸一口气："开始我也没考虑这个问题，但我发现最近大案科有派便衣在宝嫂的医院值班。你想哈，如果宝嫂苏醒的信息被他们知道的话，会怎样？"

"等等，宝嫂醒了？"

韩亮摇头："还没有。我说了，这是我猜测的嘛，用假消息，逼他们继续联系，反正他是不可能再有机会去作案了。"

"监控景呈祥？"我觉得韩亮的猜测很有道理，说，"不过这也是一步险棋啊。"

"我觉得吧，险也不是很险，唯一的险，就是能不能在第一时间全面摸清他们的联络方式。如果不能，B系列那边再出案件的话，就会比较麻烦了。不过他们大案部门肯定有部署，只要两者一联络，南和那边就不惜一切代价抓人。"韩亮说，"两人作案比一人作案好审。"

我说："所以你的猜测就是，因为现在的证据不够充足，会煮成夹生饭，所以师父需要更直接的证据，如果掌握了他们网络联系的方法和内容，那才是铁板钉钉的证据，才是可以把一切串联起来的证据。所以上头想用欲擒故纵的方法，钓出B系列专案的嫌疑人。这一招，不仅能够获取两个案犯的联络方法和内容，更能够一举抓获B系列专案的案犯，可谓一箭双雕之举！"

"我智商多高啊，他们就是瞒着我，我也看得出来是怎么回事。"韩亮自信满满地说道。

"那你知不知道他们做了哪些工作？"我问。

韩亮说："据我分析，肯定有一路精干力量在跟踪景呈祥，只要他一放消息，就立即抓捕；另一路是掌握各种保密技术手段的高手，他一旦离家去网吧或去别的地方上网，这些技术高手会第一时间对其网络行为进行破解。"

"听说侦查那边之前花了大力气查各种线索，想查出A、B两个系列专案案犯的联系方式，但都没有任何进展。所以嘛，他们肯定是用境外代理服务器，上境外网站联系，甚至还有可能加密。"我点头认可。

"所以，安心等消息。"韩亮站起身来拍了拍肩膀，说，"虽然我就是个跑龙套的，但毕竟也算是'秘密计划'里的联络人员。这件事千万要保密，我们会加油，你们也要加油。走了，我要回去了，看今天有没有机密文件报送，就知道今天有没有动静了。"

2

下班时间早就过了，但我和林涛没有丝毫要离开的意思。我们也不知道技术部门的进展如何，几个月来的拼搏，有没有可能在这一天晚上就会见到成果。

7点多的时候，天完全黑了。手机突然振动了起来，我连忙从口袋里掏出手机，屏幕上写着：大宝。

"大宝打电话来了，我怎么说？"我问林涛，"要不要告诉他伤害宝嫂的浑蛋已经被控制了？"

林涛一时间也拿不定主意，手机在我的手里一直振动着。

我硬着头皮滑动屏幕接听了电话："大宝？"

"我长话短说。"大宝的语气非常急促，"小羽毛调监控，发现每次案发前都有一辆摩托车停在一个网吧门口。开车的是一个173厘米左右的瘦子，戴帽子，我们觉得这人有嫌疑。可惜网页浏览记录被网吧的系统自行抹去了，从调查来看，只能确定他玩境外游戏，有使用代理服务器的可能。小羽毛觉得他就是嫌疑犯，可是摩托车没牌照，只能根据视频中摩托车坐垫的磨损程度进行追踪。刚刚接到报告，有一辆疑似嫌疑摩托车，在一个小时前可能沿省道往龙番市方向去了。我们准备回去等视频侦查组的同志调取分析省道沿途监控，看能不能在咱们省内抓住他。我们走高速路，全程大概三个半小时。噢噢，小羽毛说专案组来电话了，我先上车了解任务，先挂了。"

"你们路上注意安全！"我对着已经挂断了的电话说了一句。

我和林涛对视了一眼，眼神中充满了期待。

一个有嫌疑的人，在这个寒冷的夜晚，驾驶摩托车来龙番？我们有预感，这起案件在这个寒冷的夜晚，就要终结。

"我来打电话给师父。"说完，我拿起了电话。

可无论是师父，还是韩亮，手机都是关机的状态。看来他们的秘密计划也在进行中。

我们不知道怎么做才能配合行动，一会儿回法医门诊取暖，一会儿不放心又去东大楼楼下等着。就这样不知不觉，已经过了很久，算起来，大宝和陈诗羽也应该回到了龙番。可韩亮那边，却是一点儿消息都没有。

正在我们焦急等待的时候，突然发现西大楼下几辆黑色特警运兵车的警灯闪了起来。数十名特警全副武装地冲上了车子，运兵车呼啸着开出了省厅的大门。

"怎么回事？"我站起身来张望着。

"破译了！破译了！"紧接着，韩亮从东大楼的门禁里钻了出来，扬着手中的一沓文件，"我第一时间来告诉你们！"

我发现韩亮的脸上并没有该有的兴奋，反而满是担忧。

"怎么了？"我问。

韩亮拉起我们钻进他的奥迪TT，说："我猜得不错！他们的目标是宝嫂！"

"什么？"我大吃一惊，"可是景呈祥不应该被控制起来了吗？B系列专案的案犯不应该也来杀宝嫂啊！他们不是平行作案吗？"

"这次他们的目标居然是一致的！未亡证人！"

"他们这是要灭口啊！"我的鸡皮疙瘩都起来了，"我以为他们不计后果呢！原来他们也想逃脱法律制裁！怎么办，怎么办？省医ICU那栋楼晚上不让家属陪护，都没啥人，不过有医生护士，对，还有监护设施会报警，没事的，一定没事的。"

林涛看了看表，说："韩亮之前都说了，大案科有几个便衣在那边值班。还有，大宝他们不也提前去了吗？"

我突然想起了大宝两个小时之前给我打的电话，说："对，大宝跟到一个人，应该是6点多钟驾驶摩托车进入我们省境内。摩托车上省道，速度也不会太快，算起来，他到达龙番，最起码要到11点，现在才10点多，来得及，来得及。"

"现在大宝应该到省医了吧？"林涛说，"他们开车走高速公路快，告诉他们，以防万一。"

我拿出手机，还没拨号，电话就打进来了，是大宝，他道："快来省医！B犯显然是要害梦涵啊！不过现在被我们堵在医院杂物间里了。"

"他是高度危险的人物！你们要注意！宝嫂安全不？"我不仅鸡皮疙瘩起来了，而且感觉全身的汗毛都要竖起来了。

"放心，师父好像之前有所布置，这里有不少便衣，加上我嗓门大，刚才一路追一路喊，现在几个便衣都在门口堵着，他跑不掉了！"大宝的声音中不仅充满了自信，而且充满了压抑不住的喜悦，"梦涵没事！"

"我们就快到了，一起来的还有几十个特警、几十支枪。"我心里的石头彻底放了下来，也跟大宝同步着自己这边的情况。现在景呈祥已经再次被捕，随他一起被"抓"到的，还有韩亮说的被破译的联络方式。看起来，证据也确凿了。既然B犯也已经被大宝他们堵住了，那么，对这起案件而言，这是一个完美的大结局。

"安全了。"我挂断电话，说，"说起破译，你破译的都是些什么？"

我准备利用这十分钟的车程，了解一下两个凶手的联系方式。

韩亮说："5点多的时候，景呈祥拿着一张纸，一边看纸，一边敲打字母，在一个游戏社区的私聊对话框里进行回复。指挥部一看，觉得那张纸肯定有问题啊，而且我们也掌握了他们的联络方式，当机立断，下令抓人。不过，我们拿到的那张纸，是一张表格，除了矩阵排列的26个英文字母，其他啥也没有。他上的，是一个国外的游戏讨论社区。"

"境外游戏，这个和小羽毛的发现是一致的。不过，什么英文字母？"我皱起了眉头。听见英文我就头疼，当初英语四级考了十次[1]我也没能通过，我是天生的英语盲。

"就是景呈祥回复的所有聊天记录，全是乱七八糟的大写英文字母，没有一个能组成单词，更别说句子了。"韩亮说。

---

[1] 不要怀疑，老秦大学读了七年，四级真的考了十次啊十次。

"这就是传说中的密电码？"我问。

"密电码有很多种，"韩亮说，"但只要是密码，就需要破译。大家看到这乱七八糟的一堆字母，顿时就乱了阵脚，不知如何是好。幸好师父安排的密码专家一眼就看出密码的种类了。"

"什么东西？"我好奇地问道。

"这种电码，叫维吉尼亚密码。"韩亮说，"这种密码，最多也就用到二战时期吧，现在也没人去研究它了。"

"啥意思？听不懂。"林涛说。

韩亮哈哈一笑，说："说白了，就是用密码的字母来代替真正想说的字母。景呈祥拿的那张表格，就是对照表。对照表的格式是固定的，由27行和27列组成，都是大写英文字母。当知道密钥的时候，就用密钥的字母作为行，然后用明文的字母作为列，行与列的交叉点，就是密文的字母。就这样，一个字母一个字母地打出来，看起来就是乱乱的一堆字母，其实是可以解密成一篇文章的。"

"啥意思？还是听不懂。"林涛说。

韩亮说："意思就是，这是一种比较古老的加密手段，我知道原理。"

"所以是你破译出来的？"我说。

韩亮摇摇头，说："其实刚开始，就连密码专家都不能破译。因为，我刚才说了，破译的唯一办法，就是要知道密钥。"

"钥匙？"林涛问。

韩亮说："所谓的密钥，就是一个英文句子，或者一个英文单词。以此为密钥，反复按照每个字母的序列进行比对，就能知道密文了。"

"也就是说，密钥是人为规定的。"我说，"那你们怎么破译的？词海无边啊！"

"巧就巧在这里，他们被难住后，正好我在旁边听见了他们说的游戏，而这个游戏我玩过。我之所以这么有成就感，就因为是我看出了密钥！"韩亮说，"景呈祥在这个论坛里的私信，只有一个联络人。给他发帖的人，名字叫Nanhe Exile，南和流浪者。这个名字，地域特征很明显，应该就是B系列案犯的名字，从这里不难看出，他是中国南和省的人。而景呈祥，他的名字叫zhurong，地域特征更明显，不是英文，而是拼音，我猜是祝融，中国传说中的神。"

"在外国网站中，这样的名字确实可以分辨出来用户是中国人。"我说。

韩亮点点头，说："对，网游论坛可以确定，这个叫*Killer of the Final*的游戏，是境外一个比较热门的游戏。因为画面过于暴力、血腥，我国没有引入。我想，如果让我翻译，就叫它'绝命杀'吧。"

"听起来就挺血腥。"我说。

"两人之前的一些私信交流，很正常，没什么问题，但南和流浪者在突然发布密码帖之前发的内容就是：If you（如果你）……"

"别说鸟语了，你直接翻译过来告诉我们就得了。"我有些不耐烦了。

"意思就是，如果你能看懂这篇，你才能真正了解我。"韩亮说，"然后下面附着密文。"

"就是你说的那个维吉什么的密码？"我问。

"显然是啊。"韩亮说，"我们开始用游戏名做密钥，解不开。又查了这两个人在论坛上的互动，在两人正常交流一段时间后，南和流浪者消失了一段时间，祝融发了不少私信呼唤他，没有回音，还去一个公会板块询问，下面有网友跟帖说，南和流浪者好像要退出公会什么的。过了那段时间，南和流浪者再次出现，给祝融发了我刚才说的那一个帖子。也就是说，这个帖子，是他们俩开始密谈的第一个帖子。"

"既然是第一次密谈，为什么景呈祥就能掌握密钥？"我问。

"关键问题就在这里！"韩亮说，"我觉得我既然也玩过这个游戏，那么景呈祥明白的，我也应该能懂。我知道这个论坛里，有可以查询角色等级、装备的系统界面，就去查了南和流浪者和祝融两个人的等级和装备。很快就发现了一个异常之处，那就是南和流浪者的角色，是个凶狠的DPS[①]角色，全身都是游戏里顶级的装备，除了右手戒指。他现在戴的这个戒指，是一个很低等级的装备。按理说，能拿到全身顶级装备的角色，不可能获得不了更高等级的戒指。既然他一直戴着这个戒指，说明这个戒指对他来说，应该有特别的意义。这个戒指叫'Brother Ring'，也就是兄弟戒。我用这个戒指的名字作为密钥，果然就解开了他们的密码。"

"韩亮，你可以啊！"我越听越起劲。

"有了密钥，专家们很快就翻译了5点多景呈祥回复的那个帖子，以及十分钟后流浪者回复的帖子，他们的目标是宝嫂！"韩亮扬了扬手中的文件，说，"好在我们还赶得及。"

---

① DPS，秒伤害，指的是游戏中负责输出伤害的玩家身份，具有高伤害和高爆发的特点。

"虽然没有完全翻译,但已经确定了你的密钥是正确的!"我说,"而且看起来,大宝跟的那个人就是流浪者,时间完全符合!"

韩亮没来得及点头,就一个急刹把车停在省立医院特护病房的大门口。

韩亮的车开得和特警的一样快,几乎同时到了目的地。我们三人跟着端着突击步枪的特警一起冲进了大楼的一楼。

此时已经是深夜,特护病房是一栋16层的大楼,但只启用了1到8层,以上部分都还只是暂作仓库使用。而且病房处在医院的角落,平时都门可罗雀,更不用说夜深人静的时候。

一楼的角落是一个杂物间,几乎所有的便衣、保安和围观的医护人员都集中在杂物间的门口。

大宝端着一个板凳作为武器,站在门口,喊:"缴……缴枪不杀!你耗了十分钟了,敢不敢出……出来试试?"

"你这笨嘴拙舌的样子,还冒充谈判专家呢?"我走过去拍了拍好久未见的大宝的肩膀,问,"他怎么会到得这么快?小羽毛呢?"

林涛看了看特警队长说:"里面没动静,不会跑了吧?"

特警队长笑着摇了摇头,按住对讲机说:"指挥中心,犯罪嫌疑人目前被堵住,我们马上强攻。"

几个手势后,几名特警端着枪冲进了杂物间。

我以为会有电影里抓捕行动那样惊心动魄的场面,实际上却大失所望。

特警队进去不到二十秒,就像抓小鸡一样拎着一个男人走了出来,围观的医护人员一阵欢呼雀跃。我们几个更是激动得热泪盈眶。

这是一个瘦高个儿,穿着一件不合身的白大褂,戴着纱布口罩。这人的双臂被两名特警别着,手腕上戴上了手铐。他全身都在颤抖,几乎说不出一句话来。看来,他是怕极了。

"就你这熊样儿,还想杀梦涵?"大宝的眼睛里尽是怒火,若不是我拉住了他,估计他会过去踹上一脚。

"杀?"瘦高个儿被特警压弯了腰,说,"你……你……你们,不……不……不至于……"

"闭嘴!"林涛拿着油墨和一张指纹卡,走到特警背后,抓住瘦高个儿被反压住的手腕，直接给瘦高个儿跷起的手指捺印指掌纹。

"在这儿就捺印指纹啊？"特警队队长笑着说，"你也太心急了。"

"凶手的指纹特征点我都牢牢地记在这儿呢！"林涛指了指自己的脑袋说，"所以啊，在这儿就捺印了指纹，在这儿就能证实犯罪！"

"凶？什么凶？"瘦高个儿脸色煞白，"我……我……我就见……见……见个网……"

"他不是凶手。"林涛对着灯光看了看油墨印在指纹卡上的印记，一脸沉重。

我刚刚平息的鸡皮疙瘩，重新立了起来："什么？你说什么？"

在诸多特警一脸茫然时，大宝疯了似的冲到电梯口，拼命地按键。电梯从9楼开始缓慢往下降。大宝又转身向楼梯间跑去。

我一边赶紧跟过去，一边不忘回头嘱咐押着白大褂的两个便衣："你们把人带回去，其他特警兄弟跟我们一起！"

一路冲到5楼，楼道里一如既往地安静，没有人走动。毕竟这里是特护病房，进来的都不是能自主行动的人。为了保证病房的无菌化，特护病房不允许夜间陪床，所以到了深夜，病房里连声音都听不见。平时，先进的监护设备一旦发现病人生命体征有异，就会立即报警。在值班室的护士、医生可以在第一时间赶到。另外，护士也会每个小时巡查一遍病房，确保病人们的安全。

可是，当我们冲到宝嫂的单间时，看见的只有空空的病房、还能看到压迹的病床、耷拉在床边的各种线头，还有黑黑的监控器屏幕。

大宝一屁股坐在了地上，失声痛哭。明明是充满了希望的行动，到现在又功亏一篑，此刻宝嫂的失踪，让大宝内心最后的坚强瞬间崩塌。

我没有放弃，跑去走廊中央的护士站，发现只有一个护士正在里间配药。"23床的病人呢？"我吼道。

玻璃隔断的隔音效果显然非常好，我这么大的声音，里间的护士硬是没有听见。

我走上前去，使劲拍打着玻璃隔断。

护士站起来，打开玻璃门，一脸疑惑："干什么？怎么了？"

"23床的病人不见了！"我说。

护士的脸色骤然变了，和我们一起跑回病房。看到还在左右晃悠的线头，护士傻了眼："这……这是怎么回事？半个小时前我们还巡视了，一切都正常的。哎？我们科的其他人都去哪儿了？"

"你们这是不负责任！"林涛说。

"平时都有完善的监护设施，不可能发生这样的事情啊。"护士一脸委屈，"多少年都这样过来的，也没发生过这样的事情啊！"

"可是病人被人转移走了，你们却不知道！"我说。

"先关了监护器，再转移病人，确实不会报警。"护士一边左右张望，一边说，"可是正常情况下，谁会这样做呢？你们派来的便衣怎么也不见了？"

是啊，谁会这样做呢？谁又能想到一个高智商、极度危险的人，会来这里作案呢？

"现在怎么办？"林涛焦急地说，"宝嫂不见了，怎么小羽毛也不见了？"

3

小羽毛呢？

顺着林涛的话，我快速地整理了一下思路，却脑袋空空，不知道从何想起。

大宝的眼泪一滴一滴地滴在地板上，我们似乎都可以清晰地听见。

时间一分一秒地过去，我们几个人都一直保持着原始的姿势。大约过了五分钟，我的脑袋里灵光一现。

刚才我们发现异常后，按了电梯，电梯停在哪儿？9楼？对！9楼！1至8楼是病房，9楼是仓库，晚间不可能有人，按理说电梯不会到9楼！

"我们快上9楼！"我对着面前这几个人喊道。

大宝听我这一说，立即又燃起了希望。他飞快起身，见电梯门刚好打开，二话不说拉着我和林涛冲进电梯里，而特警兄弟见状进了另外一部电梯。在电梯移动的过程中，大宝快速地和我们同步了二十分钟前发生的事情。

在回程的路上，陈诗羽已经将自己的发现汇报给了专案组，专案组也表示会立即部署视频侦查，让陈诗羽和大宝回来后直接赶到省立医院，支援便衣。大宝为了早点儿见到宝嫂，一路上不停地催促警车以最快的速度赶到医院。

结果两人比预计的时间还提前抵达，正当两人快步走向医院病房大楼时，陈诗羽猛然瞥见门口一角停着一辆熟悉的摩托车。

"怎么会这样？"陈诗羽冲到了这辆倒车镜上还挂着黑色头盔的摩托车旁边，

观察摩托车的坐垫磨损情况。

大宝一时还没有反应过来，愣在原地。

"坐垫还是热的！"陈诗羽摸了摸坐垫，叫道，"完了，要误事！"

在陈诗羽看来，驾驶摩托车，走省道，跨越300多公里的路程，至少也需要五六个小时吧。没想到，B系列的凶手，居然比他们还先到龙番！

一种强烈的不祥之感涌上心头，陈诗羽和大宝几乎同时拔腿冲进了大楼。

两人刚到宝嫂病房所在的5楼，就听见了从楼梯间里传来的嘈杂声，显然是几名便衣发现了可疑人员，在进行追赶。

"我去抓人，你去看宝嫂。"小羽毛对大宝说完，立即改变了主意，说，"不对！还是你去支援便衣，我留下来守护宝嫂，你们抓到人后立即打电话通知我爸。"

小羽毛的态度是坚决的，不容置疑。虽然大宝更想在第一时间去保护宝嫂，但话还没说出口，陈诗羽早已跑得没影了，于是大宝只能留下来和便衣们一起，把嫌疑人堵在了杂物间里。

没想到，现在不仅没抓到B犯，还失去了宝嫂。

当9楼的电梯门打开时，我们对突然出现的黑暗很不适应。我赶紧掏出手机打开手电筒功能，照亮了电梯间里的一张有些歪斜的移动病床。可是这一层一眼望到头，并没有任何人的影子。

"怎么办？怎么办？"大宝焦急地说道。

"别急，别急，这里没人来，地上都是灰尘，痕迹清晰，清晰。"林涛也打开了手机上的手电筒功能，调整着自己的呼吸，趴在地上看着足迹，说道，"往上去了，是沿着楼梯往上去了。"

林涛一边看痕迹，一边指挥，我们一行人顺着楼梯一直上到16层，四周都是黑咕隆咚的，幽静得像没有人来过。在16楼通往天台的小台阶上，透过门缝的光线，我们看到了一串殷红的血迹。

"梦涵！"大宝从嗓子眼里挤出了一句话，气喘吁吁地推开了门。

"小羽毛！"林涛几乎同时出声。

从来没有见过风度翩翩的林涛有这样的失态，不是疲倦、不是悲伤、不是恐惧，而是一颗悬着的心，突然一下放了下来，那是一种可以让人虚脱的放松。

天台的中央，一个穿着护士服的瘦高个儿趴在地上，四肢瘫软，无力挣扎。护士的背上，骑着一个妙龄短发少女，头发正随着寒风不停飘飞，那正是陈诗羽。

陈诗羽穿着蓝白条纹的病号服，正以"抱膝压伏"的擒拿动作死死地锁住护士的双臂，她的鼻尖已经冻得通红。

"怎么才来？"陈诗羽一边说着，一边起身。跟随着我们赶来的特警一拥而上，把护士铐了起来。见被抓的是一个妙龄女子，特警队队长还愣了一下神。

"哎哟，我的腿麻了。"陈诗羽说，"太冷了，估计我要感冒了。没事儿啊，大宝，宝嫂现在安全着呢，被医生安全转移去了其他房间。"

大宝本来没有看见宝嫂，还是一脸焦急，此时面部表情放松了下来，轻轻地用手拍了拍胸口。

看着没事儿人一样的陈诗羽，我们啼笑皆非。

林涛拉着陈诗羽的衣角，左看右看，说："伤哪儿了？哪儿流血了？"

"哎呀，不是我的血。"陈诗羽挣脱了林涛。

林涛这才放下心来，连忙脱下外套，披在陈诗羽的肩上："怎么回事？"

陈诗羽这次没有嫌弃他的外套了，而是得意地像小女孩儿一样单腿跳了两下："我厉害吧，我把B系列案犯给抓了。"

"怎么回事？"我忍俊不禁，又问了一遍。

"没怎么回事啊。"陈诗羽说，"反正我就是超级厉害，识破了他们的调虎离山之计！在5楼听到便衣喊抓人的时候，我差点也跟着过去了。但是突然想到摩托车的前后坐垫都是热的，那说明来了两个人！但是我又怕自己的判断有误，所以让大宝协助便衣抓人，而我留下来将计就计，学我爸那样来了个欲擒故纵之计——让医生和便衣把宝嫂转移到安全的地方，我换上病服，躺在病床上伪装成宝嫂，等待真正的嫌疑犯现身。当然，如果后面没有人的话，那说明犯人都被你们抓了，我的计划就多此一举了。"

"怪不得你直接把我支走了，原来你是要伪装成她……"大宝的眼眶莫名又湿润了，"这也太危险了，你应该跟我说一声的。"

"那时候哪里来得及解释啊！你一心想去确认那个被便衣抓住的家伙，而我也只是猜想，万一是我多虑呢。"陈诗羽眉飞色舞地说道，"不过，还真被我猜中了，我们刚准备好，就进来一个推着移动病床的护士。她显然是朝着宝嫂来的，径直不打弯就进了病房，然后以为我是宝嫂，把我搬上了移动病床。我心想，这下是真的了。因为病房里有巡查护士，她怕在病房里下手的时候被发现，把我移动到还没启用的楼层作案，才万无一失。"

"她怎么搬得动你的？"林涛愣愣地接话。

"我很轻的好不好？"陈诗羽白了林涛一眼，说，"原本我想在病房里就动手抓她的，但我怕她仍有其他同伙，那就会打草惊蛇了，所以干脆等她到地方再动手不迟。"

"你胆子也太大了吧！"林涛带着有些斥责的语气说道。

陈诗羽倒是不以为意，大大咧咧地说道："她就推着我，上了电梯，又下了电梯，几楼我也没注意，那地方一片漆黑，她就准备动手了。我跳起来夺下了她准备勒我的绳子，她就跑，我就追，就到这里了。"

"你怎么不通知我们？"我说。

"怎么通知？"陈诗羽说，"我两只手都得用上，按住她，怎么拿手机？喊了半天也没人应。刚开始这家伙还挣扎得挺厉害，我又没有警械，只能这样摁住她等你们来喽。还说呢，冻死我了，你们效率太低了，我等了快二十分钟，你们居然都没来接应我！"

最后一句话她是笑着说的，但我用脚拨弄了一下掉落在天台门口的锋利剪刀，擦了擦额头上的汗珠。小羽毛说得轻松，但我们都知道这中间有多大的风险。

陈诗羽掀开林涛披在她身上的外套，发现病号服下的皮夹克被划破了一道口子，惋惜地说："就在那个门口，我眼看就逮住她了，结果这家伙还挺敏捷，回身给我一剪子。我一个闪躲，趁势就给了她一拳。不过，我这件漂亮衣服算是毁了，心疼啊。"

"魂都给你吓没了！"林涛嘴唇还有点儿发抖，"门口那么多血！我都怕……"

"有什么好怕的？"陈诗羽指了指被反铐住的护士，说，"你们又不是不了解我。我又不是大宝，我有那么菜吗？你问问她，鼻子痛不痛？就她那三脚猫的功夫，还想怎么样我？我三招，嗯，五招吧，五招之内就把她摁倒了。怎么样？我聪明吧？如果我没有识破了她的计谋，只是简单地把宝嫂保护起来，那她找不到宝嫂或者没机会下手也就跑了。跑了，我们就不好抓了。"

"谢谢你，小羽毛。"大宝忽然郑重其事地上前，拥抱了一下还在说个不停的陈诗羽，陈诗羽顿时闭了嘴。我们都看到，大宝眼眶里的泪珠，终于落在了他如释重负的嘴角上。

4

不知道是不是因为被移动来移动去，宝嫂的伤情反而向好的方向迅速发展。从当天晚上开始，宝嫂的四肢就有了明显的自主运动，眼睑似乎在呼喊声中也会有一些颤动。

医生很高兴。凭他的经验，这很有可能是苏醒的征兆。

果不其然，第二天清晨7点，我们几个纷纷接到电话，宝嫂已经完全恢复了意识，只是因为长期卧床，身体还很虚弱，四肢也无力。挂掉电话的时候，我和铃铛都忍不住欢呼了一声。

大宝请了七天的年休假，专心照顾宝嫂。为了不妨碍宝嫂的恢复，我们也都忍着，没有去打扰他们难得的相处时间。

平时工作也忙，不知不觉，时间一下就过去了，大宝给我们打了个电话，邀请我们去他家里吃饭，说是婚礼不再补办了，好朋友们在一起聚一聚，权当是办了婚礼。

大家一起兴高采烈地准备了鲜花、水果和红包，一起去了大宝家里。

大宝家里，此时张灯结彩的，到处都挂了大红喜字，当然房间里还摆满了宝嫂最爱的栀子花。

宝嫂已经换上了雪白的婚纱，坐在床上。婚纱和床上的白色被褥交相辉映，显得一切都是那么的洁白亮丽，一切都是那么的美好。

大宝西装革履坐在床旁的凳子上，正在一勺一勺地喂宝嫂喝稀饭。

看到这个情景，我心里五味杂陈，强忍住的泪水在眼眶里打转。

已经跑过去拥抱宝嫂的陈诗羽和铃铛注意到了我的反常。

"大男人哭鼻子羞不羞？"铃铛最先开始笑话我。

"怎么了这是？不知道的还以为是你要出嫁。"陈诗羽也是一脸打趣的表情。

我还是控制不住自己的泪水，我知道那是从心里冒出来的。

大宝尴尬地看看我，说："这里，只有老秦知道我的过去，所以只有他能感受到我的内心。"

"这段时间，真是谢谢你们照顾我和大宝。"宝嫂哽咽道，"本来应该早点儿感谢大家，但是那段时间我的状态不太稳定。害怕一个人待在家里，更害怕见到其他人。"

大宝的眼眶湿润了。

宝嫂用颤抖的手，拿过一张纸巾，给大宝擦去眼泪。

他们并没有回避谈论这段时间的煎熬。宝嫂醒来后，脑海里还残存着被袭击时的恐怖印象，一个人缩在床角，不敢动弹，仿佛那样就不会有人伤害到她。她甚至对大宝又打又骂，责怪大宝没有在她最需要的时候保护她，发泄之后，她又害怕大宝真的离开自己，甚至任性地要求大宝二十四小时都要握着她的手，就算自己上厕所，也要在门口不断跟自己说话，让自己知道大宝没有走远。

"现在想想，我真的像变了一个人一样，但是大宝从来没有抱怨过一句，他就在那里守着我，听我发脾气，握着我的手……"宝嫂抽了一口气，脸上露出非常心疼的神色，"慢慢地，我的心里终于平静了下来。等我能吃能喝的时候，我一看大宝，他都瘦了好几斤。"

大宝握了握宝嫂的手，笑了起来："那不是正好减肥了吗？"

他们相视而笑，我们看得也心头一暖。

"嗯，很多经历灾难或者事故的幸存者，心理上会患有PTSD，但往往很多人重视身体康复，却忽视心理上的修复。"我说，"宝嫂能恢复得这么快，主要是宝嫂没有逃避问题，敢于寻求帮助，当然还有大宝的功劳，家人的陪伴和关爱是最好的良药啊。说到PTSD，其实——"

"行啦，你别再掉书袋了。"铃铛笑着打断我，真诚地向着宝嫂说道："患难见真情，咱们大宝的确是一个值得托付终身的人，往后的日子，你不会再担惊受怕啦。"

"我已经没事了，我担心的反而是他。"宝嫂捂嘴笑了笑，说，"这几天他魂不守舍的，晚上睡觉都在说梦话，还得我来哄他。"

"可不是吗？我马上又得上班了，又要出差了，又见不到你了。"大宝惴惴不安地说。

"没关系的。"宝嫂站起来说，"就算没有这件事，咱们结婚了，也不是代表两个人就要每时每刻都黏在一起。你是警察，从嫁给你的那天我就知道，当一个警嫂不是那么容易的事。虽然我现在偶尔还是有点后遗症，但是我知道有那么多人在关心我，理解我，还有专业的医生在帮助我，我不是独自一个人。你也一样，有什么事，也别藏在心里，多跟老秦、林涛他们说说。你尽管上班去，出差再久，总会回家的，到时候我就在家里等你。"

这段表白，比婚礼誓言还要动人。大宝坚定地点了点头。

"对了，大宝，我还有个未解之谜。"陈诗羽好奇地问，"之前你非常笃定宝嫂是晚上9点以后被伤害的，除了你那个还没有做完的病理学研究，你说你和宝嫂在9点钟有约什么的，什么约定啊？"

大宝笑了，指了指宝嫂的婚纱，说："就是她穿着婚纱，和我约会啊。婚纱算是我的心理阴影吧，梦涵一直都很希望能帮我走出去。结婚前一天晚上，我想了很久，决定自己去克服这个心理阴影。于是我打了电话给梦涵，让她听9点钟的一档电台节目。我为梦涵点了一首歌，请电台主持人转达她，让她穿着婚纱等着我。可惜，我走到楼下了，还是没有鼓起勇气过去看梦涵穿婚纱的样子，所以最终还是没去。后来看到梦涵穿着婚纱，我就知道她肯定是听了节目，肯定是晚上9点之后了。"

"所以，你一直很内疚，如果自己去了，宝嫂也许就没事了。"林涛恍然大悟。

"但他躲在衣柜里，即便你来了，他也会等你走后再动手的。"宝嫂眼含泪光，安慰似的拍了拍大宝的后背。

"不过，为什么大宝会对婚纱有心理阴影啊？"陈诗羽小声嘀咕。

"这，有空再和你们说吧，今天最重要的事情，就是迎娶梦涵。"大宝温柔地抱起宝嫂，在我们一片欢呼声中，走向那片栀子花海，走向属于他们的幸福未来。

（第五季完·本系列续作第六季《偷窥者》已出版）

番外　死囚

透明先生，就是我的名字。

因为你的目光可以穿过我，旁若无人地从我身边经过，如同我是空气。

除了留给我冰冷的背影，甚至都不会有一次回眸。

——《芝加哥》

法医秦明
VOICE OF THE DEAD

在寒冷萧瑟的冬天里，监狱长起身把桌面上两封摊开的信放进档案袋里，这两封信的写信人从来没有见过彼此。这是他们第一次给对方写信，也是他们的最后一封信。他们的人生戛然而止，他们的故事没有续集。

1

亲爱的流浪者：

你好。

这可能是我们最后一次联系了，我被捕的时候还幻想着，假如人证的事情已经解决了，我还有机会出来。那时候，我一定要去到你所在的城市与你见面。可惜，到最后，我也没有机会见到你。我现在唯一的心愿，就是狱警能同意将这封信交给你。不知道死刑执行之前，我能不能收到你的回信，但至少，我还有机会把所有的话都说给你听。

遇见你之前，我是一个孤独的人。我曾经特别喜欢《遇见》那首歌，经常单曲循环。但其实我并不相信，世界上真的会有"最美丽的意外"。我从小到大，没有什么朋友，连家里人也对我不冷不热。我知道我不受欢迎，是因为我比别人笨，用我爸的原话就是："开口晚，走路慢，还没起跑就输了。"

一个笨人，活在这个世界上，就是透明的。

我家里人对我没有要求，也没有期待。我考上大学，他们没有庆祝，我中途辍学，他们也没有怪罪，我去铁路上当了一名底层工人，他们觉得也在情理之中。好像我做什么，都不会引起他们的关注。我想我要是离家出走了，他们可能也不会发现吧。

死囚

上学这些年，从来没有人主动找我玩。上班之后，大家也是各顾各的。有次在路上遇到以前的同学，我试着打了招呼，对方却很尴尬，叫不出我的名字。我才知道，我一直都是没有名字的隐形人。换句话说，在别人的眼里，我从来都没有存在过。

直到我遇到了你。

那时候听人说，有一款境外游戏很刺激，我就去网吧里，让网管帮我用代理服务器进游戏去试玩了一下。没想到，我一发而不可收。在游戏中，我过上另外一种人生。只要游戏级别越高，装备越好，我就有机会成为强者，有机会让大家看见。装备不够，我就努力下副本，技术不过关，我就努力练习。和你认识的我一样，我是个坦克，一个游戏里最不可或缺的角色。当我以一己之力拉着BOSS的仇恨，所有人都围着我输出的时候，我体验到了被注意的感觉，而这，就是我最梦寐以求的感受。

随着我的级别越高，我在公会的话语权就越大，那时候很开心大家能够认可我。我作为MT①，带着公会开荒了32个小副本，可是终究会有人比我的运气好，装备提升比我快。所以，到了40人副本的开荒，我居然成了替补。我没有想要反抗，只是再一次认清现实：原来游戏中的我和现实的我一样——即便兢兢业业地付出，还是会被大家遗忘。

第一次注意到你，是在我们公会第一次开荒40人副本的时候，我是替补进来的坦克，是你带我绕过迷宫似的小道，来到了BOSS的面前。虽然你的身形是那么的纤细，但你红色的头发、红色的装备，在人群中是那么的显眼。你还记得吗？那一次尝试，我们失败了，所有人都在说是你的DPS不够，而很快他们就被打脸了，因为我们通关这个BOSS之后发现，你的DPS是第二名的两倍。那个时候的你，就是闪闪发光的王者，你站在BOSS的尸体旁，理直气壮地从会长那里要来了最好的装备。即使周围人排斥你，你还是会靠自己的努力一直往前冲，像一个无畏的勇者，并且不畏惧别人的评价。我崇拜你，所以从那以后，我追随你。

虽然我没能在游戏中成为强者，但是有幸能够与你这样的强者成为朋友。他们为了排挤你说你很自私自利，但我知道你只是在维护自己应得的东

---

① MT，主坦克，指的是游戏中负责承受攻击的玩家身份，具有很强的抗打击能力。

西。在我的眼里，你每次理直气壮地要装备的样子，像只护食的流浪猫，你不会去抢别人的东西，但如果是你应得的，你就寸步不让。在和你组团的两年时间里，你就像一道光，不用做什么，就能让我感觉到活着的生命力。所以，你发现没有，那两年的时间里，只要是你想下的副本，我一定是MT。

大约是今年年初吧，你不知为何开始不参加公会活动了，上线也越来越少。我很担心你，就用私信和你交流，而你说你最近被噩梦缠绕，无法脱身，所以你决定离开游戏，寻找脱离噩梦的办法。那时候其实我挺舍不得你离开，但是我知道，以你的性格，无论我如何挽留，你都不会改变自己的决定。所以，我会时不时用私信找你，希望你能够看见我。你是我的光，是我唯一的朋友，我不想就那样永远地失去你，因为失去了你，就不会有第二个你这样的朋友了，我不想做回透明人。

终于有一天，我等到了你的回复："如果你能看懂这篇，你才能真正了解我。"下面，是一大串密码。我知道我很笨，为了弄懂你给我发的密码是什么意思，我将网络上能找到的所有密码种类都挨个试了一遍，苍天不负有心人，我终于看懂了你的留言。

你用的是维吉尼亚密码，而密钥是我送你的那一件你一直不愿意丢弃的装备。

你说，你找到了比游戏更加刺激的事情。明天你会随机抽取一个新娘进行恐吓，让她参加不了婚礼。我不知道你为什么想对新娘下手，但只要是你想做的事情，我都想追随你，即便我根本不知道自己即将面对什么。我觉得，这和打游戏没有什么两样。

其实，第一次伤人的我可怂了。

那一次，我在衣柜中等待和纠结了很久。因为我不知道，怎样吓唬她，才能达到效果。但总不能就这样等下去，所以我钻了出来。从衣柜出来的时候，透过对面的镜子，我看见新娘正在试穿婚纱，脸上洋溢着幸福的笑容。也不知道怎么，我突然就愣住了。新娘突然转头喊道："大宝？"可是，她看到是我后，表情明显从疑惑变成了恐惧，我看得出来，她想跑。我当时就慌了，从腰间掏出检修锤，对着她的脑袋就是几下。她很快就倒在了血泊之中。我把她藏在衣柜里，又担心刚才的喊叫引起了门口人的注意，所以选择从窗户逃跑。

跑出很远之后，我发现我的手还在抖。

我上网，通过密码告诉你，我好像杀了人，有点慌。隔着网络，我看不到你的表情，只看到你回复说，这种事情不适合我。你说，如果警察没有找到我，让我避一下风头，以后继续好好生活就好了，以后我们就不要联系了。

为什么，我明明在追随你，你却要抛下我？

我给你留了很多言，你却再没搭理我。当时我很是不解，但看了第二天的报纸，我就知道，原来，你比我更狠，你杀人了。

之后几天，你就真的没有再出现过，无论我怎么用密码呼唤你，都没有你的身影，就像是2012年的那段时间一样。我很着急，是的，第一次杀人，我很厖，很软弱，不像个男人，不如你。但是，你总要给我一次机会，让我证明我自己吧？我可以不厖的，我可以冲在最前面，就像游戏中一样。

好在，我给你发了那么多的留言之后，你再次出现了。你这次似乎更加冷淡，只是用维吉尼亚密码告诉我，你刚刚杀了一个小孩子，你就是那样的人，我不必再来找你了。

你知道吗？你说的每一个字，都在深深刺伤我。原来，你也和我的父母一样，觉得我笨，不相信我。但我就是想让你知道，我不是弱者！你敢杀小孩，我也敢。所以，在水库旁边，我用锤子砸了她。那毕竟是个小孩子，看到她在地上抽搐，我忽然有一点儿害怕，也有一点儿难过。为了减少她的痛苦，我也就用了十秒钟，结束了她的生命。我没有把尸体丢进水里，或许是因为我希望她的父母能早点找到她。不过，谁知道呢，至少，我的父母从来就没有找过我。

回来后，我迫不及待地上线，用密码告诉你，你觉得我做不到的事情，我做到了。那天你恰好在线，很奇怪，你居然很快回复了我。你用一大串密码，和我说了你的过去，说到了一场海难和一个救生圈的故事。我很惊讶，也很感动，看来，我的努力是有用的，因为你终于不再赶我走了。

你说了这么多，是不是终于把我当成最信任的朋友了呢？

所以，我自告奋勇，决定帮你走出那段心理阴影，没错，杀老人的计划是我提出的。我说，我们可以杀个老人试试，而你居然真的同意了。那一刻，我有一种感觉，我又当回了你的MT，我有责任陪着你走向胜利。因为我们的计划周详，行动果然很顺利，我们都完成了这一次的任务。

这一次动手的时候，我没有任何犹豫。或许是把这件事想象成了游戏，一切就变得不那么真实了。我甚至还在结束后，和你进行了复盘。我告诉你，我们现在已经满级了，应该去挑战一些更加有难度的副本，比如，袭击一个富人。有钱人的安保措施都会比较完善，如何躲避这些安保措施，就像是游戏中如何躲避机关一样，充满了挑战性。我设计好了自己的行动方案，又给你设计了一套完全不同的行动方案。看到你完全听从我的建议，我的感觉真的好极了。

当然，这一次，我也有我的私心。杀死富人，说不定我可以抢一笔钱，然后就能去找你，和你一起浪迹天涯。这个世界上有打不完的副本，只要我们在一起，我们……

只可惜，我甚至还没有来得及辞职，就被警察找上了。

昨天，我父母来看我。他们看起来和以往不太一样，可能是头发变白了。我妈哭着问我，搞成现在这样，后不后悔？我看着他们，一句话都没说。现在来问我，是不是太晚了？

但我知道，我不后悔，一点儿也不后悔。因为我认识了你，和你在一起的这段时间，是我人生中最快乐的高光时刻，我不知道外面的报纸和电视会怎么说我，但至少，我的每个同学、每个同事现在肯定都在讨论我。哈哈，现在他们总记得我的名字了吧？

对了。

我还没有告诉过你我真正的名字。

我叫景呈祥，一个普普通通、一听就会忘记的名字。

但在游戏里，我叫祝融，你知道为什么吗？因为他是火神，燃烧的、发光的火神。无论他在哪里，他都能被看到。被看到，总比看不到好，对吧？

很久没写字了，现在我的手指都写得很疼。我刚才说一点儿都不后悔，其实是假的。

我对你，有内疚，也有遗憾。

内疚的是，我不该和你说还有一个幸存者的事情，虽然我强调我自己可以搞定，但是我也隐隐感觉，你作为我最信任的朋友，肯定会来帮我除掉这个活口。那时我很害怕，警察抓了我，又放了我，可能就是在等待那个新娘可以开口指认我吧。如果我不告诉你这件事，你是不是就不会被抓了呢？

遗憾的是，我想见你，但我知道我见不到你了。杀了这么多人，我肯定是要被判死刑的。你应该也一样吧？好不容易遇见了"最美丽的意外"，最后却是这样的结局。如果人生也和游戏一样，可以存档重来，那我一定早早地找到你，我们或许不需要杀人，也可以在一起。

你说，我们下辈子，还有这样的机会吗？

你永远的MT

祝融

2

祝融：

你好。我是流浪者，真名叫张金，今年22岁，是体育系的大学生。

你的信，和最后的死刑核准令同时交到了我的手里。我看了很久，也发了很久的呆。

发生这些事后，没有人问过我后不后悔。

但现在，我很后悔。

我后悔，我也和别人一样，把你当成了透明人，一直以来，都是你在关心我，我却从未问过你的感受；我后悔，我们将那么多的时间浪费在破坏别人的人生上，却从未好好地了解过彼此的人生；我后悔，我不应该拉着你一起杀人，我毁掉了自己的人生，还把你也拉下了水……现在说这些，好像没有什么用了，我看到你在燃烧，却只能眼睁睁地看着你燃成灰烬。

监狱里没有网络，给你回信的时候，我才知道写这么多的文字，确实会手疼。但至少，我们可以不用密码，畅快地交谈了。可惜，我的第一封长信，也是最后一封。

你总说你是弱者，而我是强者。

但其实一开始，我并不是强者，也不喜欢争强好胜。我只不过，是被逼出来的而已。

和你一样，从小到大，我一直都在怀疑自己的存在价值。我是家里的长女，自从有了弟弟，我家的世界就发生了倾斜，几乎所有人都要围着他转，包括我在内。当然，作为姐姐，我一开始并不反感照顾弟弟。可是，我想不通的是，为什么所有的好东西，都先给弟弟？所有的好吃的，我都必须让出来给弟弟？我也曾抗争过，我保护着应该属于我的那一份，可最后，只是换来白眼和斥责。家里条件不好，我似乎从父母欲言又止的态度中读出，他们想让我辍学，打工供弟弟上学。凭什么？我靠着自己的顽强和努力，才完成了学业。从初中开始，所有住校的开支，都是我自己勤工俭学一点点赚回来的。这么多年，我的心头尽是阴霾。

我越来越坚定一件事，如果我自己都不为自己争取的话，根本不会有人在意我的感受，只能任人忽视和欺负。所以，在外人的眼里，我就像是你说的那样，像一只护食的野猫，总是炸着毛，脾气越来越暴躁。

18岁那年，我高中毕业，那时候我已经攒了一点点钱。为了让自己的心情能够得以舒缓，我决定用这些钱来完成自己人生中的第一次出国旅游。

海边，风景挺好的，可是灾难也来临了。船体倾覆的那一刻，我真的觉得自己肯定逃离不了被淹死的厄运了。那一刻，我的大脑异常清醒，我可以清醒地听见周围的叫喊声、哭闹声和扑水声。也正是因为清醒，所以我幸存了下来。

当然，我的幸存，并不是单纯的幸运。

船上的救生圈远远不够用。当所有人都处于恐惧之中的时候，我却在船体倾覆之前看到了救生圈的位置。倒霉的是，等我游到那个救生圈旁边时，已经有个老人趴在上面了。一个救生圈很难承载两个人的重量，何况是在风浪都很大的海里。但我也想活下去啊。我不去看那个老人，也不去听他的哀鸣，只是憋着一股气，死死抱着救生圈不放手。

不用问，我坚持到了最后，那个老人沉下去了。

但我并不内疚。我只是单纯地想活下去，我没有错。

死囚

　　不过，从那天之后，我每天晚上都会被噩梦惊醒。一个被泡烂了的老人，总会青面獠牙地出现在我的梦里，缠着我，勒着我，我没有一天可以睡一个好觉。那以后，我就像是行尸走肉一般，却又无处诉说。

　　我没办法求助于我的家人。我的父母和弟弟，完全屏蔽了我的痛苦，对于我的种种不正常的表现，他们视若无睹。我的父母，把注意力全都放在了弟弟的身上，根本就注意不到我的点点滴滴。怎么办呢？很多人说，好死不如赖活着，好歹我靠着自己的争取，现在还活着，没有成为一具被泡烂了的尸体。

　　在那一段行尸走肉般的日子里，我接触了游戏。而很快，我就发现，游戏是很好的转移注意力的工具。我选择了DPS的角色，看着每次击打BOSS跳出的鲜红的暴击数字，我的心似乎就被慢慢抚平。我的噩梦开始减少。也是在那段时间里，我们总是一起组团，将BOSS轰然击倒。

　　我从来没有和你说过我的感受，其实，在我眼中，你才是不折不扣的强者，并且你和其他人都不一样。在我的眼里，你是第一个不带目的对我付出的人。你既然能够破译我的密钥，就应该记得你送我的"Brother Ring"。那时候我们还都是小号。一次开团之前，我发现自己缺少一个戒指，没有它，我的DPS肯定拿不到全场最佳。万万没想到，那时候还甚少和我接触的你，直接将当时最好的"Brother Ring"送给了我，并且没有向我提出任何要求。那时候，我就开始注意你了。

　　在后面的接触中，我发现你和我一样，经常得不到平等的对待，于是我开始对你有所亲近，或者说是惺惺相惜吧。而且你和其他人完全不一样，你只付出，不求回报。你是那么的勇敢而靠谱，每次都一马当先。是的，那段时间，看上去是你在依赖我，其实我也在依赖你。而你，也就成了我在游戏里唯一有交集的人。虽然后来有了更好的装备，但"Brother Ring"一直陪伴着我。

　　事情是什么时候开始变坏的呢？啊，大概是因为2012年的末日传言吧。

　　现在想想，大家对末日的兴奋感过于强烈了。整个网络上都充斥着灾难如何如何到来的消息，甚至还有一部电影预测末日的来临。遍布网络的灾难场景，让我重新回到了海难的那一天，我的噩梦又回来了。那时候，我觉得我不能继续在网络上待下去了，因为我无法屏蔽网络上关于灾难的画面。我需要去现实中，寻找到同样能刺激我、转移我注意力的方法，比如摩托车竞技。

也是在那个暑假，我被逼婚了。父母逼着我，去和隔壁村庄的人相亲，一个完全不认识的人。我知道他们并不是为了我好，而是想拿我去换取一笔可观的"彩礼"，为弟弟的新房首付做准备。于是我逃离了家里，在外面流浪。情绪无法疏解，只有去网上发泄。这时候，我才发现，我离开游戏那么久，你居然还一直等着我。

破坏婚礼的想法，是我在那种极端情绪之下的临时起意，没想到的是，你居然二话不说就支持了我。那天晚上，我爬墙进入了一栋居民楼，我知道那里住着一个新娘。本来我只是打算用绳子勒勒她，吓唬吓唬她，让她害怕结婚而已。可是，当我把绳子缠在她的脖子上时，我情不自禁地想起了梦中那个被泡烂了的老头。我害怕极了，控制不住自己死死勒住她的冲动，直到她一动不动。

我杀人了。

后来我想了想，杀完人后，我反而不害怕了。我好像获得了比之前在游戏中更加真实的刺激和快感，再次感受到了自己的生命力。我脑海里回放着自己勒死新娘的过程，就像是抢救生圈一样，那是我夺回了对自己生活的控制权。那几天，我居然没有做噩梦。看来，这种对生命的破坏和摧毁对我很有效。

当噩梦再次降临的时候，我决定再做一次。

这次的倒霉鬼，是那个幼儿园的男童。当我看到他的时候，不知道为什么就想起了我的弟弟。我小的时候，没有上过幼儿园，我五岁的时候，就开始给弟弟换尿布了。过去的种种，让我没有办法不去杀死他。

杀死他之后的效果，依旧是几天没有噩梦。至此，我确信杀人可以给我带来轻松的感受。

没有想到，那时候的你，还在网上找我，告诉我你跟随着我做的事情。我有一点儿后悔，把你也带上了这条路。而我让你不要继续和我一样走下去的原因，是觉得你可能并没有杀死人，你还有回头路可以走，何必和我一起亡命天涯？而我告诉你，我杀死了幼童，目的是吓走你。我不相信，你居然并不怕我这个杀人不眨眼的女魔头。

更没有想到的是，你居然还想继续追随我，要和我一起杀人。

我当时真的很感动，或者说，很震撼。我活了二十多年，从来没有遇到像你这样完全包容我的人，也没想到一直对我无微不至、性格忠厚的祝融居然真的把一个小孩杀死了。事已至此，我知道，你是我完全信任的人，所以我就告诉了你我所有的过去。

所以说，我从来没有觉得你是弱者。

当你提出走出海难阴影的方法就是杀另一个老人时，我甚至对你产生了一些崇拜。我知道这样的感情在很多人看来非常变态，但我的确被你感动了。

可这一次，我这边出现了意外。那个老人，居然在我动手之前醒来了，我们发生了激烈的肢体冲突，这个"替代品"居然敢反抗我，我仿佛回到了那个惊涛骇浪的日子，但这次我一点儿都没有手软，我是看着她的眼睛，把她杀死的。之后，我将尸体运去树林里藏匿，浑身都是汗。

但是，从那一天起，我真的再也没有做过噩梦了。

等候死刑复核的这段日子里，我想了很多。

之前，我一直以为自己能摆脱噩梦是因为杀了那个老人，而现在，我才意识到，那是因为你在旁边的倾听和支持。是的，帮助我走出阴影的，不是那个替代品，而是你。早知道这样，或许我们不必杀人的。

只可惜，这个时候的你越陷越深了。对于杀人，你越来越主动，计划也越来越周密，让我叹为观止。我知道，我们两个都已经没有回头路可以走了。

按照你的规划，我从小路上了高速公路，然后用摩托车逼停了那一辆玛莎拉蒂。有钱人真的没有一个好人，他看到我，居然想要轻薄我。不过，他低估了我，我可不是什么小白兔，而是杀人不眨眼的恶魔啊。

那次计划成功后，我们复盘的时候都很高兴。我只是没有想到，你还悄悄抢了富商的钱，想要和我一起浪迹天涯。看到你在信里这样说的时候，我内心五味杂陈。

当你告诉我，警察已经审讯了你，我紧张极了。你说虽然你现在被放出来了，但是如果那个幸存者醒来的话，你一定逃脱不掉了。因为她，看见过你的脸。没有别的选择了，我当即就决定替你杀掉人证。虽然你不同意我这样做，但我还是从你口中套出了人证的信息和位置。我有自信，我能帮你解决这个问题。就像我们第一次相遇那样，我会将终极BOSS杀死，带你迎接胜利。

我知道，我不能就这样赤手空拳去杀人，所以我在网上找了一个一直想见我的猥琐男，并且冒充摩的司机把他带到了医院。我在网上告诉他人证的病房，我心想，如果警方真的有埋伏，他就可以成为我的替死鬼了，调虎离山，我才有下手的机会。我聪明吧？这是游戏里"误导"技能的现实翻版。

可是，当我看到病床上跳下来一个活蹦乱跳的人的时候，我就已经意识到游戏失败了。而现实和游戏不一样，死掉后再也不能重新开局了。

你不用内疚，因为我从来没有后悔来龙番帮你解决人证。我也是为了自己，我真的不知道，如果你被警方抓走，我该如何在这个世上继续活下去。你是我唯一的朋友，是在这个世上，我最信任、最依赖的人。

在你被执行死刑之前，你的家人去探望你了。但我的家人，到现在也没有出现。

我在想，是不是每个杀人犯的背后，都有一个不管不顾的家庭呢？但至少，你的家人在最后关头是心疼你的，在意你的。我不应该，把你带上这条路。

虽然你在信中说，这段经历，是你人生的高光时刻，但是我知道，那种快乐是虚幻的。

因为目睹过死亡场面的人，都会感受深夜的恐惧和痛苦，用死亡来消除死亡的阴影，就像饮鸩止渴。

我这一辈子，就像是充满阴霾的梅雨季节，几乎没有晴天。唯一的阳光闪现，就是遇见你的那些日子。如果人生和游戏一样可以存档重来，我不想当什么DPS，只想和你一起做个普通人，过一过平淡而快乐的日子。

再见了，景呈祥，第一次也是最后一次叫你的名字。

流浪者

后记

距离2016年《幸存者》首次出版，已经过去五年整了。

《幸存者》有幸被拍摄成了网剧，由经超饰演的法医秦明，也让更多人了解到了法医职业的艰苦和重要性。

当年策划这本书的时候，灵感源于我遇到的一起真实案件，两个沉迷于游戏的青少年，为了寻求刺激而去杀人。案件很快侦破，我也很唏嘘，但并没有去挖掘案件背后的故事。

五年后，我已迈入不惑之年，对人生有了更多的思考，所以在这次修订中，我和元气社的小伙伴们一起，重新梳理了这个案子。两个凶手的人生，也在我们的重新策划下，呈现出了更为丰满的模样。在典藏版的《幸存者》中，我除了修订文中的一些BUG，也为这两个凶手重新撰写了引子和番外。这些内容，或许可以让读者更加清楚地看到两名犯罪嫌疑人走上犯罪道路的过程，游戏只是他们相识的载体，并不是症结所在，只有深挖他们犯罪的根源，才能给人带来一种警醒。

书名里的幸存者，指的不仅仅是大难不死的宝嫂，还是每一个经历过低谷却没有沉沦的人。

每个人都会在生活中迷失，这种迷失的根源，可能是肉体上遭受的伤害，也可能是负面情绪的积压。在修订版的《幸存者》中，经历了海难事件的张金、被别人长期忽略的景呈祥、在婚礼前夜被别人袭击的宝嫂，都可以算是迷失者。他们在一段时间内沉溺于自己的悲痛和无助中，觉得周围人都无法和自己感同身受，甚至陷入一种"人群中的孤独感"。

但这三个迷失者最终做出了截然不同的选择：张金和景呈祥用毁灭他人的方式来饮鸩止渴，而宝嫂则逐渐回到了正常的生活。

这究竟是什么原因呢？

答案说来很简单，但也不简单，就是陪伴和爱。

有一种精神类疾病叫作"生还者综合征"，是PTSD（应激性精神障碍）的一种。即便在某次重大事故中幸存，其人的心理、精神状态未必能很容易就恢复。我举个例子，假如你开车的时候发生了小的碰撞事故，之后一段时间你再开车的时候，总会非常害怕别人碰到你。这么小的事故，都会对心理造成影响，更不用说一些在重大事故中幸存下来的人的心理变化了。

当一个迷失者走在人生的岔路口时，他们最需要其他人的陪伴和爱，最需要正确的引导。没人关注的张金和景呈祥通过网络游戏相识、抱团取暖，可是两个迷失者的相遇，就像暴风雨遇上沙尘暴，会不断聚焦自己经历的痛苦，将彼此当作自己的唯一，甚至视为另外一个自己，为了抓住"最后一根稻草"，不惜走上陪同犯罪的道路。而宝嫂呢，她在昏迷过程中，以及从沉睡中醒来时，身边总有家人和爱人陪伴她、鼓励她，爱让她走出了阴影。

人生毕竟不是游戏，每个选择都不可重来，所以每次选择才要更加在意。

我自己没有经历过什么重大变故，但是在上大学的时候也曾经迷失过。

记得是大二的时候，当时学校在建设新的宿舍楼，把我们都安排在校外一个废弃工厂的宿舍楼住宿。有一次我的好朋友和高年级的学生发生了纠纷，那个学生喊来了几个混混，拿着刀，架在我的脖子上逼问好朋友的去处。虽然此事后来在其他学长的调解下结束了，但是只有十八九岁的我，还是受到了很大的精神威慑。现在回想起来，那时候的我，其实也变成了迷失者。那一小段时间，我经常逃课，还结交社会上的一些不良青年。好在不久后我认识了铃铛姐姐，父亲也发现了我的异常。铃铛姐姐每天陪伴我，管束我，父亲给我手写了一封长达十八页的家书，推心置腹地告诫我要走入正途，这才把我从人生的岔路口拉了回来。

现在每每想起来，还是有些后怕的。如果当时没有人拉我一把，说不定也就不会有今天的我了。

所以，如果你身边也有迷失者，请给他们多一点儿包容和温柔，也许因为你的一句话，他们最终会走出心理阴影，成为真正的"幸存者"。

典藏版《幸存者》的序言沿用了旧版序言，五年前在写这篇序言的时候，我还专门提到：《清道夫》刚刚上线，自己作为作者，每当新书上市的时候，会容易志忑。看到这一段的时候，我的回忆立即被拉到了五年前。那时候的我，其实也不算是一个新作者了，承蒙读者们的厚爱，当时已经陆续出版了四本书。可是因为不自信和对自我有更高的追求，那时候的我，还是每逢新书出版都会焦虑、紧张。这里说的不自信，主要是因为自己是个理科生，写作方面完全是摸着石头过河。而更高的追求，源自自己担心读者会有审美疲劳，所以一直渴望在写作上有新的突破。

现在看看，加上刚刚出版的《玩偶》，我已经出版了十五本书（法医秦明系列九本，守夜者四本，科普书两本），我甚至都有些佩服自己的毅力。十年前，我绝对想不到自己能写出这么多东西。而现在再出新书，那种焦虑和紧张已经不复存在了。我不会像从前那样，出版新书后每天关注各种平台上读者们对新书的评论，可能是因为更自信了，也明确了自己的目标。心态的变化，最重要的原因是读者朋友们一如既往的支持和青睐。我总是说，读者的鼓励和鞭策，是我坚持写作的精神支柱。同样，读者的赞扬和青睐也是我获取自信的精神源泉。

《幸存者》是我的第五本书，也是我写作之路上的另一个起点。这里，就得着重说一下包包和元气社了。我当初把法医的故事更新在天涯论坛上（网络连载名是《鬼手佛心》），是希望法医这个冷门的职业能更多地走进人们的视野。包包当时还是博集天卷的编辑，她看到后给我写了一封很长的私信，与我写作的初衷不谋而合，这便有了我第一本书《尸语者》的出版。后来，包包从博集天卷出来，自己拉起了一个团队，组建元气社，继续和我合作后续的作品。而《幸存者》就是包包组建元气社后，我们合作的第一本书。因为从最开始就合作，加上包包很好学，她现在也掌握了各种法医知识，可以算是半个法医了。我们的合作一直很愉快，配合也很默契，我们一起策划新书，一起编辑修订，以高效的工作创作新的作品。

五六年的时间，我们合作出版了十本书。合作过程中，互捧、互相吐槽是常有的事情，但是从来没有翻过一次脸。既然我是作者，笔在我手上，在这里我还是得吐槽一下她。包包有的时候很矛盾，最为突出的一个事例就是她经常会给我发微信，说："老秦你要注意身体，又上班又写作，不要熬太狠，要可持续发展。"每次当我觉得挺温暖、很感动的时候，她立即会接上一句："新书策划案你准备什么时候交呢？"除了创作的事情，我们还会互捧一些无关紧要的小事，例如我是安徽人，包包是浙江人，我们都会说自己的家乡才是最好的，有的时候也会为胡雪岩究竟算徽商还是浙商互撑一阵，扛着大旗来捍卫家乡的尊严。

在原版的序言里，我曾经提过"包包是个萌妹子"，经过了这几年的合作，我清醒地意识到当初自己多么年少无知。虽然包包表面上看、说话语气什么的会让你觉得她是个萌妹子，但我觉得她还真不是萌妹子，她办事雷厉风行、效率极高，而且对事物颇有见解、理解能力强、善于总结，是我见过最有主见的人了。你们说，哪个萌妹子是这样的？

吐槽归吐槽，对于包包的事无巨细、做事井井有条这一点，我还是感到很佩服的。她带领的元气社，每年每月每周每日都有计划和总结，我看着他们做计划的表格，简直比我写的尸检记录还详细。还有一点，虽然我知道元气社的气氛很融洽，没有什么老板和员工、上司和下属之分，但看着元气社的小朋友们在元气社迅速成长、蝶变，就能猜测到包包的要求肯定是很严格的。

这里也要感谢一下典藏版《幸存者》的编辑阿朱。阿朱是个本身就非常细心的女孩子，比如在做典藏版《清道夫》的时候，她给我打电话问各种类型枪支、各种距离射击的枪弹伤的损伤形态，那可真是不搞明白绝不挂电话的气势。经过一两年的工作，阿朱的这种细心不仅没有衰减，而且更加严重了。这次在修订《幸存者》的时候，她说宝嫂遇袭的那一节写得不对。我说，怎么不对？没问题啊。她说，你看啊，景呈祥从柜子里出来，看到宝嫂洋溢着幸福的微笑。那宝嫂怎么是"转头"后才发现景呈祥的呢？我当时都给气笑了，我说，前面有面镜子行不行？从侧面看到宝嫂在笑行不行？

当然，我这不是在吐槽阿朱。作为一个编辑，细心是最重要的潜质。元气社的每一个人，几乎都是这样，似乎都有着那么一股劲，一股打破砂锅问到底的劲，一股乐观积极向上的劲。这还真是应了"元气社"的这个名字。我相信新人阿朱一定会和元气社其他小伙伴们一起越来越优秀。

法医秦明系列万象卷的六本书中，至此已经有四本书有典藏版了。接下来，第六季《偷窥者》和第一季《尸语者》也会相应推出典藏版（万象卷典藏版是从第二季《无声的证词》开始做的）。法医秦明系列众生卷也出版了三季，第四季《白卷》（暂定名）也即将进入策划阶段。而反映我父亲那一辈人民警察无私奉献的新系列作品，也在积极策划中，我相信不久的将来就会和大家见面。另外，为了回馈读者，我还专门做了法医秦明系列的解谜书，很快也能和大家见面，敬请期待。

从2012年1月，我在博客上写下第一个案子开始到现在，接近十年了。十年里，我的读者们一直都默默支持着我，鼓励着我，鞭策着我；十年里，我收获了前所未有的掌声和希冀，让我更加深刻地体会到了人生的价值。谢谢你们！

不负读者，唯有前行。

如何破译维吉尼亚密码卡？

大家好，我是法医小组的韩亮。

前不久刚刚协助技术部破译了"9.7"专案的密码线索。

很多人都在问我，当时是如何破译凶手的维吉尼亚密码的？

趁着其他人在勘查现场，刚好我的诺基亚手机又快没电了，

无聊之际，和你们说一下我所了解的情况。

关于维吉尼亚密码，网络上的解释有很多，

今天我就用最简单的方式，来教大家如何加密和解密。

密码系统有三个要素：**明文、密文和密钥**。

明文就是加密前的内容，

密文就是加密后的内容，

而密钥，就是明文和密文这两种语言之间的翻译器。

为了方便明文和密文之间的相互"翻译"，

我们首先要用26个英文字母，做出下面这样的一张图：

明 文

	A	B	C	D	E	F	G	H	I	J	K	L	M	N	O	P	Q	R	S	T	U	V	W	X	Y	Z
A	A	B	C	D	E	F	G	H	I	J	K	L	M	N	O	P	Q	R	S	T	U	V	W	X	Y	Z
B	B	C	D	E	F	G	H	I	J	K	L	M	N	O	P	Q	R	S	T	U	V	W	X	Y	Z	A
C	C	D	E	F	G	H	I	J	K	L	M	N	O	P	Q	R	S	T	U	V	W	X	Y	Z	A	B
D	D	E	F	G	H	I	J	K	L	M	N	O	P	Q	R	S	T	U	V	W	X	Y	Z	A	B	C
E	E	F	G	H	I	J	K	L	M	N	O	P	Q	R	S	T	U	V	W	X	Y	Z	A	B	C	D
F	F	G	H	I	J	K	L	M	N	O	P	Q	R	S	T	U	V	W	X	Y	Z	A	B	C	D	E
G	G	H	I	J	K	L	M	N	O	P	Q	R	S	T	U	V	W	X	Y	Z	A	B	C	D	E	F
H	H	I	J	K	L	M	N	O	P	Q	R	S	T	U	V	W	X	Y	Z	A	B	C	D	E	F	G
I	I	J	K	L	M	N	O	P	Q	R	S	T	U	V	W	X	Y	Z	A	B	C	D	E	F	G	H
J	J	K	L	M	N	O	P	Q	R	S	T	U	V	W	X	Y	Z	A	B	C	D	E	F	G	H	I
K	K	L	M	N	O	P	Q	R	S	T	U	V	W	X	Y	Z	A	B	C	D	E	F	G	H	I	J
L	L	M	N	O	P	Q	R	S	T	U	V	W	X	Y	Z	A	B	C	D	E	F	G	H	I	J	K
M	M	N	O	P	Q	R	S	T	U	V	W	**密**	**文**	A	B	C	D	E	F	G	H	I	J	K	L
N	N	O	P	Q	R	S	T	U	V	W	X	Y	Z	A	B	C	D	E	F	G	H	I	J	K	L	M
O	O	P	Q	R	S	T	U	V	W	X	Y	Z	A	B	C	D	E	F	G	H	I	J	K	L	M	N
P	P	Q	R	S	T	U	V	W	X	Y	Z	A	B	C	D	E	F	G	H	I	J	K	L	M	N	O
Q	Q	R	S	T	U	V	W	X	Y	Z	A	B	C	D	E	F	G	H	I	J	K	L	M	N	O	P
R	R	S	T	U	V	W	X	Y	Z	A	B	C	D	E	F	G	H	I	J	K	L	M	N	O	P	Q
S	S	T	U	V	W	X	Y	Z	A	B	C	D	E	F	G	H	I	J	K	L	M	N	O	P	Q	R
T	T	U	V	W	X	Y	Z	A	B	C	D	E	F	G	H	I	J	K	L	M	N	O	P	Q	R	S
U	U	V	W	X	Y	Z	A	B	C	D	E	F	G	H	I	J	K	L	M	N	O	P	Q	R	S	T
V	V	W	X	Y	Z	A	B	C	D	E	F	G	H	I	J	K	L	M	N	O	P	Q	R	S	T	U
W	W	X	Y	Z	A	B	C	D	E	F	G	H	I	J	K	L	M	N	O	P	Q	R	S	T	U	V
X	X	Y	Z	A	B	C	D	E	F	G	H	I	J	K	L	M	N	O	P	Q	R	S	T	U	V	W
Y	Y	Z	A	B	C	D	E	F	G	H	I	J	K	L	M	N	O	P	Q	R	S	T	U	V	W	X
Z	Z	A	B	C	D	E	F	G	H	I	J	K	L	M	N	O	P	Q	R	S	T	U	V	W	X	Y

密 钥（竖轴）

最上面的横轴，是**明文区**；

最左边的竖轴，是**密钥区**；

而除了横竖轴外的区域就是**密文区**。

也就是说，明文、密钥和密文，

你只要知道其中的两个，就可以在这个表格里找到第三个。

了解了这个基础概念，我们就可以开始加密和解密游戏了！

比如说，秦科长想偷偷跟大宝传达一句话：

Go to zoo at ten （十点去动物园）

如果直接发出来，那么所有人都知道了。

所以他们需要事先约定好一个专属的密钥，比如说**longxia**，

有了这个密钥，秦科长就可以把明文翻译成密文了。

怎么翻呢？

我们先想一下，明文（go to zoo at ten）一共是12个字母，

如果每一个字母都翻译成密文，最后的密文应该也是12个字母。

而明文和密文的翻译器——密钥longxia只有7个字母，

所以在翻译的时候，密钥需要重复出现，才能做好一对一的翻译工作。

那么，他们的对应关系应该是这样的：

明文：go to zoo at ten（一共12个字母）

密钥：lo ng xia lo ngx（longxia重复出现，凑够12个字母）

密文：** ** *** ** ***（一共12个字母）

好了，那我们就可以回到前面的字母图，来对照破译了。

举个例子，

明文的第一个字母是G，那就在第1行的明文区，找到G；

密钥的第一个字母是L，那就在第1列的密钥区，找到L；

两者交叉的点就是密文R。

明 文

	A	B	C	D	E	F	G	H	I	J	K	L	M	N	O	P	Q	R	S	T	U	V	W	X	Y	Z
A	A	B	C	D	E	F	G	H	I	J	K	L	M	N	O	P	Q	R	S	T	U	V	W	X	Y	Z
B	B	C	D	E	F	G	H	I	J	K	L	M	N	O	P	Q	R	S	T	U	V	W	X	Y	Z	A
C	C	D	E	F	G	H	I	J	K	L	M	N	O	P	Q	R	S	T	U	V	W	X	Y	Z	A	B
D	D	E	F	G	H	I	J	K	L	M	N	O	P	Q	R	S	T	U	V	W	X	Y	Z	A	B	C
E	E	F	G	H	I	J	K	L	M	N	O	P	Q	R	S	T	U	V	W	X	Y	Z	A	B	C	D
F	F	G	H	I	J	K	L	M	N	O	P	Q	R	S	T	U	V	W	X	Y	Z	A	B	C	D	E
G	G	H	I	J	K	L	M	N	O	P	Q	R	S	T	U	V	W	X	Y	Z	A	B	C	D	E	F
H	H	I	J	K	L	M	N	O	P	Q	R	S	T	U	V	W	X	Y	Z	A	B	C	D	E	F	G
I	I	J	K	L	M	N	O	P	Q	R	S	T	U	V	W	X	Y	Z	A	B	C	D	E	F	G	H
J	J	K	L	M	N	O	P	Q	R	S	T	U	V	W	X	Y	Z	A	B	C	D	E	F	G	H	I
K	K	L	M	N	O	P	Q	R	S	T	U	V	W	X	Y	Z	A	B	C	D	E	F	G	H	I	J
L	L	M	N	O	P	Q	R	S	T	U	V	W	X	Y	Z	A	B	C	D	E	F	G	H	I	J	K
M	M	N	O	P	Q	R	S	T	U	V	W	X	Y	Z	A	B	C	D	E	F	G	H	I	J	K	L
N	N	O	P	Q	R	S	T	U	V	W	X	Y	Z	A	B	C	D	E	F	G	H	I	J	K	L	M
O	O	P	Q	R	S	T	U	V	W	X	Y	Z	A	B	C	D	E	F	G	H	I	J	K	L	M	N
P	P	Q	R	S	T	U	V	W	X	Y	Z	A	B	C	D	E	F	G	H	I	J	K	L	M	N	O
Q	Q	R	S	T	U	V	W	X	Y	Z	A	B	C	D	E	F	G	H	I	J	K	L	M	N	O	P
R	R	S	T	U	V	W	X	Y	Z	A	B	C	D	E	F	G	H	I	J	K	L	M	N	O	P	Q
S	S	T	U	V	W	X	Y	Z	A	B	C	D	E	F	G	H	I	J	K	L	M	N	O	P	Q	R
T	T	U	V	W	X	Y	Z	A	B	C	D	E	F	G	H	I	J	K	L	M	N	O	P	Q	R	S
U	U	V	W	X	Y	Z	A	B	C	D	E	F	G	H	I	J	K	L	M	N	O	P	Q	R	S	T
V	V	W	X	Y	Z	A	B	C	D	E	F	G	H	I	J	K	L	M	N	O	P	Q	R	S	T	U
W	W	X	Y	Z	A	B	C	D	E	F	G	H	I	J	K	L	M	N	O	P	Q	R	S	T	U	V
X	X	Y	Z	A	B	C	D	E	F	G	H	I	J	K	L	M	N	O	P	Q	R	S	T	U	V	W
Y	Y	Z	A	B	C	D	E	F	G	H	I	J	K	L	M	N	O	P	Q	R	S	T	U	V	W	X
Z	Z	A	B	C	D	E	F	G	H	I	J	K	L	M	N	O	P	Q	R	S	T	U	V	W	X	Y

密钥

密文

......

以此类推，明文的整句话就可以翻译成密文：rc gu wwo lh gkk

反过来，解密也很简单。

比如大宝回复的密文是：**mi da**

还是同一个密钥 longxia

那么破译的对应关系是这样的：

密钥：lo ng（一共4个字母，longxia这个密钥只使用了前面的部分）

密文：mi da（一共4个字母）

明文：** **（一共4个字母）

我们在下面的表格里找找看。

明 文

	A	B	C	D	E	F	G	H	I	J	K	L	M	N	O	P	Q	R	S	T	U	V	W	X	Y	Z
A	A	B	C	D	E	F	G	H	I	J	K	L	M	N	O	P	Q	R	S	T	U	V	W	X	Y	Z
B	B	C	D	E	F	G	H	I	J	K	L	M	N	O	P	Q	R	S	T	U	V	W	X	Y	Z	A
C	C	D	E	F	G	H	I	J	K	L	M	N	O	P	Q	R	S	T	U	V	W	X	Y	Z	A	B
D	D	E	F	G	H	I	J	K	L	M	N	O	P	Q	R	S	T	U	V	W	X	Y	Z	A	B	C
E	E	F	G	H	I	J	K	L	M	N	O	P	Q	R	S	T	U	V	W	X	Y	Z	A	B	C	D
F	F	G	H	I	J	K	L	M	N	O	P	Q	R	S	T	U	V	W	X	Y	Z	A	B	C	D	E
G	G	H	I	J	K	L	M	N	O	P	Q	R	S	T	U	V	W	X	Y	Z	A	B	C	D	E	F
H	H	I	J	K	L	M	N	O	P	Q	R	S	T	U	V	W	X	Y	Z	A	B	C	D	E	F	G
I	I	J	K	L	M	N	O	P	Q	R	S	T	U	V	W	X	Y	Z	A	B	C	D	E	F	G	H
J	J	K	L	M	N	O	P	Q	R	S	T	U	V	W	X	Y	Z	A	B	C	D	E	F	G	H	I
K	K	L	M	N	O	P	Q	R	S	T	U	V	W	X	Y	Z	A	B	C	D	E	F	G	H	I	J
L	L	M	N	O	P	Q	R	S	T	U	V	W	X	Y	Z	A	B	C	D	E	F	G	H	I	J	K
M	M	N	O	P	Q	R	S	T	U	V	W	X	Y	Z	A	B	C	D	E	F	G	H	I	J	K	L
N	N	O	P	Q	R	S	T	U	V	W	X	Y	Z	A	B	C	D	E	F	G	H	I	J	K	L	M
O	O	P	Q	R	S	T	U	V	W	X	Y	Z	A	B	C	D	E	F	G	H	I	J	K	L	M	N
P	P	Q	R	S	T	U	V	W	X	Y	Z	A	B	C	D	E	F	G	H	I	J	K	L	M	N	O
Q	Q	R	S	T	U	V	W	X	Y	Z	A	B	C	D	E	F	G	H	I	J	K	L	M	N	O	P
R	R	S	T	U	V	W	X	Y	Z	A	B	C	D	E	F	G	H	I	J	K	L	M	N	O	P	Q
S	S	T	U	V	W	X	Y	Z	A	B	C	D	E	F	G	H	I	J	K	L	M	N	O	P	Q	R
T	T	U	V	W	X	Y	Z	A	B	C	D	E	F	G	H	I	J	K	L	M	N	O	P	Q	R	S
U	U	V	W	X	Y	Z	A	B	C	D	E	F	G	H	I	J	K	L	M	N	O	P	Q	R	S	T
V	V	W	X	Y	Z	A	B	C	D	E	F	G	H	I	J	K	L	M	N	O	P	Q	R	S	T	U
W	W	X	Y	Z	A	B	C	D	E	F	G	H	I	J	K	L	M	N	O	P	Q	R	S	T	U	V
X	X	Y	Z	A	B	C	D	E	F	G	H	I	J	K	L	M	N	O	P	Q	R	S	T	U	V	W
Y	Y	Z	A	B	C	D	E	F	G	H	I	J	K	L	M	N	O	P	Q	R	S	T	U	V	W	X
Z	Z	A	B	C	D	E	F	G	H	I	J	K	L	M	N	O	P	Q	R	S	T	U	V	W	X	Y

（左侧标注：密钥）

密钥的第1个字母是L，密文的第1个字母是M，

那就先在第1列的密钥区找到L，然后从左往右看，找到M所在的位置，

M往上对应的第1行字母，就是明文B。

……

以此类推，就可以破译出完整的明文了。

怎么样，是不是很简单？

大家听懂了吗？

懂了的话就可以挑战一下密码的破译工作啦！

请找到本书附赠的**"维吉尼亚密码卡"**，

上面是不同的迷茫者发布的求助电波，

你能否找到关键的**密钥**，并帮助他们破译出**答案**？

（提示：密钥已经藏在秦科长的后记里了，你们找到了吗？）

法医秦明十周年 · 特别预告

2022年，

距离法医秦明系列第1本小说《尸语者》的出版，

不知不觉已经过去了十年。

为了感谢"芹菜"们的一路陪伴，

我们准备了法医秦明十周年的纪念周边！

在2022年5月1日前参与下方活动的读者，

将有机会获得**法医秦明十周年纪念礼盒**！

还有机会和老秦"同屏出镜"哦，

老秦会根据大家的评论来录制**"读书评/幸存者电波"**视频Reaction！

1 豆瓣书评

在豆瓣搜索"幸存者"
发表你的短评/书评

2 微博晒书

在微博晒出《幸存者》图书封面
选取任意1张密码卡的问题进行回答
发布时记得加上#幸存者电波#
并@法医秦明 @元气社

想知道十周年礼盒里，都包含哪些重磅周边？
敬请关注"法医秦明"公众号的后续更新！

图书在版编目（CIP）数据

法医秦明.幸存者 / 法医秦明著. -- 北京：北京
联合出版公司, 2022.2（2025.7重印）
ISBN 978-7-5596-5563-9

Ⅰ.①法… Ⅱ.①法… Ⅲ.①长篇小说—中国—当代
Ⅳ.①I247.5

中国版本图书馆CIP数据核字(2021)第186206号

法医秦明. 幸存者

作　　者：法医秦明
出 品 人：赵红仕
责任编辑：李艳芬
封面设计：奇文云海
内文排版：刘珍珍

北京联合出版公司出版
（北京市西城区德外大街83号楼9层　100088）
嘉业印刷（天津）有限公司印刷　新华书店经销
字数381千字　700毫米×980毫米　1/16　22印张
2022年2月第1版　2025年7月第12次印刷
ISBN 978-7-5596-5563-9
定价：49.80元